DER NORDOSTEN VON NEW MEXICO UM 1880 (*Eisenbahnlinien fertiggstellt*)

KARL MAY

OLD SHATTERHAND
und Häuptling Schwarzer Mustang

KARL MAY

OLD SHATTERHAND

und Häuptling Schwarzer Mustang

Herausgegeben, bearbeitet und kommentiert
von S. C. Augustin und Walter Hansen

Band 4

nymphenburger

Das Original, Band I der »Kamerad-Bibliothek« aus dem Jahr 1899, wurde der Orthographie und dem Lesebedürfnis unserer Zeit angepaßt und mit erklärenden Fußnoten versehen. Originalfußnoten Karl Mays sind mit »KM« gekennzeichnet.

in der F. A. Herbig Verlagsbuchhandlung GmbH, München.
Das Buch erschien erstmals 1896/97 unter dem Titel:
»Der Schwarze Mustang«.

Herausgegeben und für diese Ausgabe bearbeitet
von S. C. Augustin und Walter Hansen.
Schutzumschlag: Bernd und Christel Kaselow, München
Schutzumschlagillustration: Michael Hellmich, Bielefeld
Satz: MPM, Wasserburg
Gesetzt aus der 10/12 Punkt Adobe-Garamond
Druck: Jos. C. Huber KG, Dießen
Binden: Großbuchbinderei Monheim
Printed in Germany
ISBN 3-485-00742-0

Inhalt

Vorwort

Auf den ersten Blick liest sich die Erzählung vom »Schwarzen Mustang« wie ein ganz normaler Karl-May-Roman: Wohlvertraut ist die Mischung aus Indianer-Romantik, Winnetou-Mythos und Old-Shatterhand-Nimbus, spannend wie immer die Story von Überfall, Hinterhalt, Flucht, Gefangennahme, Belauschen, Beschleichen, Befreiung und so weiter.

Auf den zweiten Blick stutzt der Leser: Etwas ist anders als sonst. Der Autor scheint etwas zu signalisieren zwischen den Zeilen, bewußt oder unbewußt, auf jeden Fall unüberhörbar.

Wieso diese ungewöhnlichen Töne?

Die Forschung weiß, daß Karl May in fast allen seinen Büchern eigene Erlebnisse verarbeitet hat, vor allem alptraumhafte Situationen, die ihm das Schicksal in reichem Maß bescherte. Und deshalb liegt es nahe zu prüfen, welche ungewöhnlichen Einflüsse wohl auf ihn wirkten zur Zeit, als er die Geschichte vom »Schwarzen Mustang« schrieb: zwischen 1894 und 1896.

Seine Hungerleiderjahre hatte er gerade überwunden. Im Verlag Fehsenfeld erschienen seit 1892 die ersten Hadschi-Halef-Omar-Bände und die Winnetou-Trilogie, die ihn populär und wohlhabend machten.

Doch genießen konnte er seinen Wohlstand nicht. Er war umzingelt von vielerlei Vertragsverpflichtungen, die zum Teil noch aus der Zeit stammten, als er von der Hand in den Mund lebte. Fehsenfeld pochte auf Manuskripte für die Buchserie, Pustet aus Regensburg verlangte viertausend Seiten für die Zeitschrift »Deutscher Hausschatz«, die Verleger katholischer Marienkalender forderten Zeile um Zeile ohne Gnade und Barmherzigkeit, und im März 1894 setzte ihm der Stuttgarter Verleger Spemann den Revolver an die Brust: Das Mustang-Manuskript sollte laut Vertrag im Sommer fertig sein für die Jugendzeitschrift »Der gute Kamerad«. Karl May hob abwehrend die Hände. Spemann gab ihm eine Gnadenfrist bis Oktober 1894.

Das alles war zuviel. Karl May wurde krank. Grippe, Rippenfellentzündung, Augenleiden, Sehschwierigkeiten, keine Zeit zur Erholung, Arbeit bis in die Nächte hinein, Zeilenschinderei wie am Fließband.

Wenn er nicht Erzählungen schrieb, schrieb er Briefe an seine Leser, die ihn – modern gesagt – mit Fan-Post eindeckten. Diese zum Teil noch erhaltenen Briefe offenbaren – wie andere Dokumente auch –, daß Karl May vor seinen Alltagsproblemen in die Traumwelt seiner Bücher flüchtete und sich mit seinen Helden identifizierte. Wie unter dem Zwang einer Droge, suchtartig geradezu, verkündete er in Tausenden von Antwortbriefen seinen eigenen Mythos: Er sei wirklich dieser grandiose Kara Ben Nemsi und der formidable Old Shatterhand, der Freund Winnetous, der Mann mit der stählernen Faust und der Liebe zum Frieden, der Tausendsassa aus dem Orient und dem Wilden Westen.

Die Abenteuer in ferner Wildnis habe er alle tatsächlich erlebt.

Zu Hause indes, in seinem sächsischen Wigwam, in der »Villa Agnes« von Oberlößnitz, war Karl May mehr Hasenfuß als Shatterhand. Das Kommando hatte dort seine Frau Emma, geborene Pollmer, dominant und attraktiv, geizig und kleinkariert, mit ihm verheiratet seit 1880. »Sie verstand nicht, ihren Mann zu nehmen wie er war, und seine Psyche war ihr vollständig verschlossen«, heißt es in Aufzeichnungen, die von Frau Fehsenfeld überliefert sind, »sie wußte nicht zu schweigen am richtigen Ort, sie war kleinlich sparsam, er aber großzügig und verschwenderisch.«

Die kleinliche Sparsamkeit, so nützlich sie in den Hungerleiderjahren gewesen sein mochte – nun wurde sie zur Schikane. Geld war da im Überfluß, doch Emma schnappte es ihm vor der Nase weg und saß drauf wie der Drache auf dem Schatz.

Und Karl May, der Großverdiener, er war gedemütigt, für dumm verkauft, aufgeschmissen, hilflos, ohne Geld.

Wenn er manchmal Bruchteile seines Honorars ergatterte und sich etwas gönnte, dann mußte er seine Ausgaben rechtfertigen und mitunter lügen um des lieben Friedens willen. Beim Kauf von Büchern beispielsweise »gebe ich meiner Frau nur das Viertel oder Fünftel des wahren Preises an, damit sie nicht zankt. (...) Meine Frau hat nun einmal kein Verständnis für das Schriftstellerleben und Schriftstellernoblesse«, schrieb Karl May an den Verleger Fehsenfeld, an den er auch die Bitte richtete, ihm doch in Gottes Namen einen Teil des Honorars auf geheimen Wegen zu senden, ohne daß Emma davon erfuhr.

Karl May entwickelte wahre Kriegslisten, mit denen es ihm gelang, sein eigenes, sauer verdientes Honorar an Emmas schnellem Zugriff vorbeizuschmuggeln und vor ihr zu verstecken. Einmal hatte er eine zündende Idee: Er schichtete die Geldscheine säuberlich in den Kamin. Das Dienstmädchen entdeckte sie dort vorm Einheizen, benachrichtigte Emma, und die machte Karl May die Hölle heiß. Er schluckte alles runter, kochte vor Wut und staute den Zorn.

Zum Ärger ums Geld und ständigem Gezänk kam auch noch Eifersucht: In diesen Jahren verstärkte sich Emmas Neigung, allerlei Vergnügungen außer Haus zu suchen. Karl May wollte sie kontrollieren und überlisten, doch sie überlistete ihn. Er zweifelte an Emmas Treue und unterstellte ihr ehebrecherische Beziehungen. Beweise ergaben sich nie, wohl aber Verdachtsmomente, die ihn quälten und demütigten.

»Zank, Verdruß, schwere Zeit«, wird er später über diese Jahre schreiben. »Er war oft launisch und reizbar«, erinnerte sich Frau Fehsenfeld. Diese Stimmung ist denn auch an einigen Stellen des »Schwarzen Mustang« herauszuhören.

May schrieb dieses Werk in Etappen, unterbrochen von anderen Verpflichtungen. So arbeitete er beispielsweise auch am »Old Surehand« und an Hadschi-Halef-Omar-Geschichten.

Bei Ablauf von Spemanns bereits erwähntem Ultimatum – Oktober 1894 – hatte er 220 Seiten abgeliefert, einen Teil nur, den er am 5. November 1895 zurückforderte, um sich wieder einzulesen und den Rest schnell zu Ende zu schreiben. 1896/97 erschien das Werk in der Zeitschrift »Der gute Kamerad«, dann 1899 mit geringfügigen Bearbeitungen als erster Band der »Kamerad-Bibliothek«.

Karl May schrieb für die Zeitschrift »Der gute Kamerad« immer in der Er-Form, so etwa auch den »Schatz im Silbersee« oder den »Ölprinz«.

Im »Schwarzen Mustang« nützte er diese distanzierte Erzählerperspektive, um Old Shatterhand – den er ansonsten als Ich-Erzähler auftreten läßt – in ganz ungewöhnlicher Weise zu beweihräuchern: Er vergleicht Old Shatterhand (also gewissermaßen sich selbst) und seinen Blutsbruder Winnetou mit »Halbgöttern«, mit »homerischen Helden« und einem Mythos sogar.

Gleichzeitig aber läßt er eben diesen Old Shatterhand und mithin sich selbst eine ganze Reihe von Demütigungen und schmachvollen Niederlagen erleiden. Und nun wird deutlich, was auch in anderen Büchern immer wieder durchschimmert: Daß Karl May beim Schreiben ganz offensichtlich persönliche Probleme verschlüsselt geschildert hat.

Nur einige Beispiele dafür: So wird Old Shatterhand für dumm verkauft und der Hilflosigkeit ausgesetzt, denn er übersieht, daß ihm seine Superwaffen – Henrystutzen und Bärentöter – und sein Wunderpferd Hatatitla gestohlen werden, ohne die er aufgeschmissen ist im Wilden Westen.

Old Shatterhand wird auf außergewöhnliche Weise gedemütigt, vom Häuptling Schwarzer Mustang beschimpft – »Hund«, »Stinktier«, »Schmeißfliege« – und sogar bespuckt, »mit Geifer besudelt«.

Was sich Old Shatterhand an Rache leistet, ist schier unglaublich, an Perfidie nicht mehr zu überbieten, er flippt geradezu aus, hemmungslos wie nur einer, der seinen Zorn zu lange unterdrückt hat. Kaum jemals beschimpfte und schmähte er einen Indianer dermaßen wie den Häuptling Schwarzer Mustang: »Du bist nichts als eine rote Fratze.« Und dann verpaßte er dem Indianerhäuptling eine barbarische Strafe, die damals und in Europa nur als Feme-Aktion gegen untreue Ehefrauen üblich war: Er läßt dem Schwarzen Mustang die Haare abschneiden und damit die Ehre rauben.

Und merkwürdig: Karl May kann gar nicht genug bekommen vom Haare-Abschneiden. Auch zwei Chinesen werden die Haare (die Zöpfe!) abgeschnitten zur Rache dafür, daß sie Old Shatterhand das Pferd und die Waffen gestohlen haben.

Erst gegen Schluß hin beruhigt sich Old Shatterhand wieder. Er erobert sich mit allerlei Kriegslisten sein Pferd und seine Waffen zurück und ist nun gnädig gestimmt: Alle Widersacher – auch wenn sie nach dem Gesetz der Prärie den Tod verdient haben – bleiben seinem Wunsch entsprechend am Leben, er läßt sie laufen, allerdings gedemütigt, beschimpft, geschoren und auch noch verprügelt.

Die Schlußszene schrieb Karl May Mitte 1896, und etwa gleichzeitig begannen die glücklichsten Jahre seines Lebens. Er hatte vor kurzem ein Haus in Radebeul bei Dresden für 37 300 Mark gekauft – die »Villa Shatterhand« – und mit importierten Waffen und Kultgegenständen der Indianer ausstatten lassen.

Die Auflagen seiner Bücher, seit Jahren schon im Aufwärtstrend, erreichten ungeahnte Rekordhöhen: Fast 150 000 Exemplare allein bei Fehsenfeld im Jahr 1896. Sein Jahreshonorar dafür: 60 000 Mark.

Der Termindruck ließ nach, er konnte in Ruhe arbeiten, seine Gesundheit festigte sich, der Ruhm stieg.

Er reiste durchs Land, ließ sich als Kara Ben Nemsi und als Old Shatterhand feiern, erzählte die abenteuerlichsten Geschichten, vergoß Tränen bei der öffentlichen Schilderung von Winnetous Tod.

Die Zuhörer glaubten ihm, das Volk ebenso wie die gehobenen Kreise, in denen er zu verkehren begann; er wurde in München vom bayerischen Königshaus empfangen und in Wien von Ihrer Kaiserlichen Hoheit Erzherzogin Marie Therese. 1899 machte er eine Reise in den Orient zu den Schauplätzen seiner Hadschi-Halef-Omar-Erzählungen. Schriftstellernoblesse auf ganzer Linie.

Nur die Ehe mit Emma blieb problematisch. Am 14. Januar 1903 ließ er sich scheiden.

W. H.

Im Firwood-Camp

Ein schwerer Sturm peitschte den dichtströmenden Regen gegen die sich vor ihm beugenden Tannenwipfel des Hochwaldes; fingerstarke Wasserfäden flossen an den Riesenstämmen nieder und vereinigten sich an den Wurzeln zu erst kleinen, nach und nach aber immer größer werdenden Bächen, welche in zahllosen Wasserfällen von Fels zu Fels in die Tiefe stürzten, um unten in dem engen Tal von dem hochaufgeschwollenen Fluß aufgenommen zu werden. Es war Nacht geworden; von Minute zu Minute rollte ein zürnender Donner über die Tiefe hin, doch, so hell und grell der Blitz jedesmal dabei leuchtete, fiel der Regen so »korpulent« herab, wie der Westmann sich auszudrücken pflegt, daß man trotzdem kaum fünf Schritte weit zu sehen vermochte.

Der rasende Sturm traf oben den Hochwald und die Felsenklippen; seine Macht jedoch reichte nicht bis in die Tiefe, wo die Riesentannen im nächtlichen Dunkel unbeweglich standen, aber es war da auch nicht still, denn die Wasser des Flusses rauschten und brausten so erregt zwischen den Ufern dahin, daß nur ein ungemein scharfes Ohr es hören konnte, daß zwei einsame Reiter flußabwärts geritten kamen; zu sehen waren sie nicht.

Wäre es Tag und hell gewesen, so hätten sie gewiß den

verwunderten Blick eines jeden Begegnenden auf sich gezogen, und zwar nicht etwa infolge ihrer Kleidung und Ausrüstung, sondern weil beide von einer wahrhaft angsterregenden Länge waren. Man hätte jahrzehntelang in allen Ländern der Erde suchen können, um zwei so gleichlange und gleichdürre Menschen zu finden.

Der eine war semmelblond und hatte einen bei seiner Höhe geradezu lächerlich kleinen Kopf. Mitten unter zwei gutmütigen Mäuseäuglein saß ein winziges, aufwärts gerichtetes Stumpfnäschen, welches viel besser in das Gesicht eines vierjährigen Kindes gepaßt hätte und in gar keinem Verhältnis zu dem ungeheuer breiten Mund stand, welcher sich fast von dem einen Ohr bis zu dem andern zog. Einen Bart hatte der Mann nicht, und dieser Mangel schien ein angeborener zu sein, denn über dieses frauenglatte Gesicht war gewiß noch nie ein Schermesser gegangen. Er trug ein ledernes Wams, welches ihm wie ein kurzer Mantel faltenreich von den schmalen Schultern hing, dazu enge Lederhosen, welche seine Storchbeine fest umschlossen, halbhohe Schaftstiefel und einen Strohhut, dessen Krempe traurig herabhing und den aufgefangenen Regen in ununterbrochenen Fäden rund um ihn niederströmen ließ. Auf seinem Rücken hing, die Mündung nach unten gerichtet, ein Doppelgewehr. Das Pferd, welches er ritt, war ein kräftiger, starkknochiger Klepper, der gewiß schon fünfzehn Sommer hinter sich hatte, aber alle Lust zu besitzen schien, noch weitere fünfzehn ebenso rüstig zu erleben.

Der andere Reiter hatte dunkles Haar, auf welchem eine uralte Pelzmütze saß, ein sehr schmales und sehr langes

Gesicht, und ebenso sehr schmal und sehr lang waren auch die Nase, der Mund und der fadenartige Schnurrbart, dessen Spitzen fast hinter den Ohren zusammengebunden werden konnten. Seine weit über zwei Meter lange Gestalt war, umgekehrt zu seinem Gefährten, oben eng und unten weit bekleidet, denn während er eine sehr weite, faltenreiche Hose trug, deren Enden in rindsledernen Halbstiefeln steckten, umschloß seinen Oberkörper eine lange Filzjacke so eng, als ob sie ihm angegossen worden sei. Auch er hatte ein Doppelgewehr. Daß beide außerdem noch Messer und Revolver besaßen, war ganz selbstverständlich. Er saß auf einem zuverlässigen Mustang, dessen Wiegenfest sich wenigstens ebenso oft wiederholt hatte wie dasjenige des andern Pferdes.

Die beiden Reiter kümmerten sich weder um den Weg noch um den strömenden Regen. Den ersteren zu suchen und zu finden, das überließen sie ihren scharfsinnigen und erfahrenen Pferden, und aus dem letzteren machten sie sich aus dem Grunde nichts, weil er ihnen doch nicht tiefer als bis auf die Haut gehen konnte und dann unten ablaufen mußte.

Sie unterhielten sich trotz des unaufhörlichen Donnerns und Blitzens und trotz der gefährlichen Nähe des an seinen Ufern wühlenden und zerrenden Flusses so unbefangen miteinander, als ob sie im hellen Sonnenschein über eine offene Prärie ritten. Aber wer sie hätte sehen können, dem wäre wohl aufgefallen, daß sie einander trotz der Dunkelheit sehr aufmerksam beobachteten, denn sie kannten sich erst seit einer Stunde, und im Wilden Westen ist ein anfängliches

Mißtrauen stets an seinem Platz. Sie hatten sich kurz vor Einbruch der Nacht und dem Beginn des Gewitters oben am Fluß getroffen und da erfahren, daß sie beide heute noch zum Firwood-Camp* wollten, und es war wohl selbstverständlich gewesen, daß sie nicht einzeln, sondern miteinander ritten.

Nach ihren Namen und Verhältnissen hatten sie sich nicht gefragt, und ihre Unterhaltung war bisher so allgemein gewesen, daß sie Persönliches nicht berührten. Jetzt ertönte ein mehrfacher, krachender Donnerschlag, und wiederholte Blitze zuckten blendend über die enge Tiefe hin. Da meinte der blonde Stumpfnäsige: »Bless my soul! Ist das ein Gewitter! Grad wie daheim bei Timpes Erben!«

Der andere hielt bei den beiden letzten Worten unwillkürlich sein Pferd an und öffnete bereits den Mund, um eine schnelle Frage auszusprechen, besann sich aber eines andern und schwieg, indem er sein Pferd weitertrieb. Er erinnerte sich daran, daß man westlich vom Mississippi nicht unvorsichtig sein dürfe.

Die Unterhaltung wurde fortgesetzt, natürlich ziemlich einsilbig, wie es die Örtlichkeit und Lage mit sich brachte. Es verging eine Viertelstunde und noch eine. Da machte der Fluß eine scharfe Biegung zur Seite, auf welcher sich die beiden Reiter befanden; er hatte das hier erdige Ufer unterwaschen; das Pferd des Blonden konnte nicht schnell genug wenden, es geriet auf die haltlose Scholle und brach ein, glücklicherweise nicht tief; der Reiter riß es empor und

---

* Firwood-Camp: Tannenwaldlager (KM).

herum, gab ihm die Sporen und war mit einem kühnen Satz wieder auf festem Boden.

»Good god!« rief er dann aus. »Ich bin schon naß genug vom Regen, wozu also noch ein solches Bad? Hier konnte ich ertrinken! Beinahe so wie damals bei Timpes Erben!«

Er nahm sichere Entfernung von dem Fluß und ritt dann weiter. Sein Gefährte folgte ihm eine Weile schweigend und fragte dann: »Timpes Erben? Was ist das für ein Name, Sir?«

»Wißt Ihr das nicht?« lautete die Antwort.

»Nein.«

»Hm! Sonderbar! Alle meine Bekannten und Freunde wissen es!«

»Ihr vergeßt, daß wir uns vor wenig über einer Stunde zum erstenmal gesehen haben.«

»Richtig! Da könnt Ihr freilich noch nicht wissen, wer Timpes Erben sind. Ihr werdet es aber vielleicht erfahren.«

»Vielleicht?«

»Ja.«

»Wann?«

»Wenn wir länger beisammen bleiben.«

»Wenn ich es nun jetzt erfahren möchte, Sir?«

»Jetzt? Warum?«

»Weil ich Timpe heiße.«

»Was? Wie? Ihr heißt Timpe? Timpe ist Euer Name?«

»Ja.«

»Wirklich? Ist das wahr?«

»Warum sollte ich mir diesen Namen beilegen, wenn er nicht der meinige wäre?«

»Wonderful! Ich suche Timpe seit langen Jahren, überall, auf allen Bergen und in allen Tälern, im Osten und im Westen, bei Tag und bei Nacht, bei Sonnenschein und bei Regen, und nun, da ich es längst aufgegeben habe, ihn zu finden, da reitet er hier in diesem Wetter an meiner Seite und läßt mich beinahe in diesem schönen Fluß ersaufen, ohne mir zu sagen, wer er ist!«

»Ihr sucht mich?« fragte sein Begleiter verwundert.

»Ja, ja, und zum drittenmal ja!«

»Weshalb?«

»Na, wegen der Erbschaft! Weshalb denn sonst?«

»Erbschaft? Hm! Wer seid Ihr denn eigentlich, Sir?«

»Ich bin auch ein Timpe.«

»Auch einer? Woher denn?«

»Von drüben herüber.«

»Aus Deutschland?«

»Natürlich? Das ist doch ganz selbstverständlich! Oder kann ein Timpe woanders geboren worden sein?«

»Allerdings, denn ich zum Beispiel bin hier in den Staaten geboren.«

»Aber von deutschen Eltern!«

»Mein Vater war ein Deutscher.«

»So seid Ihr wohl der deutschen Sprache mächtig?«

»Ja.«

»Nun, so redet doch, wenn Ihr einen Deutschen vor Euch habt, deutsch, wie Euch der Schnabel gewachsen ist!«

»Na, Sir, nur sachte, sachte! Ich habe doch nicht gewußt, daß Ihr ein Deutscher seid!«

»Aber nun wißt Ihr es. Ich bin ein Deutscher, ein

Timpe sogar, und verlange, daß Deutsche deutsch mit mir reden.«

»Welches ist Eure Vaterstadt?«

»Ich stamme aus Hof in Bayern.«

»Da gehen wir einander nichts an, denn ich stamme aus Plauen im Voigtland.«

»Oho! Nichts angehen? Mein Vater stammt auch aus Plauen und ist von dort nach Hof verzogen.«

Der Dunkelhaarige hielt sein Pferd an. Der Regen hatte nach einem heftigen Donnerschlag plötzlich aufgehört, und die Wolken waren vom Sturm zerteilt worden. Zwischen ihnen blickten helle, blaue Stellen des Himmels hernieder, und die beiden Männer konnten gegenseitig ihre Gesichter erkennen.

»Aus Plauen nach Hof verzogen?« fragte er. »Da ist es freilich nicht nur möglich, sondern sehr wahrscheinlich, daß wir Verwandte sind, denn der wohl sonderlich klingende Name Timpe ist kein so häufig vorkommender, daß die Träger desselben drüben zu Hunderttausenden herumlaufen, wie die Müllers, Schmidts, Schulzes und andere. Was ist Euer Vater gewesen?«

»Büchsenmacher, und ich bin es auch geworden.«

»Das stimmt, das stimmt! Das ist ja ein Zufall, wie es keinen zweiten geben kann! Aber wir wollen uns nicht hier aufhalten; das Gewitter kann leicht zurückkehren, und wir haben noch den schwierigsten Teil des Tales vor uns; da wollen wir das jetzige annehmbare Wetter nutzen. Wir können besser weiter sprechen, wenn wir an Ort und Stelle sind. Also kommt, Sir, oder Cousin, wenn Euch das besser gefällt!«

»Cousin? Warum nicht Vetter? Das ist deutsch und wird wohl auch richtig sein. Also vorwärts!«

Sie ritten weiter. Das Tal wurde bald so eng, daß nur wenig Raum zwischen dem Fluß und der beinahe senkrecht aufsteigenden diesseitigen Felswand blieb. Und dieser Raum bestand nicht etwa aus grasigem Boden, sondern es gab da eine Menge Gesträuch, durch welches sich die Pferde oft geradezu drängen mußten. Hätte sich das Gewitter nicht verzogen gehabt, und wäre es so finster wie vorher geblieben, so dürfte es unmöglich gewesen sein, hier vorwärts zu kommen.

Das hielt eine bedeutende Strecke an, bis das Tal sich wieder verbreiterte, um nach einer halben Stunde wieder eine sehr schmale Schlucht zu bilden, die aber nicht lang war, sondern sehr bald auf den Platz mündete, welcher Firwood-Camp genannt worden war, weil es hier nur Tannen gab, welche in riesiger Größe zum Himmel aufstrebten.

Es kreuzten sich hier zwei Täler in beinahe rechtwinkeliger Richtung, nämlich das Tal des Flusses, an welchem die beiden Timpes herabgekommen waren, und ein anderes, in welchem die im Bau begriffene Eisenbahn die Höhe des Gebirges zu ersteigen strebte. Camp heißt Lager, und daß es hier ein solches, und zwar ein nicht unbedeutendes gab, das sahen die beiden Reiter trotz der nächtlichen Dunkelheit sofort, als sie die Felsenenge vor sich hatten.

Es gab da eine Menge von Baumriesen, die gefällt worden waren, um aus den Stämmen Bretter und aus den starken Ästen Bahnschwellen zu bekommen; der Abfall lieferte das nötige Feuerholz. Die über den Fluß führende Brücke war beinahe fertig, und in der Nähe derselben lag die fliegende Schneidemühle, deren Sägen die Holzmassen zu bewältigen hatten. Weiterhin gähnte schwarz ein tief in den Felsen gesprengter Steinbruch, welcher die Quadern zum Unterbau zu liefern hatte, und links zogen sich mehrere aus Balken und Brettern errichtete schuppenähnliche Bauten hin, welche zur Unterbringung der Menschen, der Werkzeuge und der Vorräte dienten.

Eine dieser hier Shops genannten Buden war außerordentlich lang und tief. Die vier Feueressen, welche das Dach überragten, und die zahlreichen, jetzt erleuchteten Fenster ließen vermuten, daß der Shop den im Camp anwesenden Arbeitern Unterkunft zu gewähren hatte. Infolgedessen wendeten sich die beiden Ankömmlinge dorthin.

Schon von weitem scholl ihnen ein lautes Stimmengewirr entgegen, welches auf die Gegenwart nicht weniger Menschen schließen ließ, und als sie näher gekommen waren, machte sich mit jedem Schritt mehr eine von Branntweindunst geschwängerte Luft bemerkbar. Sie stiegen ab und banden ihre Pferde an die wahrscheinlich zu diesem Zweck neben der Tür eingeschlagenen Pfähle und wollten eben eintreten, als ein Mann herauskam, welcher in das Innere zurückrief: »Der Bauzug muß gleich kommen; ich will ihn expedieren, dann bin ich wieder da. Vielleicht bringt er Neuigkeiten oder gar Zeitungen mit.«

Der Mann sah auf, erblickte die Fremden, trat zur Seite,

um sie in das aus der Tür fallende Licht kommen zu lassen, und betrachtete sie.

»Good evening, Sir«, grüßte der Blonde. »Wir sind bis auf die Haut durchnäßt. Gibt es hier einen Platz, wo man trocken werden kann?«

»Ja«, antwortete er. »Es gibt sogar Plätze, um trocken schlafen zu können, nämlich falls ihr nicht zu derjenigen Sorte von Menschen gehört, die man lieber gar nicht eintreten läßt.«

»Keine Sorge, Sir! Wir sind ehrliche Westmänner, Gentlemen, die Euch nicht in Schaden bringen, sondern alles, was sie bekommen, bezahlen werden.«

»Wenn eure Ehrlichkeit so bedeutend wie eure Körperlänge ist, dann seid ihr freilich die größten Gentlemen unter der Sonne. Na, geht hinein, links in den kleineren Room, und sagt dem Shopman, ich, der Engineer*, hätte gesagt, ihr könntet bleiben. Wir sehen uns bald wieder.«

Er ging fort, und sie befolgten seine Aufforderung.

Das Innere der Bude bildete einen einzigen großen Raum, von dem links nur ein kleiner Teil durch eine bloß mannshohe Bretterwand halb abgeteilt war. Es gab da eine Menge primitiver Tische und Bänke, die in die Erde gerammt waren, und zwischen ihnen und an den Wänden hin Massenbetten, deren Füllung hauptsächlich nur aus trockenem Gras und Heu bestand. Vier Herde, auf denen hohe Feuer loderten, sorgten für eine wenig zulängliche Beleuchtung; Lampen oder Lichter gab es nicht, und so kam es, daß

* Engineer: Ingenieur (KM).

bei dem Flackern der Flammen alle Personen und Gegenstände in gespenstiger Unruhe und Bewegung zu sein schienen.

An den Tischen saßen und auf den Lagern hockten wohl an die zweihundert Bahnarbeiter, kleine, langzöpfige Burschen mit gelbem Teint, hervortretenden Backenknochen und schief geschlitzten Augen, die sich erstaunt auf die beiden überlangen Gestalten richteten.

»Pfui Teufel! Chinesen! Das konnten wir uns denken, denn man roch es schon von draußen!« meinte der Dunkelhaarige. »Kommt schnell in den kleinen Room, wo die Luft vielleicht genießbarer ist!«*

In dieser Abteilung gab es auch eine Anzahl von Brettertafeln, an welchen aber weiße Arbeiter rauchend und trinkend saßen, derbe, wetterharte Männer, von denen wohl mancher eine bessere Vergangenheit hinter sich hatte, mancher aber auch nur deshalb hierher gekommen war, weil er sich im zivilisierten Osten nicht mehr sehen lassen durfte. Ihre überlaute Unterhaltung verstummte sofort, als sie die beiden Gäste sahen, denen ihre erstaunten Blicke bis hin zum Schanktisch folgten, hinter welchem der Shopman bei zahlreichen Flaschen und Gläsern lehnte.

»Rail-roaders?«** fragte er, indem er ihren Gruß nickend erwiderte.

»Nein, Sir«, antwortete der Blonde. »Wir haben nicht die Absicht, den hier sitzenden Gentlemen ihren Verdienst zu

---

* Über Karl Mays Einstellung zu den Chinesen siehe Nachwort.

** Rail-roaders: Eisenbahner (KM).

schmälern. Wir sind Westmänner und suchen ein Feuer, an dem wir uns trocknen können. Der Engineer schickt uns zu Euch.«

»Könnt ihr zahlen?« erkundigte er sich, indem er ihre langen Gestalten mit einem scharf taxierenden Blicke überflog.

»Ja.«

»Dann könnt ihr alles haben, was ihr braucht, auch später ein feines, abgesondertes Lager zum Schlafen da hinter den Kisten und Fässern. Setzt euch da an den Tisch am Herd; da gibt es Wärme genug, der andere ist für die Beamten und höheren Gentlemen.«

»Well! Ihr rechnet uns also zu den niedrigen Gentlemen. Das hätte ich Euch bei unserer Länge nicht zugetraut. Tut aber nichts. Bringt uns Gläser, heißes Wasser, Zucker und Rum! Wir wollen uns auch innerlich anwärmen.«

Sie setzten sich an den ihnen angewiesenen Tisch, welcher so nahe am Feuer stand, daß ihre nassen Anzüge bald trocknen konnten, bekamen das Verlangte und brauten sich einen Grog. Die weißen Arbeiter hatten gehört, daß sie keine Konkurrenz zu befürchten hatten; sie waren befriedigt und setzten ihr unterbrochenes Gespräch lärmend wieder fort.

An dem für Beamte und »höhere Gentlemen« bestimmten Tisch saß eine einzelne Person, ein junger, vielleicht nicht ganz dreißig Jahre zählender Mann, welcher wie ein weißer Jäger gekleidet war, aber der kaukasischen Rasse nicht angehörte, was sich aus der Farbe seiner Haut und der Bildung seines Gesichts schließen ließ. Er war jedenfalls ein Mestize, einer jener Mischlinge, welche zwar die körperlichen Vorzüge, aber dazu leider auch die moralischen Fehler ihrer verschiedenfarbigen Eltern erben.* Seine Glieder waren kräftig und geschmeidig wie diejenigen eines Panthers und seine Gesichtszüge intelligent, aber seine dunklen Augen lagen unter den tief gesenkten Lidern und Wimpern lauernd versteckt wie ein wildes Katzenpaar, welches eine Beute belauert. Er schien die beiden Fremden gar nicht zu beachten, ließ jedoch seine Blicke oft und verstohlen zu ihnen fliegen und neigte den Kopf zur Seite zu ihnen hin, um zu hören, wovon sie sprechen würden. Er hatte Grund zu ermitteln, welche Absicht sie in diese Gegend geführt hatte und ob sie bleiben oder nicht bleiben wollten. Zu seinem Leidwesen verstand er keines ihrer Worte, obgleich sie laut genug miteinander redeten, denn sie bedienten sich einer Sprache, die er nicht kannte, der deutschen.

Als sie ihre Gläser gefüllt hatten, tranken sie sich dieselben zu und leerten sie bis auf den Boden. Der Dunkelköpfige setzte das seinige vor sich hin und sagte: »So, das war der Willkommen, den wir einander schuldig sind, und nun wieder zur Sache! Also Sie sind eigentlich Büchsenmacher, und Ihr Vater war es auch. Das läßt übrigens, nebenbei bemerkt, darauf schließen, daß Sie ein guter Schütze sind. Nehmen wir einmal an, daß wir wirklich Verwandte seien, so will ich Ihnen offen sagen, daß ich noch nicht weiß, ob ich mich auch verwandtschaftlich zu Ihnen verhalten darf.«

---

* Über Karl Mays Meinung zu Mestizen siehe Nachwort.

»Warum sollten Sie das nicht dürfen?«

»Wegen der Erbschaft.«

»Wieso?«

»Ich bin um sie betrogen worden.«

»Ich doch auch!«

»Ach wirklich? Sie haben auch nichts bekommen?«

»Keinen Pfennig, keinen roten Heller!«

»Aber es ist doch eine so bedeutende Summe an die Erben drüben ausgezahlt worden!«

»Ja, an Timpes Erben in Plauen, jedoch nicht an mich, obwohl ich ein ebenso echter Timpe bin wie sie.«

»Erlauben Sie mir, diese Echtheit einmal zu prüfen! Wie ist Ihr vollständiger Name?«

»Kasimir Obadja Timpe.«

»Der Ihres Vaters?«

»Rehabeam Zacharias Timpe.«

»Wieviel Brüder hatte Ihr Vater?«

»Fünf. Die drei jüngsten sind nach Amerika gegangen. Sie glaubten, schnell reich werden zu können, weil dort viele Gewehre gebraucht wurden. Die Brüder waren alle Büchsenmacher.«

»Wie hieß der zweite Bruder, der in Plauen geblieben ist?«

»Johannes Daniel. Er ist gestorben und hat zwei Söhne hinterlassen, nämlich Petrus Micha und Markus Absalom, welche die hunderttausend Taler geerbt und aus der Stadt Fayette in Alabama geschickt bekommen haben.«

»Das stimmt; das stimmt abermals! Mit Ihrer Orts- und Personenkenntnis beweisen Sie, daß Sie wirklich mein Vetter sind.«

»Oh, ich kann es noch besser beweisen. Ich habe meine Papiere und Legitimationen heilig aufgehoben; ich trage sie auf meinem Herzen. Ich kann sie Ihnen sofort ...«

»Jetzt nicht, jetzt nicht, vielleicht später«, fiel ihm Hasael in die Rede. »Ich glaube Ihnen, Sie wissen doch auch, warum die fünf Brüder und ihre Söhne alle solche biblische Namen haben?«

»Ja. Es war das ein uralter Gebrauch in der Familie, von dem keiner abgewichen ist.« »Richtig! Und dieser Gebrauch konnte in den Staaten hier leicht beibehalten werden, weil der Amerikaner solche Namen auch bevorzugt. Mein Vater war der dritte Bruder; er hieß David Makkabäus und blieb in New York. Mein Name ist Hasael Benjamin. Die zwei Jüngsten gingen weiter ins Land und setzten sich in Fayette im Staate Alabama fest. Der Allerjüngste hieß Joseph Habakuk; er starb dort kinderlos und hat das große Erbteil hinterlassen. Der vierte Bruder, Tobias Holofernes, starb in derselben Stadt; sein einziger Sohn, Nahum Samuel, ist der Betrüger.«

»Wieso?«

»Sehen Sie das nicht ein? Ich bin vollständig ahnungslos gewesen. Vater hat zwar in der ersten Zeit mit seinen zwei Brüdern in Fayette Briefe gewechselt, doch ist das nach und nach eingeschlafen, bis man einander schier vergessen hat. Die Entfernungen in den Staaten sind so groß, daß selbst Brüder sich nach und nach aus den Augen kommen. Nach Vaters Tod führte ich das Geschäft fort, schlecht und recht, ohne viel mehr als das Leben herauszuschlagen. Da traf ich in Hoboken mit einem Deutschen zusammen; er war

Einwanderer und kam aus Plauen im Voigtland. Ich erkundigte mich natürlich nach meinen dortigen Verwandten und erfuhr zu meinem Erstaunen, daß sie bare hunderttausend Taler von dem Onkel Habakuk in Fayette geerbt hatten. Und ich nichts! Ich glaubte, der Schlag werde mich treffen! Ich hatte meinen Anteil auch zu verlangen und schrieb wohl zehn und noch mehr Briefe nach Fayette, bekam aber keine Antwort. Da verkaufte ich kurz entschlossen mein Geschäft und reiste hin.«

»Ganz recht, ganz recht, lieber Vetter! Nun, und der Erfolg?«

»War gar kein Erfolg, denn der Vogel hatte sich unsichtbar gemacht; er war ausgeflogen.«

»Welcher Vogel?«

»Sonderbare Frage! Das können Sie sich doch nun denken! Man hatte in Fayette geglaubt, der alte Joseph Habakuk sei nur in guten Verhältnissen gestorben; daß er so reich gewesen war, hatte man nicht geahnt. Wahrscheinlich hat ihn sein Geiz abgehalten, es zu zeigen. Sein Bruder Tobias Holofernes war sehr arm vor ihm gestorben, und er hatte dessen Sohn, seinen Neffen Nahum Samuel, zu sich in das Geschäft genommen. Dieser nun ist der Betrüger. Er hat zwar nicht umhin gekonnt, die hunderttausend Taler nach Plauen zu schicken, mit dem übrigen Geld aber hat er sich aus dem Staub gemacht, auch mit den hunderttausend Talern, die mir zufallen mußten.«

»Und mit den meinigen wahrscheinlich auch?«

»Jedenfalls!«

»Der Schurke! Vater zog von Plauen fort, weil er sich

wegen der Konkurrenz mit dem Bruder arg verfeindet hatte. Diese Feindschaft wuchs trotz der Entfernung mehr und mehr, so daß keiner mehr etwas von dem andern wissen und hören wollte. Darüber ist Vater gestorben, sein Bruder in Plauen auch. Später schrieben mir dessen Söhne, sie hätten von dem Oheim Joseph Habakuk in Amerika hunderttausend Taler geerbt. Ich fuhr sofort nach Plauen, um mich zu erkundigen. Da ging es freilich sehr hoch her. Die beiden Vettern wurden nicht anders als Timpes Erben genannt; sie hatten ihr Geschäft aufgegeben und lebten wie die Fürsten. Ich wurde sehr gut aufgenommen und mußte einige Wochen bei ihnen bleiben. Von der alten Feindschaft wurde kein Wort gesprochen, aber ebensowenig konnte ich etwas Näheres und Sicheres über den Onkel Joseph Habakuk und seine Hinterlassenschaft erfahren. Die Vettern ließen mich ihren Reichtum kosten, aber meinen Anteil schienen sie mir nicht zu gönnen. Da machte ich es kurz entschlossen wie Sie: Ich verkaufte mein Geschäft, ging nach Amerika und begab mich von New York natürlich sofort direkt nach Fayette.«

»Ah, also auch! Wie fanden Sie es dort?«

»Ganz wie Sie, nur daß man mich auslachte. Man sagte mir, daß die dortigen Timpes niemals wohlhabend gewesen seien.«

»Unsinn! Verstanden Sie damals Englisch?«

»Nein.«

»So hat man Sie dort als Deutschen an der Nase herumgeführt. Was haben Sie dann angefangen?«

»Ich wendete mich nach St. Louis, wo ich bei Mr. Henry,

dem Erfinder des berühmten fünfundzwanzigschüssigen Henrystutzens, Arbeit nehmen und soviel wie möglich von seiner Kunst lernen und profitieren wollte, kam aber in der Stadt Napoleon am Arkansas und Mississippi in die Gesellschaft einiger Präriejäger, denen ich als Büchsenmacher recht war. Sie ließen mich nicht weiter und veranlaßten mich, mit ihnen zu den Felsenbergen zu gehen. So bin ich also ein Westmann geworden.«

»Und sind Sie zufrieden mit diesem Wechsel?«

»Ja. Lieber freilich wäre es mir, wenn ich meine hunderttausend Taler erwischt hätte und in dulci jubilo leben könnte, so wie Timpes Erben.«

»Hm! das kann vielleicht noch werden.«

»Schwerlich! Mir ist später auch der Gedanke gekommen, daß der alte Joseph Habakuk doch so reich gewesen und sein Neffe Nahum Samuel mit dem Geld entwichen sein könne. Ich habe den letzteren gesucht, mehrere Jahre lang, doch vergebens, wie ich Ihnen schon sagte.«

»Ich auch, und ebenso vergebens, doch nur bis vor kurzer Zeit, denn nun habe ich seine Spur.«

»Sei– ne – Spur? Wie – wa– wirk– lich?« rief Kasimir, indem er so schnell von seinem Sitz aufsprang, daß die Anwesenden alle aufmerksam wurden und ihre Blicke auf ihn richteten.

»Still, ruhig!« warnte Hasael. »Man darf sich nicht so bald aufregen lassen. Ich habe aus einem ganz untrüglichen Mund gehört, daß ein gewisser Nahum Samuel Timpe, früher Büchsenmacher und nun ungeheuer reich, jetzt in Santa Fé wohnt.«

»In Santa Fé da drüben? Da müssen wir hin, unverzüglich hin, wir beide, Sie und ich!«

»Bin damit einverstanden, Vetter. Es war natürlich meine Absicht, ihn aufzusuchen und zur Herausgabe des Geldes nebst Zinsen zu zwingen. Daß dies schwer, sehr schwer sein wird, habe ich mir nicht verhehlt, und darum freut es mich, Sie getroffen zu haben, denn zweien muß es leichter werden. Wir treten in einer solchen Weise vor ihn hin, daß er vor Schreck seine Schandtat eingesteht und das Geld augenblicklich aufzählt. Wir sind Westmänner und drohen ihm mit dem Gesetz der Prärie. Nicht?«

»Selbstverständlich, ganz und gar selbstverständlich!« stimmte Kasimir höchst eifrig bei. »Welch ein Glück, daß ich Sie getroffen habe, Sie – Sie – Sie? Ist es nicht eine Dummheit, Vetter, uns Sie zu nennen, da wir so nahe Verwandte und Schicksalsgenossen sind?«

»Kommt mir auch so vor.«

»Also Brüderschaft machen, du sagen, nicht wahr, du?«

»Mir recht. Hier ist meine Hand; schlag ein! Wir füllen die Gläser wieder und leeren sie auf unser Wohl und auf das Gelingen unseres Vorhabens. Da, stoß an!«

»Prosit, Vetter, oder vielmehr: Prosit, lieber Hasael!« »Prosit! Aber Hasael? Weißt du, man ist in den Staaten möglichst kurz, besonders mit den Namen. Man sagt Jim, Tim, Ben und Bob und spricht nicht alle Silben aus, wenn eine einzige genügt. Mein Vater sagte stets Has' oder vielmehr Has anstatt Hasael, und ich habe mich daran gewöhnt. Mach du es ebenso!«

»Has? Hm! Dann müßtest du zu mir auch Kas' oder vielmehr Kas sagen anstatt Kasimir?«

»Warum nicht?«

»Klingt das nicht sehr dumm?«

»Dumm? Unsinn! Es klingt, sage ich dir; mir gefällt es, und wie es andern klingen mag; das ist mir gleichgültig. Also nochmals prosit, lieber Kas!«

»Prosit, lieber Has! Aufs Wohl von Kas und Has, den neuesten Erben Timpes!«

Sie stießen still begeistert und nur leise ihre Gläser zusammen, um nicht die Aufmerksamkeit der andern Zecher auf sich zu ziehen. Dann meinte der dunkelköpfige Has: »Also auf nach Santa Fé! Aber das ist nicht so leicht und schnell ausgeführt, denn wir werden zu einem weiten Umweg gezwungen sein.«

»Warum?« fragte der semmelblonde Kas.

»Weil wir durch das Gebiet der Komantschen müßten, wenn wir den kürzesten Weg einschlagen wollten.«

»Ich hörte doch nicht, daß diese Roten jetzt das Kriegsbeil ausgegraben haben!«

»Ich auch nicht; aber die Canaillen sind selbst im tiefsten Frieden treulos und stets den Bleichgesichtern feind. Zudem traf ich gestern mit einem Pedlar* zusammen, der von ihnen kam. Du weißt, daß die Indsmen einem Pedlar niemals etwas Böses tun, weil sie ihn notwendig brauchen. Der sagte mir, daß der große Kriegshäuptling Tokvi Kava** jetzt nicht bei seinem Stamm sei, sondern sich mit einigen seiner besten Krieger entfernt habe, ohne zu sagen, wohin.«

---

* Pedlar: Krämer, Händler (KM).

** Tokvi Kava: Schwarzer Mustang (KM).

»Tokvi Kava, der Schwarze Mustang, der Jägerschinder? Mit den besten Kriegern? Und ohne zu sagen, wohin? Das läßt allerdings sehr stark vermuten, daß er wieder auf eine seiner Grausamkeiten sinnt. Ich fürchte mich wahrlich vor keinem Roten, aber sei man noch so mutig, besser ist es immer, einem solchen Burschen gar nicht zu begegnen. Ich schlage vor, lieber den Umweg zu machen und eine Woche später in Santa Fé anzukommen. Unser Name Samuel wird uns wohl nicht gerade jetzt zum zweitenmal davonlaufen.«

»Und wenn er lief – wir haben seine Spur und würden ihn nun ganz gewiß erwischen, denn ...«

Er wurde unterbrochen, denn der Engineer kam zurück und brachte noch zwei Männer mit. Kas und Has hatten im Eifer ihres Gespräches das wiederholte Pfeifen einer Lokomotive überhört. Der Arbeitszug war angekommen; der Engineer hatte ihn expediert und wurde nun bei der Rückkehr von seinem Aufseher und dem Magazinverwalter begleitet. Er nickte den beiden Westmännern grüßend zu, und dann setzten sich die drei zu dem Mestizen an den für die »Beamten und höheren Gentlemen« bestimmten Tisch. Sie ließen sich auch Grog geben, und dann erkundigte sich der Mischling: »Nun, Sir, sind Zeitungen angekommen?«

»Nein«, antwortete der Engineer, »die werden morgen erst eintreffen; aber Nachrichten habe ich erhalten.«

»Gute?«

»Leider nicht. Wir werden ab jetzt sehr wachsam sein müssen.«

»Warum?«

»Es sind in der Nähe der Rückstation Spuren von Indianern gesehen worden.« Es war, als ob die halb unter den Lidern verborgenen Augen des Mischlings für einen Moment zornig aufleuchteten, doch klang seine Stimme ganz gelassen, als er sagte: »Das ist doch kein Grund, ungewöhnlich wachsam zu sein!«

»Ich denke doch!«

»Pshaw! Kein Stamm hat jetzt den Tomahawk des Krieges ausgegraben, und wenn es wäre, so darf man von einigen Fußstapfen nicht gleich auf Feinde schließen.«

»Freunde lassen sich sehen. Wer sich versteckt hält, der hat keine guten Absichten; das kann ich mir sagen, obgleich ich kein Scout und Westmann bin.«

»Eben weil Ihr keiner seid, sagt Ihr es Euch. Der erfahrene Westmann würde der Ansicht sein, daß die Roten an der Station vorübergegangen seien, weil sie keine Zeit hatten, sich zu zeigen.«

»Keine Zeit? Die Roten haben stets und immer Zeit, bei den Weißen herumzulungern und sie anzubetteln. Wenn sie sich verstecken, ist ihre Absicht sicher keine gute. Du bist ein tüchtiger Pfadfinder und in dieser Gegend bekannt; ich habe dich engagiert, daß du von morgen an die Umgebung scharf durchstreifst.«

Durch die geschmeidige Gestalt und über das Gesicht des Mestizen ging ein leises Zucken, als er zornig auffahren wollte, doch beherrschte er sich wieder und antwortete in ruhigem Ton: »Ich werde es tun, Sir, obgleich ich weiß, daß es nicht nötig ist. Indianerspuren haben nur zur Kriegszeit böse Bedeutung. Und noch eins: Die Roten sind oft bessere und treuere Menschen als die Weißen.«

»Diese Ansicht macht deiner allgemeinen Menschenliebe alle Ehre, aber ich könnte dir mit Beispielen, mit vielen Beispielen beweisen, daß du im Irrtum bist.«

»Und ich mit noch mehreren, daß ich recht habe. Ist jemals ein Weißer treuer gewesen, als Winnetou zu Old Shatterhand ist?«

»Winnetou ist eine Ausnahme. Kennst du ihn?«

»Gesehen habe ich ihn noch nicht.«

»Oder Old Shatterhand?«

»Auch noch nicht; aber alle ihre Taten kenne ich.«

»So hast du auch von Tangua, dem Häuptling der Kiowas* gehört?«

»Ja.«

»Welch ein Verräter war dieser Schurke! Er warf sich damals, als Old Shatterhand noch Surveyor** war, zu seinem Beschützer auf und hat ihm doch fort und fort nach dem Leben getrachtet. Er hätte ihn sicher ausgelöscht, wenn dieser berühmte Weiße nicht ein so kluger, umsichtiger und ebenso kühner wie starker Mann gewesen wäre. Wo findest du da die Treue, von der du sprichst? Und daß die Spuren von Roten nur im Krieg Gefahr bedeuten – haben die Sioux Ogallalah nicht mitten im Frieden wiederholt Eisenbahnzüge überfallen? Haben sie nicht mitten im Frieden Männer getötet und Weiber geraubt? Sie sind dafür bestraft worden, nicht von großen Jäger- und Militärhaufen, sondern von zwei einzelnen Menschen, von Winnetou und Old Shatter-

---

* Kiowas: Dieses Wort wird Ke-i-o-wehs ausgesprochen (KM).

** Surveyor = Landvermesser.

hand. Keiner gleicht diesen beiden. Befände sich einer von ihnen hier, so würden mir allerdings selbst hundert Indianerspuren wenig Angst bereiten.«

»Pshaw! Ihr übertreibt, Sir! Diese beiden Männer haben Glück, sehr viel Glück gehabt; das ist alles. Es gibt noch ebensolche und auch noch bessere, als sie sind.«

»Wo?«

Der Mestize sah ihm mit stolz herausforderndem Blick in das Gesicht und antwortete: »Fragt nicht, sondern seht Euch um!«

»Meinst du etwa dich, dich selbst?«

»Und wenn?«

Der Engineer wollte ihm eine zurechtweisende Antwort geben, wurde derselben aber enthoben, denn Kas kam mit zwei Schritten seiner langen Beine herbei, pflanzte sich hoch vor dem Mestizen auf und sagte: »Du bist der größte Schafskopf, den es geben kann, mein Sohn!«

Der Mischling sprang im Nu auf und riß sein Messer aus dem Gürtel; aber noch schneller hatte Kas seinen Revolver gespannt, hielt ihm denselben entgegen und warnte: »Keine Übereilung, my boy! Es soll Menschen geben, die eine Kugel durch ihren Dummkopf nicht vertragen und auch nicht überleben können, und ich habe allen Grund, anzunehmen, daß du so einer bist.«

Der auf ihn gerichtete Lauf des Revolvers verbot dem Mestizen, sein Messer zu gebrauchen, denn eine Kugel ist schneller als die beste Klinge. Hierüber wütend, zischte er dem Langen zu: »Was habe ich mit Euch zu schaffen? Wer hat Euch erlaubt, Euch in unser Gespräch zu mischen?«

»Ich selbst, mein Junge, ich selbst. Und wenn ich mir oder irgend jemand etwas erlaube, so möchte ich den sehen, der es nicht leiden will! Etwa du; he, du?«

»Ihr seid ein Grobian, Sir!«

»Well, diese Antwort laß ich mir gefallen, denn ich sehe, daß du Geschmack an mir findest. Sorg nur dafür, daß ich auch welchen an dir finde, sonst ergeht es dir wie damals bei Timpes Erben!«

»Timpes Erben? Wer seid Ihr denn eigentlich, Sir?«

»Ich bin einer, der auf Winnetou und Old Shatterhand nichts kommen läßt; mehr brauchst du nicht zu wissen. Leb wohl, my boy, und steck dein Stecheisen wieder in den Gürtel, damit du dir damit nicht etwa selbst einen Schaden tust!«

Kas kehrte zu seinem Tisch zurück, wo er sich behaglich wieder niederließ. Der Mestize folgte seinen Bewegungen mit sprühenden Augen, seine Sehnen spannten sich, dem Beleidiger nachzuspringen und ihm das Messer in den Leib zu stoßen, doch brachte er es nicht fertig. Es gab in der Haltung des langen dünnen Mannes etwas, was ihm den Fuß bannte. Er steckte das Messer ein, setzte sich wieder nieder und murmelte, um sich vor seinen Tischgenossen zu entschuldigen, vor sich hin: »Der Kerl ist offenbar ein Narr und gar nicht imstande, einen vernünftigen Menschen zu beleidigen. Lassen wir ihn schwatzen!«

»Schwatzen?« antwortete der Engineer. »Der Mann scheint im Gegenteil Haare auf den Zähnen zu haben. Daß er für Old Shatterhand und Winnetou gesprochen hat, freut mich von ihm, denn die Taten und Erlebnisse dieser beiden Helden des Westens bilden mein Leib- und Lieblingsthema. Will doch einmal sehen, ob er sie auch wirklich kennt.«

Und sich an den andern Tisch wendend, fragte er: »Ihr bezeichnet euch als Westmänner, Sir. Seid ihr jemals Winnetou oder Old Shatterhand begegnet?«

Die kleinen Mausaugen von Kas funkelten vor Vergnügen, indem er antwortete: »Und ob! Habe beide gesehen.«

»Längere Zeit?«

»Bin zwei Wochen mit ihnen geritten.«

»Was? Du?« rief Has verwundert aus. »Du hast dich in der Gesellschaft dieser zwei größten Westmänner befunden und mir noch nichts davon gesagt?«

»Wann hätte ich es sagen sollen? Wir haben ja noch gar keine Zeit gefunden, von unsern Erlebnissen zu sprechen.«

»Oh, ihr kennt euch erst seit kurzer Zeit?« fragte der Engineer.

»Haben uns erst heute, kurz vor Abend, zum erstenmal gesehen«, antwortete Kas.

»Sind Euch mit Winnetou und Old Shatterhand Abenteuer begegnet?«

»Das ist eine sonderbare Frage, Sir. Wer bei diesen Männern ist, erlebt immer etwas, oft an einem Tag mehr als sonst in einem Monat oder gar in einem ganzen Jahr.«

»Wetter! Wollt Ihr nicht herkommen und uns davon erzählen?«

»Nein.«

»Nicht? Warum denn nicht?«

»Weil ich kein Geschick zum Erzählen habe, Sir. Es ist mit

dem Erzählen eine ganz eigene Sache; das muß angeboren sein. Ich habe es schon oft versucht, aber ich bringe es nicht fertig. Ich fange in der Regel in der Mitte oder hinten an und höre stets vorn oder gar schon in der Mitte auf. Ich kann Euch nur kurz sagen, daß wir damals eine Gesellschaft von acht Weißen waren und in die Gefangenschaft der Upsarokas gerieten, die uns für den Marterpfahl bestimmten. Das hatten Old Shatterhand und Winnetou erfahren. Sie suchten unsere Fährte, folgten ihr, beschlichen die Upsarokas und holten uns in der Nacht heraus, ganz allein, ohne alle Beihilfe, ein Meisterstück, wie es außer ihnen auch der Berühmteste nicht fertig bringt, selbst Euer Halfbreed* nicht, welcher dort bei Euch sitzt und vorhin das Maul so voll genommen hat.«

Der Mestize wollte wieder aufbrausen, doch kam ihm der Ingenieur mit der schnellen, an Kas gerichteten Frage zuvor: »Wißt Ihr nicht, wo sich die beiden jetzt befinden, Sir?«

»Habe keine Ahnung. Es wurde einmal davon gesprochen, daß Old Shatterhand hinüber in eines der altmodischen Länder sei, Ägypten oder Persien heißt es wohl, aber bald wiederkommen werde.«

»Möchte sie doch gar zu gern einmal sehen! Sind sie denn wirklich so, wie man sie beschreibt? Hat Old Shatterhand wirklich solche Kraft in seiner Faust? Man hat mir gesagt, daß seine Hände trotzdem fast so klein wie Ladyshände seien.«

---

* Halfbreed: Halbblut, Halbindianer (KM).

»Das ist wahr. Und dennoch brachte er mit einem Schlag den schwersten Mann zu Boden. Er ist nicht etwa übermäßig lang und breit, aber seine Muskeln sind wie Eisen und seine Sehnen wie Federstahl. So ist es auch mit Winnetou.«

»Sind sie stolz?«

»Fällt ihnen nicht ein! Die wahren Kinder! Lieb, mild und herzig gut. Dabei durch keine, auch durch die größte Gefahr nicht aus der Fassung zu bringen. Aber wenn es gilt, dann solltet Ihr sie sehen! Diese Augen! Diese Schritte und Bewegungen! Dieser Sitz im Sattel! Diese kalte Berechnung jedes Vorteils und dieses stets untrügliche Voraussehen aller, aber auch aller Folgen dessen, was sie tun! Es hat noch nie einen Menschen, rot oder weiß, und sei er noch so pfiffig und verschlagen, gegeben, dem es gelungen wäre, einen von ihnen länger als einen Augenblick zu täuschen.«

»Ihr beschreibt sie wirklich als Halbgötter, Sir. Ich gäbe sonst etwas darum, wenn ich sie einmal sehen könnte. Vielleicht aber bin ich ihnen oder einem von ihnen schon einmal begegnet, ohne es zu wissen.«

»Wird wohl nicht der Fall sein, Sir. Wer sie kennt, der weiß: Wenn einer von ihnen jetzt hereinträte, euch allen unbekannt, ihr würdet doch sofort wissen, daß es Old Shatterhand oder Winnetou ist.«

»Und ihre Waffen? Sind sie wirklich so vorzüglich, wie man erzählt?«

»Will es meinen, Sir! Aus Winnetous Silberbüchse ist noch nicht ein Fehlschuß gegangen; sie hat in ihrer Art nicht ihresgleichen. Der Bärentöter Old Shatterhands ist wie ein brüllender Löwe, dem keine Beute entgehen kann, und wenn sie noch so schnell entflöhe. Und nun erst sein Henrystutzen! Ich bin Büchsenmacher gewesen und verstehe mich darauf. Henry hat, glaube ich, nur zehn oder zwölf solcher Stutzen gefertigt, aber wer hat sie und wo sind sie? Keiner von ihnen ist bekannt, als nur der Old Shatterhands. Dieser Stutzen, ursprünglich ein totes Meisterstück, ist in dieser Hand zu einem lebenden Wesen geworden, hat denken, berechnen und gehorchen gelernt. Old Shatterhand wettet zwar mit jedem fremden Gewehr nach drei Probeschüssen, so hoch ihr wollt, auf Ziel; hat er aber seinen Stutzen in der Hand, so würde er Euch niederschlagen, wenn Ihr es wagtet, ihm eine Wette anzubieten. Er weiß, ja, er fühlt die Kugel schon genau im Ziel sitzen, wenn er die Patrone noch in der Tasche hat. Er und sein Stutzen haben nur eine Seele, nur einen Gedanken und nur einen Willen. Begreift Ihr das?«

»Nein.«

»Weil Ihr kein Jäger, kein passionierter Schütze seid. Diese drei Gewehre sind von unschätzbarem Wert. Man kann nicht sagen, welches den andern vorzuziehen ist; ich aber würde unbedingt den Henrystutzen wählen. Böte jemand dem Besitzer zehntausend, zwanzigtausend Dollar und noch mehr, ich bin überzeugt, Old Shatterhand würde lächelnd fortgehen. Vor seinem Tod wird kein Mensch das Gewehr bekommen oder auch nur untersuchen dürfen, denn in einer andern Hand würde der Stutzen bald seinen Wert verlieren und eine ganz gewöhnliche, tote Waffe sein, die keine Seele hat und keinen Gehorsam kennt: Es wäre ein Mord an ihm geschehen.«

»Lackaday! Ihr werdet geradezu poetisch, Sir! So habe ich noch niemand von einer Waffe sprechen hören. Und doch behauptetet Ihr vorhin, daß Ihr nicht erzählen könntet!«

»Kann ich auch nicht; aber ich war, wie gesagt, früher Büchsenmacher und bin jetzt Jäger. Ich behaupte, daß jedes Gewehr eine, erlaubt mir das Wort, eine Seele hat, die von dem Schützen studiert, verstanden und geliebt werden muß, dann haben beide auch nur einen Willen. Wer kein Fachmann ist und sich noch nie über nichtsnutzige Schießprügel geärgert hat, versteht das nicht und lacht darüber. Wollt Ihr auch lachen, so tut es immerhin, ich habe nichts dagegen.«

»Fällt mir nicht ein! Eure Ansicht ist zwar außergewöhnlich, aber sie gefällt mir fast ebensosehr, wie Ihr mir selbst gefallt.«

»So, ich gefalle Euch, Sir? Well, so tut mir den Gefallen, uns zu sagen, wo wir unsere Pferde unterbringen können. Ich möchte sie gern sicher unter Dach und Fach haben weil Ihr vorhin von Indianerspuren gesprochen habt.«

»Erscheinen Euch diese Spuren auch bedenklich?«

»Natürlich! Das kluge Halfbreed dort mag denken, was er will, ich weiß, woran ich bin.«

»So biete ich Euch den Werkzeugschuppen an, der ein gutes, festes Schloß besitzt; der Verwalter hier wird Euch führen und auch für Futter und Wasser sorgen.«

Der Genannte erhob sich bereitwillig von seinem Platz, und Kas und Has folgten ihm hinaus zu ihren Pferden.

Die weißen Bahnarbeiter hatten der Unterhaltung ihre ganze Aufmerksamkeit geschenkt; das Thema derselben war ihnen ebenso interessant gewesen wie ihrem Vorgesetzten. Dieser benutzte die Abwesenheit der beiden Jäger dazu, dem Mestizen sein Gebaren zu verweisen, was der Genannte mit scheinbarer Ruhe hinnahm, während er innerlich wütend war. Darüber verging einige Zeit, bis sich draußen wieder die Schritte von Pferden hören ließen.

»Was ist denn das?« fragte der Engineer verwundert. »Sie bringen die Pferde zurück, und es ist doch Platz genug für sie im Schuppen.«

Er blickte zum Eingang und sah nicht die drei fortgegangenen Personen, sondern zwei ganz andere Männer eintreten. Es waren ein Weißer und ein Indianer.

Der erstere war von nicht sehr hoher und nicht sehr breiter Gestalt. Ein dunkelblonder Vollbart umrahmte sein sonnenverbranntes Gesicht. Er trug ausgefranste Leggins und ein ebenso an den Nähten ausgefranstes Jagdhemd, lange Stiefel, die bis über die Knie heraufgezogen waren, und einen breitkrempigen Filzhut, in dessen Schnur rundum die Ohrenspitzen des fürchterlichen grauen Bären steckten. In dem breiten, aus einzelnen Riemen geflochtenen Gürtel steckten zwei Revolver und ein Bowiemesser; er schien rundum mit Patronen gefüllt zu sein, und an ihm hingen mehrere Lederbeutel, in denen wahrscheinlich die einem Westmann nötigen kleineren Requisiten steckten. Von der linken Schulter zur rechten Hüfte lag ein zusammengeschlungener, aus mehrfachen Riemen geflochtener Lasso, und um den Hals hing an einer Seidenschnur eine mit Kolibribälgen verzierte Friedenspfeife, in deren künstlerisch geschnittenen Kopf indianische Charaktere eingegraben waren. Ein breiter Riemen hielt auf dem Rücken dieses Mannes ein ungewöhnlich langes und schweres Doppelgewehr fest, während in der rechten Hand ein leichteres, einläufiges ruhte, dessen Schloß kein gewöhnliches zu sein schien; das sah man, obwohl es jetzt durch ein ledernes Etui verhüllt wurde.

Der Indianer war ganz genauso gekleidet wie der Weiße, nur daß er anstatt der hohen Stiefel leichte Mokassins trug, die mit Stachelschweinsborsten verziert waren. Auch eine Kopfbedeckung hatte er nicht, sondern sein langes, dichtes, blauschwarzes Haar war in einen hohen, helmartigen Schopf geordnet und mit einer Klapperschlangenhaut durchflochten. Um den Hals trug er den Medizinbeutel, eine höchst wertvolle Friedenspfeife und eine dreifache Kette von Grislykrallen, ein glänzender Beweis seiner Tapferkeit und seines Mutes, denn kein Indianer darf Trophäen zeigen, die er sich nicht selbst erworben hat. Der Lasso fehlte ebensowenig wie der Gürtel mit den Revolvern, dem Bowiemesser und den Lederbeuteln, und in der Rechten hielt der Indsman eine doppelläufige Büchse, deren Holzteile eng mit glänzenden silbernen Nägeln beschlagen waren. Der Ausdruck seines ernsten, männlich schönen Gesichts war fast römisch zu nennen; trotz des tiefdunklen Sammets seiner Augen glänzte in ihnen ein jetzt ruhiges, wohltuendes Feuer; die Backenknochen standen kaum merklich vor, und die Farbe seiner Haut war ein mattes Hellbraun mit einem leisen Bronzehauch.

Diese beiden Ankömmlinge waren keine Riesen von Gestalt; sie kamen ruhiger und bescheidener herein als wohl der niedrigste Arbeiter des Camps; nichts, gar nichts an ihnen zeigte, daß sie die Absicht hätten, in irgendeiner Weise Ansprüche zu erheben oder gar Aufsehen zu erwecken, und doch wirkte ihr Erscheinen gerade so, als ob zwei fürstliche Personen zu ihren Untertanen getreten wären. Das tolle Geschwätz der Chinesen verstummte im Nu; die weißen Arbeiter im kleinen Room standen unwillkürlich von ihren Sitzen auf; der Engineer, sein Aufseher und der Mischling taten dasselbe; der Shopman versuchte sogar eine Verbeugung fertig zu bringen, welche leider sehr eckig ausfiel. Die beiden schienen das Aufsehen, welches sie erregten, gar nicht zu bemerken; der Indsman grüßte nur mit einem leichten, aber keineswegs stolzen Neigen seines Kopfes, und der Weiße sagte in freundlichem Ton: »Good evening, Mesch'schurs! Bleibt sitzen, wir wünschen nicht zu stören.« Und sich dann an den Wirt wendend, fuhr er fort: »Kann man bei Euch ein gutes Mittel gegen den Hunger und den Durst bekommen, Sir?«

»Readily, with pleasure, Sir!« antwortete dieser. »Zunächst welcome, Gentlemen! Es steht alles zu euren Diensten, was ich habe. Nehmt da am warmen Feuer Platz, Mesch'schurs! Es sitzen zwar schon zwei Westmänner da, die einmal hinausgegangen sind, aber wenn euch dies stört, so werden sie Platz machen.«

»Das wollen wir keineswegs. Sie waren eher da als wir und haben also ein größeres Recht. Wenn sie zurückkehren, werden wir sie fragen, ob sie uns bei sich haben wollen.

Macht uns zunächst ein warmes Ingwerbier, dann werden wir sehen, was Ihr zu essen habt.«

Sie sahen an den zurückgelassenen Gewehren, wo Kas und Has gesessen hatten, und nahmen an der andern Seite des Tisches Platz.

»Prächtige Kerls!« flüsterte der Engineer seinen beiden Nachbarn zu. »Der Rote blickt wie ein König drein und der Weiße nicht weniger.«

»Und das Gewehr des Indsman!« antwortete ebenso leise der Aufseher. »Die vielen silbernen Nägel daran! Ob das ...«

»Thunder-storm! Silberbüchse! Winnetou! Seht das schwere Doppelgewehr des Weißen! Ob das der berühmte Bärentöter ist? Und das kleine, leichte Gewehr! Vielleicht gar der Henrystutzen?«

»Dann wäre es Old Shatterhand!«

»Old Shatterhand und Winnetou! Mein Wunsch, mein Herzenswunsch!«

Da hörte man draußen vor dem Eingang die Stimme Kasimirs: »All devils! Was sind das für Pferde hier? Wer ist angekommen?«

»Weiß es nicht«, antwortete die Stimme des Verwalters, welcher mit den beiden Vettern von dem Schuppen zurückgekehrt war.

»Zwei Rapphengste mit roten Nüstern und dem Vollblutwirbel in der Mähne! Die kenne ich, die kenne ich, und auch die Reiter, denen sie gehören. Indianisch aufgeschirrt! Es stimmt, es stimmt! Welch eine Freude! Genau so wie bei Timpes Erben! Kommt herein, kommt schnell herein; Ihr werdet die zwei größten, die zwei berühmtesten Männer des Westens sehen!«

Er kam in langen Schritten, welche beinahe Sprünge genannt werden konnten, in das Innere des Gebäudes. Has und der Verwalter folgten ihm. Sein Gesicht glänzte vor freudiger Aufregung. Als er den Apatschenhäuptling und dessen weißen Freund und Blutsbruder erblickte, schoß er förmlich auf sie zu, streckte ihnen bewillkommnend beide Hände entgegen und rief: »Ja, sie sind's, sie sind's; ich habe mich nicht geirrt! Was für eine Freude das für mich ist, was für eine große Freude! Gebt mir eure Hände her, Mesch'schurs, daß ich sie euch drücken kann und ...«

Er hielt mitten im Satz inne, ließ die Hände sinken, trat einen Schritt zurück und fuhr weniger laut und in entschuldigendem Tone fort: »Ich bitte um Verzeihung, Mister Shatterhand und Mister Winnetou! Die Freude hat mich konfus gemacht. Leute, wie ihr seid, schreit man nicht in dieser Weise an, sondern man wartet bescheiden, bis man sieht, daß sie sich herablassen wollen, von einem Notiz zu nehmen.«

Da hielt ihm Old Shatterhand seine Rechte hin und antwortete mit einem freundlichen Lächeln: »Wir haben uns gar nicht herabzulassen, Mister Timpe. Hier im Westen stehen alle ehrlichen Männer einander gleich. Hier ist meine Hand. Wenn Ihr sie drücken wollt, so tut es ganz nach Belieben.«

Kas ergriff sie, schüttelte sie aus Leibeskräften und rief dabei entzückt: »Mister Timpe, Mister Timpe nennt Ihr mich? Ihr kennt mich also noch? Ihr habe mich nicht vergessen, Sir?«

»Man vergißt nicht so leicht einen Mann, mit dem man solche Dinge erlebt hat, wie wir beide damals mit Euch und Euern Gefährten.«

»Ja, ja, das war eine ungemein dicke Tinte, in welcher wir dazumal steckten. Wir sollten ausgelöscht werden, vollständig ausgelöscht; Ihr habt uns aber herausgeholt. Das werde ich Euch nie vergessen, niemals, darauf könnt Ihr Euch verlassen. Wir haben noch vorhin erst von diesem Abenteuer gesprochen. Wird auch Winnetou, der große Häuptling der Apatschen, mir erlauben, ihn zu begrüßen?«

Der Gefragte gab ihm die Hand und sagte in seinem ernsten und dabei doch so milden Ton: »Winnetou heißt seinen weißen Bruder willkommen und bittet ihn, sich mit hierher zu ihm zu setzen.«

Da stand der Engineer auf, kam herbei, verbeugte sich sehr höflich und sagte: »Verzeiht mir die Freiheit, die ich mir nehme, Gentlemen! Ihr dürft nicht hier sitzen, sondern ich lade euch ein, mit hinüber an unsern Tisch zu kommen, der nur für Beamte und hervorragende Personen reserviert ist.«

»Beamte und hervorragende Personen?« antwortete nun Old Shatterhand. »Wir sind weder Beamte, noch bilden wir uns ein, über andere emporzuragen. Ihr habt soeben gehört, daß hier im Westen alle ehrlichen Männer einander gleichstehen. Wir sagen Euch Dank für die Einladung, bitten aber, hier bleiben zu dürfen.«

»Ganz wie Ihr wollt, Sir. Wir hätten nur so gern die Ehre gehabt, mit so berühmten Westmännern einen guten ›drink‹ tun und uns mit ihnen unterhalten zu dürfen.«

»Der Unterhaltung werden wir uns nicht entziehen. Ich vermute, daß Ihr Beamter diese Bahnstrecke seid?«

»Ich bin der Engineer; hier seht Ihr meinen Aufseher und meinen Verwalter, und dort sitzt der Scout, den wir engagiert haben, für unsere Sicherheit zu sorgen.«

Er zeigte bei diesen Worten mit der Hand auf die Personen, welche er nannte. Old Shatterhand warf einen sehr kurzen, ganz unauffälligen, aber dabei doch scharf forschen den Blick auf den Mischling und fragte dann: »Ein Scout für eure Sicherheit? Wie heißt der Mann?«

»Yato Inda*. Er hat einen indianischen Namen, weil er von einer roten Mutter stammt.«

Der weiße Jäger musterte den Mestizen mit einem längeren, schärferen Blick und wendete sich dann mit einem so leisen »Hm!«, daß nur der Apatsche es hörte, ab. Was er dachte, das war seinem Gesicht nicht anzusehen. Der Häuptling aber schien Grund zu haben, nicht ebenso zu schweigen; er wendete sich direkt an den Scout: »Mein Bruder mag mir erlauben, ihn anzureden! Jedermann muß hier vorsichtig sein, und wenn zur Sicherheit dieses Camps ein Scout notwendig ist, so muß es Feinde geben, welche das Lager bedrohen. Wer sind diese Leute?«

Der Mestize antwortete zwar höflich, aber doch nicht so zuvorkommend, wie es einem so berühmten Manne gegen-

* Yato Inda: Guter Mann (KM).

über geboten war: »Es scheint, daß den Komantschen nicht zu trauen ist.«

Winnetou machte mit dem Kopf eine horchende Bewegung, als ob er jedes Wort des Sprechenden besonders abschätzen wolle. Auch nach erhaltener Antwort wartete er noch mehrere Sekunden, wie in sich hineinlauschend; dann fuhr er fort: »Hat mein Bruder einen Grund, diesen Verdacht zu hegen?«

»Einen eigentlichen, wirklichen Grund nicht; es ist nur eine Vermutung.«

»Mein Bruder heißt Yato Inda. Yato heißt ›gut‹ und ist der Navajosprache entnommen, Inda heißt ›Mann‹ und gehört der Apatschensprache an. Die Navajos sind auch Apatschen, und so vermute ich, daß die rote Mutter meines halbfarbigen Bruders eine Apatschin gewesen ist.«

Dem Mischling war diese Frage sichtlich unangenehm; er versuchte, um die Antwort herumzukommen, indem er in abweisendem Ton erwiderte: »Ich habe noch nie gehört, daß der große Winnetou neugierig sei. Wie kommt es, daß er sich heut um eine unbekannte Indianersquaw kümmert?«

»Weil sie deine Mutter ist«, erklang es fest und scharf aus dem Mund des Häuptlings. »Und weil, wenn ich mich hier befinde, ich wissen will, was für ein Mann für die Sicherheit dieses Ortes zu sorgen hat. Welchem Stamm gehörte deine Mutter an?«

Bei diesem Ton und bei dem großen, offenen Auge, mit dem Winnetou ihn anleuchtete, konnte der Scout nicht schweigen. Er antwortete: »Zum Stamme der Pinal-Apatschen.«

»Und von ihr hast du das Reden gelernt?«

»Natürlich, ja.«

»Ich kenne alle Sprachen und Dialekte der Apatschen. Sie sprechen viele Laute mit Zunge und Kehle zugleich aus, zu denen du nur die Zunge nimmst, genau so, wie die Komantschen es machen.«

Da fuhr der Mestize auf: »Willst du damit etwa sagen, daß ich der Sohn einer Komantschin sei?«

»Und wenn ich dies behauptete?«

»Eine Behauptung ist noch kein Beweis. Und wenn meine Mutter eine Komantschin gewesen wäre, so folgt daraus noch lange nicht, daß ich es mit den Komantschen halte.«

»Allerdings nicht; aber kennst du Tokvi Kava, den Schwarzen Mustang, welcher der grimmigste Häuptling der Komantschen ist?«

»Ich habe nur von ihm gehört.«

»Er hatte eine Tochter, welche die Squaw eines Bleichgesichtes wurde; sie starben beide und hinterließen einen halbblütigen Knaben, welcher vom Schwarzen Mustang in größter Feindschaft gegen die Weißen erzogen wurde. Dieser Knabe wurde einst von einem Gespielen mit dem Messer in das rechte Ohr geschnitten. Wie kommt es, daß du wie ein Komantsche sprichst und einen Schlitz in demselben Ohr hast?«

Da sprang der Scout in die Höhe und rief zornig aus: »Diesen Schnitt verdanke ich gerade der Feindschaft der Komantschen; ich habe ihn im Handgemenge mit ihnen bekommen. Wenn du daran zweifelst, fordere ich dich auf, mit mir zu kämpfen!«

»Pshaw!«

Nur dieses eine Wort sagte Winnetou in unbeschreiblich nachlässigem Ton; dann wendete er sich ab und griff zu dem Ingwerbier, welches der Wirt soeben brachte.

Wie gewöhnlich auf so unliebsame Szenen folgte eine tiefe Stille, ehe an den beiden Tischen das Gespräch wieder aufgenommen wurde. Nachher erkundigte sich der Engineer, ob Old Shatterhand und Winnetou die Absicht hätten, im Camp zu übernachten, und als er eine bejahende Antwort erhielt, bot er ihnen seine Wohnung an und unterstützte seine Gastlichkeit mit dem Hinweis: »Den beiden vor euch gekommenen Gentlemen hat der Shopman ihr Lager bei sich angewiesen; da gibt es keine Plätze mehr. In der Nässe draußen werdet ihr doch nicht schlafen. Und hier im Schuppen, bei den schnarchenden, unreinlichen Chinamännern? Keineswegs! Wir haben uns Chinesen aus dem Westen verschreiben müssen, weil wir keine weißen Arbeiter finden konnten und weil sie billiger und auch weit leichter in Zucht zu halten sind als das Gesindel, auf welches wir sonst angewiesen gewesen wären. Sagt, Sir, ob Ihr meine Einladung annehmen wollt?«

Old Shatterhand warf einen fragenden Blick auf Winnetou, sah, daß dieser leise bejahend den Kopf neigte, und antwortete: »Ja, wir nehmen sie an, vorausgesetzt, daß auch unsere Pferde eine gute und sichere Unterkunft hier finden können.«

»Die finden sie. Wir haben die Pferde der beiden andern Gentlemen auch schon in Verwahrung genommen. Wollt ihr meine Wohnung vielleicht einmal ansehen?«

»Ja, zeigt sie uns! Es ist immer gut, den Ort, an welchem man die Nacht zubringt, vorher zu kennen.«

Winnetou und Old Shatterhand nahmen ihre Waffen und folgten dem Engineer zu einem nicht sehr entfernt liegenden, niedrigen Gebäude, dessen Wände aus Stein gemauert waren, weil es nicht Interimszwecken dienen, sondern später die Wohnung der Brückenwache bilden sollte. Der Beamte öffnete und brannte, als sie eingetreten waren, ein Licht an. Es gab da einen Herd, einen Tisch, einige Stühle und außer verschiedenen Geräten und Geschirr eine breite Lagerstätte, auf welcher es an Platz nicht fehlte. Die beiden Gäste drückten ihre Zufriedenheit aus und wollten gehen, um nun auch ihre Pferde unterzubringen. Da meinte der Engineer: »Wollt ihr nicht eure Sachen gleich hierlassen? Warum die Decken und Gewehre unnötigerweise mit herumtragen?«

Es war kein Grund vorhanden, ihm unrecht zu geben. Die Mauern waren stark und die Fenster so klein, daß kein Mensch einsteigen konnte; die aus starkem Holz hergestellte Tür hatte ein gutes Schloß, und die genannten Gegenstände schienen also hier ganz sicher aufbewahrt zu sein; sie wurden also hier gelassen, und dann brachte man die Pferde in den Schuppen, wo schon diejenigen der beiden Timpe standen. Sie erhielten Wasser und Futter, und dann fragte Old Shatterhand, ob nicht, unvorhergesehener Fälle wegen, ein Arbeiter hier wachen könne. Die Pferde hätten hohen Wert, und ihr Verlust würde fast unersetzlich sein. Der Engineer versprach, für einen Wächter zu sorgen, und dann kehrte man in den Shop zurück. Unterwegs erklärte er, daß sie auch in Beziehung auf das Nachtessen seine Gäste sein möchten, und fügte dann hinzu: »Ich werde also heute abend mit euch und nicht mit meinen Leuten speisen, zumal euch einer derselben, nämlich der Scout, nicht gefallen zu haben scheint. Sagt einmal, Mister Winnetou, habt Ihr Grund, ihm zu mißtrauen?«

»Winnetou tut und sagt niemals etwas ohne Grund«, antwortete der Häuptling.

»Aber er ist stets treu und zuverlässig gewesen!«

»Winnetou glaubt nicht an diese Treue. Mein Bruder wird wohl erfahren, wie lange sie währt. Er nennt sich Yato Inda, Guter Mann, sein wirklicher Name aber wird wohl lauten Ik Senanda, was in der Sprache der Komantschen soviel wie Böse Schlange heißt.«

»Gibt es einen Komantschen dieses Namens?«

»Der Mischling, von welchem Winnetou vorhin sprach, heißt so, nämlich der Enkel des Schwarzen Mustangs.«

»Mister Winnetou, Euern Scharfsinn und Euer Urteil in allen Ehren, aber diesmal müßt Ihr Euch irren! Der Scout hat mir so viele Beweise von Treue gegeben, daß ich ihm vertrauen muß.«

»Mein weißer Bruder kann tun, was ihm beliebt; aber wenn Old Shatterhand und Winnetou nachher so sprechen, daß der Scout es hört, so wird alles, was sie sagen, nur zum Schein sein. Howgh!«

Mit diesem letzteren Wort deutete er an, daß er über das jetzige Thema nichts mehr hören oder sagen wolle.

Als sie wieder im Shop angekommen waren, bestellte der Engineer beim Wirt ein gutes Abendessen für fünf Personen, denn er betrachtete die beiden Timpes nun auch als seine Gäste und setzte sich zu ihnen an den Tisch. Hier fragte Old Shatterhand den langen, blonden Kas, was ihn jetzt in diese Gegend geführt habe, und wohin er von hier aus wolle. Der Genannte erzählte in kurzen Worten seine Erbschaftsgeschichte und auf welche sonderbare Weise er heute mit einem Vetter und Miterben zusammengetroffen sei.

»Nun müssen wir nach Santa Fé«, fuhr er fort, »können aber leider nicht den nächsten und geradesten Weg einschlagen.«

»Warum nicht?«

»Der Komantschen wegen. Wir wenden uns von hier aus östlich und biegen dann nach Süden um.«

»Hm! Kennt ihr den Weg?«

»Nein; aber ein Westmann findet sich überall zurecht. Vielleicht habt Ihr die Güte, uns einen guten Rat zu erteilen.«

»Den sollt Ihr haben. Und wißt Ihr, wie er lautet?«

»Nun?«

»Es sind nur die drei Worte: ›Nehmt uns mit!‹«

»All devils! Wir sollen euch mitnehmen, nämlich Euch, Sir, und Winnetou?«

»Ja.«

»Ist das Euer Ernst?«

»Ja. Ich wüßte keinen Grund, Euch unsere Begleitung im Scherz anzubieten.«

»Habt Ihr denn einen Weg mit uns?«

»Sicher. Wir wollen nämlich auch nach Santa Fé, wenn auch nicht einer Erbschaft wegen.«

Da schlug Kas die Hände zusammen, daß es nur so knallte, und rief vor Entzücken überlaut: »Das ist ein Glück! Has, Has, hörst du es? Wir dürfen mit Old Shatterhand und Winnetou reiten! Nun schere ich mich den Kuckuck um das ganze Komantschengesindel. Wir brauchen keinen Umweg zu machen, sondern reiten mitten hindurch. Und dann in Santa Fé haben wir sogleich gelungenes Spiel. Es soll diesem Nahum Samuel Timpe ja nicht einfallen, uns zu betrügen oder zu entwischen! Wir haben Männer bei uns, die ihn bis in die Wolken schwippen!«

»Schreit doch nicht so!« lächelte Old Shatterhand. »Zu solchem Jubel habt Ihr keinen Grund. Es kann auch uns nicht einfallen, mitten durch das Gebiet der Komantschen zu reiten, sondern wir waren gerade so wie Ihr entschlossen, nach Osten abzubiegen. Ihr seid also einverstanden, daß wir zusammen reiten?«

»Ja, natürlich ja! Es kann uns ja gar nichts Besseres und Vorteilhafteres angeboten werden, als bei Euch sein zu dürfen. Wann, meint Ihr, daß wir von hier aufbrechen, Sir?«

»Morgen, sobald wir ausgeschlafen haben. Da erreichen wir am Abend den Alder-Spring*, an dem wir bis früh lagern werden.«

Er legte auf diesen Namen einen besonderen Ton, denn er beobachtete während dieses Gespräches den halbblütigen Scout heimlich und sah gar wohl, mit welcher Aufmerksamkeit dieser herüberhorchte, obwohl er sich den Anschein zu

---

* Alder-Spring: Erlenquell (KM).

geben suchte, als ob er nicht den geringsten Anteil nehme. Er war nicht der einzige, welcher ein so großes und heimliches Interesse für die beiden berühmten Freunde hegte. Nämlich ganz nahe an der Bretterwand, die den großen, nur von Chinesen besetzten Raum von dem kleinen trennte, saßen schon vor Eintritt der beiden Timpes zwei »Söhne des Himmels«* beieinander, welche nichts zu tun zu haben schienen, als zu rauchen und zu trinken. Sie mochten eine Art von Vorarbeiter vorstellen oder im Besitz einer sonstigen kleinen Würde sein, weil keiner ihrer Landsleute sich zu ihnen setzte. Sie konnten alles, was nebenan gesprochen wurde, hören, und verstanden es auch, denn sie befanden sich schon seit mehreren Jahren in den Vereinigten Staaten und waren in San Francisco mit der englischen Sprache vertraut geworden.

Auf die Ankunft von Has und Kas hatten sie nicht mehr geachtet als alle andern auch; als aber drin im kleinen Raum von den Gewehren Old Shatterhands und Winnetous gesprochen wurde und welchen geradezu untaxierbaren Wert dieselben besäßen, da horchten sie schärfer hin. Dann kamen so ganz unerwartet diese beiden Männer, und die Chinesen blickten erst mit Neugierde und dann mit Verlangen durch die Bretterlücken nach ihnen, und es schien, als ob sie ihre Augen gar nicht von den kostbaren Gewehren wenden könnten. Als später der Engineer mit seinen Gästen von dem gemachten Gang zurückkehrte und die letzteren ihre Gewehre nicht mehr bei sich hatten, schien es mit der

* Söhne des Himmels: Chinesen (KM).

bisherigen Ruhe der Chinesen aus zu sein. Ihre dünnen Augenbrauen gingen auf und nieder; ihre Lippen zuckten, ihre Finger bewegten sich krampfhaft, sie rutschten auf ihren Sitzen hin und her; sie hatten beide das gleiche Gefühl und den gleichen Gedanken, doch wollte keiner zuerst sprechen. Endlich konnte es der eine nicht länger aushalten; er fragte leise: »Hast du alles gehört?«

»Ja«, antwortete der andere.

»Und gesehen?«

»Und gesehen!«

»Auch die Gewehre?«

»Auch!«

»Wie kostbar sie sind!«

»Viele, viele tausend Dollars!«

»Wenn wir sie hätten! Wie müssen wir arbeiten; wie müssen wir uns plagen und uns schinden, damit unsere Gebeine in der Heimat bei den Ahnen begraben werden können!«

Es trat eine Pause ein; sie überlegten.

Nach einer Weile tat der eine einen langen Zug aus seiner Pfeife und fragte, indem er listig mit den schiefen Augen blinzelte: »Ahnst du, wo die Gewehre liegen?«

»Ich weiß es«, lautete die Antwort.

»Nun wo?«

»Im Hause des Engineers. Wenn wir sie hätten, könnten wir sie vergraben, und niemand wüßte, wer sie geholt hat.«

»Und später könnten wir sie in Frisco* verkaufen. Wir

---

* Frisco: San Francisco (KM).

bekämen viel, ungeheuer viel Geld dafür, dann wären wir reiche, sehr reiche Herren und könnten ins Reich der Mitte zurückkehren und alle Tage Schwalbennester essen.«

»Ja, das könnten wir; wir könnten es wirklich, wenn wir wollten!«

Nach einer abermaligen Pause, während welcher sie in den gegenseitigen Mienen und Blicken zu lesen suchten, wurde das Gespräch fortgesetzt: »Das Haus des Engineers ist steinern, und niemand kann durch die Fenster!«

»Und die Tür ist stark und hat ein sehr festes, eisernes Schloß!«

»Aber das Dach! Weißt du nicht, daß es aus Shingles* gemacht ist?«

»Ich weiß es. Wenn man eine Leiter hat, kann man eine Öffnung machen und einsteigen.«

»Leitern gibt es genug!«

»Ja; aber wo würde man die Gewehre vergraben? In der Erde? Da verderben sie.«

»Man müßte sie gut einwickeln. Im Lagerschuppen liegen Bastmatten mehr als genug umher.«

Sie hatten bisher im Flüsterton miteinander gesprochen: Jetzt rückten sie noch näher zusammen, und die Art und Weise, in welcher sie weitersprachen, konnte nur noch als ein fast unhörbares Zuraunen bezeichnet werden. Darauf verließen sie den Schuppen, der eine mehrere Minuten später als der andere.

Eben als dieser letztere verschwunden war, kam ein

---

* Shingles: Schindeln (KM).

neuer Ankömmling. Es war ein Indianer, dessen Anzug aus einem blauen Kalikohemd, ledernen Leggins und ebensolchen Mokassins bestand. Bewaffnet war er nur mit einem Messer, welches im Gürtel steckte. Das Haar hing ihm lang wie bei einem Weib auf den Rücken hinab, und am Hals trug er an einem Riemen einen großen Medizinbeutel.

Er blieb unter dem Eingang stehen, um sein Auge, aus der Finsternis kommend, an das Licht zu gewöhnen, warf hernach einen Blick durch die große Abteilung und ging dann langsamen Schrittes in die kleinere.

Ein Roter war hier natürlich keine seltene Erscheinung, und so wurde dieser Indsman von den Chinesen kaum beachtet. Auch in dem kleineren Raum, in welchem die Weißen saßen, hatte sein Erscheinen keine andere Wirkung, als daß man ihn mit einem kurzen Blick überflog und dann nicht mehr beachtete. Er ging in der demütigen Haltung eines Menschen, der sich nur geduldet weiß, zwischen den Tischen hindurch und kauerte sich in der Nähe des Herdes nieder.

Als der Scout diesen Indianer kommen sah, ging ein schnelles Zucken über sein Gesicht, so blitzschnell, daß es von keinem der Anwesenden bemerkt wurde. Die beiden gaben sich den Anschein, als ob sie füreinander gar nicht vorhanden wären; aber hie und da flog doch unter den tief gesenkten Wimpern hervor ein Blick herüber oder hinüber, und diese Blicke schienen gegenseitig verstanden zu werden. Da stand der Scout von seinem Tisch auf und schritt dem Eingang zu, langsam und nachlässig schlendernd, wie jemand, der bei dem, was er tut, ganz ohne Absicht und Gedanken ist.

Aber es gab zwei, denen gerade diese große und so zur Schau getragene Absichtslosigkeit auffällig vorkam: Winnetou und Old Shatterhand. Sofort richteten sie ihre Augen scheinbar von der Tür weg, aber eben nur scheinbar, denn wer das wohlgeübte Auge eines Westmanns kennt, der weiß, daß es imstande ist, auch von der Seite her so viel Strahlen aufzunehmen, um genau zu sehen, was da geschieht, wohin es nicht zu blicken scheint. Unter der Tür angekommen, drehte sich der Scout für einige Sekunden um; er sah kein einziges Auge auf sich gerichtet und gab mit einer schnellen, kurzen Bewegung der Hand dem Roten ein Zeichen, dessen Bedeutung nur dem verständlich sein konnte, mit dem es verabredet worden war. Dann drehte er sich wieder um und trat in die dunkle Nacht hinaus.

Dieses Zeichen war ebensowohl von Winnetou wie auch von Old Shatterhand bemerkt worden: Sie tauschten nur einen Blick miteinander aus und waren dann, ohne ein Wort gesprochen zu haben, darüber einig, was zu geschehen hatte. Was sie vermuteten, und was sie wollten, war folgendes: Der fremde Indianer stand im heimlichen Einvernehmen mit dem Scout, denn er hatte ein Zeichen von ihm bekommen. Heimlich war dieses Einvernehmen, weil sie darauf bedacht gewesen waren, es nicht sehen und wissen zu lassen. Aus dieser Heimlichkeit war zu schließen, daß es sich um eine böse Absicht handele, welcher unbedingt auf die Spur zu kommen war. Es mußte nun jemand dem Scout folgen, um sein Tun zu belauschen. Da nun mit Sicherheit anzunehmen war, daß es sich um Indianer handle, wollte Winnetou, der ein Indsman war, dieses Beschleichen übernehmen. Leider durfte er da nicht zur Tür hinaus, denn diese war hell beleuchtet, und der Scout stellte sich gewiß so auf; daß er jede Person, die den Schuppen verließ, sehen konnte. Glücklicherweise hatte der Apatsche vorhin bemerkt, daß es hinter den Fässern, Ballen und Kisten eine kleine Tür gab, wohl zu dem Zweck, diese Gegenstände herein- und hinausschaffen zu können, ohne daß man den Haupteingang benutzen mußte. Durch diese Hintertür wollte der Häuptling hinaus. Da dies aber möglichst unbemerkt zu geschehen hatte, mußte er warten, bis die Aufmerksamkeit der Anwesenden auf Old Shatterhand gerichtet worden war, was sicherlich sofort geschah, so bald dieser mit dem Indianer zu sprechen begann.

Das war das zweite, was man tun mußte, nämlich den Indianer in das Verhör nehmen, um womöglich etwas aus ihm herauszulocken, was einen Anhalt geben konnte, auf seine Absichten zu schließen.

Old Shatterhand zögerte auch gar nicht, seine Forschung zu beginnen, und als alle auf ihn hörten und ihre Augen auf ihn richteten, glitt Winnetou von dem Tisch fort, um hinter den Fässern zu verschwinden und zu der erwähnten Tür zu gelangen.

Der Indsman war ein kräftig gebauter, in den mittleren Jahren stehender Mann. Bald zeigte es sich, daß er auch in Beziehung auf seine Intelligenz kein Schwächling war. Dies hatte Old Shatterhand freilich vorausgesehen, denn so heimliche und vielleicht auch gefährliche Aufträge pflegt nur ein kluger Krieger zu bekommen.

»Mein roter Bruder hat sich fern von uns gesetzt. Will er nichts essen oder trinken?« so lautete die erste Frage Old Shatterhands.

Der Rote antwortete nur mit einem Kopfschütteln.

»Warum nicht? Hast du weder Durst noch Hunger?«

»Juwaruwa hat Hunger und auch Durst, aber er hat kein Geld«, ließ sich jetzt der Rote hören.

»Juwaruwa, so ist dein Name?«

»So werde ich genannt.«

»Das heißt Elch in der Sprache der Upsarokas*. Gehörst du zu diesem Stamm?«

»Ich bin ein Krieger desselben.«

»Wo weidet er jetzt seine Pferde?«

»In Wyoming.«

»Und wie heißt der Kriegshäuptling desselben?«

»Er wird Starker Büffel genannt.«

Old Shatterhand war zufälligerweise vor kurzer Zeit bei den Krähenindianern, die zum Volke der Dakotas gehören, gewesen; er kannte die Verhältnisse derselben und war also imstande zu beurteilen, ob der Indianer ihn belog. Die Antworten enthielten die Wahrheit.

»Wenn mein Bruder nicht bezahlen kann, so mag er sich zu uns hinsetzen und auch mit uns essen«, fuhr er fort.

Der Indianer warf einen forschenden Blick auf ihn und erklärte: »Juwaruwa ist ein tapferer Krieger; er ißt nur mit

---

* Upsarokas: Crows oder Krähenindianer (KM).

Männern, die er kennt und die ebenso tapfer sind. Hast du einen Namen, und wie lautet er?«

»Man nennt mich Old Shatterhand.«

»Old – Shatt–!«

Der Name blieb ihm im Mund stecken. Er hatte nur für einen Augenblick seine Ruhe und Selbstbeherrschung verloren, aber doch dadurch verraten, daß er erschrocken war. Er nahm sich schnell wieder zusammen und fuhr in scheinbarer Unbefangenheit fort: »Old Shatterhand? Uff! So bist du ein sehr berühmtes Bleichgesicht.«

»Mit dem du also essen kannst. Komm her zu uns, und iß und trink!«

Anstatt dieser Aufforderung Folge zu leisten, ließ der Indsman seinen Blick suchend umhergehen und fragte: »Ich sehe den roten Mann nicht, der an deiner Seite saß. Wo ist er hin?«

»Er wird draußen in dem andern Raum sein.«

»Ich gewahrte nicht, daß er hinausging. Wenn du Old Shatterhand bist, so ist er wohl Winnetou, der Häuptling der Apatschen?«

»Er ist es. Wo hast du dein Pferd?«

»Ich reite nicht.«

»Wie? Ein Upsaroka, der sich so viele Tagesreisen südwärts von seinem Stamm befindet, hat kein Pferd? Hast du es unterwegs verloren?«

»Nein. Ich habe keins mitgenommen.«

»Auch keine Waffen als nur das Messer?«

»Keine.«

»Das muß ja sehr wichtige Gründe haben!«

»Ich habe einen Schwur getan, ohne Pferd und nur mit dem Messer zu gehen.«

»Warum?«

»Weil die Komantschen auch ohne Pferde und andere Waffen waren.«

»Komantschen? Wo waren sie?«

»Oben, nahe bei unsern damaligen Weidegründen in Dakota.«

»Komantschen so weit im Norden? Sonderbar.«

Old Shatterhand glaubte dem Roten schon längst nicht mehr und ließ seinen Zweifel auch im Ton anklingen. Der Rote warf ihm einen fast höhnischen Blick zu und antwortete: »Weiß Old Shatterhand nicht, daß jeder indianische Krieger einmal nach Dakota muß, um den heiligen Ton zur Friedenspfeife zu holen?«

»Nicht jeder braucht dies zu tun, und nicht jeder hat es getan.«

»Die Komantschen aber taten es. Sie begegneten mir und meinem Bruder; ihn erstachen sie, und mir gelang es zu entkommen. Dann tat ich meinen Schwur und bin ohne Pferd und nur mit dem Messer hinter ihnen her; ich werde nicht ruhen, bis ich sie getötet habe!«

»Da du mich an die heiligen Bräuche mahnst, so wirst du wissen, daß kein Indsman auf dem Weg zu diesen Steinbrüchen einen andern töten darf?«

»Die Komantschen begingen dennoch den Mord!«

»Hm! Aber warum diesen Schwur? Ohne Pferd und nur mit dem Messer! Wie willst du jagen? Wovon hast du unterwegs gelebt?«

»Habe ich dir das zu sagen?« fragte der Indianer stolz, denn er glaubte, Old Shatterhand vollständig getäuscht zu haben.

»Nein«, antwortete dieser ruhig. »Ich kann nur nicht begreifen, daß du während so langer Zeit und auf einem so langen Weg auf kein Pferd gekommen bist.«

»Ich tat den Schwur und habe ihn gehalten.«

»Nein, sondern du hast ihn übertreten!«

»Beweise es!«

»Du hast heut im Sattel gesessen!«

»Uff, Uff!«

»Ja, während des Regens.«

»Uff, Uff!« wiederholte der angebliche Upsaroka; es klang halb wie Schreck und halb wie Trotz. Er war natürlich aufgestanden, als Old Shatterhand mit ihm zu sprechen begann, und stand nahe vor ihm. Der weiße Jäger bückte sich, strich ihm mit beiden Händen an den Beinen nieder und sagte dann: »Deine Leggins sind an den Außenseiten naß und einwärts trocken. Die Innenseiten, die am Leib des Pferdes anlagen, hat der Regen nicht treffen können.«

Auf diesen scharfsinnigen Beweis war der Indianer nicht gefaßt gewesen, aber seine Schlauheit gab ihm schnell eine Ausrede ein: »Man sagt, daß Old Shatterhand der klügste Mann der Weißgesichter sei, und doch kann er sich das nicht erklären, was so sehr leicht zu erklären ist; jedes Kind weiß, daß die Innenseiten der Hosen eher trocken werden als die äußern. Old Shatterhand hat noch viel zu lernen!«

Diese Frechheit war groß; der Jäger blieb dennoch ruhig. Er hatte sich bis jetzt der englischen Sprache bedient, deren der Rote leidlich mächtig war; jetzt aber legte er ihm eine Frage im Dialekt des Upsarokas vor und erhielt keine Antwort. Er sprach noch einige andere Fragen aus, doch mit demselben Erfolg oder Mißerfolg; dann legte er dem Indsman schwer die Hand auf die Schulter und sagte: »Warum antwortest du mir nicht? Ist dir die Sprache deines eigenen Stammes unbekannt?«

»Ich habe den Schwur getan, sie nicht eher zu sprechen, als bis der Tod meines Bruders gerächt worden ist.«

»So, deine Schwüre scheinen alle außerordentlich sonderbar ausgefallen zu sein! Noch viel sonderbarer aber ist die Dummheit, in der du dir einbildest, mich betrügen zu können. Gerade deine Sprache ist's, die dich verrät. Ich weiß ganz genau, wie ein Upsaroka und wie jeder andere Stamm die Sprache der Bleichgesichter redet. Du bist nicht ein Krähenindianer, sondern ein Komantsche. Hast du den Mut, dies einzugestehen?«

»Die Komantschen sind meine Feinde; das habe ich dir bereits gesagt!«

»Gerade, daß du sie deine Feinde nennst, ist für mich der Beweis, daß du einer bist!«

»So machst du mich zum Lügner? Das ist die Sitte der Weißen, ihre roten Gäste zu beleidigen. Ich gehe!«

Er wollte zur Tür.

»Du bleibst!« gebot Old Shatterhand, indem er ihn beim Arm ergriff.

Da zog der Indianer sein Messer und rief: »Wer hat das

Recht, mich zu halten? Du? Was habe ich dir getan? Nichts! Ich werde gehen, und jeder, der mich daran hindern will, bekommt dieses Eisen in das Herz!«

Old Shatterhand hielt ihn trotzdem mit der Linken fest, entriß ihm mit einem schnellen Griff seiner rechten Hand das Messer und wiederholte: »Du bleibst! Wir warten, bis Winnetou zurückkehrt; dann wird es sich entscheiden, ob du gehen darfst oder nicht. Kauere dich wieder hin, wo du vorhin gehockt hast. Ein Versuch zur Flucht bringt dir eine Kugel in den Kopf!«

Er schleuderte ihn zu der betreffenden Stelle hin; der Indsman stürzte dort nieder; er wollte sich aufraffen, besann sich aber anders und blieb kauern. Old Shatterhand setzte sich wieder zum Essen nieder und legte den gespannten Revolver neben sich, um seiner Drohung Nachdruck zu geben.

Das unterbrochene Abendmahl wurde fortgesetzt, doch kam das Gespräch dabei nicht mehr in Fluß. Nach einiger Zeit kam der Scout wieder und setzte sich an seinen Platz. Da er den Indianer in derselben Stellung fand, die er vorher eingenommen gehabt hatte, so ahnte er nicht, was inzwischen geschehen war. Der Verwalter und der Aufseher, die bei ihm saßen, erzählten es ihm; er hörte es und blieb äußerlich ruhig, obgleich er innerlich keine geringe Sorge hatte, denn wenn er auch nicht glaubte, von Winnetou bemerkt worden zu sein, war es trotzdem möglich, daß dieser ihn belauscht hatte.

Als der Apatsche vorhin durch die Hintertür geschlichen war, hatte er sich gesagt, daß der Scout vorn zu finden sei. Er schlich also in einem weiten Bogen zu dieser Seite. Die breite, offene Tür des Shops war hell erleuchtet, und indem man sie, immer weiter gehend, unausgesetzt im Auge behielt, mußte man jeden Menschen sehen, der sich zwischen ihr und diesem Auge befand.

Winnetou schlug seinen Bogen weiter und immer weiter, vergeblich! Er blieb oft halten und lauschte in die Nacht hinaus, ebenso vergeblich. Er kehrte zurück und begann von neuem, wieder ohne Erfolg. Darüber verging die Zeit, bis er eine Gestalt von seitwärts her kommen und sich dem Shop nähern sah. Als sie die Tür erreichte und hineinging, erkannte er, wer es war.

»Uff! Das war der Scout«, sagte er zu sich selbst. »Er scheint doch nichts Heimliches vorgehabt zu haben; darum habe ich ihn hier umsonst gesucht. Winnetou hat sich einmal geirrt. Old Shatterhand wird sich sehr darüber wundern.«

Er gab sich nun keine Mühe, heimlich zurückzukehren, sondern benutzte die vordere, helle Tür. Als der Scout ihn kommen sah, fühlte er seinen Puls schneller gehen. Jetzt mußte es sich zeigen, ob der Apatsche etwas erlauscht hatte oder nicht. Dieser setzte sich neben Old Shatterhand, der ihm das Ergebnis des Verhörs mitteilte und am Schluß leise fragte: »Hat mein roter Bruder Glück gehabt?«

»Winnetou konnte weder Glück noch Unglück haben, weil er sich im Irrtum befand. Es hat gar nichts vorgelegen.«

»Aber das Zeichen, welches der Scout dem Roten gab?«

»Das war kein Zeichen, sondern eine unwillkürliche Armbewegung.«

»So hätte auch ich mich geirrt, und das möchte ich kaum annehmen. Und dieser Indsman da ist kein Upsaroka, sondern ein Komantsche.«

»Hat er dir, oder mir, oder einem andern etwas getan?«

»Bis jetzt freilich noch nicht.«

»So darf man ihn auch noch nicht als Feind behandeln. Mein Bruder Shatterhand mag ihn freigeben.«

»Nun wohl, weil du es willst; aber ich tue es nur ungern.«

Er sagte dem Roten, daß er sich entfernen könne. Dieser stand langsam auf und forderte sein Messer zurück. Als er es erhalten hatte, steckte er es mit den Worten in den Gürtel: »Dieses Messer hat heut mehr Arbeit bekommen, denn ich habe bei mir einen neuen Schwur getan. Old Shatterhand wird bald erfahren, ob dieser auch so sonderbar ist, wie vorher die andern!«

Nach dieser Drohung entfernte er sich raschen Schrittes. Das Gesicht des Scout hatte während der letzten Minute einen höchst beunruhigten, ja ängstlich gespannten Ausdruck angenommen; jetzt aber veränderte es sich in der Weise, daß in seinen Zügen ein offenbarer, nicht zu beherrschender Hohn zu lesen war. Old Shatterhand sah dies ebenso wie Winnetou, und letzterer flüsterte ersterem zu: »Mein Bruder sehe den Mestizen an!«

»Ich sehe ihn.«

»Er verlacht uns!«

»Leider wird er Veranlassung dazu haben.«

»Ja. Seine Handbewegung vorhin war doch ein Zeichen

für den Indianer, den du für einen Komantschen hieltest. Wir haben uns nicht geirrt.«

»Du hast ihn draußen nicht gefunden. Wer weiß, was für eine Teufelei da ausgeheckt worden ist. Desto schärfer müssen wir ihn nun von jetzt an im Auge behalten. Ich bin überzeugt, daß er ein gefährlicher Mensch ist.«

Old Shatterhand hatte recht, wenn er den Mestizen einen gefährlichen Menschen nannte, und es war draußen wirklich eine Teufelei verabredet worden.

Als der Scout den Schuppen verlassen hatte, war er zunächst vorsichtig aus dem Lichtkreis gewichen, den die brennenden Feuer hinaus ins Freie warfen. Dann gerade senkrecht von dem Shop aus weitergehend, hatte er ungefähr dreihundert Schritte zurückgelegt, bis er eine leise Stimme hörte, die seinen Namen nannte; aber es war nicht der Name, den er hier im Camp trug, sondern ein ganz anderer, denn die Stimme erklang: »Komm hierher, Ik Senanda*! Hier stehen wir.«

Er war also wirklich der, für den ihn Winnetou gehalten hatte, der halbblütige Enkel des Schwarzen Mustang, des »grimmigsten« Häuptlings der Komantschen.

Indem er dem Ruf folgte, sah er bald drei Indianer vor sich stehen, von denen der eine sich durch eine ungemein hohe und kräftige Gestalt auszeichnete. Das war der Häuptling selbst, welcher ihn mit den Worten begrüßte: »Willkommen, du Sohn meiner Tochter! Ich sandte Kita Homascha**, den listigsten meiner Krieger, in das Haus,

---

* Ik Senanda: Böse Schlange (KM).

** Kita Homascha: Zwei Federn (KM).

damit du wissen möchtest, daß ich gekommen bin und auf dich warte. Hast du mit ihm gesprochen?«

»Kein Wort. Seine bloße Ankunft war für mich genug.«

»Du hast klug gehandelt, denn man hätte vielleicht Argwohn schöpfen können. Wir haben hier einen guten Platz und können nicht überrascht werden, weil wir bei der Helle der offenen Tür einen jeden sehen, der aus dem Haus tritt. Auch haben wir es ja nur mit Leuten zu tun, welche nichts von dem Leben des Wilden Westens verstehen.«

»Du irrst. Es sind Männer hier, die es besser kennen als du und ich.«

»Das ist unmöglich. Wen könntest du damit meinen? Sage es!«

»Zuerst kamen zwei sehr lange und sehr dürre Reiter, welche bis morgen hierbleiben. Der eine nannte sich Timpe, und der andere scheint ebenso zu heißen.«

»Timpe? Pshaw! Kein tapferer Krieger hat jemals diesen oder einen ähnlichen Namen gehört.«

»Dann kamen zwei andere, über deren Namen ich erschrocken bin.«

»Uff! Ich habe bisher nicht gewußt, daß der Sohn meiner Tochter erschrecken kann. Sind diese beiden Ankömmlinge etwa keine Menschen, sondern böse Gesichter der Savanne oder des Felsengebirges?«

»Sie sind Menschen, aber was für welche! Ein Roter und ein Weißer, der berühmteste Krieger der Indianer und der berühmteste Krieger der Blaßgesichter.«

»Uff, uff! Willst du damit sagen, es sei Winnetou mit Old Shatterhand?«

»Diese sind es allerdings.«

»Sie hat der böse Manitu hierher geführt.«

»Nicht der böse, sondern der gute. Erst erschrak ich freilich; dann aber, als ich sie sprechen hörte, kam Freude über mich.«

»Du wirst mir sagen, was du gehört hast, aber nicht hier. Wir müssen fort.«

»Fort? Warum?«

»Weil ich weiß, wie Männer denken und handeln, welche so wie die beiden Krieger sind. Haben sie mit dir gesprochen?«

»Winnetou fragte mich aus. Er glaubte nicht, daß ich Yota Inda bin und hielt mich für den Sohn deiner Tochter. Ich werde mich dafür zu rächen wissen!«

»Der Apatsche hat jedoch eine so scharfe Nase wie kein anderer. Er hat Verdacht geschöpft und wird dir jetzt folgen, um dich zu beobachten.«

»Das glaube ich nicht, er hat keinen Grund dazu.«

»Er hat stets Grund zur Vorsicht und zur Hinterlist, er, der ärgste Feind der Komantschen, den wir nie angreifen und festhalten konnten. Doch wehe ihm, wenn er endlich in unsere Hände fällt!«

»So öffne die Hände, denn er fällt jetzt hinein! Ich will dir sagen, daß . . .«

»Jetzt und hier nicht«, unterbrach ihn der Häuptling. »Wir müssen uns eine andere Stelle suchen, denn Winnetou wird dich belauschen wollen.«

»Wir sehen ihn ja, wenn er aus der hellen Tür hervortritt.«

»Du kennst ihn nicht. Er berechnet alles und weiß, daß

ein Feind, der diesen Camp beschleicht, sich gerade dieser Tür gegenüber aufstellen wird, weil er da alles sehen kann. Winnetou wird also gerade hierherkommen, und zwar nicht durch die erleuchtete Tür. Gibt es noch eine zweite Tür?«

»Eine kleine, die hinter dem Vorratsraum liegt.«

»Er wird diese benutzen und sich dann im Dunkeln hierherschleichen. Wir müssen zu der andern Seite hinüber. Komm!«

Sie huschten in einem weiten Bogen rechts um den Shop, während Winnetou den seinigen links um denselben schlug und sie also nicht mehr vorfand. Dort blieben sie unter einem Baum stehen, und der Scout erzählte, was er gehört hatte. Der Häuptling hörte ihm mit größter Spannung zu und sagte dann, vor Freude beinahe laut werdend: »Zum Alder-Spring wollen sie? Morgen abend werden sie dort sein? Wir ergreifen sie; wir ergreifen sie dort; sie können uns gar nicht entgehen! Welch einen Jubel wird es bei uns geben, wenn wir diese kostbare Beute geschleppt bringen, und sie martern, daß sie heulen wie geschundene Coyoten! Diese beiden Skalpe sind mehr, viel mehr wert, als die vielen Zöpfe, auf die wir es eigentlich abgesehen haben!«

Er erging sich in noch weiteren Ausdrücken der Freude, bis sein Enkel ihn unterbrach: »Ja, wir werden sie ganz gewiß fangen und zu Tode martern; aber willst du deshalb auf die Chinesen verzichten, welche ich euch in die Hände liefern sollte?«

»Nein, du hast ja deshalb deinen Namen verändert und bist in den Dienst der Männer vom Feuerroß getreten, und wir sind heute hierhergekommen, um dich zu fragen, ob es nicht bald geschehen kann.«

»Ich bin an jedem Tag bereit, hoffe aber, daß ihr das mir gegebene Wort halten werdet!«

»Wir halten es. Oder meinst du, daß ich den Sohn meiner Tochter betrügen werde? Alles Geld und alles Gold und Silber ist dein; alles andere, die Kleider, die Werkzeuge, die Vorräte, und besonders die langen Zöpfe der gelben Männer, gehört uns. Wir sind es gewöhnt, daß die Bleichgesichter uns alles rauben; wir müssen vor ihnen weichen, denn sie sind mächtiger als wir; nun aber kommen auch diese Gelbhäute und bauen Brücken und Eisenwege auf dem Boden, der uns gehört; sie werden alle ihr Leben dafür lassen müssen, und die Krieger der Komantschen werden den Ruhm haben, die ersten roten Männer zu sein, welche die neuen Skalpe der langen Zöpfe besitzen. Wir verzichten nicht darauf, und du wirst uns jetzt alle Auskunft erteilen, die zu einem Überfall nötig ist.«

Nun folgten ausführliche Auseinandersetzungen über die Örtlichkeit und die einzelnen Teile des Camp, über die Art und Weise, in welcher der Überfall, falls er gelingen solle, vorzunehmen sei; und über die Beute, welche zu erwarten war. Dann gab der Schwarze Mustang seinen beiden Begleitern das Zeichen, wieder zu ihm zu stoßen, denn sie hatten sich nach den Seiten hin entfernt, um als Wächter dafür zu sorgen, daß er nicht überrascht und entdeckt werde.

Das Resultat dieser geheimen Zusammenkunft war, daß zunächst morgen abend Old Shatterhand und Winnetou mit Kas und Has am Alder-Spring gefangen genommen werden sollten; die Zeit des Angriffes der Komantschen auf Firwood-Camp werde man dann dem Scout durch einen Boten melden. Hierauf verabschiedete er sich von den drei Verbündeten und kehrte zum Shop zurück.

Der Schwarze Mustang suchte mit den beiden Komantschen eine nahe Stelle aus, wo der Verabredung gemäß die Rückkehr des zum Shop gesandten Boten zu erwarten war. Er stellte sich bald darauf ein und berichtete voller Ingrimm, wie von seiten Old Shatterhands mit ihm verfahren worden war. Als er hörte, daß dieser mit Winnetou überfallen werden solle, zischte er vor Freude zwischen den Zähnen hervor: »Er soll es bereuen, daß er sich an mir vergriffen hat, denn ich werde es sein, der ihm die fürchterlichsten Qualen bereitet!«

Eben schickten sich die Roten an, die Stelle zu verlassen und zu den Pferden zu gehen, die sie versteckt hatten, da hörten sie Schritte, welche näher kamen. Augenblicklich warfen sie sich auf den Boden nieder, obgleich derselbe naß und schlammig war. Aber sie lagen den beiden Männern, die vorüber wollten, gerade im Weg; der eine stürzte über den Häuptling weg und riß den andern mit sich nieder. Sie wurden im Nu ergriffen und festgehalten.

»Schreit nicht, sonst kostet es euer Leben!« befahl der Häuptling. »Wer seid ihr?«

»Wir sind Arbeiter«, antwortete derjenige, welcher den größten Mut besaß, der an sie ergangenen Aufforderung nachzukommen.

»Steht auf; aber tut keinen einzigen Schritt von hier fort,

wenn euch euer Leben lieb ist! Warum schleicht ihr so heimlich hier herum? Wenn ihr Arbeiter seid, die zu diesem Camp gehören, braucht ihr das doch nicht zu tun!«

»Wir sind nicht geschlichen!«

»Doch! So leise und gebückt geht kein Mensch, der sich sehen lassen will. Was habt ihr da in den Händen?«

»Gewehre.«

»Gewehre? Wozu brauchen Arbeiter Gewehre? Zeigt her; ich will sie sehen!«

Er entriß sie ihnen, betastete sie und hob dann jedes einzelne empor, um es, gegen den Himmel gerichtet, besser betrachten zu können.

»Uff, uff, uff!« ließ er sich dann zwar leise, aber im Ton freudigen Erstaunens hören. »Diese drei Gewehre kenne nicht nur ich, sondern sie sind jedem Roten und Weißen hier im Westen wohlbekannt. Die Flinte mit den vielen Nägeln muß die Silberbüchse Winnetous, unseres Feindes, sein. Und wenn das richtig ist, so gehören die beiden andern dem Bleichgesicht Old Shatterhand; es ist der Henrystutzen und der Bärentöter. Habe ich richtig vermutet?«

Die Chinesen schwiegen auf diese an sie gerichtete Frage. Sie sahen, daß sie Indianer vor sich hatten, und fürchteten sich. Sie zitterten förmlich und waren sogar zu feig, einen Fluchtversuch zu wagen.

»Redet!« fuhr er sie an. »Gehören diese Gewehre Old Shatterhand und Winnetou?«

»Ja«, hauchte derjenige von ihnen, der bis jetzt gesprochen hatte.

»So habt ihr sie gestohlen?«

Der Gefragte schwieg abermals.

»Ich sehe, daß ihr Wagare-Saritsches* seid, denen solche Männer ihre Gewehre niemals anvertrauen würden. Wenn du es nicht gestehst, stoße ich dir das Messer augenblicklich in den Leib! Sprich!«

Da beeilte sich der Chinese, zuzugeben: »Wir haben sie heimlich genommen.«

»Uff! Also doch! Winnetou und Old Shatterhand müssen sich sehr sicher fühlen, daß sie sich hier von ihren Gewehren getrennt haben. Ihr seid Diebe. Wißt ihr, was ich mit euch tun werde! Ihr habt den Tod verdient!«

Da warf sich der Chinese auf die Knie nieder, hob die Hände und flehte: »Töte uns nicht!«

»Wir sollten euch freilich das Leben nehmen; aber ihr seid gelbe, räudige Schakale, an denen tapfere Krieger ihre Messer nicht besudeln. Wir werden euch also laufen lassen, wenn ihr tut, was ich euch befehle.«

»Sage es; oh, sage es! Wir werden dir gehorchen!«

»Gut! Warum habt ihr die Gewehre gestohlen? Ihr könnt sie doch nicht brauchen, denn ihr seid keine Jäger.«

»Wir wollten sie verkaufen, denn wir haben gehört, daß sie sehr, sehr viel Geld wert seien.«

»Wir kaufen sie euch ab.«

»Wirklich? Wirklich? Ist das wahr?«

»Ich bin der Häuptling der Komantschen. Mein Name lautet Tokvi Kava, was in der Sprache der Bleichgesichter Schwarzer Mustang heißt. Habt ihr von mir gehört?«

---

* Wagare Saritsches: Gelbe Hunde = Chinesen (KM).

Jawohl hatten sie von ihm gehört, und zwar nicht etwa etwas Gutes, sondern im Gegenteil so viel Schlimmes, daß der Chinese tief erschrocken antwortete: »Der Schwarze Mustang?! Ja, wir kennen dich!«

»So wirst du wissen, was für ein großer und berühmter Häuptling ich bin, und daß alles, was ich sage, stets die Wahrheit ist. Ich kaufe dir die Gewehre ab.«

»Wieviel gibst du uns dafür?«

»Mehr, als jeder andere euch geben würde.«

»Was?«

»Euer Leben. Ein solcher Diebstahl wird mit dem Tod bestraft; ich schenke euch aber für die Flinten das Leben.«

»Das Leben? Nur das Leben?« fragte der Zopfträger zitternd und enttäuscht.

»Ist das nicht genug?« zischte ihn der Rote an. »Können solche Burschen, wie ihr seid, mehr bekommen als das Leben? Was wollt ihr noch?«

»Geld.«

»Geld! Also Metall! Wenn ihr Metall wollt, könnt ihr auch dies haben, nämlich das Eisen unserer Messer; sie sind so scharf und spitz, daß ihr genug davon bekommen werdet. Wollt ihr es?«

»Nein, nein! Verschone uns!« stöhnte der Chinese. »Wir wollen leben; behalte die Gewehre!«

»Das ist dein Glück, du gelbe Kröte! Und nun höre, was ich dir noch befehle! Old Shatterhand und Winnetou werden sehr bald merken, daß ihre Flinten fort sind; es wird sich ein großer Lärm erheben; sie werden suchen und fragen. Was werdet ihr da tun?«

»Wir werden schweigen.«

»Das müßt ihr. Kein Wort dürft ihr sagen, kein einziges Wort, sonst nehmen sie euch das Leben, weil ihr die Diebe seid. Aber auch von uns dürft ihr nicht sprechen, denn wenn sie erfahren, daß ihr uns getroffen und mit uns gesprochen habt, so erraten sie alles, und ihr seid doch verloren. Werdet ihr diesem meinem Befehl gehorchen?«

»Wir werden schweigen, als ob wir tot wären!«

»Das fordere ich von euch, denn wenn ihr verrietet, daß wir hier gewesen sind, würden wir kommen und Rache nehmen; ihr würdet unter tausend Qualen am Marterpfahl sterben. Und nun noch eine Frage: Sind euch die Namen Iltschi und Hatatitla* bekannt?«

»Nein.«

»So heißen die Pferde von Winnetou und Old Shatterhand. Sind diese edlen Tiere mit hier?«

»Das wissen wir nicht; aber sind es vielleicht Rapphengste mit roten Nüstern und Vollblutwirbeln?«

»Ja. Du hast sie gesehen?«

»Nein. Ein Jäger sprach davon, als er sie an der Tür stehen sah.«

»Sie sind es. Wo stehen sie jetzt?«

»Im Schuppen, der dort hinter uns liegt. Wir hörten, daß sie dorthin geschafft wurden.«

»So sind wir mit euch fertig. Also schweigt von allem, was geschehen ist und was ihr gesehen und gehört habt, sonst bezahlt ihr den Verrat mit dem Tod, wie wir euch die

---

* Iltschi und Hatatitla: »Wind« und »Blitz« (KM).

Gewehre mit eurem Leben bezahlt haben! Jetzt könnt ihr gehen!«

Er gab jedem von ihnen einen Fußtritt, und dann verschwanden sie schleunigst im Dunkel der Nacht, froh darüber, daß, wenn ihnen auch der Raub wieder abgenommen worden, doch wenigstens das Leben geblieben war.

»Uff! Glücklicher konnten wir nicht sein!« sagte der Häuptling im Ton größter Befriedigung zu seinen Leuten. »Wir haben das Zaubergewehr, den Bärentöter und die Silberbüchse. Nun werden wir uns auch noch die Hengste holen, die außer meinem Mustang nicht ihresgleichen haben.«

»Will Tokvi Kava in den Schuppen gehen?« fragte derjenige, welcher unter dem Namen Juwaruwa als Spion im Shop gewesen war.

»Meint mein Bruder, daß ich diese Pferde stehenlassen soll? Wenn mein Mustang nicht wäre, so würden sie die besten Pferde von einem großen Wasser bis zum andern sein. Wir holen sie, denn sie sind wohl ebensoviel wert wie die Gewehre, welche wir den gelben, langzopfigen Burschen abgenommen haben.«

»Tokvi Kava mag bedenken, daß wahrscheinlich Blut dabei fließen wird.«

»Warum?«

»Winnetou und Old Shatterhand werden ihren Pferden Wächter gegeben haben.«

»Wir schleichen uns leise an und stechen sie nieder. Vielleicht sind auch keine Wächter da, weil die Tiere nicht im Freien, sondern im Schuppen stehen.«

Leider hatte er recht, denn das Versprechen, für einen Wächter zu sorgen, war zwar von dem Engineer gegeben, aber noch nicht ausgeführt worden. Die Roten schlichen sich lautlos zum Schuppen, dessen Tür kein wirkliches Schloß, sondern nur einen Riegel hatte. Sie lauschten. Drinnen ließen sich vereinzelte Hufschläge vernehmen, wenn ein Pferd mit dem Bein stampfte. Es war finster im Innern. Ein Wächter wäre gewiß nicht in den vollständig dunkeln Raum eingeschlossen worden; es war also keiner da. Der Häuptling schob den Riegel zurück, öffnete die Tür ein wenig, stellte sich so, daß er von innen nicht gesehen werden konnte, und rief einige Male in englischer Sprache hinein, als ob er ein Bekannter des etwa doch anwesenden Postens sei. Es erfolgte keine Antwort. Nun traten die vier Indianer ein.

Die Pferde der beiden Timpes waren ganz nach hinten geschafft worden; die Rapphengste standen fast ganz vorn. Der Häuptling merkte trotz der Dunkelheit sehr bald, welches die von ihm gewünschten Tiere waren.

»Sie stehen hier«, sagte er. »Nehmt euch in acht! Reiten dürfen wir sie nicht, denn sie kennen uns nicht; wir müssen sie führen, und da werden wir draußen sehr bald mit ihnen zu tun bekommen, sobald sie merken, daß es fortgehen soll und ihre Herren nicht dabei sind.«

Die Rapphengste wurden vorsichtig losgebunden und langsam hinausgeführt. Sie folgten den Komantschen zwar, ohne sich zu widersetzen, aber doch in einer Weise, welche zeigte, daß sie Verdacht geschöpft hatten. Die Tür wurde wieder verriegelt, und dann entfernten sich die Indsmen mit ihrem kostbaren Raub. Der tiefe, weiche Schlamm, den der Regen gebildet hatte, ließ die Schritte der Menschen und der Tiere nicht hörbar werden.

Tokvi Kava fühlte sich außerordentlich befriedigt von dem Streich, den er den beiden berühmten, von ihm aber so sehr gehaßten Männern heute spielen durfte. Er war seiner Sache vollständig sicher und hegte die Überzeugung, daß er am heutigen Abend ganz fehlerlos schlau gehandelt habe, und doch irrte er sich. Er hatte in seiner Rechnung vergessen, gerade die Hauptfaktoren gehörig in Erwägung zu ziehen, nämlich den Scharfsinn der beiden Bestohlenen und die vorzüglichen Eigenschaften sowie die ebenso gute Dressur der Pferde, die nicht gewohnt waren, ohne Erlaubnis ihrer Herren fremden Personen zu gehorchen.

Der größte Fehler aber, der von ihm begangen worden war, bestand darin, daß er den Chinesen gesagt hatte, wer er war. Er nahm zwar mit Sicherheit an, daß sie nichts verraten würden, aber einem Winnetou und seinem weißen Freund gegenüber war das eine unverzeihliche Unvorsichtigkeit.

Zum Rocky-Ground

Lieber Leser, hast du einmal von dem »weißen Mustang« gehört? Berufene und nicht berufene Schriftsteller haben über ihn geschrieben; Leute, welche den Wilden Westen genau kennen gelernt hatten, und Leute, deren Füße niemals die amerikanische Erde betraten, erzählten von ihm. Ich selbst habe wie oft mit weißen Jägern und roten Männern zusammengesessen, welche behaupteten und darauf schworen, den »weißen Mustang« gesehen zu haben, und es ist mir nicht eingefallen, dieser Versicherung einen Zweifel entgegenzusetzen, denn sie hatten ihn gesehen und doch auch wieder ... nicht gesehen; der »weiße Mustang« war eine Sage, ein Märchen, ein Phantom, ein Gebilde der Phantasie, welchem allerdings wirklich Gesehenes zugrunde lag.

Zur Zeit, als noch Büffel- und Pferdeherden zu tausend und abertausend Stück die weiten Prärien bevölkerten und während des Frühlings nord-, zur Herbstzeit aber südwärts zogen, konnte es einem vorsichtigen Jäger glücken, den »weißen Mustang« zu Gesicht zu bekommen, aber nur einem vorsichtigen, der sich anzuschleichen verstand, und auch da nur von weitem, aus der Ferne. Denn der »weiße Mustang« war der erfahrenste und klügste unter allen Leithengsten, die jemals an der Spitze einer wilden Pferdeherde gestanden haben. Sein Auge durchdrang den dichtesten Busch; sein Ohr hörte das leise Schleichen des Wolfes Tausende von Schritten weit, und seine tiefroten Nüstern erfaßten den Geruch des Menschen aus noch viel größeren Entfernungen. Aus einer von dem »weißen Mustang« angeführten und bewachten Herde hat sich nie ein Jäger ein gesundes Pferd mit dem Lasso herausholen können; wenn ihm je eines zur Beute fiel, so war es krank und für ihn unbrauchbar. Nie hat man den »weißen Mustang« grasen sehen. Er hatte keine Zeit dazu. Stets und stets und ohne Unterlaß flog er in graziösen und doch so kräftigen Sprüngen rund um seine ruhig weidende Herde, um beim geringsten Anzeichen der Gefahr jenes schrille, trompetenartige Wiehern hören zu lassen, auf welches augenblicklich alles wie im Sturm vondannen stob.

Einige Male soll es gelungen sein, ihn von der Herde abzuschneiden; man wollte ihn fangen, nur ihn allein. Er entwich nur im Galopp; die Verfolger ritten in Carriere, konnten ihn aber trotzdem nicht einholen, und als er dann endlich, sich lang streckend, wie ein Pfeil entflog und fern am Horizont verschwand, sahen sie ein, daß er sie nur geäfft hatte, um sie von seiner Herde fortzulocken. Ein kühner Vaquero*, ein Meister im Reiten, wollte ihn einmal allein getroffen und auf einen tiefen Cañon** zugejagt haben; der »weiße Mustang« soll ohne Bedenken in die mehrere hundert Fuß tiefe Schlucht hinabgesprungen und unten ruhig

---

* Vaquero: Berittener Hirt (KM).

** Cañon: Senkrecht abfallende Schlucht (KM).

weitergetrabt sein. Der Vaquero beteuerte es bei allen ihm geläufigen Schwüren und Flüchen, und alle, die es hörten, glaubten es. In einer Gesellschaft sehr ernster und erfahrener Westmänner erzählte ein Haziendero aus der Sierra, er habe einmal das ungeheure Glück gehabt, den »weißen Mustang« mit einer ganzen Tropa wilder Pferde in einen Corral* zu locken, aber der wunderbare Schimmel sei wie ein Vogel über die zwanzig Fuß hohe Umzäunung hinweg- und hinausgeflogen, niemand zweifelte daran.

So erzählten die Alten, und so erzählten die Jungen; der »weiße Mustang« schien nicht nur unverletzlich, sondern sogar unsterblich zu sein, bis er schließlich mit der letzten Pferdeherde, die man beisammen sah, von der Savanne verschwand. Die unerbittliche »Kultur« hat die Büffel und die Mustangs hingemordet, doch noch heute taucht hie oder da irgendein alter Westmann auf, um zu behaupten, daß der nie erreichbare Schimmel keine Erfindung sei, denn er selbst habe ihn auch gesehen.

Ja, er war keine Erfindung, und dennoch ein Produkt der Einbildungskraft; es hat ihn nie gegeben, und doch ist er vorhanden gewesen; die ihn gesehen haben, haben sich nicht getäuscht, aber doch geirrt, denn der »weiße Mustang« ist nicht ein Pferd, sondern mehrere, viele Pferde gewesen.

Jede wilde Mustangherde hatte einen Anführer, der stets ein Hengst, und zwar der kräftigste und klügste von allen

---

* Corral: Hohe Umzäunung zum Einfangen wilder Pferde und Rinder (KM).

war, denn er mußte diese Stelle mit Gewalt und List erkämpfen und sich erhalten. Hatte er alle seine Mitbewerber aus dem Feld geschlagen, so gehorchte ihm die ganze Truppe bis zum jüngsten Fohlen herab. Wenn man nun schon bei uns behauptet, daß die Schimmel die härtesten Pferde seien, so galt das in der Prärie erst recht. Dazu kam, daß die hellen Mustangs von den Jägern geschont wurden; es fiel keinem Menschen ein, sich einen Schimmel zum Reiten zu fangen, weil ein solches Tier weithin sichtbar ist und den Reiter in Gefahr bringt. Diese Pferde konnten sich also zur vollen Kraft auswachsen. Ferner liegt oder lag es im Instinkt jedes heller gefärbten Pferdes, vorsichtiger zu sein als ein dunkleres. Sodann braucht eine Herde einen Anführer, der sich durch seine Färbung unterscheidet und mit dem Auge leicht zu finden ist. Je höher der Offizier steht, desto glänzender die Abzeichen seiner Würde. Was der Mensch durch Kunst erreicht, das bietet dem Tier die Natur. Aus diesen und andern Gründen und Ursachen mag es gekommen sein, daß, wie jeder Westmann weiß, fast jede größere wilde Pferdeherde von einem Schimmel angeführt wurde.

Wenn nun diese hellen Leithengste die kräftigsten, schnellsten, ausdauerndsten und bissigsten Tiere waren, so mußte es ihnen leichter als jedem andern Pferd werden, einer etwaigen Nachstellung zu entgehen. Jeder Westmann hatte einen solchen Schimmel gesehen und seine Schnelligkeit und Klugheit bewundert; er erzählte davon und hörte andere dasselbe erzählen; das Leben auf der unendlichen Savanne erregt die Phantasie; es waren viele Schimmel gewesen, aber nach und nach schuf die Einbildungskraft aus ihnen einen einzigen, den »weißen Mustang«, der allüberall gesehen worden, aber nie zu fangen gewesen war. Dieser »eine« lebte nur in der Einbildung; die »einzelnen« aber hatte es wirklich gegeben.

Zur Zeit Winnetous und Old Shatterhands gab es auch einen »schwarzen Mustang«, mit dem es fast dieselbe und doch auch wieder eine andere Bewandtnis hatte. Er war kein wildes, sondern ein geschultes, ein sogar außerordentlich gut dressiertes Pferd, welches sich im Besitz des Häuptlings der Naiini-Komantschen befand. Auch von ihm erzählte man sich die wunderbarsten Dinge. Es besaß alle guten Eigenschaften in bisher noch nie dagewesenem Maß; es war noch in keinem Kampf verwundet worden, noch nie gestolpert oder gar gefallen, noch nie von einem Verfolger eingeholt worden und – man verzeihe den Trapperausdruck! – noch nie gestorben. Das Pferd hatte schon zur Zeit der Ahnen gelebt; es war mit dem Großvater aus allen Kämpfen unverletzt hervorgegangen; es hatte dann den Vater heil durch Not und Tod getragen und bewährte sich nun bei dem jetzigen Häuptling in so vorzüglicher Weise, daß er, um sich und das Tier zugleich zu ehren, den Namen desselben, Tokvi Kava, der Schwarze Mustang, angenommen hatte.

Wie die Indsmen fest überzeugt waren, daß der Henrystutzen Old Shatterhands eine Zauberflinte sei, so fest behaupteten sie auch, natürlich die Angehörigen des Naiinistammes ausgenommen, die es besser wußten, daß der »schwarze Mustang« ein Medizinpferd sei, das Wort Medizin als Zauber, als Bezeichnung von etwas Übersinnlichem, Unbegreiflichem genommen. Dieser Glaube nun brachte dem Besitzer des Pferdes Ansehen und Vorteile. Man hütete sich, mit ihm persönlich oder mit seinem Stamm anzubinden, denn man hielt ihn für ebenso unverletzlich, wie sein Pferd; er war nicht zu besiegen. Er war ein kluger Mann und nützte das in schlauer Weise aus; die Erfolge stellten sich ein und machten ihn dadurch immer zuversichtlicher. Sein Stolz und seine Rücksichtslosigkeit wuchsen; er wurde der grausamste Feind aller Weißen und gegnerischen Roten und glaubte schließlich selbst daran, daß es keinen Menschen gebe, der sich mit ihm messen könne.

Natürlich hatte man sich unter diesem »schwarzen Mustang« auch nicht ein, sondern mehrere Pferde zu denken; sie waren Abkömmlinge voneinander, gleich gezeichnet und von gleicher Vortrefflichkeit. Das letztere, nämlich die Vortrefflichkeit, konnte nicht geleugnet werden, und so war es begreiflich, daß der Häuptling, als er im Firwood-Camp die beiden Rappen Old Shatterhands und Winnetous stahl, so stolz behauptete: »Wenn mein Mustang nicht wäre, so würden sie die besten Pferde von einem großen Wasser bis zum andern sein.« Er meinte damit den Atlantischen und den Stillen Ozean, also nach seiner Ausdrucksweise ganz Nordamerika. Ob er damit recht hatte, das sollten die späteren Ereignisse zeigen; aber schon heute abend mußte er einsehen, daß er sich wenigstens in einer Beziehung in den beiden Hengsten getäuscht hatte. Sie waren nicht so leicht zu stehlen, wie er dachte.

Im Camp wurde an diesem Abend nicht so zeitig wie

sonst schlafen gegangen. Die Anwesenheit solcher Gäste, wie jetzt da waren, hielt die Leute auch nach dem Essen wach. Der Engineer saß mit Winnetou, Old Shatterhand und den beiden Timpes an dem einen Tisch, wo Erzählung auf Erzählung folgte. An dem andern saßen der Aufseher und der Verwalter, meist still zuhörend und nur zuweilen ein Wort mit in die Unterhaltung werfend. Zu ihnen hatte sich der Mestize wieder gefunden, der sich vollständig stumm verhielt, doch um so schärfer auf alles lauschte, was gesprochen wurde. Winnetou und Old Shatterhand schienen von seiner Anwesenheit nicht die geringste Notiz zu nehmen; er bemerkte keinen einzigen Blick, den sie zu ihm herübersandten, und doch hatten sie ihn so scharf im Auge, daß ihnen keine seiner Bewegungen und Mienen entgehen konnte.

Eben erzählte Kas eines seiner Abenteuer, als Winnetou ihn plötzlich mit der Hand aufforderte zu schweigen.

»Was ist's?« fragte er. »Warum soll ich nicht weiter erzählen?«

»Still!« antwortete der Häuptling der Apatschen. »Es kommen Reiter.«

Sie lauschten und hörten wirklich schnelle Hufschläge näher kommen, die ganz vernehmlich den tiefen Schlamm hoch spritzten und dann draußen vor der Tür anhielten. Ein eigentümliches, freudiges Schnauben erklang.

»Uff!« rief Winnetou, indem er rasch aufstand. »Das sind keine fremden Pferde.«

Old Shatterhand erhob sich ebenso schnell von seinem Sitz und stimmte bei: »Nein, keine fremden, das sind unsere

Pferde. Wie kommen sie hierher? Habt Ihr nicht eine Wache zu ihnen getan, Mister Engineer?«

»Noch nicht.«

»Warum nicht? Ich habe Euch doch darum gebeten! Wenn ich mich nicht irre, so habt Ihr, als wir von dem Schuppen fortgingen, die Tür desselben selbst verriegelt?«

»Ja, das habe ich getan, und darum glaubte ich, daß es mit dem Posten nicht so eilig sei.«

»Wir befinden uns im Westen, wo es keinen Grund gibt, irgendeine Vorsicht aufzuschieben!«

»Es muß jemand, irgendein Arbeiter, die Tür geöffnet haben; da sind die Pferde entwichen.«

»Entwichen? Sie waren fest angebunden, Sir! Dieser Jemand hat nicht nur die Tür geöffnet, sondern auch die Tiere losgebunden, und das ist jedenfalls ein Verhalten, welches mir sonderbar vorkommen muß. Erlaubt, Sir, daß ich mir einmal dieses Windlicht nehme.«

Diese Worte waren an den Shopman gerichtet, der an seinem Ladentisch hockte. Über ihm hing eine gläserne Windlaterne, welche Old Shatterhand vom Nagel nahm und anbrannte, um dann mit Winnetou hinauszugehen. Die andern folgten neugierig, auch der Mestize, der freilich nichts davon wußte, daß sein roter Großvater vorhin die beiden Hengste gestohlen hatte.

Diese standen wirklich draußen und bewillkommten ihre Herren mit den Zeichen großer Aufregung. Sie schnaubten, wehten mit den Schwänzen, ließen ihre Ohren spielen, gingen mit den Vorderbeinen hoch, gerade wie Hunde, die ihren Besitzer freudig begrüßen. Old Shatterhand leuchtete sie an und rief dann betroffen aus: »Alle Wetter! Was ist das? Die Pferde kommen nicht aus dem Schuppen! Seht doch den Schmutz und Schlamm, der hier sogar dick auf dem Rücken liegt! Sie sind galoppiert; sie sind weit fortgewesen! Aber wo und mit wem?«

»Mit wem?« fragte der Engineer. »Mit niemandem, natürlich. Wem sollte es einfallen, in solchem Wetter und solcher Finsternis mit fremden Pferden spazierenzureiten?«

»Reiten? Möchte wissen, wer es fertig brächte, sich auf eines dieser Pferde zu setzen! Es hat niemand darauf gesessen, denn seht, die Sitze sind mit Kot bespritzt.«

»Also habe ich ja recht! Es hat jemand den Schuppen aufgemacht; da rissen sich die Pferde los und echappierten. Sie sind ein Stück herumgerannt und nun wiedergekommen; das ist alles. Ich werde aber untersuchen, wer hieran die Schuld trägt. Es hat des Nachts kein Mensch im Schuppen etwas zu suchen.«

»Unsere Pferde reißen sich nicht los, wenn wir sie angebunden haben, und ebensowenig rennen sie ohne unsere Erlaubnis spazieren!«

Da sagte Winnetou in seiner ruhigen Weise, indem er auf den Zügel seines Pferdes, den er in die Hand genommen hatte, zeigte: »Mein weißer Bruder hat recht; aber dennoch haben sie sich losgerissen, doch nicht im Schuppen dort, sondern unterwegs.«

An dem Zügel hing ein fest angeknoteter Riemen, der wahrscheinlich eine Schleife gebildet hatte, nun aber zerrissen war. Old Shatterhand untersuchte ihn, warf einen bedeutungsvollen Blick auf den Apatschen und sagte dann zu dem Engineer: »Ihr habt recht, Sir, und Winnetou irrt sich, was bei ihm freilich selten ist. Die Pferde haben sich im Schuppen losgerissen. Kommt mit! Wir müssen sie fester anbinden. Die andern Gentlemen brauchen sich nicht weiter zu bemühen. Es ist gut!«

Er sagte das in einem solchen Ton der Ruhe und Überzeugung, daß die damit beabsichtigte Wirkung nicht ausblieb. Der Aufseher und der Verwalter kehrten mit dem Mestizen an ihre Plätze in den Shop zurück. Kas und Has wollten ihnen folgen; da flüsterte ihnen Old Shatterhand zu: »Fangt mit dem Halbblut ein Gespräch an, und laßt ihn nicht eher heraus, als bis wir wiedergekommen sind!«

»Warum, Mister Shatterhand?« fragte Kas.

»Das werdet Ihr später erfahren. Nur haltet ihn fest; aber seid freundlich und zutraulich mit ihm!«

»Aber wenn er partout heraus will? Sollen wir da Gewalt anwenden?«

»Nein. Das soll vermieden werden. Aber es kann Euch doch nicht schwerfallen, ihn durch eine interessante Geschichte festzuhalten!«

»Denke es auch. Werde einige famose Sachen erzählen und dabei gute Witze machen, genau so wie bei Timpes Erben. Komm, alter Has!«

Sie gingen hinein. Winnetou nahm die Pferde bei den Zügeln, um sie zu führen. Old Shatterhand leuchtete voran; der Engineer ging neben ihm und sagte, indem er den Kopf schüttelte: »Ich verstehe Euch nicht, Sir. Erst tut Ihr plötzlich so ruhig und gebt mir recht, und dann erteilt Ihr diesen beiden Gentlemen Aufträge, als ob man Yato Inda gar nicht trauen dürfe.«

»Ich habe mich verstellt, denn es gilt, vorsichtig zu sein. Die Pferde sind gestohlen und fortgeschafft worden, haben sich aber unterwegs losgerissen.«

»Unmöglich!«

»Es ist so; ich versichere es Euch!«

»Und wenn es so wäre, könnte der Yato Inda der Dieb gewesen sein?«

»Nein; aber er ist sein Helfershelfer.«

»Ich behaupte, daß er ehrlich ist!«

»Und ich behaupte, daß er nicht Yato Inda, sondern Ik Senanda heißt und der Enkel des Schwarzen Mustangs ist. Kommt nur in den Schuppen, da werden wir erfahren, wer den Diebstahl ausgeführt hat!«

»Wie wollt Ihr das erfahren?«

»Der weiche Erdboden wird es mir sagen. Selbst wenn ein Geist der Dieb gewesen wäre, müßte man da die Spuren sehen.«

»Ich nicht, denn ich verstehe von diesen Dingen nichts. Ihr habt da freilich mehr Übung; dennoch denke ich, daß Ihr einsehen werdet, wie unrecht Ihr meinem Mestizen tut.«

»Wartet es ab, Sir!«

Sie waren während dieses Wortwechsels in die Nähe des Schuppens gekommen. Der Engineer wollte schnell vollends hin. Old Shatterhand hielt ihn am Arm zurück und warnte: »Nicht so rasch! Ihr könnt uns sonst alles verderben.«

»Was?«

»Die Spuren, die ich sehen will. Wenn Ihr hineintretet, sind sie nicht deutlich zu erkennen.«

»Ganz wie Ihr wollt. Wir haben ja Zeit.«

Old Shatterhand machte einen Bogen, um nicht direkt, sondern von rückwärts an die Tür zu kommen und dadurch die mutmaßlichen Spuren zu schonen. Dann ging er bis zur Tür und leuchtete nieder. Winnetou ließ die Pferde stehen, kam zu ihm hin und bückte sich mit nieder: »Uff!« rief er aus. »Das sind indianische Mokassins gewesen!«

»Dachte es mir!« nickte Old Shatterhand. »Es waren Rote hier. Aber wie viele?«

»Das wird mein Bruder sehen, wenn wir die Fährte von dem Schuppen weg verfolgen. Hier sind die Menschen- mit den Pferdespuren vermischt.«

»Jetzt noch nicht fort. Wollen noch hierbleiben! Die Hufstapfen zeigen deutlich, daß die Pferde langsam gegangen sind. Das hätten sie nicht getan, wenn sie entflohen wären, nachdem sie sich losgerissen hatten. Sie sind sehr vorsichtig aus dem Schuppen geführt worden.«

»Er ist verriegelt«, bemerkte Winnetou, indem er auf die Tür zeigte.

»Ein weiterer Beweis, daß ein Diebstahl vorliegt. Pferde können keine Tür verriegeln.«

»Aber Menschen!« fiel der Engineer ein. »Ein Mensch, natürlich ein Arbeiter, ist es gewesen, der sich im Schuppen heimlich etwas zu schaffen gemacht hat. Dabei haben sich die Pferde losgerissen.«

»Da wäre der Mann erschrocken zu uns gerannt gekommen, um es uns zu melden!«

»Nein. Er hat das freilich nicht getan, weil er die Vorwürfe fürchtete.«

»Pshaw! Die Fährte wird uns ja sagen, wer recht hat, Ihr oder ich. Wieviel weiße Arbeiter habt Ihr, Sir?«

»So viele, wie Ihr im Shop gesehen habt.«

»Sie waren alle da?«

»Alle.«

»Schön! Ich mache Euch darauf aufmerksam, daß keiner von diesen Weißen den Shop verlassen hat. War wirklich ein Arbeiter hier, so muß es ein Chinese gewesen sein.«

»Das meine ich auch.«

»Was haben diese Himmelssöhne für Schuhwerk an den Füßen?«

»Schwere chinesische Schlappen mit dicken Sohlen.«

»Well! Das gibt einen so ausgeprägten, eigenartigen Stapfen, daß man sich gar nicht irren kann. Werden nachher sehen. Jetzt treten wir zunächst hier ein.«

Sie öffneten die Tür und gingen hinein. Es war nichts zu sehen. Die Diebe hatten keine Spur zurückgelassen. Darum wurden nun die Pferde hineingeschafft und wieder angebunden, worauf die drei Männer die Untersuchung draußen fortsetzten, indem sie die Fährte vom Schuppen weg verfolgten. Nach wenigen Schritten schon teilten sie sich. Nach rechts führten Menschen- und Tierschritte, von links her gab es nur Menschenspuren.

»Da sind sie gekommen«, sagte Old Shatterhand. »Sieht mein Bruder Winnetou, wie viele es gewesen sind?«

Der Apatsche betrachtete die Eindrücke genau und antwortete dann: »Diese roten Männer waren so unvorsichtig, nicht hintereinander zu gehen, darum ist ganz deutlich zu sehen, daß es vier Männer waren. Gehen wir noch weiter! Die Fährte geht zur hinteren Seite des Shops.«

Nach kurzer Zeit gelangten sie an die Stelle, wo die beiden Chinesen mit den Indianern zusammengetroffen waren. Sie war bereits ausgetreten und wurde von Old Shatterhand sorgfältig beleuchtet.

»Uff!« rief Winnetou. »Hier haben die roten Männer einige Zeit gestanden und mit zwei gelben Männern gesprochen. Man sieht die Spur der dicken, geraden Sohlen ganz genau.«

»Sagte ich es nicht!« meinte da der Engineer. »Es sind Arbeiter im Schuppen gewesen!«

»Unsinn!« widersprach Old Shatterhand, ziemlich unwillig darüber, daß der Beamte noch immer nicht von seinen falschen Gedanken abzubringen war. »Im Schuppen waren sie nicht, denn ihre Spuren führen nicht bis hin. Ihr seht ja, daß sie bloß hierher und dann wieder zurückgehen. Ich bitte Euch sehr, Eure irrige Ansicht aufzugeben! Es sind Indianer hier gewesen, Komantschen jedenfalls. Das ist keine Kleinigkeit für Euch!«

»Pshaw! Jedenfalls arme Teufel, die vielleicht Eßwaren stehlen wollten und unglücklicherweise an eure Pferde geraten sind.«

»Wenn es so wäre, wollte ich es loben. Ich fürchte aber, daß es noch ganz anders kommen wird. Diese Roten scheinen mit Euren Chinesen im geheimen Einverständnis zu stehen.«

»Oho!«

»Ja! Ihr seht ja, daß sie hier miteinander gesprochen haben. Wenn kein Einverständnis zwischen ihnen vorläge, würden die Indianer die Chinesen ausgelöscht haben.«

»Meint Ihr, Sir?«

»Gewiß! Und seht: erst haben nur drei Rote hier gestanden, der vierte ist aus der Richtung des Shop zu ihnen gekommen. Erratet ihr, welcher das war?«

»Etwa dieser Juwaruwa, den Ihr nicht fortlassen wolltet?«

»Ja, der war es.«

»So möchte ich nur wissen, welche von meinen Chinesen diese beiden hier gewesen sind!«

»Fragt Eure Langzöpfe! Ob Ihr etwas erfahren werdet, scheint mir fraglich.«

»Die Betreffenden werden sich freilich hüten, es einzugestehen.«

»Wir werden es trotzdem erfahren.«

»Meint Ihr?«

»Ja.«

»Aus den Spuren?«

»Vielleicht, vielleicht auch nicht; dann aber jedenfalls auf eine andere Weise. Einstweilen wollen wir von ihnen absehen und uns nur mit den Roten beschäftigen. Kommt!«

Sie folgten der jetzt nicht mehr vier-, sondern nur noch dreifachen Fährte, bis sie an den Ort kamen, an welchem Tokvi Kava mit dem Mestizen zuletzt gesprochen hatte und von dem aus dieser zum Shop zurückgegangen war. Dann wurden sie von der Spur zur vorderen Seite des Shop geleitet, dorthin, wo die Komantschen auf den Mestizen gewartet hatten. Als auch diese Stelle einer Untersuchung unterworfen war, sagte Old Shatterhand: »Jetzt ist mir alles klar. Es kamen vier Komantschen hierher. Drei warteten, und der vierte ging in den Shop, um dem Mestizen ein Zeichen zu geben, daß er herauskommen solle. Dieser Mensch ging hierher; da sie sich aber hier nicht sicher fühlten, wendeten sie sich zur Hinterseite des Shop. Darum hat mein Bruder Winnetou hier vergeblich gesucht und nichts gefunden. Der Mestize besprach sich mit den drei Roten und kehrte dann zu uns zurück; sie aber gingen zu der Stelle, wo sie Juwaruwa erwarteten. Dieser kam, und als sie sich nun ganz entfernen wollten, stießen sie auf die beiden Chinesen.«

»Was die aber dort zu suchen hatten?« fragte der Engineer.

»Das werden sie uns sagen«, antwortete Old Shatterhand zuversichtlich.

»Wir wissen aber doch gar nicht, welche zwei von meinen vielen chinesischen Arbeitern es waren!«

»Wir werden es erfahren. Verlaßt Euch darauf!«

»Wollen wir ihre Spur nicht auch untersuchen?«

»Jetzt noch nicht. Wir müssen vorher zu dem Mestizen. Er soll fliehen.«

»Fliehen?« fragte der Engineer, im höchsten Grade erstaunt. »Welch ein Gedanke!«

»Wieso?«

»Entweder ist er der bravste Mensch, für den ich ihn halte, und da braucht er nicht zu fliehen, oder er ist ein Schurke, der uns an die Indianer verraten will, und da darf ich ihn nicht entkommen lassen.«

»So denkt Ihr, ich aber denke anders. Er ist der Enkel des

Komantschenhäuptlings Tokvi Kava und hat sich unter ehrlicher Maske bei euch eingeschmeichelt, um Euch seinem roten Großvater zu überliefern. Dieser hat heute vier Boten zu ihm geschickt oder ist vielleicht gar selbst mit hier gewesen, um die Zeit und Art des Überfalls zu bestimmen. Ich möchte behaupten, daß Tokvi Kava mit hier gewesen ist. Was sagt mein Bruder Winnetou dazu?«

»Der Schwarze Mustang war da«, antwortete der Apatsche mit einer solchen Bestimmtheit, als ob er ihn gesehen hätte.

»Gewiß! Denn nur solch ein Krieger wie er konnte auf den Gedanken kommen, unsere Pferde zu stehlen. Er hat gehört, daß wir hier sind, und wird den Überfall des Camp einstweilen aufgeben, bis wir dieses verlassen haben. Zu Eurer Sicherheit aber ist unbedingt erforderlich zu erfahren, was gegen Euch im Werke liegt, und wann es ausgeführt werden soll. Das könnt Ihr aber nicht hören, wenn der Mestize hierbleibt.«

»Sir«, antwortete der Engineer ungläubig, »ich weiß, wer Ihr seid und was ich von Euch zu halten habe, aber Ihr redet für mich in Rätseln. Ich muß Euch zu meinem großen Schrecken glauben, daß die Roten etwas gegen uns vorhaben, denn sonst hätten sie keine Kundschafter hergeschickt; aber was ich darüber wissen muß, kann ich doch am besten und am sichersten von dem Mestizen erfahren, wenn er wirklich, wie Ihr behauptet, der Verbündete der Roten ist.«

»Ihr denkt, er sagt es Euch?«

»Ich zwinge ihn dazu!«

»Pshaw! Ich wüßte nicht, wie Ihr das anfangen wolltet!«

»Ihr würdet mir dabei helfen, Sir!«

»Das kann ich nicht, denn er würde mir ebensowenig sagen wie Euch. Es gibt nur das eine sichere Mittel, alles zu erfahren: Wir müssen ihm Angst einjagen, daß er sich aus dem Staub macht.«

»Aber, wenn er fort ist, erfahren wir erst recht nichts, Mister Shatterhand!«

»Im Gegenteil. Habt Ihr nicht gehört, daß wir morgen zum Alder-Spring wollen?«

»Ja.«

»Der Mestize hat es auch gehört und wird es den Roten mitgeteilt haben. Ich bin überzeugt, daß sie hinreiten, um uns aufzulauern und zu fangen. Wir werden uns aber nicht erwischen lassen, sondern im Gegenteil sie belauschen.«

»Sir, das ist unendlich gefährlich!«

»Für uns nicht, und für Euch hat es den Zweck, daß Ihr dann wißt, woran Ihr seid.«

»Wie werde Ich es denn erfahren? Wollt Ihr etwa wiederkommen?«

»Wenn wir erfahren, daß Ihr Euch in Gefahr befindet, kommen wir ganz gewiß zurück, um Euch beizustehen. Nur müßt Ihr heute den Mestizen laufen lassen.«

»Und wenn er nicht läuft?«

»Er läuft! Wo pflegt er zu schlafen? Etwa bei den Arbeitern?«

»Nein. Er hat sich da hinten an dem Gebüsch ein halbindianisches Wigwam errichtet.«

»Um nicht beobachtet zu werden. Ganz richtig! Er hat ein Pferd?«

»Ja. Es ist stets in der Nähe dieses Wigwams angepflockt.«

»Gut! Mein Bruder Winnetou wird sich jetzt dorthin begeben und sich verstecken, um ihn zu beobachten, damit wir wirklich wissen, ob er fort ist oder nicht. Ich aber gehe in den Shop, um ihm die nötige Angst einzujagen. Macht aber ja keinen Fehler, Sir! Er soll denken, wir wissen nicht, daß die Pferde von Indianern gestohlen worden sind, sondern vielmehr glauben, wir nehmen an, daß sie sich im Schuppen losgerissen haben.«

»Well. Darf ich mit Euch gehen?«

»Ja. Vorher aber beschreibt Ihr Winnetou genau, wo das Wigwam liegt.«

Winnetou hatte zu der ganzen Unterhaltung nur wenige Worte beigetragen; er hörte jetzt die Beschreibung des Platzes auch ganz ruhig an und ging dann fort. Das war so seine Art und Weise und für Old Shatterhand der Beweis, daß er mit allem, was dieser gesagt und geplant hatte, einverstanden war. Als er sich entfernt hatte, gingen die beiden zum Shop. Sie fanden den Mestizen in reger Unterhaltung mit den beiden Timpes, denen es gelungen war, ihn vollständig zu fesseln. Er warf einen heimlich sein sollenden, mißtrauisch forschenden Blick auf den weißen Jäger, und dieser tat so, als ob er ihn nicht bemerkt hätte. Der gute Kas hielt in der Erzählung, die er eben vortrug, inne und erkundigte sich: »Nun, Mister Shatterhand, wie habt Ihr es im Schuppen gefunden? Wer hatte recht, Ihr oder Winnetou?«

»Ich. Von einem Pferdediebstahl war keine Rede. Wir

hatten vergessen, die Tür zu verriegeln, und da muß irgendein Tier hineingeraten sein und die Hengste ängstlich gemacht haben. Sie haben sich losgerissen und das Weite gesucht, sich aber glücklicherweise wieder hierhergefunden. Darüber können wir also beruhigt sein, um so weniger aber über einen andern Umstand.«

»Über welchen?«

»Es sind Rote hier gewesen.«

»Einer doch wohl nur? Ich meine diesen sogenannten Juwaruwa, der da im Shop war.«

»Er war nicht allein. Es gehörten noch drei andere Rote zu ihm, die draußen auf ihn warteten.«

»Alle Wetter!« rief Kas, indem er seinen Strohhut weit aus der Stirne schob. »Noch drei andere! So ist dieser elende Halunke also wohl doch noch ein Spion gewesen?«

»Ich bin überzeugt davon und behaupte, daß sich hier im Camp ein Verbündeter von den Roten befindet.«

»All devils! Wenn das wahr wäre! Wer könnte das sein?«

»Ich weiß es; aber fragt einmal Yato Inda danach, der da neben Euch sitzt; der weiß es ebensogut wie ich.«

Da drehte sich der Mestize langsam zu Old Shatterhand um, blitzte ihn mit zornig funkelnden Augen an und fragte in feindseligem Ton: »Was soll ich wissen, Sir?«

»Was ich diesem Gentleman hier gesagt habe.«

»Ich weiß gar nichts.«

»So kommt, Mesch'schurs; ich will euch etwas zeigen. Yato Inda mag auch mitgehen!«

»Wo ist Mr. Winnetou?« fragte Kas, indem er mit den andern aufstand.

»Im Schuppen bei den Pferden, um zu wachen, daß sie nicht wieder aufgeregt werden.«

Sie gingen alle hinaus, auch die weißen Arbeiter mit; der Mestize aber blieb sitzen. Da wendete Old Shatterhand sich unter der Tür zu ihm um und sagte: »Ich habe alle aufgefordert mitzugehen. Wer zurückbleibt, der bekommt es mit mir zu tun. Ich scherze nicht.«

Old Shatterhands drohendes Auge sagte noch mehr, als diese Worte enthielten. Der Mestize stand auf und kam hinterher. Old Shatterhand trug die Laterne wieder und führte die Männer zu der Fährte, welche der Mestize gemacht hatte, als er aus dem Shop zu den auf ihn wartenden Komantschen gegangen war. Er leuchtete auf dieselben nieder und sagte: »Seht euch diese Stapfen genau an, Mesch'schurs! Es sind die Spuren eines Halunken, der euch alle ins Verderben führen will. Ich werde nachher die Füße zeigen, die ganz genau in diese Eindrücke passen. Den Kerl lynchen wir!«

»Ins Verderben führen?« fragte der Aufseher erschrocken. »Wieso?«

»Er verkehrt mit feindlichen Indianern, die wahrscheinlich das Camp überfallen wollen, und hat sich unter einem falschen Namen bei euch eingeschmuggelt, um ihnen die Sache leicht zu machen.«

»Indianer? Ist das möglich?«

»Ja, der Rote, welcher vorhin hier war, war ein Spion von ihnen, der ihn hinausschicken sollte. Wir sahen, daß sie Zeichen miteinander auswechselten.«

»Wer ist der Schuft? Sagt es, Sir, sagt es!«

»Später! Erst will ich euch Beweise geben. Ihr seht, daß ich seinen Stapfen folge, und werdet bald erfahren, wohin sie führen.«

Old Shatterhand ging auf der Spur weiter, und sie folgten ihm, bis er stehenblieb, auf den Boden leuchtete und sagte: »Seht her! Hier haben drei Indianer gestanden und auf ihn gewartet, während der vierte, der sich Juwaruwa nannte, sich bei uns im Shop befand und ihm heimlich zuwinkte. Überzeugt euch genau, daß diese Eindrücke von Indianern stammen!«

Da sagte Has, indem er seinen langen, schwarzen Schnurrbart grimmig auseinanderzog: »Das bedarf gar keiner besonderen Überzeugung, Sir. Man sieht es doch gleich mit dem ersten Blick, daß es sich um Rote handelt. Alle Wetter! Das Camp steht in Gefahr. Zeigt uns den Burschen, damit wir ihn ein wenig aufhängen! Es gibt hier Bäume genug, die hübsche, starke Äste haben.«

»Wartet nur noch ein kleines Weilchen! Wir müssen der Spur noch weiter folgen. Ihr sollt ganz genau sehen, wie er gegangen ist.«

Der Mestize stand dabei und hörte natürlich alles, was gesprochen wurde. Old Shatterhand ließ den Schein der Laterne zuweilen über sein Gesicht gleiten und sah dabei den irren, ängstlichen Blick, mit dem das dunkle Auge um sich sah.

Es ging weiter, hinter den Shop herum, wo Old Shatterhand wieder stehenblieb und erklärte: »Dann sind sie hierher gegangen und lange hier stehengeblieben, wie ihr aus den Spuren erseht. Denn dort, auf der Vorderseite fühlten sie sich nicht sicher, weil Winnetou und ich hier waren. Sie glaubten, wir würden sie beschleichen. Hier haben sie von uns und von dem Überfall gesprochen, den sie planen. Dann sind die drei Roten ein Stück weitergegangen, um auf Juwaruwa zu warten, der da zu ihnen stieß. Der Verräter aber ist von hier zum Shop zurückgekehrt. Ich bin kein Freund von solchen Schauspielen, hier aber haben wir es mit einem Schurken zu tun, der unbedingt gelyncht werden muß.«

»Wer ist es, wer, wer, wer?« wurde rund im Kreis gefragt. Nur der Mestize war still.

»Sogleich, sogleich werdet ihr es erfahren! Nur wollen wir der Fährte noch ein Stückchen folgen, bis sie so deutlich wird, daß ich euch zeigen kann, wie genau sein Fuß hineinpaßt. Kommt, Mesch'schurs.«

Indem er die Männer wieder zur vorderen Seite des Shop führte, paßte er mit scharfem Blick auf den Mestizen auf. Dieser folgte langsam nur noch einige Schritte und tat dann einige schnelle Sprünge auf die Seite; er war nicht mehr zu sehen. Nun war es Zeit. Der Mischling durfte nicht zu Atem und noch viel weniger auf den Gedanken kommen, hierzubleiben, um sich zu verstecken, um zu belauschen, was die Bewohner des Camps vornehmen würden. Darum blieb Old Shatterhand schon nach kurzer Zeit stehen und sagte: »Hier ist die Stelle, wo ihr es erfahren sollt. Yato Inda mag her zu mir kommen und – ah«, unterbrach er sich, »wo ist der Mestize?«

»Der Mestize?« wurde gefragt. »Ist er es etwa? Ist er es?«

»Natürlich der! Ich glaubte, ihr würdet es erraten. Er heißt nicht Yato Inda, sondern Ik Senanda und ist ein Enkel des Schwarzen Mustang. Dieser will das Camp überfallen und hat ihn hergeschickt, um die beste Gelegenheit dazu auszuspähen.«

Da erhob sich ein Schreien, Brüllen und Rufen nach dem Entflohenen, welches weithin durch das Tal erschallte. Old Shatterhand aber überrief sie noch mit seiner mächtigen Stimme: »Wozu dieser unnütze Lärm! Er ist zu seinem Wigwam gelaufen, um sein Pferd zu holen und zu fliehen. Eilt ihm nach, damit er nicht entkommt!«

»Zu seinem Wigwam?« rief einer immer lauter als der andere. »Ja, zu seinem Wigwam! Ihm nach, dorthin, dorthin, daß wir ihn fangen!«

Sie rannten fort und Old Shatterhand blieb mit dem Engineer allein zurück.

»Nun, was sagt Ihr dazu?« fragte lächelnd der erstere den letzteren. »Ist es nicht gelungen?«

»Ja, wenn Ihr Euch in dem Mestizen nicht dennoch irrt. Es wird mir wirklich schwer, ihn für einen so schlechten Menschen zu halten.«

»Würde er geflohen sein, wenn er es nicht wäre?«

»Das ist freilich wahr. Aber dann müssen wir Gott heilig danken, daß er Euch zu uns geführt hat. Was wäre aus uns geworden! Die Roten hätten uns alles, alles abgenommen, sogar das Leben, denke ich!«

»Das Leben und die Skalpe, wohl auch die Vorräte und alles andere außer dem Geld; das hat der Mestize jedenfalls für sich ausbedungen. Ich kenne das und habe es wiederholt erlebt. Doch horcht! Hört Ihr nichts, Sir?«

»Ja, dort drüben rennt ein Pferd.«

»Es ist das seinige; er reitet fort, getrieben von der Angst vor dem Richter Lynch. Es wird ihm nicht einfallen, sich hier zu verstecken, um uns zu belauschen. Wir sind ihn los.«

»Aber für wie lange! Er wird zu den Komantschen reiten und mit ihnen wiederkommen.«

»Dann reiten wir ihm nach und sind noch vor ihm wieder hier. Ihr braucht keine Sorge zu haben. Hört Ihr das Brüllen Eurer Leute? Sie suchen ihn noch und finden ihn nicht. Ah, nun lassen sie ihren Ärger an seinem Wigwam aus!«

Sie sahen drüben am Gebüsch eine erste kleine Flamme aufzüngeln, welche aber trotz der vom Regen zurückgebliebenen Nässe bald größer und größer wurde. Die Arbeiter hatten das Wigwam angebrannt. Beim Schein des Feuers sahen die beiden Winnetou auf sich zukommen. Als er sie erreichte, blieb er stehen und sagte: »Winnetou lag auf der Lauer und hörte den Mestizen gelaufen kommen und in sein Wigwam treten. Da erschallte das Rachegeschrei der Männer, und das Halbblut stürzte vor Angst wieder hinaus, rannte zu seinem Pferd, stieg auf und ritt davon.«

»Wird er weit reiten oder heimlich doch hier bleiben?« fragte Old Shatterhand, um zu hören, was Winnetou über diesen Punkt dachte.

»Er wird weit, weit reiten und nicht eher anhalten, als bis er von uns heute nicht mehr erreicht werden kann. Ich habe das Sausen seines Atems gehört und daraus vernommen, daß seine Angst eine so große war, daß es ihm gewiß nicht einfällt, hierzubleiben.«

»Das denke ich auch. Wir können also unsere unterbrochene Forschung wieder aufnehmen, ohne befürchten zu müssen, dabei heimlich von ihm beobachtet zu werden.«

»Welche Forschung?«

»Nach den Spuren der beiden Chinesen, die wir noch nicht ausgekundschaftet haben.«

»Dürfen die andern dabei sein?«

»Höchstens die beiden Timpes. Wenn mehr mitgehen, können sie nur die Fährte leicht verderben.«

Die Arbeiter kehrten jetzt von der ergebnislosen Verfolgung des Mestizen zurück. Sie wollten von Old Shatterhand Auskunft über seinen Verdacht und was mit diesem zusammenhing, haben; er forderte sie auf, in den Shop zu gehen und dort eine kurze Zeit zu warten; er werde bald nachkommen und ihnen alles erklären. Dann wendete er sich mit Winnetou, dem Engineer und den beiden Timpes wieder zur Hinterseite des Shops, wo er vorhin die Spuren der zwei Chinesen gesehen hatte, ohne ihnen zu folgen. Sie fanden sie beim Schein der Laterne leicht wieder und gingen ihnen nach.

Sie hatten angenommen, daß diese Fährte um zwei Ecken des Gebäudes zum Eingang des Shop führen werde, sahen aber bald, daß dies nicht der Fall war, denn sie ging weiter bis zur Wohnung des Engineers, und zwar zur hinteren Seite derselben. Dort lehnte eine Leiter, die bis zum Dach ging, an der Mauer.

»Uff!« rief der Apatsche dem Engineer zu. »Lehnt diese Leiter immer hier?«

»Nein«, antwortete der Gefragte, indem er bedenklich mit dem Kopf schüttelte.

»Lehnte sie aber vielleicht schon da, als wir vorhin im Innern dieses Hauses waren?«

»Ich weiß nichts davon. Die Sache kommt mir außerordentlich verdächtig vor. Wer mag das gewesen sein?«

»Die Chinesen natürlich!« antwortete Old Shatterhand. »Ihr seid wahrscheinlich bestohlen worden, Sir, und wir mit!«

»Uff, uff!« stimmte der Apatsche bei. »Unsere Gewehre sind verschwunden.«

»Seid Ihr, nehmt es mir nicht übel, Mister Winnetou, aber seid Ihr nicht recht gescheit?« rief der Engineer erschrocken.

»Sie sind fort«, wiederholte der Häuptling.

»Ja, das sage ich auch«, erklärte Old Shatterhand ohne alle Aufregung.

»Und das sagt Ihr in einem so ruhigen Ton, als ob es sich nur um einige Zündhölzer anstatt um die drei kostbarsten Gewehre des Wilden Westens handelte!«

»Was könnte die Aufregung nützen? Sie würde nur schaden. Je ruhiger wir die Sache hinnehmen, desto eher und sicherer bekommen wir unsere Gewehre wieder.«

»Ich kann es mir nicht denken, aber wenn es wirklich so ist, dann müssen die Spitzbuben die Gewehre sofort herausgeben, und ich jage sie fort, nachdem ich sie habe halb oder dreiviertel totprügeln lassen!«

»Sie können sie nicht herausgeben.«

»Nicht? Warum?«

»Weil sie sie nicht mehr haben.«

»Wer denn?«

»Die Komantschen.«

»Zum Kuckuck! Das wäre schlimm, sehr schlimm für Euch! Wie kommt Ihr denn auf diesen unglückseligen Gedanken?«

»Auf die einfachste Weise. Die Spuren der beiden Chinesen stoßen mit denen der Komantschen zusammen und gehen dann gleich wieder zurück. Die Roten haben die Gewehre erhalten.«

»So denkt Ihr, daß die Flinten extra für die Indianer gestohlen worden sind?«

»Nein! Vorhin freilich, als ich die Fährten zum erstenmal beisammen sah, war ich geneigt anzunehmen, daß die Indsmen mit diesen zwei Chinesen im geheimen Einverständnis seien, jetzt aber bin ich überzeugt, daß dem nicht so ist. Die Chinesen haben den Diebstahl für sich ausgeführt; als sie dann fortgingen, um die Gewehre zu verstecken, sind sie auf die Indianer gestoßen und von diesen gezwungen worden, die Waffen herzugeben.«

»Das ist freilich möglich, aber wir haben ja noch gar keine Sicherheit. Wir können noch gar nicht behaupten, daß es sich wirklich um Eure Gewehre handelt. Kommt, wir wollen hineingehen und nachsehen! Hoffentlich habt Ihr Euch getäuscht.«

»Wir täuschen uns nicht. Haben Eure Chinesen Gewehre?«

»Nein.«

»Also! Seht hier diese drei Eindrücke im schlammigen Boden! Sie können nur von Gewehrkolben herrühren. Die Diebe haben, als sie von der Leiter kamen, sich die Hände auf einen Augenblick frei gemacht und die Büchsen an die

Mauer gelehnt. Drei Stück, ein großer, ein mittlerer und ein kleinerer Eindruck; das ist der Bärentöter, die Silberbüchse und der Henrystutzen. Weitere Beweise brauchen wir nicht.«

»Es ist wahr; es ist wirklich wahr!« rief der Engineer aus, als er die drei Löcher im Schlamm angesehen hatte. »Wahrhaftig, das sind Chinesen gewesen! Ich lasse sie zu Tode peitschen! Welche zwei aber mögen es unter so vielen gewesen sein?«

»Wir werden sie entdecken. Wir haben hier ihre Spuren, was freilich nicht viel sagen will. Vielleicht finden wir drin im Haus einen Anhaltspunkt. Und wenn das nicht sein sollte, so gibt es im Kopf eines guten Westmannes noch andere Haken, an denen man dergleichen Spitzbuben aufhängen kann.«

»Wollen es hoffen, Sir. Donner und Doria! Es ist eigentlich eine ganz und gar armselige Blamage für mich und unser Camp. Erst diese Freude und Ehre, so berühmte Westmänner bei uns zu sehen, und nun stellt es sich heraus, daß Ihr auf eine so raffinierte und freche Weise bestohlen worden seid! Ich möchte nur wissen, wie die Halunken auf diesen Gedanken gekommen sind: Sie brauchen diese Waffen doch gar nicht; sie können gar nicht mit ihnen umgehen. Welchen Zweck hatten sie eigentlich dabei?«

»Das ist mir freilich auch ein Rätsel, welches sich aber schon noch lösen lassen wird.«

Da sagte Kas, der Blonde: »Ich weiß nicht, ob es ein guter oder ein alberner Gedanke von mir ist, Sir, aber mir ist soeben eine Art von Erklärung eingefallen.«

»Welche?«

»Ehe Ihr kamt, war die Rede von Euch. Wir sprachen da natürlich auch von Euren Gewehren, und daß sie von einem so hohen Wert sind, daß man ihn eigentlich gar nicht bestimmen kann. Sollten einige von diesen gelben Zopfmännern das gehört haben und dadurch auf den Gedanken geraten sein, die kostbaren Waffen zu stehlen, um sie später zu einem hohen Preis zu verkaufen?«

»Hm! Dieser Gedanke ist gar nicht dumm, Mister Timpe. Vielleicht habt Ihr das Richtige getroffen. Die beiden Abteilungen des Shop sind nur durch einen dünnen Verschlag voneinander getrennt, durch welchen das, was gesprochen worden ist, leicht gehört werden konnte. Und wenn ich mich nicht irre, saßen zwei Chinesen ganz nahe an diesem Verschlag auf einer Bank allein.«

»Das ist richtig«, stimmte der Engineer bei. »Das waren die beiden Firsthands*, deren wir uns als Vermittler bedienen.«

»Muß man da nicht annehmen, daß sie ehrliche Leute sind?« fragte Old Shatterhand.

»Das nicht, Sir! Diese Burschen sind alle Halunken, vom ersten bis zum letzten. Sie stehlen nur dann nicht, wenn es nichts zu stehlen gibt, und ihr Hauptgrundsatz ist der, daß es keine Sünde und Schande, sondern vielmehr ein gutes Werk und eine Ehre ist, den Weißen so viel wie möglich zu übervorteilen. Daß ein Chinese es bis zum Firsthand gebracht hat, ist gar kein Grund, darauf zu schließen, daß er

* Firsthands: Vorarbeiter (KM).

ehrlicher als die andern sei, sondern gerade im Gegenteil: Er ist intelligenter, und also darf man ihm noch weniger trauen. Wollen wir uns die beiden einmal gründlich vornehmen?«

»Ja. Zunächst aber treten wir hier in das Haus, damit Ihr Euch überzeugen könnt, daß die Gewehre verschwunden sind.«

Der Engineer schloß die Tür auf und brannte drinnen ein Licht an. Bei dem Schein desselben sah man nicht nur, daß die Gewehre fehlten, sondern erkannte auch die Art und Weise, in der sie gestohlen worden waren, denn in der Decke war ein Loch, durch welches die Diebe Zugang gefunden hatten. Es versteht sich ganz von selbst, daß den beiden Geschädigten der Verlust ihrer unvergleichlichen Waffen nicht gleichgültig war; aber ihre Gewöhnung, sich in allen Lagen zu beherrschen, hatte zur Folge, daß sie kein klagendes Wort darüber äußerten. Der Engineer aber zeigte sich wütend und versicherte, daß er die Täter totprügeln lassen werde.

»Erst müssen wir sie entdecken«, meinte Old Shatterhand ruhig. »Und selbst dann, wenn wir sie haben, werde ich gegen eine so unmenschliche Bestrafung sein.«

»Sollen sie etwa gar straflos ausgehen, Sir?« fragte der Beamte.

»Nein, aber wir können Justiz üben, ohne grausam zu sein.«

»Bedenkt, daß wir uns im Wilden Westen befinden! Im Osten würde man die Diebe auf einige Zeit einsperren; hier aber gilt das Gesetz der Prärie. Nach diesem wird ein

Pferdedieb mit dem Tod bestraft, und ich denke, daß die gestohlenen Waffen mehr wert sind als ein Pferd. Nicht?«

»Allerdings. Dennoch bitte ich Euch, es lieber uns zu überlassen, die Strafe zu bestimmen; sie wird groß genug, aber nicht ungerecht sein. Jetzt wollen wir zum Shop gehen, um die Chinesen vorzunehmen.«

Die Arbeiter waren alle noch munter. Selbst diejenigen, die sich vorher niedergelegt gehabt hatten, saßen wieder an den Tischen, um sich über das, was passiert war, zu unterhalten. Die beiden Firsthands hatten ihre vorigen Plätze eingenommen; sie fühlten sich nicht sicher und betrachteten die Eintretenden mit ängstlich forschenden Blicken. Old Shatterhand forderte sie kurz und in bestimmtem Ton auf: »Kommt einmal mit uns herein in die andere Abteilung!«

Sie standen auf und folgten. Dabei raunte der eine dem andern zu: »Schuet put tek!«

Dem scharfen Ohr Old Shatterhands entgingen diese Worte nicht; als er sie hörte, breitete sich ein leises befriedigtes Lächeln über sein Gesicht. Der Sprecher hatte sich seiner heimatlichen, also der chinesischen Sprache bedient und dabei sehr leise gesprochen; er war also vollständig davon überzeugt, nicht verstanden worden zu sein, denn selbst falls seine Worte an irgendein Ohr gedrungen sein sollten, gab es doch hier, so weit von China entfernt und mitten in der Wildnis, gewiß keinen Menschen, welcher der chinesischen Sprache mächtig war. Er ahnte nicht, daß Old Shatterhand sich während seiner langen und weiten Reisen auch in China aufgehalten hatte, und nie ein Land besuchte, ohne vorher die Sprache desselben kennenzulernen.

Als sie dann drin in der kleinen Abteilung vor ihm standen, ließ er seinen durchdringenden Blick scharf über sie gleiten und sagte, indem er seinen Revolver aus dem Gürtel zog und den Hahn desselben drohend knacken ließ: »Ihr befindet euch in einem fremden Land. Kennt ihr die Gesetze desselben?«

Sie hoben ihre Augen frech zu ihm auf, und der eine antwortete: »Dieses Land hat sehr viele Gesetze, welche davon meint Ihr, Sir?«

»Die, welche sich auf den Diebstahl beziehen.«

»Die kennen wir.«

»So sag einmal, womit der Diebstahl bestraft wird.«

»Mit Gefängnis.«

»Ja, aber nicht hier in dieser Gegend. Wer hier im Wilden Westen Waffen oder Pferde stiehlt, der wird entweder erschossen oder aufgehängt. Wißt ihr das?«

»Wir haben davon gehört; aber es geht uns nichts an, denn wir werden uns nie an einem fremden Gut vergreifen.«

»Lüge nicht!«

»Was sprecht Ihr, Sir? Ich habe nicht gelogen! Wir haben vernommen, daß Ihr ein großer und ein berühmter Mann seid; aber auch wir sind keine gewöhnlichen Leute, sondern Firsthands hier, die sich nicht beleidigen lassen!«

»Pshaw! Dein Ton soll bald ein anderer werden, Bursche! Wenn ihr aufrichtig gesteht, werden wir glimpflich mit euch verfahren; leugnet ihr aber, so habt ihr keine Nachsicht zu erwarten. Ihr habt unsere drei Gewehre gestohlen?«

Der Mann zeigte eine möglichst unbefangene Miene, schüttelte verwundert den Kopf und antwortete: »Gewehre gestohlen? Wir? Wie kommt Ihr auf diese Idee, die uns ganz unbegreiflich ist? Sind Euch Eure Gewehre abhanden gekommen?«

Er sagte das in einem so kindlich aufrichtigen und unschuldigen Ton, daß Old Shatterhand ausholte und ihm eine solche Ohrfeige verabreichte, daß der Getroffene zwischen den Tischen hindurch bis an den fernen Schanktisch flog, wo er Mühe hatte, sich langsam aufzuraffen. Der Jäger würdigte ihn keines weiteren Blickes, sondern wendete sich an den andern: »Du hast jetzt gesehen, wie ich die Lüge und die Frechheit beantwortete. Sag also die reine Wahrheit! Ihr habt unsere Gewehre gestohlen!«

»Nein!« behauptete trotzdem der Gefragte.

»Ihr seid in das Haus des Engineers eingestiegen?«

»Nein!«

»Als ihr dann die Gewehre verstecken wolltet, sind sie euch von Indianern abgenommen worden?«

»Nein!« behauptete der Chinese zum drittenmal, aber weit weniger zuversichtlich als bisher.

»Mensch, ich warne dich! Dein Kumpan hat dich zwar aufgefordert zu leugnen, aber es ist weit besser für dich, aufrichtig zu sein.«

»Wann soll er mich aufgefordert haben, Sir?«

»Vorhin, als ihr von euren Plätzen aufstandet.«

»Ich weiß nichts, Sir!«

»Du weißt es, denn du hast gehört, daß er leise zu dir ›schuet put tek‹ sagte!«

»Ja, das hat er gesagt.«

»Nun, was bedeuten diese chinesischen Worte?«

»Sie heißen: ›Komm, wir gehen mit!‹ Er sagte das, weil wir mit Euch gehen sollten.«

»Höre, du bist ein Pfiffikus; aber mich täuschst du nicht. Kommen heißt ›lai‹, und gehen heißt ›k'iu‹; schuet put tek aber heißt: ›Es darf nichts gestanden werden.‹ Willst du das etwa auch leugnen?«

Der noch am Schanktisch stehende Chinese hatte sich bis jetzt die schmerzende Wange gehalten; nun aber schlug er erschrocken die Hände zusammen; der andere war zwei, drei Schritte zurückgefahren, starrte den Jäger mit weit geöffneten Augen an und fragte stockend und entsetzt: »Wie? Ihr – Ihr – könnt – könnt – chinesisch sprechen?«

Old Shatterhand benutzte dieses Entsetzen, den Burschen zu überrumpeln, indem er schnell fragte: »Wer war der Indianer, der euch die Gewehre abgezwungen hat?«

Der Chinese ging gedankenlos in die Falle, denn er antwortete ohne Überlegung: »Er nannte sich Schwarzer Mustang, Häuptling der Komantschen.«

»Put yen put jii,put yen put jii!« schrie der erste Chinese vom Schanktisch her.

Dieser ängstliche Zuruf heißt soviel wie: »Kein Wort reden, kein Wort reden!«

»Tien na, agai yn – mein Himmel, o wehe, wehe!« rief sein Kumpan, der jetzt einsah, was für einen Fehler er begangen hatte.

»Schweigt!« lachte Old Shatterhand. »Ihr habt ja gehört, daß euer Chinesisch euch nichts nützt! Ihr seid jetzt überführt und werdet unbedingt noch heute abend erschossen oder aufgehängt, wenn ihr noch weiter leugnet. Erzählt ihr uns aber genau, wie es geschehen ist, so werden wir euch das Leben schenken.«

»Das Leben schenken?« fragte der zweite Chinese, der weniger hartköpfig als der erste war. »Was wird aber dann unsere Strafe sein?«

»Das richtet sich ganz nach eurer Aufrichtigkeit. Wenn ihr nichts, aber auch gar nichts verschweigt, kommt ihr jedenfalls besser weg, als ihr es selbst verlangen könnt.«

»So werde ich es sagen; ja, ich erzähle es!«

Der Chinese warf einen fragenden Blick zu seinem Mitdieb hinüber, der ihm bejahend zuwinkte, denn er sah nun auch ein, daß es geraten sei, den in den Schmutz geratenen Karren nicht weiter hineinzuschieben. Er wagte sich, die brennende Wange wieder haltend, näher heran, und nun erzählten beide, halb freiwillig und halb sich ausfragen lassend, wie sich die Sache ereignet hatte. Als sie alles gestanden hatten, wendete sich der aufrichtigere von ihnen an Old Shatterhand: »Nun wißt Ihr alles, Sir; wir haben Euch nichts mehr zu sagen und sind deshalb überzeugt, daß Ihr uns die Strafe ganz erlassen werdet!«

Da fuhr der Engineer ihn an: »Was fällt dir ein, du Dieb? Die Strafe ganz erlassen! Keinesfalls! Weißt du, was es heißt, einem Westmann seine Waffen zu stehlen? Das heißt, ihn in den sichern Tod jagen! Und nun gar solche Gewehre! Ich wollte euch totprügeln lassen; aber da Mister Shatterhand nicht damit einverstanden war und ihr euch auch zu einem Geständnis herbeigelassen habt, will ich Gnade vor Recht ergehen lassen und euch nur hundert Hiebe zudiktieren.«

Infolge dieser Drohung erhoben beide ein lautes Wehgeschrei. Winnetou ließ ein verächtliches »Uff!« hören und wurde von Old Shatterhand gefragt: »Welche Strafe hat mein roter Bruder diesen Dieben zugedacht?«

Der Apatsche blickte einige Augenblicke lang vor sich nieder; dann ging ein eigentümliches Halblächeln über seine bronzenen Züge.

»Diese«, antwortete er, indem er mit beiden Händen die Bewegung des Skalpierens machte.

Die Weißen wußten, was er meinte, und zeigten sehr ernste Gesichter; die Chinesen hatten die Gesten nicht verstanden und sahen Old Shatterhand fragend an.

»Kniet hier vor mir nieder, eng nebeneinander!« befahl er ihnen.

Sie gehorchten.

»Nehmt eure Mützen ab!«

Sie zogen ihre niedrigen, schirmlosen Mützen von den Köpfen. Im nächsten Augenblick blitzte sein Messer; die anwesenden Arbeiter und Beamten schrien erschrocken auf, denn sie glaubten, daß er Ernst mache. Zwei schnelle Griffe mit der linken Hand zu ihren Köpfen und zwei ebenso rasche Schnitte mit der rechten Hand, und er hatte ihnen – nicht die Köpfe, sondern die Zöpfe – abgeschnitten.

Die Zuschauer atmeten erleichtert auf; die Chinesen aber waren zunächst ganz starr vor Schreck. Für einen »Sohn des Himmels« ist es nämlich die größte Schande, seinen Zopf einzubüßen; er gibt unter Umständen lieber das Leben her. Darum waren diese beiden im ersten Moment geradezu bewegungslos; dann stülpten sie plötzlich die Mützen auf die kahlen Köpfe, sprangen auf und rannten laut jammernd fort. Ein allgemeines Gelächter folgte ihnen. Nur Old Shatterhand und Winnetou lachten nicht; der erstere erklärte vielmehr in sehr ernstem Ton: »Die Szene mag euch lächerlich erscheinen; sie ist es aber nicht, Mesch'schurs. Die Chinamänner sind nach ihren Begriffen viel strenger bestraft, als wenn sie von irgendeiner Jury zu mehrjähriger Gefängnisstrafe verurteilt worden wären.«

»Was? Ist das möglich?« fragte der Engineer. »Und wenn es so wäre, so gelten hier nicht chinesische Begriffe, sondern unsere Gesetze. Für einen so infamen Diebstahl nur die Haare zu verlieren, das kann ich unmöglich gelten lassen!«

»Nicht nur die Haare, sondern auch die Ehre, Sir!« warf Old Shatterhand ein.

»Pshaw, Ehre! Diese Diebe haben bewiesen, daß sie keine Ehre besaßen, und was man nicht hat, das kann man nicht verlieren. Ihr habt sie in Eurer Weise bestraft; ich werde dieser Strafe noch einen Nachtrag folgen lassen.«

»Welchen?«

»Ich jage sie fort; ich kann in meinem Dienst keine Spitzbuben brauchen.«

»Ihr werdet gar nicht in die Lage kommen, sie fortzuschicken.«

»Nicht? Wieso?«

»Weil sie dadurch, daß sie keine Zöpfe mehr haben, hier unmöglich geworden sind; sie dürfen sich nicht mehr sehen lassen und werden in dieser Nacht gewiß verschwinden.«

»Wenn das so ist, well, da will ich mich zufrieden geben, aber auch aufpassen, damit nicht mit ihnen noch Verschiedenes verschwindet. Diese beiden Zöpfe aber werde ich an mich nehmen, um ein Andenken an diesen hochinteressanten Abend zu besitzen.«

Er bückte sich, um sie aufzuheben. Old Shatterhand aber nahm sie ihm aus der Hand und sagte: »Erlaubt, Sir! Diese Zöpfe wird ein ganz anderer bekommen.«

»So? Wer?«

»Tokvi Kava, der große und berühmte Häuptling der Komantschen.«

»Der? Warum?«

»Um ihn zu blamieren und zu ärgern.«

»Das verstehe ich nicht.«

»Und es ist doch sehr leicht zu verstehen. Winnetou hatte einen ganz besonderen Grund, als er vorhin durch das Zeichen des Skalpierens diese beiden Zöpfe verlangte. Ihr seid doch wohl jetzt überzeugt, daß der Schwarze Mustang Euer Camp überfallen will?«

»Ja.«

»Worauf wird er es da wohl abgesehen haben? Etwa auf Euer Geld?«

»Schwerlich; das wird sich wohl dieser Yako Inda für seine Verräterei ausbedungen haben; die Roten brauchen keine Dollar; es wird wohl mehr auf unsere Waffen und Munition gerichtet sein.«

»Das allerdings, aber auch auf die Chinesenzöpfe.«

»Meint Ihr?«

»Ja. Wer diese Indsmen so kennt, wie wir sie kennen, der weiß ganz genau, wie sie denken und was sie wollen. Eine so große Anzahl ellenlanger Skalps! Welch eine Beute, und welch eine Ehre! Das soll ihnen aber nicht gelingen, und weil ich niemals ein Unmensch gewesen bin und mit jedem meiner Brüder fühle, gleichviel, ob er von weißer oder roter Farbe ist, so werde ich dem Schwarzen Mustang als Entschädigung diese beiden Zöpfe feierlichst überreichen.«

»Hallo, ist das ein Wort! Welch ein Ärger muß das für den Schwarzen Mustang sein! So etwas kann sich nur ein Old Shatterhand ausdenken!«

»Da irrt Ihr Euch. Ich habe es mir gar nicht ausgedacht.«

»Wer denn?«

»Winnetou.«

»Winnetou. Habe ja kein Wort davon gehört!«

»Aber seinen Wink habt Ihr gesehen.«

»Sollte er dabei wirklich an den Schwarzen Mustang gedacht haben?«

»Gewiß! Wir beide pflegen uns nämlich auch ohne Worte zu verstehen. Gibt mir mein roter Bruder recht?«

Er wickelte, indem er diese Frage an Winnetou richtete, die Zöpfe zusammen und steckte sie ein. Der Apatsche antwortete: »Mein Bruder Shatterhand hat mich genau verstanden. Es wird die größte Demütigung für den Häuptling der Komantschen sein, diese Zöpfe ohne Häute von uns zu erhalten.«

»Das mag ja sein«, gab der Engineer in gedehntem Ton zu; »aber so leicht, wie es gesagt ist, kann es nicht gemacht werden. Ehe man den Schwarzen Mustang mit den Zöpfen ärgern kann, muß erst sein Angriff hier abgeschlagen worden und er in unsere Gefangenschaft geraten sein. Ihr tut, als ob dies so einfach wie für einen Professor das Buchstabieren sei; mir aber wird himmelangst, wenn ich nur daran denke. Wollen uns niedersetzen und einen Kriegsrat halten, Mesch'schurs!«

Er schob mehrere Tische zusammen, so daß auch die weißen Arbeiter mit Platz hatten, und lud sie ein herbeizukommen. Man setzte sich also nieder; auch Winnetou und Old Shatterhand taten das, doch war ihnen anzusehen, daß der zu erwartende Kriegsrat für sie nicht diejenige Wichtigkeit hatte wie für den Engineer. Auch Kas machte eine sorglose Miene und sagte, indem er sich an die Versammlung wendete: »Wenn die Stare nicht wissen, was sie machen sollen, so pflegen sie sich auf irgendeiner schönen, grünen Wiese zusammenzusetzen und zu schwatzen, gerade so wie damals bei Timpes Erben.«

»Ihr scheint diese schwierige Sache nicht sehr ernst zu nehmen, Sir!« antwortete der Engineer in halb beleidigtem Ton. »Wir sind keine Stare, sondern Männer.«

»Wer hat denn gesagt, daß ihr Stare seid?«

»Ihr spracht doch von dieser Art von Tieren!«

»Von Staren und von einer schönen, grünen Wiese, ja. Sitzen wir hier etwa auf einer Wiese?«

»Pshaw!«

»Schön! Da hier keine Wiese ist, kann ich euch mit den Staren nicht gemeint haben, Sir. Es muß doch jedem vernünftigen Menschen erlaubt sein, zuweilen auch in schönen Bildern und treffenden Beispielen zu sprechen!«

»Well! Und da Ihr mit diesem vernünftigen Menschen doch wohl Euch selbst bezeichnet, so dürfen wir von Euch jedenfalls auch sehr vernünftige Vorschläge erwarten.«

»Das will ich meinen, obgleich ich anstatt mehrerer nur

einen einzigen Vorschlag habe, der alles andere in sich begreift.«

»So laßt ihn hören, Sir!«

»Sehr gern und sofort! Ich stelle also den Antrag, daß wir keinen großen Kriegsrat halten, sondern einfach Mister Winnetou und Mister Shatterhand fragen, was gemacht werden soll. Das ist das Einfachste, denn etwas Besseres als diese beiden Gentlemen können wir uns doch nicht aussinnen.«

»Das gebe ich ja zu; aber es ist doch gar so viel zu überlegen. Wann wird der Überfall stattfinden? Wieviel Rote werden kommen? In welcher Weise werden sie angreifen? Ich kann mich nur auf meine weißen Arbeiter verlassen, und ihr seht ja hier, wie wenige das sind. Die Chinesen haben keine Gewehre, und wenn sie welche hätten, so würden sie sie doch wegwerfen und ausreißen. Ja, wenn ich soviel Weiße hätte wie mein Kollege in Rocky-Ground! Der hat weit über achtzig Mann, alle wohl bewaffnet; bei den dortigen Sprengarbeiten sind Chinesen nicht zu brauchen.«

»Rocky-Ground?« fragte Old Shatterhand. »Hieß dieser Ort schon früher so?«

»Nein; er wurde von uns so genannt.«

»Ist er weit von hier entfernt?«

»Nein. Mit der Maschine ist man in anderthalb Stunden dort.«

»Hm! Die hiesige Gegend ist mir leidlich bekannt, und Winnetou kennt sie noch besser. Freilich bin ich, seit Ihr hier arbeitet, nicht dagewesen und habe also keine Ahnung, wie Eure Strecke läuft. Könnt Ihr mir nicht den früheren

Namen der dortigen Gegend sagen? Es genügt der Name eines Tales, eines Berges oder Flusses.«

»Der Rocky-Ground schneidet durch den Fuß eines Berges, welcher keinen englischen Namen hatte; von den Roten wird er Ua-pesch genannt. Was das heißen soll, weiß ich nicht.«

»Uff! Ua-pesch!« rief Winnetou, als ob dieser Name sehr wichtig sei und ihn auf einen guten Gedanken bringe. Als infolgedessen alle ihn ansahen, machte er mit der Hand eine abwehrende Bewegung und fügte hinzu: »Mein Bruder Shatterhand mag an meiner Stelle sprechen. Er weiß es ebenso genau wie ich.«

Die Blicke richteten sich auf den Bezeichneten. Dieser nickte, befriedigt lächelnd, vor sich hin und sagte zum Engineer: »Ihr wißt nicht, was Ua-pesch bedeutet? Genau dasselbe, wie der Name, den Ihr der Sache gegeben habt, natürlich Steintal oder Felsental. Ihr wißt, daß wir zum Alder-Spring wollen. Habt Ihr eine Ahnung, wo diese Stelle liegt?«

»Nein. Ich weiß nur, daß Ihr morgen abend dort eintreffen wollt; es muß also wohl ein Tagesritt von hier sein.«

»Allerdings ein Tagesritt, weil man durch Täler und Schluchten sehr viele Windungen zu machen hat. Eure Bahn aber scheint in gerader Richtung durchzuschneiden, wie ich höre, denn man braucht ungefähr drei Stunden, um zu Pferd von Eurem Rocky-Ground zum Alder-Spring zu kommen. Und dieses letztere ist es, was mich und Winnetou so sehr erfreut.«

»Warum erfreut, Sir?«

»Weil es alle Sorgen, die wir ja haben könnten, von uns nimmt und uns gegen die Komantschen eine Karte in die Hand gibt, die sie gewiß nicht übertrumpfen können.«

»Das würde mich riesig freuen. Wollt Ihr es uns nicht erklären?«

»Sagt erst, in welcher Verbindung Ihr mit Rocky-Ground steht!«

»In einer immerwährenden. Wir haben zunächst telegraphische Verbindung, so daß ich zu jedem Augenblick depeschieren kann.«

»Schön! Und die Bahn? Geht der Schienenweg bis hin?«

»Ja, schon seit zwei Wochen. Wir befinden uns hier am Ende des provisorischen Schienenstranges.«

»Welcher Art sind die Wagen?«

»Natürlich noch nicht Personen-, sondern nur Bau- und Materialwagen.«

»Werden auch genügen. Habt Ihr solche Wagen hier?«

»Ein ganzes Dutzend.«

»Und eine Maschine?«

»Nein; die ging gegen Abend nach Rocky-Ground zurück.«

»Befindet sich also dort?«

»Ja.«

»Gewiß?«

»Ganz gewiß.«

»So habt die Güte zu gehen und, ehe wir weitersprechen, nach dieser Lokomotive zu telegraphieren!«

»Was? Wie? Telegraphieren?« fragte der Engineer.

»Nach der Maschine? Telegraphieren? Weshalb? Brauchen

wir sie hier?« ertönten rundum die Fragen der andern Anwesenden.

Da sagte Winnetou in seinem ruhigen und doch so bestimmten Ton: »Mister Engineer mag sofort telegraphieren, ohne lange zu fragen! Mein Bruder Shatterhand weiß ganz genau, was er will.«

Der Beamte widersprach ihm nicht und ging; als er nach einigen Minuten zurückkehrte, sagte er: »Die Depesche ist fort. Ich habe da eine gewisse Verantwortlichkeit übernommen, hoffe aber, daß ich ihr genügen kann.«

»Habt keine Sorge, Sir; es wird Euch kein Vorwurf treffen!« beruhigte ihn Old Shatterhand.

»Ihr hättet mir aber doch wohl vorher sagen können, was die Maschine hier soll!«

»Ich wollte keine Zeit verlieren, denn sie muß wahrscheinlich erst wieder geheizt werden, ehe sie von dort abgehen kann.«

»Das ist richtig; es wurde mir das sofort zurückgeantwortet. Wer soll denn fahren?«

»Winnetou, ich und unsere zwei neuen Gefährten mit unsern Pferden.«

»Niemand von uns mit?«

»Nein.«

»Aber, Mister Shatterhand, das kann ich nicht verantworten. Für Privatextrazüge sind unsere Maschinen und Wagen nicht da.«

»Es handelt sich gar nicht um eine private Angelegenheit, sondern um Hilfe für Euch, gegen die Komantschen. Ich will Euch in kurzem sagen, wie die Sache stand, ehe wir heute hier ankamen, und wie sie nun jetzt steht. Es handelt sich dabei nicht etwa um Vermutungen, sondern um unumstößliche Gewißheiten. Wir täuschen uns nicht, sondern wir kennen die Absichten der Feinde so genau, als ob wir an ihren Beratungen teilgenommen hätten. Der Schwarze Mustang wollte das Camp überfallen und sandte seinen Enkel, den Mestizen, unter falschem Namen her, um die Gelegenheit auszuspionieren. Heute abend kamen sie heimlich hier zusammen, um den Tag des Angriffes zu bestimmen. Dieser wäre wahrscheinlich kein naher gewesen, wenn wir uns nicht hier befunden hätten, und der Mestize nicht entlarvt worden wäre; die Roten hätten sich Zeit genommen. Jetzt aber wissen sie, daß wir sie durchschauen, und werden den Streich ausführen, ehe Ihr ihn durch Anlegung von Befestigungen und sonstigen Maßregeln unmöglich machen könnt. Ich bin sogar überzeugt, daß der Überfall gleich heute geschehen würde, wenn es da nicht ganz bedeutende Hindernisse gäbe.«

»Hindernisse?« fiel der Engineer ein. »Ich denke, gerade die gibt's heut am allerwenigsten.«

»Wieso?«

»Welch eine Frage! Wenn die Roten in diesem Augenblick kommen, sind wir verloren!«

»Ja, wenn! Sie können aber nicht kommen, denn sie sind nicht da! Ich setze meinen Kopf zum Pfand, daß der Schwarze Mustang nur mit zwei oder drei Kriegern hier gewesen ist; sein Lager befindet sich weit, sehr weit von hier. Dazu kommt, daß er uns hier weiß. Der Mestize ist ihm nachgeritten und wird ihm sagen, was geschehen ist. Der

Häuptling ist also überzeugt, daß wir in dieser Nacht auf der Hut sein werden. Er hat erfahren, daß ich mit Winnetou morgen zum Alder-Spring will. Der Besitz unserer Personen ist ihm mehr, viel mehr wert als alle Beute, die er hier machen könnte. Er wird also schleunigst dorthin reiten, um uns gefangen zu nehmen. Er denkt sich das sehr leicht, weil er sich in dem Besitz unserer gefürchteten Waffen weiß. Noch leichter wird es ihm dünken, dann, wenn wir in seine Hände gefallen sind, schleunigst hierher zurückzukehren und sich die langen Chinesenskalpe zu holen. Aufschieben darf er das nicht, denn sonst richtet Ihr Euch zur Verteidigung ein. Es gilt nun, ihm zuvorzukommen. Ich muß mit Winnetou eher als er am Alder-Spring sein. Wir müssen ihn beschleichen, seine Krieger zählen, ihn belauschen, um zu erfahren, in welcher Weise er handeln will.«

»Aber, Sir«, fiel da der Engineer ein, »das ist ja ungeheuer gefährlich! Wenn er Euch ertappt, so seid Ihr verloren!«

»Er wird uns nicht ertappen; darauf könnt Ihr Euch verlassen. Ein Westmann kann nur von einer unbekannten Gefahr überrascht werden, nicht von einer, die er kennt. Ein höchst glücklicher Umstand ist der, daß Euer Rocky-Ground so nahe am Alder-Spring liegt. Wir fahren, sobald die Maschine hier angekommen ist, dorthin, und von da aus reiten wir zum Spring, den wir schon früh erreichen. Dort richten wir uns so ein, daß wir alles beobachten können, ohne selbst bemerkt zu werden. Was dann geschieht, hängt von dem ab, was wir erfahren.«

»Werdet Ihr dort wieder zu Euren Gewehren kommen?«

»Wahrscheinlich nicht.«

»Aber es scheint doch, daß es Eure erste Sorge sein muß, sie wiederzuerhalten!«

»Unsere allererste Sorge ist die, Euch zu helfen. Gelingt uns das, so nehmen wir den Schwarzen Mustang gefangen. Mit ihm gelangen die Gewehre am einfachsten und sichersten wieder in unsern Besitz. Ich bin überzeugt, daß es uns gelingt, ihn zu belauschen. Hören wir, daß Euch Gefahr droht, so reiten wir schnell zum Rocky-Ground und bringen sämtliche dortigen Arbeiter per Bahn hierher, um die Komantschen in Empfang zu nehmen.«

Bei diesen Worten fuhr der Engineer von seinem Sitz auf und rief in frohem Ton: »Alle Wetter, ist das ein köstlicher Gedanke! Die Weißen von dort zur Hilfe hierher! Da kann es uns ja gar nicht fehlen; da brauchen wir gar keine Sorge zu haben, denn wir schießen die roten Halunken vom ersten bis zum letzten Mann nieder!«

»Ihr stimmt mir also bei?«

»Natürlich! Ihr habt recht, vollständig recht, Mister Shatterhand. Es ist ganz so, wie ich Euch bereits gesagt habe: Wir werden Euch und Mister Winnetou unsere Rettung zu verdanken haben.«

»So macht Ihr Euch also keine Gedanken mehr darüber, daß ich Euch veranlaßt habe, eine Maschine zu requirieren?«

»Gar nicht, gar nicht, Sir. Ich bin Euch vielmehr außerordentlich dankbar dafür und werde Sorge tragen, daß Ihr in Rocky-Ground nach Verdienst empfangen werdet.«

»Hm! Was beabsichtigt Ihr da?«

»Ich werde, sobald Ihr abfahrt, telegraphieren, daß Old

Shatterhand und Winnetou, die zwei berühmtesten Männer des Westens, kommen.«

»Das werdet Ihr nicht tun!«

»Nicht? Warum nicht?«

»Erstens, weil wir nicht mehr und nicht besser sind als andere Leute auch, und zweitens, weil Ihr damit unsern ganzen Plan gefährden würdet.«

»Meint Ihr?«

»Ja. Es braucht niemand zu wissen, wer wir sind und was wir wollen; es könnte den Komantschen verraten werden.«

»Unmöglich!«

»Sehr leicht möglich sogar!«

»Nein. Wem könnte es einfallen, den Roten eine solche Botschaft zuzutragen!«

»Denkt doch an den Mestizen, der Euer ganzes Vertrauen besaß! Man kann nie vorsichtig genug sein, zumal wenn es sich wie hier um so viele Menschenleben handelt.«

»Well! Aber telegraphieren muß ich; ich werde ganz einfach melden, daß vier Passagiere kommen; dazu bin ich gezwungen. Aber es wäre ein ganz verteufeltes Unheil, wenn Ihr Euch in Beziehung auf die heutige Nacht irrtet!«

»Was wollt Ihr damit sagen?«

»Ich meine: Wenn die Komantschen doch heute kämen, und Ihr wäret fort!«

»Sie kommen nicht!«

»Das denkt Ihr, Sir! Ich will ja gern zugeben, daß Ihr in solchen Angelegenheiten tausendmal klüger seid, als ich bin; aber Ihr habt vorhin selbst gesagt, daß man nie vorsichtig genug sein kann.«

»Ich widerspreche Euch nicht; tut also immerhin, was Ihr für Eure Pflicht haltet!«

»Ja, was ist denn da meine Pflicht?«

»Laßt an verschiedenen Seiten des Camp mehrere Feuer anbrennen, und setzt Wachen dazu. Sollten sich die Komantschen je in der Nähe befinden, was ich aber entschieden in Abrede stelle, so werden sie sehen, daß wir auf der Hut sind, und sich nicht heranwagen.«

»Ja, das ist das Beste; das werde ich tun.«

Er entfernte sich, um die nötigen Befehle zu erteilen, und bald brannten trotz der herrschenden Nässe sechs mächtige Feuer, welche das ganze Camp erhellten. Er hatte auch in seine Wohnung eine Wache gesetzt, welche ihm das Klingeln des dort befindlichen Telegraphenapparates melden sollte. Von Schlaf war natürlich keine Rede. Die Vorbereitungen zur Bahnfahrt wurden zeitig getroffen. Für die vier Passagiere und ihre Pferde genügte ein sehr geräumiger Werkzeugwagen, in welchem einige bequeme Sitze hergestellt wurden. Als das Signal ertönte und die Meldung kam, daß die Maschine in Rocky-Ground abgegangen sei, wurden die Pferde in den Wagen gebracht und für die Besitzer derselben noch ein steifer Grog als Abschiedstrunk gebraut. Nach Verlauf von anderthalb Stunden kam die Lokomotive angedampft; der Wagen wurde angehängt; die Reisenden nahmen Abschied und stiegen ein, und der Engineer sandte ihnen die Meldung voraus, daß man in Rocky-Ground vier Passagiere zu erwarten habe.

Obgleich das Gleis nur provisorisch war und eine beträchtliche Dunkelheit herrschte, flog der kurze Zug mit der

Geschwindigkeit eines Eilzugs dahin; das war so amerikanische Weise und Sorglosigkeit. Es tauchte während der ganzen Fahrt kein einziges Licht auf, weil es keinen Haltepunkt gab. Berge, Täler, Prärien und Wälder waren nicht voneinander zu unterscheiden; es schien, als ob der Zug ohne Unterlaß durch einen endlosen Tunnel brause, und so waren die vier Männer froh, als endlich die Maschine ihre schrille Stimme hören ließ und auch die Lichter des Zieles vorn auftauchten.

Es brannten auch hier mehrere Feuer, bei deren Schein man zunächst ein langgestrecktes, niedriges Gebäude erkannte, welches einen sehr breiten Eingang hatte. Das Innere schien mehrere Abteilungen zu besitzen, deren eine erleuchtet war. Am Pfosten der Tür lehnte eine schmale, nicht hohe Gestalt, welche in das lederne Habit eines Westmannes gekleidet war. Eine zweite Person stand näher am Gleis, trat, als der Zug hielt, an den Wagen heran, schob die halb offene Tür desselben vollends zurück und sagte: »Rocky-Ground! Steigt aus, Mesch'schurs! Bin doch neugierig, wegen welcher Art von Menschen der Kollege in Firwood-Camp eine nächtliche Extrafahrt veranstalten läßt.«

»Werdet es gleich sehen und erfahren, Sir«, antwortete Old Shatterhand. »Ich vermute natürlich, daß Ihr hier beamtet seid?«

»Bin der Engineer, Sir. Und Ihr?«

»Ihr werdet unsere Namen hören, wenn wir drin beim Licht sind. Habt Ihr einen Platz, vier Pferde gut unterzustellen?«

»Werden sehen. Kommt nur erst selbst heraus.«

Er sah, als sie ausstiegen, einem nach dem andern ins Gesicht und brummte dann enttäuscht: »Hm! Lauter Unbekannte! Sogar ein Roter dabei! Habe etwas anderes gedacht!«

»Habt in uns wohl Vorgesetzte oder so etwas Ähnliches erwartet?« lachte Old Shatterhand. »Millionenaktionäre, was? Nehmt es nicht übel, daß wir sehr einfache Menschen Eure Nachtruhe stören! Wir werden gleich weiterreiten; dann könnt Ihr wieder schlafen.«

»Weiterreiten? Dann seid Ihr wohl nur so etwas wie Jäger oder Fallensteller?«

»Allerdings.«

»Und da mutet mir mein Kollege zu, mitten in der Nacht mich eines ...«

Er wurde unterbrochen. Der schmächtige Mann an der Tür war näher getreten und sagte: »Bin selbst auch neugierig, was für Mannskinder so mitten in der Nacht per Extrazug im Wilden Westen herumkutschieren. Wenn man so in einer Weise ...«

Er hielt inne. Old Shatterhand hatte ihm den Rücken zugekehrt, drehte sich aber bei dem Klang dieser bekannten Stimme schnell um. Der Kleine erblickte sein Gesicht, unterbrach sich mitten in der Rede und schrie: »Old Shatterhand! Old Shatterhand!«

»Der Hobble-Frank, der Hobble-Frank!« antwortete dieser, gerade ebenso erstaunt.

»Und Winnetou! Winnetou!« rief Frank weiter, als er nun auch den Apatschen erkannte.

»Uff!« antwortete dieser.

Er sagte nur dieses eine Wort, aber es lag in dem Ton desselben alles, was er bei dieser so unerwarteten Begegnung empfand.

»Wahrhaftig, sie sind es! Old Shatterhand und Winnetou!« wiederholte der Kleine, vor Freude beinahe außer sich. »Kommt in meine Arme; kommt an mein Herz, Mesch'schurs! Ich kann es nicht lassen, ich muß euch drücken und quetschen, ganz egal, ob ihr es übel nehmt oder nicht!«

Er schlang seine Arme bald um den einen, bald um den andern und rief dabei dem Beamten zu: »Seht, Mister Engineer, das sind die beiden hochberühmten Westmänner, von denen ich Euch während des ganzen heutigen Abends erzählt habe. Wie hätte ich ahnen können, daß ich sie so schnell danach hier treffen würde!«

Der Engineer hatte eine ganz andere Haltung angenommen; sie war eine fast devote zu nennen; er antwortete: »Dieser Eurer Erzählung hätte es gar nicht bedurft, Mister Frank. Ich kenne diese beiden Gentlemen schon seit langer Zeit, allerdings nur ihrem Ruf nach, der durch die ganzen Staaten geht. Hätte ich gewußt, daß sie es sind, die mir die Lokomotive brachte, der Empfang wäre ein ganz anderer gewesen. Ich eile, alle meine Leute zu wecken und ...«

»Halt!« unterbrach ihn da Old Shatterhand. »Wir wünschen, unerkannt zu bleiben. Die Gründe dazu werdet Ihr bald erfahren. Wir wollen nicht lange hierbleiben; da wir aber unsern guten Frank so unerwartet getroffen haben, wird es wohl ein Stündchen oder auch noch länger dauern, bis wir fortreiten. Also sagt, habt Ihr einen Ort, wo wir unsere Pferde sicher einstellen können?«

»Oh, Mister Shatterhand, ich werde Eure Pferde gerade wie Menschen behandeln, denn ich weiß, was für edle Tiere Ihr und Winnetou reitet. Wir nehmen sie mit herein in die Halle, wo ihr, wenn ich euch darum bitten darf, die Güte haben werdet, meine Gäste zu sein.«

Was er »Halle« nannte, war das schon erwähnte langgestreckte Gebäude. Der erleuchtete Teil desselben bildete den Restaurationsraum für die damaligen Bewohner von Rocky-Ground. Daneben gab es ein Gelaß zur Aufbewahrung besserer Güter; es war jetzt leer, und hier wurden die Pferde untergebracht. Man hatte sie also fast unter den Augen und konnte ihrer sicher sein.

Als sie hierauf in die Restauration traten, erhob sich der Boardkeeper* verschlafen hinter seinem Tisch. Er war nicht zu Bett gegangen, weil er geglaubt hatte, von den erwarteten Gästen etwas zu verdienen. Man hatte wegen des Extrazuges angenommen, daß es vornehme Herren, vielleicht gar Revisoren der Strecke seien. Und nun sah er zu seiner Enttäuschung, daß es einfache Westläufer waren. Er bekam aber schnell einen andern Begriff von ihnen, als der Engineer ihm die beiden berühmten Namen und eine hierauf folgende Bestellung zuraunte.

Noch ehe man sich setzte, hielt es Old Shatterhand für angezeigt, Kas und Has mit dem Hobble-Frank bekannt zu machen. Er sagte also zu dem letzteren in deutscher Sprache:

* Boardkeeper: Wirt (KM).

»Lieber Frank, es ist mir vergönnt, Ihnen eine Freude zu machen. Ich stelle Ihnen nämlich hiermit ...«

»Halt! Still geschwiegen!« unterbrach ihn da der Kleine. »Sie kennen mich, verehrtester Herr Shatterhand. Mich?«

»Natürlich!« lächelte der Gefragte, welcher wußte, daß Frank jetzt eine seiner Eigentümlichkeiten loslassen werde. Bekanntlich war dem Kleinen, solange er sich der englischen Sprache bediente, seine Originalität nicht anzumerken; sobald er aber deutsch zu reden begann, konnte man sicher sein, sich irgendeiner Seltsamkeit erfreuen zu können.

»Bon! Sie, Herr Shatterhand, kennen Ihren Hobble-Frank und wissen also, daß ich ein Mensch bin, der sich seiner abnormen Geistesrechte sehr wohl bewußt is und deshalb seiner Ehre niemals nischt vergibt. Dem Verdienst seine schwedischen Kronentaler! Die verlange ich für alle Fälle ooch für mich und ich sehe also schtets darauf, daß ich von meiner devoten Umgebung richtig antituliert werde. Für eenen Mann, wie ich bin, gehört sich das ehrfurchtsvolle Sie, das französische Wuh oder das englische Juh; aber aus Ihrem Mund tut es meinem gefühlvollen Herzen wehe. Ich bin mit Ihnen durch dick und dünn geritten und geloofen; ich habe mit Ihnen gehungert und gekummert; wir haben mit eenander nich nur in Todes-, sondern sogar ooch in Lebensgefahr geschtanden; ich bin, sozusagen, Ihr geistiges Kind und Ihr leiblicher Vater geworden; unsere Seelen sind sich so innig verschwägert, verschwistert und verwandt, daß ich von Ihnen das Wuh, das Juh und das Sie nich hören mag. Tun Sie mir also den Gefallen, und nennen Sie mich ergebenst nich andersch als nur Du! Wollen Sie?«

Old Shatterhand wiegte den Kopf bedenklich hin und her und ließ ein leises »Hm!« als Antwort hören.

»Hm?« fragte der Kleine. »Hier wird gar nischt gehummt und gebrummt! Meine Bitte kommt vom Herzen und is gar nich so schwer zu erfüllen. Werden doch sogar große Herren Du genannt, warum also von Ihnen nich ooch ich!«

»Es ist also wohl Brüderschaft gemeint, lieber Frank?«

»Brüderschaft? Fällt mir nich im Troome ein! Brüderschaft machen nur Menschen, die sich nich höher zu benehmen wissen und ihr orthopädisches Rangdewuh verloren haben. Ich tue das nie, denn ich weeß, was ich meinem intellektuellen Territorium schuldig bin. Da müßte ich Sie doch ooch Du nennen, und zu eener solchen Gütergemeenschaft der unpersönlichen Fürwörter könnte ich mich off keenen Fall entschließen. Sie schtehen hier zwischen zwee Schtühlen. Setzen Sie sich, off welchen Sie wollen! Heeßen Sie mich Sie, so nenne ich Sie Du; verehren Sie mir aber das obligate Du, was mir gebührt, so steht es in den Schternen bombenfest angeschrieben, daß ich Ihnen Ihr trauliches Sie nicht vorenthalten werde. Also machen Sie es kurz! Wie soll es sein?«

»Well, ich gehe auf deinen Wunsch ein.«

»Sie nennen mich Du?«

»Ja, denn ich weiß, wie du es meinst.«

»Ganz richtig! Wir sind also een Leib und eene Seele, eene Drossel und eene Philomele! Und nun sprechen Sie ergebenst weiter! Sie wollten mir vorhin eene Freede machen.«

»Ja, und zwar dadurch, daß ich dir in diesen beiden Herren zwei Landsleute vorstelle.«

»Was, wirklich? Also Deutsche?«

»Sogar Sachsen!«

»Is es die Möglichkeet! Sachsen? Woher denn?«

»Hier Herr Hasael Benjamin Timpe aus Plauen.«

»Plauen im Voigtlande?«

»Ja.«

»Das freut mich ungeheuer, ja wirklich ungeheuer. Plauen is mir nämlich sehr ans Herz gewachsen, denn dort habe ich bei Anders im Glassalon mein schönstes Bier getrunken und meine besten Schweinsknöcheln à la Omelette gegessen; voigtländische Klöße, so grüngeknüffte, waren, gloobe ich, ooch dabei. Und der andre Herr?«

»Ist Herr Kasimir Obadja Timpe, ein Vetter von ihm aus Hof.«

»Aus Hof? Hm! So so! Das gehört doch eegentlich nach Bayern; es liegt also eegentlich eene geographisch-ornithologische Landkartenverwechslung vor. Aber in diesem Falle macht es keenen Schaden, weil die Eisenbahnlinie von Plauen nach Hof ganz sächsisch is. Ich kann also Herrn Kasimir Obadja immerhin als Landsmann gelten lassen. Welcher von den beeden ist denn eegentlich der wirkliche Vetter, der eene oder der andere?«

»Beide, lieber Frank, natürlich beide.«

»Alle beede also? Hm, ja! Es wird wohl schon so sein; ich war een bißchen irre, denn bei diesem schönen Namen Timpe kann es eenem ganz timpelich zu Mute werden. Hoffentlich gibt es nich noch mehr Leute, welche ooch Timpe heeßen!«

Die beiden Vettern hatten schon von dem Hobble-Frank

gehört, ihn sich aber doch nicht so originell gedacht, wie sie ihn jetzt sahen und hörten. Er war ihnen aber gleich so sympathisch, daß Kas schnell antwortete: »Oh, Timpes gibt's noch mehr. Nämlich Rehabeam Zacharias Timpe, Petrus Micha Timpe, Markus Absalom Timpe, David Makkabäus Timpe, Tobias Holofernes Timpe, Nahum Samuel Timpe, Joseph Habakuk Tim ...«

»Halt ein, halt ein, halt ein!« schrie der Hobble-Frank, indem er sich beide Ohren zuhielt. »Wenn das so fortgeht, bekomme ich entweder den Wadenkrampf, oder ich schpringe ins erste, beste Wasser! Um eene solche Völkerzählung anhören zu können, muß man ja Nerven wie Telegraphenkabel und Ohrläppchen wie ein Elefant besitzen! Timpe, Timpe, Timpe und immer wieder Timpe! Und nun diese Vornamen dazu! Sagen Sie, was haben Sie denn eegentlich für Onkels, für Tanten und für Paten gehabt, daß sie Ihnen solche Namen anhefteten?«

»Die hießen alle auch Timpe.«

»Alle guten Geister! Jetzt hört es auf! Wenn Sie nur noch een eenziges Mal Timpe sagen, schieße ich Sie geradewegs über den Haufen; ich muß mein Leben retten! Tun Sie mir den Gefallen, und schreiben Sie an das sächsische Ministerium, um sich eenen andern Namen herüberschicken zu lassen, sonst kann ich unmöglich mit Ihnen verkehren!«

»Das können wir uns leichter machen. Wir lassen uns nämlich von guten Freunden bei den abgekürzten Vornamen nennen, also Kas und Has anstatt Kasimir und Hasael. Wollen Sie?«

»Ja, das lasse ich mir eher gefallen; so eenen guten Freund

sollen Sie gern an mir haben. Setzen wir uns jetzt, und – ah, was is denn das?«

Diese Frage galt den vollen Tellern und Flaschen, welche der Keeper jetzt auf den Tisch stellte; er winkte zum Engineer hin, und dieser erklärte, daß er es für eine hochgeschätzte Ehre halten würde, wenn die Gentlemen seine Gäste sein wollten. Nach amerikanischer Ansicht wäre es eine große Beleidigung gewesen, diese Einladung zurückzuweisen; darum wurde sie angenommen. Hobble-Frank und die Timpes sprachen den Gaben wacker zu; Old Shatterhand aß wenig und nahm nur ein Gläschen Wein; Winnetou verzichtete ganz auf den Trank. Er hatte wohl alle Arten von Spirituosen einmal gekostet, sie dann aber nie wieder getrunken; er wußte gar wohl, daß das »Feuerwasser« der größte Feind des roten Mannes ist, und, fügen wir hinzu, des weißen Mannes auch!

Während des Mahles wogte die Unterhaltung erregt hin und her. Old Shatterhand wollte vor allen Dingen wissen, welchem Umstand er sein heutiges Zusammentreffen mit Frank zu verdanken habe. Dieser antwortete: »Wir sehen uns hier wieder, weil es mir gerade wie Ihnen und der Wachtel geht.«

»Sonderbare Zusammenstellung!«

»Gar nicht sonderbar! Wenn's der Wachtel in Deutschland nicht mehr gefällt, wird sie unruhig und fliegt übersch Meer; Sie halten's ooch nich lang derheme aus. Wenn man mal an Ihre Türe klopft, um Sie zu besuchen, sind Sie gewöhnlich ausgeflogen. Man muß Ihnen also nachfliegen, wenn man partuh mit Ihnen schprechen will. Ich hatte verschiedene kleene Anliegen an Sie und setzte mich also offs Elbschiff, um zu Ihnen zu fahren. Als ich ankam, waren Sie fort, und man sagte mir, daß Sie herüber seien, um mit Winnetou zusammenzutreffen. Aber wo, das wußte man nich. Da packte mich das Savannenfieber; ich schloß meine Villa ›Bärenfett‹ und dampfte Ihnen nach. Ich wußte ja, daß ich bei den Mescalero-Apatschen gewiß erfahren würde, in welcher Gegend Sie zu finden sind. Wir fuhren, so weit, wie es ging, den Arkansas hinauf, und nahmen dann Pferde, um über Santa Fé zum Rio Pecos zu reiten.«

»Wir? Du bist also nicht allein?«

»Nee. Mein Vetter Droll war natürlich mit.«

»Die gute ›Tante Droll‹? Wo steckt er denn? Wo hast du ihn gelassen?«

»Ich habe ihn gar nich gelassen. Und wo er schteckt? Im Bett!«

»Hier?«

»Ja, hier.«

»Aber, Frank, warum weckst du ihn denn nicht?«

»Weil dem lieben Kerl das bißchen Schlaf zu gönnen is. Er is nämlich krank.«

»Krank? Da muß ich ihn ja sehen! Hier im Wilden Westen krank, das ist etwas ganz anderes als daheim! Ist's gefährlich?«

»Gefährlich nich, aber sehr schmerzhaft, wie es scheint.«

»Was ist's denn für ein Leiden?«

»Een ganz sonderbares. Ich habe noch nie davon gehört und wollte es erst gar nich glooben. Er hat nämlich die Insel Ischia in den Beenen.«

»Die – Insel – Ischia?« fragte Old Shatterhand gedehnt. Er hätte am liebsten laut aufgelacht, tat dies aber nicht, sondern blieb ernst, weil er die Eigenheiten des Hobble kannte; wer sich seine lustigen Verwechslungen nicht gefallen ließ, der durfte sich auf Grobheiten gefaßt machen.

»Ja, die Insel Ischia«, nickte Frank ernst.

»Weißt du, wo diese Insel liegt?«

»Natürlich! Sie liegt zwischen dem Wendekreis des Krebses und Hohenzollern-Sigmaringen.«

»Oho!« lachte da Kas, der nicht wußte, daß er den Kleinen damit ungeheuer beleidigte. »Ich bin kein großer Geograph; aber wo diese Insel liegt, das weiß ich zufälligerweise ganz genau. Ich las einmal von den schrecklichen Erdbeben, die dort vorgekommen sind, und habe mich nach ihr erkundigt.«

O weh! Der gute Kas ahnte nicht, daß er jetzt selbst auch ein großes Erdbeben zu erwarten hatte; Frank legte nämlich Gabel und Messer weg, wendete sich ihm langsam zu, sah ihn hoheitsvoll von oben bis herunter an und fragte in seinem kältesten und zugleich verächtlichsten Ton: »So, Sie wissen das ganz genau? Sagen Sie doch mal, wie heeßen Sie?«

»Timpe.«

»Tim– Tim– Timpe! Damit ist eegentlich alles gesagt! Timpe und Ischia! Das klingt grad so wunderbar, wie zum Beischpiel Schtiefelbürschte und Ophelia oder wie Igelmaul und Morgenröte. Wo soll die Insel Ischia denn wohl nach Ihrer Meenung liegen?«

»Im Meerbusen von Neapel.«

»So!« Er dehnte dieses So eine halbe Ewigkeit lang und fügte dann mit blitzenden Augen die Frage hinzu: »Is das etwa nich zwischen dem Wendekreis des Krebses und Hohenzollern-Sigmaringen?«

»Hm! Das weiß ich nicht; ich habe mich nie um diesen Kreis gekümmert.«

»So schweigen Sie in Zukunft ganz ergebenst, wenn wissenschaftliche symbolische Autoritäten Ihnen die Ehre antun, Sie mit dem Abglanz ihres Schpektrums anzuleuchten! Sie haben soeben selbst eingeschtanden, daß Sie keen Geograph sind. Wenn Luna lächelt, muß die Tangente schweigen; das merken Sie sich!«

Kas hatte keinen Begriff von der Ungeheuerlichkeit einer Zusammenstellung von Luna mit der Tangente; er meinte in entschuldigendem Ton: »Ich habe Sie nicht beleidigen wollen, Herr Frank; aber Sie werden doch zugeben, daß kein Kranker die Insel Ischia mit ihren fünfundzwanzigtausend Einwohnern in den Beinen haben kann!«

»Bleiben Sie mir doch mit Ihren Einwohnern vom Leib! Wer hat denn von diesen gesprochen? Wir sind wegen der Schmerzen, die Droll auszustehen hatte, mit Ach und Krach bis Fort Manners gekommen, wo es zufälligerweise zwee Ärzte gab, die ihn untersuchen mußten. Der eene, der mir gar nicht wissenschaftlich komponierte, erklärte die Krankheit für Pain in the hip*, der andre aber, welcher der gebildetere Poseidon war, traf das Richtige, indem er sie Ischia nannte. Daß das eene Insel is, weeß jedermann, ooch

---

* Pain in the hip: Hüftweh, Ischias (KM).

wenn er nich zu den höheren Leviten zählt, wie Figura beweist. Und das mit dem Erdbeben stimmt ganz genau, denn die Schmerzen treten ganz genau in derselben Weise off; Droll bebt am ganzen Leib, wenn sie kommen.«

Kas schwieg, weil er nicht weiter zu antworten wußte. Old Shatterhand verlor über die Verwechslung von Ischias mit der Insel Ischia kein Wort und fragte, um Frank von seinem unschuldigen Gegner abzulenken: »Man hat doch früher bei Droll von dieser Krankheit nichts gespürt; sie ist also neu bei ihm?«

»Ja, er hat sie jetzt zum erschtenmal.«

»Haben die Ärzte die Ursache herausgefunden?«

»Die? Das hatten sie gar nicht nötig, denn ich habe sie ihnen gesagt.«

»Du?«

»Ja, ich! Oder meenen Sie etwa, daß ich so etwas, was klar off allen Fingern liegt, nich sehen kann? Da müßte ich doch mit ägyptologischer Blindheit geschlagen sein!«

»Nun, worin besteht diese Ursache?«

»Sie beschteht in eenem Pferd, welches sich das Schtolpern nich abgewöhnen kann.«

»Wieso?« fragte Old Shatterhand ernsthaft, obgleich er das Lachen verbeißen mußte.

»Ich habe bereits gesagt, daß wir von Arkansas aus zu Pferd waren. Mein Gaul war nich übel, und ich habe ihn heute noch; mit Drolls Schimmel aber waren wir betrogen worden; er war een Schtolperer, wie er im Buch steht. Geschtolpert mußte nämlich sein, und wenn es keenen Graben, keenen Steen und keene Wurzel gab, der oder die im Weg lag, da stolperte das Vieh wenigstens über seine eegenen Beene weg.«

»Wer kauft aber auch so ein Tier! Noch dazu einen Schimmel! Du weißt doch, daß kein erfahrener Westmann einen Schimmel reitet, weil die helle Farbe des Pferdes ihn dem Feind schon von weitem verrät.«

»Das weeß ich wohl; aber wenn man Pferde partuh haben muß und nur Schimmel zu haben sind, was macht man da? Soll man das Tier mit Tinte anmalen, daß beim nächsten Regen aus dem Rappen dann doch een Schimmel wird?«

»Hm, sonderbar! Ich habe doch fast nie eine Anzahl von Schimmel zum Verkauf stehen sehen; sie kommen ja gar nicht auf, weil niemand sie kauft.«

»Das sagte ich mir nachher ooch; aber da war es zu schpät. Es schtellte sich nämlich heraus, daß der Händler ooch dunkle Pferde hatte, die aber vor uns verschteckt worden waren.«

»So seid Ihr einfach betrogen!«

»Bitte sehr, Herr Shatterhand! Der Hobble-Frank läßt sich nicht betrügen; dazu besitzt er een viel zu durchsichtiges Tellurium; aber wie wollen Sie das Dasein eenes Pferdes berechnen, wenn seine irdische Existenz zwischen den Wänden eenes zugeschlossenen Schtalles schwebt? Können Sie das verschleierte Bild zu Sais in een brauchbares schwarzes oder braunes Reitpferd verwandeln, welches nich die süße Angewohnheit hat, über alle seine vier eegenen Beene zu schtolpern? Und schtolpern tat die Bestie, das is nich abzuleugnen.«

»Aber es will mir noch immer nicht gelingen, dieses Stolpern mit der Insel Ischia in Verbindung zu bringen. Hoffentlich ist der Schimmel nicht über die Insel hinweggestolpert!«

Frank schien in diesen Worten doch eine kleine Ironie zu vermuten, denn er sah den Sprecher forschend an; als er aber in dem Gesicht desselben auch nicht die geringste verdächtige Spur bemerkte, antwortete er: »Nee, das nich; die Insel is nämlich nur een Boomstumpf gewesen.«

»Erzähle es!«

»Das is eene ganz dumme Geschichte, und sie kam ganz plötzlich wie vom Himmel herunter. Wir ritten zwischen Büschen im hohen Gras, ganz fröhlich und wohlgemut, und ahnten nich, daß das verderbliche Schicksal in der Geschtalt eenes im Grase verborgenen Boomschtumpfes über unsern Häuptern schwebte. Da schtolpert der Schimmel mit den Vorderbeenen und tut vor Schreck eenen gewaltigen Satz zur Seite. Droll, der ohne jede blasse Idee ganz leicht und locker im Sattel sitzt, wird abgeworfen, und zwar so, daß er off den Schtumpf grad und genau so wie off eenen Schtuhl zu sitzen kommt. Dabei gab's zweerlee zu hören, nämlich eenen lauten Schrei und eenen gewaltigen Krach. Den Schrei hat Droll ausgestoßen; aber wer so gewaltig gekracht hat, ob Droll oder ob der Boomstummel, das is ungewiß. Ich gloobe aber, Droll is es ooch gewesen, denn seine Glieder scheinen selbst heute noch nicht ganz richtig an Ort und Schtelle zu sein. Er konnte nicht offschtehen; ich war ihm zwar behilflich, sich aus dem niedrigen Parterre in eene höhere Etage zu erheben, aber er sank immer wieder in sein eegenes, schmerzliches Selbst zusammen.

Er quoll von Seufzern über, so daß der Wunsch, an seiner Schtelle zu sein, in meinem ooch gefühlvollen Innern tief verschlossen blieb. An alledem war der vermaledeite Schimmel schuld.«

Der gute Frank erzählte dies nicht etwa deshalb, um seine Zuhörer zu unterhalten, in so drastischer Weise, sondern es lag das so in seiner drastischen Eigenheit. Er war von Mitleid mit seinem Vetter Droll durchdrungen und ahnte nicht, daß seine Darstellung geeignet war, eher Lachen als Mitleid zu erregen. Die beiden Timpes hingen mit ihren Blicken an seinem Mund, und es war ihnen deutlich anzusehen, daß er ihnen ganz außerordentlich gefiel.

»Sehen Sie nun ein, wie der Schimmel und der Boomstumpf mit der Insel Ischia zusammenhängen?« fragte er Old Shatterhand.

»Ich beginne, es zu begreifen«, antwortete dieser. »Erzähle weiter!«

»Was nun folgt, is noch schmerzlicher als das Bisherige: Ich habe mir alle mögliche Mühe gegeben, meinen Droll wieder in das richtige Geschick zu bringen; ich habe an seinen Beenen gezerrt und gezogen; ich habe sie geschüttelt und gerieben; ich habe ihn hinten geschoben und gestoßen, bis er endlich aufgesprungen is, aber vor Schmerzen, sagte er, und nicht etwa deshalb, weil es besser geworden war. Dann habe ich ihm mühsam off das Pferd geholfen, off das meinige nämlich und nich off das seinige, denn er hat von Stund an das Schtolpern nicht mehr vertragen. Sein bleiches

Gesicht is zusammengefallen; seine Oogen sind in ihre Höhlen zurückgetreten, und seine Geschtalt hat in zwee Tagen gewiß fünf oder sechs Pfund verloren. Zwee ganze Tage; nun denken Sie sich! So lange haben wir zugebracht, bis wir in Fort Manners ankamen. Diese zwee Tage vergesse ich in meinem ganzen Leben nich! Dieses Ach und Weh! Dieses Seufzen und Klagen! Dieses Wimmern und Leiern! Mir wollte das Herz in Schtücke zerbrechen, doch schtolperte ich off meinem Schimmel immer mutig und ergeben nebenher. Die Schmerzen schteigerten sich in der Weise, daß ich meinem Schöpfer dankte, als wir das Fort endlich in Sicht bekamen. Dort machten sich die Ärzte über ihn her, mit Schröpfköpfen, Senfteigen und spanischen Fliegen, die von der Insel Ischia zu stammen scheinen. Der arme Teufel hat sogar Terpentinöl trinken müssen, was een vernünftiger Mensch selbst dann nicht tut, wenn er die Krankheit nich besitzt.«

»Ist es besser geworden?« fragte Old Shatterhand.

»So nach und nach. Als eene Woche vergangen war, hatten wir ihn so weit, daß an eenen langsamen Weiterritt zu denken war. Er hat es ausgehalten, bis hierher, fühlte aber, als wir hier ankamen, daß er sich wenige Tage Ruhe gönnen müsse.«

»Wie lange seid ihr nun hier?«

»Seit vorgestern. Morgen wollten wir wieder fort.«

»Wohin?«

»Nach Santa Fé hinauf.«

»Das sagtest du schon; ich meine aber, wohin ihr zunächst von hier aus wolltet.«

»Über den Alder-Spring zur Roofside hinauf.«

»Das wäre unter andern Umständen ganz gut, denn ich weiß, daß grad dieser Weg euch bekannt ist, weil ihr ihn früher mit mir geritten seid; diesmal aber hätte er euch leicht verderblich werden können, grad morgen verderblich im höchsten Grade.«

»Warum?«

»Weil der Schwarze Mustang mit einer bedeutenden Komantschenschar morgen dort sein wird. Ihr wärt ihm wahrscheinlich in die Hände geritten.«

»Der Schwarze Mustang, der Jägerschinder?« fragte der Engineer erschrocken. »Was hat er am Alder-Spring zu suchen, so nahe bei uns? Sollte das vielleicht uns hier gelten, Mister Shatterhand?«

»Nein, nicht euch, sondern mir und Winnetou.«

»Wieso euch beiden?«

»Er weiß, daß wir dorthin kommen wollen, und will uns abfassen.«

»All devils! Welch ein Glück, daß ihr das erfahren habt! Nun werdet ihr euch natürlich hüten, hinzureiten?«

»Im Gegenteil: Wir reiten nun grad erst recht hin.«

»Seid Ihr bei Trost, Sir? Ihr rennt ja dem Bären geradezu in den Rachen!«

»Er mag ihn aufsperren, wir lassen uns nicht beißen.«

»Aber es ist das eine Verwegenheit, zu der Ihr nicht gezwungen seid!«

»Wer sagt Euch das? Wir müssen hin, und es ist sehr leicht möglich, daß auch Ihr hinkommt.«

»Ich? Na, wenn ich aufrichtig sein soll, so will ich Euch

sagen, daß ich mich sehr darüber freuen würde, wenn ich Gelegenheit fände, diesen Halunken einige Pfund Pulver auf die roten Häute zu knallen, aber es an den Haaren herbeiziehen, das würde ich doch nicht.«

»Ist auch gar nicht nötig, denn es kommt ganz von selbst. Es handelt sich nämlich um Euren Kollegen und seine Leute im Firwood-Camp.«

»Um den? Wieso?«

»Er soll von den Komantschen überfallen werden.«

»Was? Ist das Euer Ernst?«

»Gewiß. Das ist der Grund, weshalb wir per Extrazug zu Euch gekommen sind. Wir wollen uns Eure Hilfe erbitten.«

»Die sollt Ihr haben, voll und gern. Darum also, darum! Ja, dieser gute Kollege ist zwar ein ganz tüchtiger Engineer, aber in Indianersachen weder erfahren noch ein Held. Er kann sich aber auf mich und meine Leute verlassen.«

»Wieviel Arbeiter habt Ihr hier?«

»Gegen neunzig, lauter Weiße, die gut dreinschlagen können und mit ihren Gewehren umzugehen verstehen. Aber wollt Ihr mir nicht sagen, wie die Sache gekommen ist und wie sie steht?«

»Natürlich müßt Ihr das erfahren; hört also zu! Wenn Ihr dann noch bereit seid, Hilfe zu leisten, kann ich Euch sagen, daß wir wahrscheinlich ohne Blutvergießen, wenigstens unsererseits, ans Ziel gelangen werden.«

»Weiß es, weiß es, Sir! Habe oft davon gehört, daß Ihr mit List und heiler Haut Dinge fertigzubringen versteht, die andere mit blutigen Opfern nicht erreichen würden. Bin neugierig, sehr neugierig, was Ihr erzählen werdet.«

Der Engineer war tatkräftiger und mutiger als sein Kollege im Firwood-Camp, und Old Shatterhand hegte die Überzeugung, in ihm einen tüchtiger Helfer zu finden. Er beschrieb ihm die Ereignisse des vergangenen Abends, zog seine Schlüsse daraus und erklärte die Absichten, die er nun verfolgte. Als er geendet hatte, sprang der Engineer auf, streckte ihm die Hand entgegen und sagte: »Topp, Sir, schlagt ein! Ihr sollt mich und meine Leute haben, alle, alle, jetzt gleich oder später, ganz so, wie Ihr wollt.«

Und der Hobble-Frank ließ sich in seiner deutschen Muttersprache also vernehmen: »Gott sei Dank, daß wir hier miteenander zusammengetroffen sind, denn wenn es in eener späteren chronologischen Zeitperiode geschehen wäre, so hätte ich es versäumt, diesem dunkelschwarzen Mustang zu zeigen, daß der Herr Präriejäger Heliogabalus Morpheus Edeward Franke, genannt der Hobble-Frank, sich noch immer an der äußerschten Schpitze der energisch-sukzessiven Halunkenvertilgung befindet! Diesem Anführer der Komantschen soll sein letztes Brot gebacken sein. Wenn ich eenmal grimmig bin, da bin ich richtig grimmig. Bei mir gilt die alte, bewährte Kalenderregel veni, vidi, mardi midi, oder für diejenigen, die nich Griechisch verschtehen: ›Ich kam und sah und siegte dienstags um die Mittagszeit!‹ Jetzt gehe ich, um noch eenen brauchbaren Helden unsers imporösen neunzehnten Jahrhunderts zu holen, der dabei nich fehlen darf.«

Er stand auf und verschwand durch den Ausgang. Als er nach kurzer Zeit zurückkam, brachte er Droll mit. Man sah es diesem an, daß er in der letzten Zeit gelitten hatte, doch waren seine Augen munter und seine Bewegungen ließen nicht darauf schließen, daß er gegenwärtig Schmerzen leide. Er freute sich außerordentlich über das ebenso unerwartete wie wunderbare Zusammenfinden und erklärte, unbedingt mit zum Alder-Spring reiten zu wollen, sein Zustand möge es gestatten oder nicht.

Dies gab Winnetou, welcher bis jetzt kein Wort gesprochen hatte, Gelegenheit, eine Reihe von Fragen an ihn zu richten, welche bewiesen, daß der Apatsche bedeutende Kenntnisse über den Bau und die Krankheiten des menschlichen Körpers besaß. Es stellte sich heraus, daß es sich bei Droll wirklich um Ischias handelte, und zwar infolge des Falles vom Pferd. Winnetou stand auf, zog seine kleine Ledertasche heraus, in welcher er allerlei Verbandzeug mit sich zu führen pflegte, sah den Inhalt durch und sagte dann in seiner ruhigen Weise: »Mein Bruder Droll mag mich zu seinem Lager führen; sein Leiden wird ihn schon nach einer Stunde nicht mehr belästigen.«

Er nahm ihn bei der Hand und ging mit ihm fort. Schon nach kurzer Zeit hörten die Anwesenden einen schrillen, durchdringenden Schrei.

»Das war Droll!« rief der Hobble-Frank aus. »Was hat Winnetou mit ihm vor? Wahrscheinlich will er ihm die Insel aus den Beenen schaffen; aber das sollte er doch in eener weniger schmerzhaft-graziösen Weise tun! Ich muß hin zu meiner Tante Droll, denn so een Schrei, der schneidet mir grad wie een Sägwerk durch die Seele.«

Er sprang auf und wollte fort; Old Shatterhand aber hielt ihn fest und sagte: »Bleib hier, lieber Frank! Winnetou weiß ganz wohl, was er tut, und grad für derartige Leiden gibt es bei den Indianern Mittel, von denen selbst unsere besten Ärzte keine Ahnung haben!«

Gleich darauf trat, wie um diese Worte zu bestätigen, Winnetou wieder ein und sagte: »Unser Bruder Droll mußte einen sehr starken, aber auch sehr kurzen Schmerz erleiden, um schnell geheilt zu werden. Jetzt ruht er von ihm aus, aber schon nach einer Stunde wird er so gesund sein, wie er gewesen ist, ehe er die berühmte Insel unseres Hobble-Frank in die Beine bekam.«

Diese Worte enthielten eine kleine, unschuldige Ironie gegen Frank, welcher dies sehr wohl herausfühlte und, obgleich den ernsten Zügen des Apatschen gar nichts anzumerken war, doch schnell antwortete: »Wenn Winnetou etwa die Intervention besitzt, mich foppen zu wollen, so mag er doch die gehorsamste Güte haben, zum Wendekreis des Krebses zu sehen; er wird finden, daß die Insel zwischen dort und Hohenzollern-Sigmaringen liegt. Was ich eenmal gesagt habe, das habe ich gesagt, und ich hoffe, daß meine Prioritäten off jedem Entoutcas zu finden sind. Zweifeln kann jeder, der es nich verschteht; aber wenn schon, denn schon; ich pflege mich nich gern zu schtreiten und hülle mich, wenn ich von adjustierten Seelen angegriffen werde, in die Schtrahlenaureole meines populär-wissenschaftlichen Schweigens. Vere Angelica-Tinctur, quoniam ut angelus loquitur; dieses Wort paßt off keenen Menschen so gut als wie off mich! Howgh!«

Da er vergeblich auf eine Entgegnung wartete, sah er sich in der Lage, sich schweigend in seine Angelikatinktur zu versenken. Nach Verlauf der angegebenen Stunde stellte es sich heraus, daß Winnetou recht gehabt hatte. Droll kam und erklärte in seiner Altenburger Mundart: »Is das nich großartig, meine Herre? Ich fühle mich, als ob ich neugebore wäre. Was Winnetou gemacht hat, das weeß ich nich; aber ob er die Nerve nur ausgedehnt oder ganz zerrisse hat, das is egal; ich bin gesund wie een Fisch im Wasser. Nu kann ich wieder reite, und der Schwarze Mustang soll erfahren, daß die Tante Droll noch derb an ihrem Platze is!«

Der Überfall

Der Ua-pesch, an dessen Fuße die Station Rocky-Ground lag, war bis zu seiner Höhe mit dichtem Wald bestanden. Die Wasser dieses Berges sammelten sich unten zu einem ziemlich breiten Bach, welcher südöstlich floß und später nach Norden bog. An dieser Biegung vereinigte sich mit ihm ein kleinerer Bach, der am Fuße eines andern Berges entsprang, welcher schon damals Corner-Top* hieß und auch heut noch diesen Namen führt.

Die erwähnte Bezeichnung hatte ihren guten Grund. Sowohl der Ua-pesch wie auch der Corner-Top bildeten Ecken; sie waren die Endberge zweier langgestreckter Höhenzüge, die zwischen sich ein breites und sehr langes Tal einschlossen, dessen Krümmungen so zahlreich waren, daß die Eisenbahningenieure es vorgezogen hatten, nicht ihm zu folgen, sondern zwischen Firwood-Camp und Rocky-Ground einen kürzeren Weg durch die Felsen zu sprengen. Denn Firwood-Camp lag unweit des Anfanges dieses Tales, von demselben nur durch eine Querberglagerung getrennt.

Von da oben herunter, also dieses vielgewundene Tal entlang, mußten die Komantschen kommen, denn es gab

* Corner-Top: Eckgipfel (KM).

für sie keinen andern Weg zum Alder-Spring. Diese Quelle lag, von hohen Erlen umgeben, am Fuße des Corner-Top und bildete später den vorhin erwähnten kleinen Bach, der sich mit dem größeren an der Biegung desselben vereinigte. Hatte das Tal die beiden Endberge hinter sich, so bildete es eine weite, ebene Prärie, durch welche die vereinigten beiden Wasserläufe flossen. Aus dem saftigen Gras derselben erhoben sich Büsche, welche wie Kulissen vor- und hintereinander geschoben erschienen und das Anschleichen oder Verbergen selbst größerer Trupps ungemein begünstigten.

Vergegenwärtigte man sich, was im Firwood-Camp geschehen war, und was für Absichten die Beteiligten hegten, so war es nicht schwer vorauszusehen, was der heutige Tag zu bringen hatte.

Die Komantschen waren überzeugt, daß Old Shatterhand und Winnetou zum Alder-Spring reiten würden, und hatten sich voran gemacht, sie dort zu erwarten und gefangenzunehmen. Um dies zu erreichen, mußten die Roten bei Männern, wie die beiden Genannten waren, außerordentlich vorsichtig sein. Diese letzteren durften nicht ahnen, daß die Komantschen sich an der Erlenquelle befanden, und auch bei ihrer Ankunft durfte kein Umstand verraten, daß der Schwarze Mustang mit seiner Schar anwesend sei. Darum verstand es sich von selbst, daß die Indsmen sich nicht direkt zur Quelle begaben, sondern sich in der Nähe derselben verbergen würden; aber wo, das war die wichtige Frage.

Für Winnetou und Old Shatterhand war es nicht schwer, sich in die Gedanken und Berechnungen ihrer Gegner zu versetzen. Weil der Alder-Spring auf der rechten Seite des Tales lag, verstand es sich ganz von selbst, daß sich die Indianer zur linken halten und eine Strecke hinaus in die Prärie reiten würden, um dann umzukehren und von der entgegengesetzten Seite zu kommen. Auf diese Weise wurde es vermieden, durch verräterische Spuren Verdacht zu erregen. Von der Prärie her in der Nähe der Quelle angekommen, würden sich die Komantschen verstecken, um diejenigen, auf die sie es abgesehen hatten, zu erwarten, zu beschleichen, zu umzingeln und dann zu überfallen. Wer den Indsmen zuvorkommen und sie selbst beobachten wollte, mußte also noch weiter als sie in die Prärie hinaus reiten und einen noch bedeutenderen Bogen schlagen. Das war es, was Old Shatterhand und Winnetou sich sagten, und aus diesem Grund geschah es, daß sie nach ihrem Aufbruch von Rocky-Ground nicht dem Ua-pesch entlang ritten, sondern, sobald es Tag geworden war, weit nach links abschwenkten und hinaus in die Savanne den Weg nahmen.

Es war nach dem gestrigen Gewitter heute ein wunderschöner Morgen angebrochen. Die Sonnenstrahlen verwandelten jeden Tropfen, der an den Halmen oder Blättern hing, in einen Brillanten; die Luft war kräftig, frisch und rein, und die Natur lag rundum in jungfräulicher Schönheit schweigend ausgebreitet. Ein Ritt durch solch eine Gegend und solch einen Morgen mußte ein Hochgenuß für jeden Menschen sein – nur nicht für einen Westmann, welcher die Absicht hatte, feindliche Indianer zu beschleichen. Das zeitweilige Schnauben und Stampfen der Pferde wurde von der heutigen Luft weit fortgetragen, und das feuchte, schwere Gras hatte eine Fährte zur Folge, welche vielleicht noch am Abend deutlich zu lesen war. Das sind Umstände, die einem Savannenmann sehr gefährlich werden können, und ihm ist, wie jedem andern Menschen ja wohl auch, sein Leben lieber als alle Schönheiten der Natur. Darum war es leicht begreiflich, daß Kas das Schweigen, welches bisher geherrscht hatte, mit der Bemerkung unterbrach: »Wundervoller Morgen heute, grad so wundervoll wie damals bei Timpes Erben! Wollte aber doch, es läge ein tüchtiger Nebel, anstatt dieses Sonnenglanzes auf der Prärie!«

Die sechs Männer ritten paarweise nebeneinander, voran Old Shatterhand mit Winnetou, dann Hobble-Frank mit Tante Droll und am Ende Kas mit seinem Vetter Has. Der kleine Hobble hatte dem guten Kas die Bemerkung über die Insel Ischia noch nicht vergessen; sie wurmte ihn noch jetzt in diesem Augenblick, und darum ergriff er die Gelegenheit, ihm einen kleinen Hieb zu versetzen.

»Sie scheinen een großer Freund von allerhand Nebels zu sein, Ob es wohl off der Insel Ischia ooch welche gibt?«

Kas antwortete ruhig: »Da müssen Sie nicht mich, sondern Droll fragen, der weiß es ganz gewiß, denn er hat die Insel ja in den Beinen gehabt.«

»Aber die Nebel nich, verschtanden? Sie schtammen aus Hof an der bayerischen Grenze; da sind die Nebel derheeme, bei uns in Moritzburg aber is das Wetter schtets so helle wie een geputzter Lampenzylinder.«

»Moritzburg? Das berühmte Jagdschloß bei Dresden? Ist dort Ihre Heimat?«

»Heimat? Sonderbare Frage! Een Mann meiner satinierten

Bildung und naturgeschichtlichen Bedeutung hat seine Heimat in der ganzen Welt, doch will ich keineswegs in Abrede schtellen, was Moritzburg mir dadurch zu verdanken hat, daß ich dort das erschte Licht der Welt erblickt habe. Es gibt eben Orte, an denen nur große Menschen geboren werden, und man erkennt sie merschtenteels daran, daß sie durch hübsche Jagdschlösser ausgezeichnet sind.«

»Hmm!« brummte Kas dazu.

»Hmmm? Was knuchzen Sie denn so? Leuchtet Ihnen etwa das Jagdschloß nich recht ein?«

»O doch!«

»Na, womit sind Sie denn nicht einverschtanden?«

»Daß in Moritzburg nur große Männer geboren werden.«

»So! Sind Sie etwa dort geboren worden?«

»Nein.«

»Also! Grad das ist doch ooch schon wieder een unwiderleglicher Beweis, daß nur Größen von dort kommen. In Moritzburg sind Kurfürschten, Prinzen und Könige geboren worden, ooch ich habe meinen Lebenswandel dort begonnen, aber es is mir vollschtändig ignorant und unbekannt, daß jemals een gewisser Timpe seinen erschten Schritt offs Weltall getan haben soll; er wäre ja gleich beim zweeten Schritte abgerutscht und in die philharmonische Vergeßlichkeit gesunken. So, nu habe ich meinem Herzen Luft gemacht, und wenn Sie mich zum Freund haben wollen, so reiben Sie sich ja nich wieder an den schön gerundeten Kanten meiner systematischen Persönlichkeet!«

Jetzt hatte er seinem versteckten Groll Raum gegeben, und er war wieder der gemütliche Mensch wie immer, vorausgesetzt natürlich, daß man sich hütete, ihm abermals Widerspruch zu leisten. Droll drehte sich im Sattel um und warf den beiden Timpes einen bittenden Blick zu; sie verstanden ihn und schwiegen.

Die sechs Reiter hatten den Ua-pesch jetzt so weit hinter sich, daß anzunehmen war, die Komantschen würden nicht eine so bedeutende Strecke in die Prärie hineinreiten, darum bogen sie jetzt in der Absicht, sich dem Corner-Top zu nähern, nach Süden um. Der Alder-Spring lag an der Westseite dieses Berges; Winnetou und Old Shatterhand ritten so, daß sie ihn von Osten erreichen mußten; auf diese Weise verhinderten sie, daß ihre Spuren später von den Roten gesehen werden konnten. Der Corner-Top war auf seiner Höhe nicht voll und ganz bewaldet, es gab da Stellen, von denen aus man weithin Umschau halten konnte, und so war es also gar nicht schwer, die Ankunft der Komantschen zu bemerken.

Endlich war der Bogen quer durch die Prärie geschlagen und der Berg an seinem östlichen Fuße erreicht. Es wurde ein gutes Versteck gesucht und gefunden, wo die vier andern mit den Pferden sich verbergen konnten, während Winnetou und Old Shatterhand nach oben stiegen, um von dort aus das Tal zu überwachen.

Vier Sachsen miteinander im Wilden Westen, in einem Dickicht des Corner-Top! Gewiß ein seltener Zufall! Der Hobble machte darüber die Bemerkung: »Es ist grad, als hätten die wilden Tauben uns extra zusammengelesen.«

»Warum die wilden und nicht die zahmen?« erkundigte sich Has.

»Weil es hier im Westen keene zahmen gibt. Sehen Sie das nich ein?«

»Well! Sie haben recht, lieber Frank.«

»Das will ich meenen. Ich habe nämlich immer recht. In dieser Beziehung werden Sie mich bald durchschauen, während ich in jeder andern Beziehung merschtenteels undurchdringlich bin. Es is nämlich eene der größten Weisheiten unsres subkutanen Lebens, daß man seine Gaben nur für sich behält; da kann man nie verkannt und höchstens nur eenmal für dumm gehalten werden. Darum halte ich meine Geistesblitze für gewöhnlich in ihrer Kapsel eingeschlossen, und nur Menschen, die ich sehr bevorzuge, können es erleben, daß ich ihnen das Chlornatrium erweise, sie in die Tiefen meines Verschtandes eindringen und die dortigen Schätze wie off den Fittichen eenes Paternosterwerkes herausholen zu lassen. So eene bevorzugte und weihevolle Schtunde is in diesem Oogenblick für euch gekommen. Ihr werdet nämlich gern wissen wollen, off welche Weise wir heut mit den Komantschen fertig zu werden gedenken. Ich bin gern bereit, euch die nötigen Offschlüsse angedeihen zu lassen und erteile euch die Erlaubnis, euch mit euren Fragen vertrauensvoll an mich zu wenden. Schprich du zuerscht, lieber Vetter Droll.«

Droll wollte nicht widersprechen, kannte aber auch den Wert der Aufschlüsse, welche zu erwarten waren, darum schüttelte er den Kopf und sagte: »Warum denn ich zuerscht, lieber Frank? Ich kenne dich ja schon lange und bin gern bereit, den Vorrang diesen beeden andern zu überlassen. Der Mensch soll höflich sein.«

»Da haste recht! Ich habe eenen Professor der Zoologie gekannt, der sagte immer: ›Die Höflichkeit ist diejenige Angewohnheit, die mer sich nich abgewöhnen soll.‹ Und was so een Fachmann sagt, das hat schtets guten Grund und Boden. Also mag nun Kas mal sagen, was er von mir wissen will.«

»Ich?« fragte der Genannte. »Was ich von Ihnen wissen will?«

»Ja doch, ja!«

»Nichts will ich wissen, gar nichts.«

»Was? Nischt gar nischt? Is das möglich?« fragte Frank in höchster Verwunderung.

»Gar nichts«, nickte Kas.

»Und Sie, Has?«

»Auch nichts«, antwortete dieser.

»Ooch nischt? Sprechen Sie etwa im Ernst?«

»Im vollen Ernst.«

Da machte Frank zunächst ein Gesicht, als ob etwas ihm vollständig Unbegreifliches geschehen sei; dann nahmen seine Züge den Ausdruck des Bedenkens und hierauf des Zornes an, und er rief erbost aus: »Is so etwas die Möglichkeet? Hat jemals schon een Mensch so was erlebt? Nischt wollen sie von mir wissen, gar nischt! Das ist doch unerhört! Kann es denn wirklich existierende Menschen geben, die der unbegreiflichen Ansicht sind, daß sie von dem Prärie- und Bärenjäger Heliogabalus Morpheus Edeward Franke nischt hören und nischt zu lernen brauchen? Da liegen wir im Hinterhalt, um die Indianer zu belauschen; wir haben die Absicht, sie zu überlisten und zu besiegen, diese Absicht kann nur durch die gegenwärtige Individualität meiner erfahrenen Persönlichkeit in die unschätzbarste Erfüllung gehen, und da leben menschliche Wesen off der Erde, die der Ansicht sind, daß sie nischt von mir zu hören brauchen! Das geht mir gegen allen Strich; das schtürzt meine ganze Nächstenliebe über den Haufen, da verhülle ich mein Haupt mit der römischen Sammetmantilla und laß Kaffee kochen, wer Kaffee kochen will. Aber wenn die Feinde kommen, die Komantschen, wenn es dann heeßt: Hannibal ad Boardinghouses! Wenn die Angst über sie kommt und die Not am höchsten geschtiegen is, nachher werden sie kommen und mich um Hilfe bitten; aber dann werde ich mich auch bedanken für die sauer gewordene Leberwurscht und vor ihrem Jammer meine Ohren verschließen, wie man die Haustür verriegelt, wenn man abends zu Bett geht!«

Kas schüttelte staunend den Kopf und sagte: »Was war das? Was sagten Sie: Hannibal ad Boardinghouses?«

»Ja, grad so und nich anders habe ich gesagt«, antwortete Frank mit den Augen und der Miene eines Panthers, der bereit ist, sich auf seine Beute zu stürzen.

»Das ist doch falsch«, sagte der lange Kas, »so grundfalsch, wie man sich etwas Falscheres gar nicht denken kann!«

Droll winkte ihm Schweigen zu, was aber leider nicht beachtet wurde, denn Kas kannte den Kleinen noch nicht genau. Dieser war schon vorher zornig gewesen; der jetzige Widerspruch reizte ihn noch mehr, und so fuhr er den Unvorsichtigen grimmig an: »Was – wie? Grundfalsch? Sind Sie etwa nich recht bei Trost? Der weltberühmte Hobble-

Frank soll etwas gesagt haben, was nich wahr is, was sogar grundfalsch sein soll, was nich mit der höheren Temperatur der Wissenschaften schtimmt! Hat die Menschheet je so etwas impertinent Kunterbuntes zu hören bekommen! Mich natürlich kann so een unorthographischer Zweifel an meiner unwiderleglichen Kapillarität nich im geringsten aus meiner olymphatischen Ruhe bringen, und so frage ich Sie denn in der sanftesten h-moll-Tonart meiner bakteriologischen Schtimme: Inwiefern is denn das, was ich gesagt habe, falsch gewesen, he?«

»Es muß heißen: Hannibal ad portas.«

»So? Inwiefern denn wohl?«

»Hannibal ist vor den Toren! Das war damals der Schrekkensruf der Römer.«

»I, wie Sie das nur so hübsch sagen können! Wer hat Ihnen denn diesen Blödsinn weisgemacht?«

»Von Weismachen kann keine Rede sein. Wir haben das in der Geschichtsstunde gehört.«

»Ach so! Und wer war denn eigentlich der gute Mann, der Ihnen solche Geschichten erzählt hat?«

»Unser Geschichtslehrer natürlich.«

»Also een Deutscher wohl, aus Plauen im Voigtlande, een Angehöriger des neunzehnten Säkulariums?«

»Selbstverständlich!«

»Dieser geistreiche Lehrer der Weltgeschichte is also keen alter Römer gewesen?«

»Nein.«

»Na, da hat man's ja, da hört man's ja! So een Gimpel, dem noch die grünen Walnußschalen der neuesten Jahrzehnte hinter den Ohren hängen, will wissen, wie die alten Römer gesprochen haben!

Portas! Das is ja gar keen römisch-irisches Wort, sondern jeder nur ganz sachte angebildete Mensch weeß, daß es anschtatt Portas Portière heeßen muß, und welchem alten Römer könnte es wohl eingefallen sein zu rufen, daß Hannibal an der Portière hänge! So eenen Unsinn hat sich niemals keen Römer nich zu Schulden kommen lassen. Als Peter der Große seinen Admiral Hannibal gegen die Römer ausgerüstet hatte, dampfte dieser schleunigst um das Kap der guten Hoffnung herum, überschtieg im Winter das Kjölengebirge, wobei seine Kamele die Kanonen schleppen mußten, schlug zunächst bei Ligny die Scharen der Thessalonicher und Kolosser und hatte dann das ganze römische Reich zu seinen Füßen liegen. Zwar schickte ihm der Kaiser Herodot den Reitergeneral Holofernes entgegen, doch wurde dieser nicht weit vom Schipkapaß so in die Pfanne gehauen, daß er vor Todesangst die sizilianische Vesper singen ließ und in der nächsten Bartholomäusnacht an seinen Wunden schtarb. Nu gab es für die Römer nur een eenziges Mittel, sich zu retten: Sie mußten dafür sorgen, daß dem Hannibal für seine Truppen die Nahrungsmittel fehlten. Sie brannten also Moskau hinter sich ab, verwüsteten die pontinischen Sümpfe und blieben dann beim Berg Ararat halten, um die Folgen der Zerschtörung abzuwarten. Aber sie mußten nur zu bald erkennen, daß sie sich in Hannibal verrechnet hatten. Er war nämlich so pfiffig gewesen, ooch für diesen Fall zu sorgen, und hatte eene solche Menge von Proviant mitgenommen, daß an eene

Hungersnot gar nich zu denken war. In Anbetracht der winterlichen Kälte hatte er sogar seinem Generalquartiermeister Phidias den Befehl erteilt, transportable Häuser aus Wellblech und amerikanische Öfen mitzunehmen; die wurden offgeschlagen und teils als Wohn-, teils als Wirtshäuser und Restaurationen eingerichtet. Das Heer des Hannibal lebte da herrlich und in Freuden; die Römer aber, als sie das hörten, sahen ein, daß sie verloren waren, und riefen erschrocken aus: ›Hannibal hat Boardinghäuser!‹ Denn daß dieses ad das germanische hat sein soll, das sieht jeder Deutsche ein, wenn er nich gerade off den sorben-wendischen Namen Timpe getooft worden is. So, jetzt wissen Sie, woran Sie sind, Herr Kasimir Obadja Timpe junior! Und wenn ich ja mal schterben sollte, sorgen Sie gefälligst dafür, daß ich nich etwa neben Ihrem seligen Professor der Geschichte begraben werde, denn zu dem langte ich hinüber und schüttelte ihn so lange bei den Ohren, bis er zu der Erkenntnis käme, daß Portieren noch lange keine Boardinghäuser sind!«

Frank hatte in seinem komischen Eifer so schnell gesprochen, daß er tief Atem holen mußte. Kas und Has sahen einander ganz verwundert an, sie wußten nicht, was sie sagen und ob sie lachen oder weinen sollten; glücklicherweise aber bemerkten sie noch zur rechten Zeit die energische Geste der Tante Droll, welche ihnen Schweigen gebot, und sie brachten es fertig. Dies beruhigte den kleinen Eiferer einigermaßen, und er fuhr in gemäßigterem Ton fort: »Ich dachte, ihr würdet es abermals wagen, mir zu widerschprechen; da mir aber euer untertäniges Schweigen den Beweis erteilt, daß ihr eure Menage meiner höheren Weisheit unterordnet, fühle ich mich nich ganz abgeneigt, euch mit den Ausschtrahlungen meiner Fiat justitia zu begnadigen, und ersuche euch nur inschtändigst, tief in euch zu gehen und zu erkennen, daß es keen Spaß is, wenn jemand Heliogabalus Morpheus heißt, den Edeward und Franke gar nich mitgerechnet. Tut also Buße im Sack und in der Asche und vergeßt mir ja niemals wieder, daß es off der Erde unvergleichliche Intelligenzen und Geisteskräfte gibt, die selbst derjenige nich begreift, der sie besitzt. Keen Mensch is zu etwas geboren, außer wenn er dazu geboren is, und jeder Vorzug eenes Menschen vor dem andern is nur dann een wirklicher Vorzug, wenn er ohne Nachteile mit sich selbst verbunden werden kann. Een Mensch kann jeder sein, jeder, aber fragt mich nur nich, was for eener – und dann, een ganz groß angelegter und bedeutender Mensch zu sein, das vermag nur derjenige, der entweder sagen kann, doch ich bin in Arkadien und Moritzburg gewesen, oder dessen Schtaubgefäße sich in der Linnéschen Ordnung unterbringen lassen. Es is der Wille der Schöpfung gewesen, daß Verschiedenheet herrschen soll; darum is sich een jeder gleich, und wer andersch is, der kann's nich ändern, aber wer das Glück hat wie ich, in der Philosophie des Eminenten eene hervorragende Schtelle einzunehmen, vielleicht gar erschten Rang Amphitheater, Nummer eens, oder wenigstens erschtes Parkett, Vorderreihe mittelster Platz, grad vor dem Vorhang der Unsterblichkeet, der darf trotz aller Bescheidenheit mit Schtolz sich von der Vor- und Mitwelt trennen, um der Nachwelt zu beweisen, daß sie erschtens ooch der Welt mit angehört, und daß sie zweetens schpäter ooch mal schterben muß! An dieser Weisheet ist nimmermehr zu rütteln und zu wackeln; sie ist so fest gefügt und unerschütterlich, daß schon Schiller, der berühmte Dichter von Uhlands ›Lenore fuhr ins Morgenrot‹, in seinem ›Götz von Berlichingen‹ gesagt hat: Die Vorwelt flicht der Nachwelt keene Kränze, jedoch der Frühling duftet schon im Lenze!«

Während diese eigenartige Unterhaltung unten im Versteck geführt wurde, hatten Old Shatterhand und Winnetou den Gipfel des Corner-Top erreicht. Dort gab es, wie bereits erwähnt, mehrere lichte Stellen, von denen aus man eine weite Fernsicht hatte. Eine dieser Lichtungen, welche Richtung Westen lag, war außerordentlich geeignet für den Zweck der beiden Freunde. Man konnte von hier oben aus das Tal, in welchem die Komantschen herabkommen mußten, bis zu seiner nächsten Krümmung, welche weit über eine englische Meile entfernt war, vollständig überblicken. Winnetou setzte sich da nieder, und Old Shatterhand nahm an seiner Seite Platz. Das taten sie, ohne ein Wort zu sagen. Zwischen diesen beiden waren weder Aufforderungen noch lange Erklärungen nötig, sie kannten einander so genau und hatten sich gegenseitig so innig ineinander hineingelebt, daß jeder die Gedanken und Entschlüsse des andern wußte oder erriet, noch ehe sie den mündlichen Ausdruck gefunden hatten. Es war bei ihnen oft schon vorgekommen, daß sie einen ganzen Tag miteinander geritten waren und dabei ganz Wichtiges erlebt hatten, ohne daß ein einziges Wort zwischen ihnen gefallen war.

So auch jetzt. Sie saßen wortlos nebeneinander, eine

Stunde, zwei, ja drei Stunden lang, und keiner hielt es für nötig, auch nur eine Silbe hören zu lassen, obgleich sie einem Ereignis entgegensahen, bei welchem es sich um Tod und Leben handelte. Hätte es jemand gegeben, der sie unbemerkt beobachtete, der wäre sicher der Ansicht gewesen, daß sie von keiner andern Absicht hierhergeführt worden seien als von derjenigen, sich da niederzulegen und auszuruhen. Keine Bewegung ihrer Gesichter, kein Blick ihrer Augen verriet, daß ihre ganze Aufmerksamkeit scharf nach Westen gerichtet war, und daß auf der ganzen Strecke, soweit das Tal überblickt werden konnte, nichts ihren scharfen Sinnen zu entgehen vermochte. Es ist die große Kunst des Westmannes, selbst bei der äußersten Anspannung aller seiner Fähigkeiten und Gefühle äußerlich vollständig teilnahmslos zu erscheinen. Es gibt oder gab manchen berühmten Savannenläufer, der seine schönsten Erfolge und seine Errettung aus den größten Gefahren nur allein dem Umstand zu verdanken hatte, daß er sein ganzes Äußere, jedes Glied seines Körpers so in der Gewalt hatte, daß man ihm das, was er dachte oder empfand, was er erstrebte oder zu leisten vermochte, unmöglich zutrauen konnte. Old Shatterhand zum Beispiel hat viele, viele Male nur dadurch über seine Gegner oder über feindselige Verhältnisse triumphiert, daß er es wie selten ein anderer verstand, seinem Gesicht selbst dann einen gleichgültigen, ja indolenten Ausdruck zu geben, wenn ein anderer vor Aufregung hätte närrisch werden mögen.

Jetzt saß er mit Winnetou im moosigen Gras; beide hatten sie die Lider tief gesenkt, und weil sie keines ihrer Glieder bewegten, hatte es den Anschein, als ob sie schliefen; trotzdem aber war es sicher, daß sie ganz genau die Drossel hörten, welche hinter ihnen, wohl zwanzig Schritte entfernt, einen Wurm aus der Erde zog, und daß sie ebenso deutlich den Aasgeier sahen, welcher jetzt wie ein halb handgroßer Punkt am westlichen Himmel erschien.

»Uff!« sagte Winnetou einfach.

»Well!« nickte Old Shatterhand ebenso einfach, »sie kommen.«

Trotz dieser Worte war kein lebendes Wesen in dem Tal zu sehen, welches noch grad so leer und öde lag wie vorher; aber die Art und Weise, wie der Geier sich in der Luft bewegte, verriet dem Kenner, daß sich unter ihm irgendwelche Wesen befinden mußten, von denen er Beute erwartete. Er schwebte noch etwas links über der Talkrümmung, kam derselben aber schnell näher. Als er sie erreicht hatte und sich gerade über ihr befand, bog ein Reiter unter ihm um die Ecke, welcher einen Augenblick halten blieb, um das Tal zu überblicken, und dann, als er nichts Verdächtiges bemerkte, ruhig weiterritt; ihm folgten zwei, fünf, zehn, zwanzig, vierzig, achtzig und noch mehr Reiter, welche deutlich zu erkennen waren, obgleich der Entfernung wegen ihre Pferde nur die scheinbare Größe von kleinen Hunden hatten.

Wie außerordentlich scharfe Augen Winnetou besaß, bewies er dadurch, daß er trotz dieser Kleinheit sagte: »Sie sind es wirklich, die Komantschen.«

»Ja«, stimmte Old Shatterhand bei. »Tokvi Kava reitet an ihrer Spitze.«

»Dieser Häuptling der Komantschen bildet sich ein, ein außerordentlich schlauer Krieger zu sein, und begeht doch einen Fehler, den weder ich noch mein Bruder Shatterhand begreifen kann.«

»Well. Er hat einmal behauptet, daß in Beziehung auf Klugheit und Tapferkeit sich niemand mit ihm vergleichen könne. Ich weiß, was Winnetou, mein roter Bruder, meint. Er kommt vom Firwood-Camp und ist der Überzeugung, daß auch wir heute früh dort aufgebrochen sind und hinter ihm kommen werden. Dabei denkt er nicht daran, daß wir die Spuren, welche seine Krieger in dem feuchtschweren und hohen Gras zurücklassen, bemerken müssen. Nur ein Blinder könnte sie nicht sehen; sie sind aber so deutlich, daß er sie fühlen müßte. Lächerlich!«

Auch über das sonst so ernste und unbewegte Gesicht des Apatschen glitt ein leises, halb verächtliches und halb mitleidiges Lächeln, als er hinzufügte: »Und dabei will er Old Shatterhand und Winnetou fangen! Uff!«

»Du hättest als kleiner Knabe einen so schweren Fehler nicht begangen.«

»Und du auch nicht, als du noch Greenhorn und ein Anfänger warst. Schau, sie tun genau so, wie wir dachten: Sie wenden sich zur anderen Seite des Tales, damit wir, wenn wir nach ihnen kommen, nicht denken sollen, daß sie eigentlich herüber an den Corner-Top und zum Alder-Spring wollen, um uns da abzufangen.«

Die Komantschen ritten an der jenseitigen Talwand hin, bis sie den äußersten Fußpunkt des Ua-pesch erreichten; aber auch da änderten sie ihre Richtung nicht, sie zogen in die Prärie hinaus, als ob sie zu einem entfernten Ziel ganz über dieselbe hinaus wollten.

»Sie werden nach einiger Zeit den von uns vermuteten Bogen schlagen und hierherkommen. Einer von uns beiden muß hinab, um aufzupassen, wo sie dann lagern und sich verstecken werden, der andere hat noch hier oben zu bleiben.«

Er sagte nicht, warum der andere noch bleiben sollte; aber Winnetou erriet es sofort, denn er neigte zustimmend seinen Kopf ein wenig und sagte: »Um auf Ik Senanda aufzupassen, welcher die weißen Männer von der Bahn des Feuerrosses* betrügen und verraten wollte. Er ist gestern abend den Komantschen nachgeritten und hat sie wegen der Finsternis nicht finden können, doch weil er den Weg kennt, wird er heute, als es hell geworden war, auf ihre Spur gestoßen sein und bald nach ihnen hier eintreffen. Mein weißer Bruder mag hier warten, um ihn kommen zu sehen; ich steige hinab, um zu erfahren, welches Versteck die Komantschen wählen.«

Er ging, und Old Shatterhand blieb allein zurück. Er dachte nicht im mindesten an die Gefahr, in welcher er sich mit seinen Gefährten befand, denn wer sich fast täglich in Gefahr befindet, dem wird sie schließlich so vertraut, daß sie ihm nicht mehr als Gefahr erscheint; es kann sogar sein, daß er sich nicht wohl fühlt, wenn sie ihm fehlt, sie und die mit ihr verbundene oder durch sie bedingte Anstrengung aller geistigen und körperlichen Kräfte und Fertigkeiten. Es

---

* Feuerroß: Eisenbahn (KM).

verging wieder eine Stunde und abermals eine, ohne daß der Erwartete erschien. Er hätte eigentlich nun da sein müssen, doch verlor Old Shatterhand nicht die Geduld, denn es waren zehn und hundert verschiedene Veranlassungen möglich, welche geeignet waren, den verräterischen Halbindianer unterwegs aufzuhalten. Nach abermals einer halben Stunde endlich sah er ihn kommen und der Fährte der Komantschen zur gegenüberliegenden Seite des Tales folgen. Da der Scout auf dieser Spur ritt, mußte er den ganzen Umweg der Komantschen hinaus in die Prärie machen; er konnte also kaum eher als in einer Stunde unten am Corner-Top eintreffen. Old Shatterhand konnte nun seinen Posten verlassen und stieg so rasch wie möglich zu seinen Gefährten hinab.

Er fand sie da, wo er sie verlassen hatte, und Winnetou war bei ihnen. Als er berichtete, daß er das Halbblut habe kommen sehen, bemerkte der Apatsche: »Er hat sich sehr verspätet. Ahnt mein Bruder, was ihn aufgehalten hat?«

»Es gibt viele Gründe, welche seinen Ritt verlangsamt haben können«, antwortete Old Shatterhand.

»Vielleicht ist er nicht gezwungen worden, sondern hat freiwillig verweilt.«

»Das würde mir das liebste sein, nämlich wenn er nach seiner eiligen Flucht vom Camp sich eines andern besonnen und wieder umgekehrt wäre, um uns zu belauschen.«

»Was sagen Sie da?« fragte der Hobble-Frank, als er diese Worte hörte. »Es würde Ihnen lieb sein, wenn er uns belauscht hätte?«

»Ja.«

»Von eenem Feinde beobachtet zu werden, is aber doch schtets eene Sache, für die man sich bedanken muß?«

»Nein, wenigstens in diesem Falle nicht.«

»Das is mir so unverschtändlich, daß ich es nich begreifen kann, obgleich ich sonst een sehr offenes Gemüt und eene noch viel öffentlichere Fassungsgabe besitze. Wenn er uns belauscht hat, so weeß er doch zum Beispiel, daß wir gar nich das Tal heruntergeritten kommen, weil wir mit der Eisenbahn gefahren sind.«

»Wenn er das wüßte, grad dieses wäre mir lieb.«

»Hören Sie, Herr Shatterhand, haben Sie doch die Güte, und braten Sie mir eenen Storch! Unsre Eisenbahnfahrt ist doch von allergrößter Wichtigkeet, und wenn so was Wichtiges verraten wird, da kann es keene guten Folgen haben!«

»Mache dir keine Gedanken, lieber Frank! Ich hoffe, daß du mich nicht für unvorsichtig oder gar für leichtsinnig hältst?«

»Das beileibe nich! So een horribler Gedanke kann sich unmöglich in meine leidenschaftliche Gegenliebe schtehlen. Sie wissen, daß Sie mein Vorbild, mein Beispiel, meine Richtschnur, mein Ideal und meine Musterkarte in jeder Beziehung sind; Sie leuchten mir voran off meinem Lebensweg wie die Kummetlaterne am Sattelpferd eenes Niederlausitzer Botenfuhrmannswagens; Sie sind mein Leitschtern, dem ich folge, wie die Hammelherde dem geliebten Schäfersmann; denken Sie sich doch nur, was für een ungeheures Vertrauen das meinerseits voraussetzt? Und da soll es möglich sein, daß ich Sie für leichtsinnig halte? Das würde ja die allergrößte Majestätsbeleidigung sein, freilich viel weniger an Ihrer als vielmehr an meiner Majestät!«

»So halte also diese deine Majestät bei allen ihren vier Zipfeln fest, indem du mir vertraust! Du wirst wahrscheinlich bald erfahren, daß ich recht gehabt habe. Ich werde mich mit Winnetou entfernen, um die Komantschen zu behorchen. Bleibt hier zurück, verhaltet euch still, und verlaßt diesen Ort auf keinen Fall eher, als bis wir zurückgekommen sind!«

»Aber wenn Sie nu aber nich zurückkommen?«

»Wir kommen, wenigstens einer von uns; darauf könnt ihr euch verlassen.«

Und sich an Winnetou wendend, fragte er diesen: »Weiß mein roter Bruder, wo die Feinde gelagert haben?«

»Ich weiß es«, antwortete der Häuptling der Apatschen.

»Ist es weit von hier?«

»Nein.«

»Sind sie schwer zu beschleichen?«

»Für andere würde es schwierig sein, für Old Shatterhand und mich aber ist es leicht. Mein Bruder mag mir folgen!«

Sie legten ihre Gewehre ab, weil diese ihnen beim Anschleichen hinderlich gewesen wären, und gingen. Sie hatten sich natürlich an Stelle ihrer gestohlenen vom Engineer zwei andere Gewehre einstweilen ausgeborgt. Winnetou führte seinen weißen Freund zunächst wohl zehn Minuten lang, ohne sonderliche Vorsicht anzuwenden, durch den Wald; dann erreichten sie eine Stelle, an welcher die stehenden Bäume aufhörten, desto mehr aber sahen sie liegende vor ihren Blicken. Die Riesen des Waldes lagen aus der Erde gewuchtet, mit gewaltigen Wurzelballen und viel zerschmetterten Kronen neben- und wirr durch- und übereinander. Es war ein Windbruch, einer jener Hurrikane, die man im Wilden Westen, besonders in den südlichen Gegenden desselben, häufig findet. Hurrikan ist der plötzlich ausbrechende Orkan, welcher einen verhältnismäßig schmalen und scharf begrenzten Strich durcheilt und alles vor sich niederreißt, und Hurrikan nennt man auch den Verwüstungsbereich dieses Sturmes, der in Mittelamerika von noch viel verheerenderer Wirkung ist.

Zwischen den niedergeschmetterten und erstorbenen Stämmen war eine neue, junge Vegetation sehr dicht und ziemlich hoch schon aufgeschossen, so dicht, daß es selbst für ein Wild unmöglich schien, da durchzukommen.

»Hier durch?« sagte Old Shatterhand.

Winnetou nickte bejahend und fügte leise hinzu: »Links hier ist der Felsen; da können wir nicht hinauf; rechts draußen liegt die Prärie, auf welcher die Pferde der Feinde grasen, da würden uns die Wächter sehen; jenseits des Hurrikan, der hier nicht über zweihundert Schritte breit ist, lagern die Krieger; wir müssen also durch.«

»Ist mein roter Bruder schon drüben gewesen?«

»Ja. Mein weißer Bruder wird sehr bald den tief versteckten Weg sehen, den ich mir habe bahnen müssen.«

»Weißt du, wo sich der Häuptling befindet?«

»Ich weiß es. Vielleicht kommen wir so weit an ihn, daß wir hören können, was er spricht.«

Er huschte einige Schritte am Rand des Windbruchs hin, legte sich dann auf die Erde nieder und schob sich in das dichte Zweig- und Blätterwerk hinein. Old Shatterhand zögerte nicht, ihm nachzukriechen. Da zeigte sich denn wieder einmal, welch ein unvergleichlicher Mann der Häuptling der Apatschen war. Er hatte mit dem Messer einen zwei Fuß breiten Weg gebahnt, die hindernden Äste, Zweige und Schößlinge abgeschnitten und auf den Boden niedergedrückt und dabei so viel Laubwerk stehen lassen, daß es ein Dach über dem Schleichpfad bildete und ihn vollständig unsichtbar machte. Es war unmöglich gewesen, diesen Weg geradeaus zu führen; er bog bald nach dieser und bald nach jener Seite um die gestürzten Bäume herum, ging bald nach rechts und bald nach links, je nach den Schwierigkeiten, welche das Terrain und der Pflanzenwirrwarr dem Apatschen entgegengesetzt hatten, und war durch eine Kraftanstrengung zu bahnen gewesen, die selbst Old Shatterhand in hohes Staunen versetzte. Dieses in so kurzer Zeit vollendete Werk war ein Meisterstück, welches nur unter den Händen eines Winnetou hatte entstehen können. Da er so unvergleichlich vorgearbeitet hatte, brauchten sie ihre Messer jetzt nicht viel in Anwendung zu bringen und hatten vorzugsweise darauf acht zu geben, daß sich das Gesträuch nicht über ihnen bewegte und dadurch zum Verräter wurde. Sie fanden zwei Schlangen im Weg, zwei giftige; die erste floh, und die zweite wurde durch einen schnellen, wohlgezielten Messerhieb des Apatschen getötet. Dieser hielt nach längerer Zeit inne, wendete den Kopf zu seinem Gefährten und deutete auf seine Nase. Old Shatterhand verstand diese stille Aufforderung und sog die Luft langsam und prüfend ein. Er roch den Rauch eines Lagerfeuers und gab dies dem Apatschen durch ein zustimmendes Nicken zu erkennen. Sie näherten sich dem Platz, an welchem sich die Komantschen befanden.

Nun ging es eine Strecke weiter bis zu einer Stelle, an welcher Winnetou dem heimlichen Pfad eine doppelte Breite gegeben hatte. Er winkte den Gefährten zu sich heran und flüsterte, als dieser sich an seiner Seite befand, ihm zu: »Hört mein Bruder, daß wir uns ganz nahe beim Feind befinden?«

»Nein«, lautete die ebenso leise Antwort.

»Wir brauchen nur die wenigen Schößlinge vor uns auseinanderzubiegen, so sehen wir die Komantschen grade vor uns.«

»Aber es ist nicht das geringste Geräusch zu vernehmen; man hört nicht einen einzigen sprechen. Sollten sie schlafen?«

»Ja. Sie ruhen aus, weil sie die ganze Nacht hindurch geritten sind.«

»Das ist freilich wahr. Und der Häuptling muß ganz besonders ermüdet sein, weil er schon gestern abend zum Firwood-Camp und zurück auf dem Weg gewesen ist.«

»Well. Mein Bruder mag sehen, wie nahe wir ihm sind, so nahe, daß wir ihn fast greifen können!«

Er bog die Schößlinge ein wenig auseinander und ließ Old Shatterhand durch die entstandene Lücke blicken. Wie erstaunte dieser, als er Tokvi Kava nicht weiter als fünf Schritte vor sich liegen sah! Die beiden Lauscher befanden sich am Rand des Windbruchs und damit zugleich am Rand einer kleinen Einbuchtung der Prärie. Ein starker, abgestorbener Baumstamm ragte, am Boden liegend, zu ihrer Linken aus dem Wirrwarr des Hurrikans hinaus, und das unter ihm hervor- und neben ihm emporschießende Gras bildete ein weiches Lager, auf welchem sich der Häuptling lang ausgestreckt hatte; er schlief. Weiterhin sah man seine Krieger liegen, welche auch schliefen; sie waren ermüdet und fühlten sich sicher unter dem Schutz der Wachen, welche sie in Richtung der Prärie hin ausgestellt hatten. Der Häuptling hatte nach der Gewohnheit aller Weißen und Roten im Wilden Westen sein Gewehr griffbereit neben sich liegen. Am Baumstamm lehnte ein langer, schmaler Pack, dessen Hülle in der Decke Tokvi Kavas bestand, welche sorgfältig mit seinem Lasso umschlungen war. Old Shatterhands Augen blitzten, als er dieses Paket erblickte, und Winnetou fragte leise, indem er demselben zuwinkte: »Weiß mein Bruder, was in der Decke dort steckt?«

»Unsere Gewehre natürlich!«

»Er schläft und alle andern schlafen; wir können sie uns holen.«

»Fällt uns nicht ein!«

»Hugh! Mein Bruder trifft doch stets das Richtige! Wir dürfen sie nicht holen, sondern müssen sie jetzt noch liegen lassen.«

»Leider! Die Komantschen dürfen nicht ahnen, daß ihr Aufenthalt entdeckt worden ist; das Verschwinden der Gewehre würde ihnen aber verraten, daß diese Entdeckung auch stattgefunden hat.«

»Es ist nur für kurze Zeit, dann werden wir hoffentlich die Gewehre wiedererlangt haben.«

»Sicher und gewiß! Dennoch wird es mir nicht leicht, mich in die Notwendigkeit zu fügen. Diese Waffen sind nicht nur kostbar, sondern geradezu unersetzlich für uns, und es widerstrebt mir gewaltig, sie auch nur für Stunden in den Händen dieses Menschen zu lassen. Wie leicht ist etwas mit ihnen geschehen, was nicht wieder hergestellt werden kann! Es wird mir wirklich schwer, sehr schwer, aber wir müssen dem Gebot der Klugheit folgen. Horch! War das nicht ein Ruf?«

»Die Stimme eines Wächters«, nickte Winnetou. »Der Scout wird bei den Posten draußen angekommen sein.«

Der Ruf, den Old Shatterhand und Winnetou gehört hatten, wurde von mehreren Stimmen wiederholt. Die Schläfer erwachten und sprangen in die Höhe; auch der Häuptling richtete sich auf. Es war so, wie Winnetou gesagt hatte; der Halbindianer kam geritten. Als er den Häuptling sitzen sah, lenkte er sein Pferd zu ihm hin und stieg bei ihm ab. Tokvi Kava sagte im Ton der Verwunderung: »Du bist es, Sohn meiner Tochter! Habe ich dir erlaubt, uns nachzueilen?«

Als nicht gleich eine Antwort erfolgte, weil sich sein Enkel zunächst zu ihm niedersetzen wollte, fuhr er fort: »Habe ich dir nicht befohlen, die Bleichgesichter zu beobachten und bei ihnen auszuharren, bis wir kommen oder ich dir einen Boten sende?«

»Das hast du«, antwortete der Gefragte gelassen.

»Und doch bist du von deinem Posten gewichen!«

»Weil ich mußte. Der Vater meiner roten Mutter wird einsehen, daß ich nicht anders konnte.«

»Wenn ich es nicht einsähe, würde es nicht zu deinem Vorteil sein! Es müssen sich wichtige Dinge ereignet haben, daß du es wagst, vom Firwood-Camp hierher zu kommen!«

»Wichtig sind sie allerdings.«

»Und sehr schnell nach unserer Entfernung müssen sie geschehen sein, denn du bist kurz nach uns auch aufgebrochen. Sprich! Ich werde hören, was du zu deiner Entschuldigung sagst.«

»Du bist der Vater meiner Mutter und kennst mich seit dem Augenblick meiner Geburt. Habe ich dir jemals Grund zum strengen Tadeln gegeben? Warum empfängst du mich mit Vorwürfen, ohne vorher zu wissen, warum ich komme?«

»Weil es sich um den wichtigsten Fang, den wir jemals machen können, handelt, und um die größten Feinde unseres Stammes, nämlich um den Häuptling der Apatschen, und um das verhaßte Bleichgesicht, das sich Old Shatterhand nennt.«

»Du wirst sie nicht fangen«, antwortete sein Enkel so gelassen wie vorher.

»Nicht?« fuhr der Häuptling auf. »Warum?«

»Weil sie fort sind.«

»Schon fort? Natürlich müssen sie jetzt vom Firwood-Camp fort sein, denn sie wollten heut früh aufbrechen und am Abend hier ankommen.«

»Du vergißt, daß ich schon gestern abend das Camp verlassen haben muß. Wenn ich sage, daß sie fort seien, meine ich also nicht heute früh, sondern gestern schon.«

»Uff! Sie haben schon gestern das Camp verlassen?«

»Ja.«

»Aber nach uns erst!«

»Ja.«

»Uff, uff, so müssen wir uns darauf vorbereiten, denn sie können jeden Augenblick hier eintreffen!«

»Sie treffen nicht ein; sie kommen gar nicht hierher.«

»Nicht – hier– her?« dehnte der Häuptling betroffen. »Wohin wollen sie denn?«

»Das weiß ich nicht, jedenfalls aber sehr weit fort von hier, denn sie sind mit dem Wagen des Feuerrosses gefahren. Das tun die weißen Jäger aber nur dann, wenn ihr Weg ein sehr, sehr langer ist, sonst reiten sie.«

»Mit dem Feuerroß? Weißt du das gewiß?«

»Ja, denn ich habe es gesehen.«

»Und dich nicht getäuscht?«

»Nein. Ich sah sie in den Wagen steigen und sah darauf, daß das Feuerroß mit dem Wagen, in welchem sie sich befanden, in größter Eile davonrannte.«

»Uff, uff; uff! Sie wollten doch hierher zum Alder-Spring! Was mag sie so plötzlich fortgetrieben haben?«

»Die Angst.«

»Schweig! Winnetou und Old Shatterhand sind mir verhaßt im höchsten Grade, aber Angst und Furcht, die kennen sie nicht.«

»Ja, sie nicht, aber du mußt bedenken, daß zwei andere Blaßgesichter bei ihnen sind, die nicht so mutig sind wie sie; diesen zuliebe sind sie so schnell aufgebrochen.«

»Du sprichst von Angst, vergißt aber zu sagen, wer es ist, vor dem sie sich so sehr gefürchtet haben.«

»Du bist es, und unsere Krieger.«

»Wir, wir sollen es sein? Sie wissen ja nichts von uns!«

»Von euch nicht, oder nicht genau, aber daß das Camp von roten Kriegern überfallen werden soll, das wissen sie.«

»Uff, uff! Wie sollen sie es erfahren haben? Wer hat es ihnen verraten? Solltest du selbst so unvorsichtig gewesen ...«

Da gab der Enkel zum erstenmal seinen Gleichmut auf und fiel ihm zornig in die Rede: »Sprich nicht von mir! Hast du mich jemals unvorsichtig gesehen? Deine eigene Unvorsichtigkeit war es, die alles verraten und uns um den großen Fang gebracht hat!«

Da legte der Alte die Hand an das Messer in seinem Gürtel und rief: »Vergiß nicht, mit wem du redest, Knabe, sonst wird mein Messer dich die Ehrfurcht lehren, welche du dem Vater deiner Mutter und dem berühmtesten Kriegshäuptling der Komantschen schuldig bist! Wie darfst du dich unterstehen, mir, dem Schwarzen Mustang, eine Unvorsichtigkeit vorzuwerfen!«

»Weil du mich wegen eines Fehlers tadelst, den du selbst begangen hast!«

»Beweise es!«

»Sag, hätten wir Old Shatterhand und Winnetou heute abend gefangen, wenn sie hierher gekommen wären?«

»Ja, so sicher, wie ich dich hier neben mir habe.«

»Dann wäre alles, was ihnen gehörte, unsere Beute gewesen?«

»Ja.«

»Auch die Pferde?«

»Auch die.«

»Warum hast du da nicht gewartet bis heute abend? Warum hast du dich da schon gestern an diesen Pferden vergriffen?«

»Ver– grif– fen«, wiederholte der Häuptling langsam das Wort, um sich den Vorwurf, den er hörte, zurechtzulegen. »Was weißt du davon?«

»Ich weiß alles. Was ich nicht gleich wußte, das erfuhr ich später, als die Feinde glaubten, daß ich entflohen sei. Es war alles wohl und gut abgelaufen, und wenn ihr euch entfernt hättet, ohne nach dem Schuppen zu den Pferden zu gehen, so befänden sich die größten und berühmtesten Feinde unseres Stammes jetzt unterwegs, um uns geradezu in die Arme zu laufen. Welch ein Jubel wäre überall erklungen, so weit die Krieger der Komantschen streifen! Zwar hatte Kita Homascha, den du zu mir in den Shop schicktest, einen kleinen Verdacht erregt, aber es gelang mir schnell, das Mißtrauen zu zerstreuen, denn die Bleichgesichter konnten uns nichts beweisen. Da aber schnaubten plötzlich die Pferde Winnetous und Old Shatterhands draußen vor der Tür und erregten ein Aufsehen ohnegleichen. Zwar waren die Bleichgesichter klug genug, so zu tun, als ob sie glaubten, die Pferde hätten sich losgerissen, mich aber vermochten sie nicht zu täuschen, denn der Schuppen war verriegelt; die Zügel, mit denen man sie festgebunden hatte und von welchen sie sich losgerissen haben sollten, waren nicht zerrissen, aber an ihnen hing ein Riemen, ein fremder Riemen, mit dem sie angekoppelt gewesen waren, den hatten sie zerrissen. Die Pferde waren also nicht selbst entwichen, sondern gestohlen worden. Von wem? Willst du es etwa leugnen?«

Der Häuptling blickte vor sich hin und verzog keine Miene; er sagte weder ja noch nein. Sein Enkel fuhr fort: »Dein Schweigen gibt mir recht. Natürlich suchten nun die Bleichgesichter nach den Dieben.«

»Die waren doch längst fort!« fiel der Alte ein.

»Waren auch die Spuren fort? Oder meinst du, daß Old Shatterhand und Winnetou nicht gelernt haben, aus deiner Fährte mehr, viel mehr zu lesen, als du selbst ihnen gestehen würdest? Sie fanden eure Spur, sie fanden meine Spur, und sie fanden auch Kita Homaschas Spur. Sie errieten sofort unser Einvernehmen und unsere Absichten; sie wollten mich ergreifen und auf der Stelle lynchen, aber es gelang mir glücklicherweise noch, ihnen zu entspringen. Ich eilte zu meinem Pferd und jagte davon.«

»Uff; uff! War diese Flucht notwendig?«

»Ja.«

»Sie konnten dir nichts beweisen!«

»Die Spuren waren Beweis genug! Auch brannten sie meine Wohnung nieder. Hätten sie das getan, wenn sie nicht überzeugt gewesen wären? Du kennst die Strenge, mit welcher die Bleichgesichter ihre Präriegerichte handhaben. Nur die Flucht konnte mich retten. Wäre ich geblieben, so hätten sie mich aufgehängt. Ich war schon weit fort, da kam mir der Gedanke, heimlich zurückzukehren, um zu erlauschen, ob Winnetou und Old Shatterhand vielleicht nun ihren Plan, zum Alder-Spring zu reiten, aufgegeben hätten. Dies zu erfahren, war von größter Wichtigkeit für uns. Es war sehr gut, daß ich dies tat, denn ich sah sie mit ihren Pferden in den Wagen des Feuerrosses steigen und fortfahren. Sie kommen also nicht zum Alder-Spring. Als sie fort waren, verließ auch ich nun Firwood-Camp und ritt hierher, um dir zu sagen, was geschehen ist. Jetzt bin ich da, nun tadle mich, wenn du mich tadeln kannst! Soll eine Strafe sein, so treffe sie nicht mich, sondern den, der durch den Pferdediebstahl den schönen Plan der Komantschen zunichte gemacht hat! Ich habe gesprochen. Howgh!«

Er hatte seinen Bericht beendet und wartete nun auf das, was sein Großvater sagen würde. Dieser hielt den Kopf eine ganze Weile gesenkt; dann hob er ihn mit einer schnellen, energischen Bewegung wieder empor und warf einen forschenden Blick um sich. Das, was er sagte, konnte von keinem Unberufenen gehört werden, denn die Ankunft des Halbbluts hatte den anwesenden Kriegern zwar gesagt, daß etwas entweder geschehen oder im Werke sein müsse, aber keiner von ihnen hatte es gewagt, sich dem so sehr respektierten Häuptling ohne besondere Aufforderung zu nähern. Es hatte also auch niemand die Vorwürfe vernommen, welche von dem Enkel und Untergebenen gegen seinen Ahnen und Vorgesetzten ausgesprochen worden waren. Dieser letztere begann mit unterdrückter Stimme: »Ja, ich habe die Pferde aus dem Schuppen geholt. Iltschi und Hatatitla sind so berühmte Pferde, daß die Weisheit meines Alters sich in die Torheit der Jugend verwandelte. Ich wollte und mußte sie sofort haben, ohne daran zu denken, daß sie heute mit den Gefangenen doch mein Eigentum sein würden. In deinen Adern fließt mein Blut, und darum wirst du unsern Kriegern nicht mitteilen, welche Folgen diese schnelle Tat nach sich gezogen hat!«

»Ich werde schweigen«, erklärte der Junge.

»Wissen Old Shatterhand und Winnetou«, fuhr der Alte fort, »wieviel Personen wir gestern im Firwood-Camp waren?«

»Ja.«

»Wissen sie aber auch, wer es war?«

»Nein. Sie wissen nur, daß es feindliche rote Männer waren.«

»Wußten sie von unserer Absicht, das Camp zu überfallen?«

»Sie vermuten es.«

»Für solche Männer ist eine Vermutung so gut wie eine Gewißheit. Ahnen sie die Zeit des Überfalles?«

»Nein. Aber ich muß dir sagen, daß sie mir meinen Namen Ik Senanda ins Gesicht warfen; sie glaubten nicht, daß ich Yato Inda heiße.«

»So halten sie dich für einen Verräter?«

»Ja.«

»Dann sind sie überzeugt, daß du mein Enkel bist und daß ich es bin, der das Camp überfallen will. Was sagten sie zu dem Verlust von ihren drei Gewehren?«

»Ihre Gewehre?« fragte das Halbblut erstaunt. »Haben sie diese verloren?«

»Ja.«

»Uff, uff, uff! Wo?«

»Im Firwood-Camp. Ich habe sie gefunden.«

»Du – hast – sie – gefunden – du – du – du? Die Gewehre von Old Shatterhand und Winnetou?« stieß der Mestize in höchster Überraschung hervor.

»Ich!« nickte Tokvi Kava, indem seine Augen vor Freude funkelten.

»Die Silberbüchse Winnetous?«

»Ja.«

»Das kleine Zaubergewehr Old Shatterhands?«

»Ja.«

»Und den großen Bärentöter?«

»Ja.«

»Wo, wo, wo sind diese kostbaren Waffen? Sage es schnell!«

»Hier«, antwortete der Häuptling, indem er auf das Paket deutete.

»Uff; uff, uff! Heute blickt der große Manitu mit strahlendem Angesicht auf die Krieger der Komantschen herab! Das ist eine Beute, um welche uns alle Stämme der roten Nation beneiden werden! Wie sind diese unvergleichlichen Waffen in deine Hände gekommen?«

»Durch Diebe, welche sie gestohlen hatten und die sie mir geben mußten.«

Er erzählte den Vorgang und brach dann, als er kaum geendet hatte, in den Ausruf aus: »Uff, uff! Daran habe ich nicht gedacht. Old Shatterhand und Winnetou sind fort, obgleich ihnen diese Gewehre gestohlen worden sind. Ist das nicht auffällig? Steckt vielleicht eine große List dahinter? Diese beiden werden ihre Waffen nicht freiwillig lassen, sondern alles wagen, um sie wiederzuerlangen!«

Sein Enkel schüttelte den Kopf und behauptete: »Sie werden nichts, gar nichts wagen.«

»Weshalb denkst du das?«

»Wer ein gesundes Hirn hat, muß ganz dasselbe denken. Wodurch sind diese Schakale so berühmt geworden? Nur durch ihre Gewehre. Womit haben sie ihre Taten verrichtet? Mit ihren Gewehren. Durch diese Gewehre wurden sie Helden, aber ohne sie sind sie nichts. Man hat ihnen diese Waffen gestohlen, da fühlen sie, daß sie nichts mehr vermögen, daß sie bei dem Überfall des Camps nicht widerstehen können, sondern untergehen müssen; darum sind sie so schnell entflohen. Nun weiß ich, warum sie es aufgegeben haben, zum Alder-Spring zu reiten, und weshalb sie Firwood-Camp so plötzlich verließen. Sie wissen, daß mit den Gewehren ihre ganze Macht von ihnen gewichen ist und daß sie im Kampf mit uns verloren sind. Die Angst hat sie fortgetrieben, so weit wie möglich, die Angst vor uns und die Furcht vor dem sicheren Untergang!«

Die Überzeugung und Begeisterung des Jungen riß den Alten mit sich fort; er stimmte bei: »Uff, uff, du hast wahr gesprochen! Es ist die Angst vor uns und vor dem Überfall. Sie sind heulend davongeeilt wie Hunde, welche Schläge bekommen sollen. Sie als Personen sind uns entgangen, aber ihre Waffen haben wir. Nun müssen wir uns die Skalpe der vielen gelben Männer holen. Man wird davon sprechen, daß wir das Camp überfallen wollen, man wird Hilfe senden. Wir müssen uns also beeilen, zum Camp zurückzukehren, noch ehe Hilfe kommt. Wir haben nicht Zeit, heute hier zu rasten. Da Old Shatterhand und Winnetou heute nicht kommen, haben wir hier nichts zu suchen, sondern werden sogleich aufbrechen. Unsere Pferde sind zwar ermüdet und wir auch, aber wenn wir so reiten, daß wir nach Anbruch des

Abends die Stelle erreichen, welche die Bleichgesichter Birch-hole nennen, so werden die Tiere nicht unter uns zusammenbrechen.«

»Also willst du doch, wie ich dir geraten habe, im Birch-hole auf den Augenblick des Überfalles warten?«

»Ja, denn kein Ort eignet sich so gut dazu wie dieser. Ich führe meine Krieger dorthin, und während sie da warten, beschleiche ich das Camp, um zu erfahren, zu welcher Zeit wir es am leichtesten umzingeln können, so daß uns kein einziges Bleich- und Gelbgesicht entkommen kann.«

»Dieses Auskundschaften wirst nicht du tun, sondern ich werde es übernehmen, denn ich kenne den Ort und seine Bewohner besser als du.«

»Nein, du wirst gar nicht mitreiten.«

»Nicht mitreiten?« fragte der Mestize erstaunt.

»Ja.«

»Warum?«

»Eben weil du dort so bekannt bist, was uns leicht verraten könnte. Und noch einen andern Grund gibt es, der für mich noch viel wichtiger ist, nämlich die drei Gewehre hier.«

»Wieso diese Gewehre?«

»Wir kommen auf dem Rückweg wieder hierher. Soll ich sie erst zum Camp und dann wieder mit zurückschleppen? Dazu sind sie zu kostbar. Es ist möglich, daß wir kämpfen müssen. Kann ich da nicht in Gefahr kommen, die Gewehre zu verlieren, oder können sie dabei nicht beschädigt werden? Ich sage dir, daß diese drei Waffen mir lieber sind als alle Skalpe, welche wir in Firwood-Camp erbeuten können.

Darum will ich sie keiner Gefahr aussetzen und lasse sie hier, bis wir morgen wiederkommen. Du sollst als Wächter dabei bleiben, denn einen sichereren gibt es nicht.«

Der Mestize fühlte sich durch dieses Vertrauen sichtlich sehr geschmeichelt, dennoch brachte er den Einwand vor: »Dennoch möchte ich mitziehen, denn ich will den Teil der Beute haben, den du mir versprochen hast.«

»Den wirst du erhalten. Ich habe es gesagt, und was ich verspreche, ist wie ein Schwur.«

»Also Gold und Geld?«

»Ja. ich verspreche es dir noch einmal. Du bist der Sohn meiner Tochter und mein einziger Erbe. Ein kluger Mann muß an alles denken. Der Überfall wird wahrscheinlich ungefährlich sein; aber es kann mich trotzdem eine Kugel oder eine Klinge treffen; dann sollst du der Besitzer dieser Gewehre sein, welche leicht in andere Hände kommen könnten, wenn ich dich nicht hier bei ihnen zurückließe. Ich habe es gesagt und so soll es geschehen. Howgh!«

Als der Mestize dieses hörte, zögerte er nicht länger, seine Einwilligung zu geben. Der Häuptling hielt mit einigen hervorragenden Kriegern, bei denen sich auch Kita Homascha befand, der sich im Camp den Namen Juwaruwa beigelegt hatte, einen kurzen Kriegsrat ab, und dann ritt er mit seinen Komantschen davon, wieder in das Tal hinein, aus welchem sie herabgekommen waren. Ik Senanda, sein Enkel, blieb mit den drei gestohlenen Gewehren allein zurück.

Kaum war nach Entfernung seiner Genossen eine kleine Weile vergangen, welche er dazu benutzte, sein Pferd abzusatteln und anzukoppeln, so konnte er seine Neugierde nicht länger zügeln; er wand den Lasso von dem Paket, öffnete es und nahm die Gewehre vor, um sich an ihrem Anblick zu weiden.

Mit welcher Wonne Winnetou und Old Shatterhand, welche natürlich noch immer ganz nahe hinter den Schößlingen steckten, ihm zusahen, läßt sich leicht denken. Eine glücklichere Wendung, als die gegenwärtige für sie war, hätten die Verhältnisse gar nicht für sie nehmen können. Sie beobachteten, mit welcher Begierde der Mestize die Waffen betrachtete, wie seine Augen dabei funkelten, und hörten mit Vergnügen die abgerissenen Ausrufe des Entzückens, welche zurückzuhalten ihm nicht für geboten erschien, weil er glaubte, sich in dieser abgelegenen Gegend ganz allein und ohne beobachtende Zeugen zu befinden. Die drei besten und berühmtesten Gewehre des Wilden Westens in seinen Händen zu halten, das erfüllte ihn mit einem Entzücken, wie er sich gar kein größeres denken konnte.

Freilich sollte er dieses Entzücken nicht gar lange genießen, sondern sehr bald auf eine für ihn ganz unerwartete Weise aus demselben gerissen werden. Winnetou bog nämlich die Schößlinge leise, leise auseinander und schob sich unhörbar zwischen ihnen hindurch. Old Shatterhand folgte ihm mit derselben Vorsicht. Dann richteten sie sich auf. Einige Schritte, welche selbst sein so außerordentlich scharfes Ohr nicht zu hören vermochte, und sie standen hinter ihm. Eben rief er, indem sein Gesicht vor Freude strahlte, aus: »Ja, das ist die prächtige Silberbüchse des Apatschen; das ist der schwere Bärentöter, der so viel wiegt, wie drei andere Gewehre zusammengenommen, und das ist der unvergleichliche Henrystutzen der weißen ›Schmetterhand‹, von welchem die abergläubischen Indianer fabeln, daß er eine Zauberflinte sei. Ich weiß es freilich besser, viel besser. Der Zauber besteht nur in zweierlei, nämlich in dem, was die Bleichgesichter die Konstruktion nennen, und in der großartigen Sicherheit, mit welcher Old Shatterhand seine Kugeln zu versenden pflegt. Ich werde dieses Gewehr nicht wieder aus den Händen geben; selbst Tokvi Kava wird es nicht zurückerhalten, obgleich er der Vater meiner Mutter ist. Ich werde mich so lange üben, bis ich mit dieser Zauberflinte ebenso sicher schieße wie Old Shatterhand, und dann wird mein Ruhm noch weiter, viel weiter erschallen als der seinige!«

Da hörte er hinter sich die Stimme des weißen Jägers: »Träume ja nicht von Ruhm, elender Mischling! Du wirst niemals lernen, mit diesem Gewehr umzugehen!«

Er wendete sich aufs höchste erschrocken um und sah den Sprecher und Winnetou neben sich stehen. Sein Entsetzen bei ihrem Anblick war so groß, daß er kein Wort hervorbrachte und für den Augenblick nicht der geringsten Bewegung fähig war.

»Ja«, nickte Old Shatterhand ihm von oben herunter lächelnd zu, »du wirst niemals mit ihm schießen lernen, denn erstens wüßtest du nicht, wie die dazugehörigen Patronen angefertigt werden, und zweitens bin ich ja hier, mir mein Gewehr wiederzuholen.«

Als der Mestize den Weißen noch immer wortlos anstarrte, fuhr dieser fort: »Du sagst, du würdest das Gewehr nicht wieder aus den Händen geben. Bildest du, der ein Nichts in unsern Augen ist, dir denn wirklich ein, daß Winnetou und Old Shatterhand sich ihre Waffen stehlen lassen, ohne sie sich wieder zu holen? Hast du, der elende Wurm, denn wirklich den verwegenen Gedanken haben können, daß wir aus reiner Angst vor euch mit dem Feuerroß davongefahren seien? Dann war dieser Gedanke eine so unendlich große Albernheit von dir, daß kein Mensch die richtigen Worte zu finden vermag, dir zu sagen, wie dumm, wie unbeschreiblich dumm du bist!«

Jetzt endlich kam wieder Bewegung in die Gestalt des Spions; aber er sprang nicht etwa auf, um einen Versuch der Flucht zu machen, o nein, dazu hielt ihn der große Schreck noch zu sehr und zu fest gefangen, sondern er stand langsam, sehr langsam auf, wie einer, dessen Glieder an einer schmerzhaften Lähmung leiden, und stieß abgerissen und silbenweise die Worte hervor: »Old – Shat– ter– hand und Win– ne– tou! Wahr– haf– tig – wahrhaftig – sie sind es – sie sind es wirklich!«

»Ja, wir sind es wirklich«, lächelte ihm der Jäger stolz in das vor Angst verzerrte Gesicht. »Aus deinen Zügen starrt der bleiche Schreck uns an. Du hast uns fangen wollen und stehst doch da vor uns wie ein Stümper, der vor Entsetzen nicht einmal die wenigen Worte richtig sprechen kann. Du schlotterst vor Angst! Schäme dich!«

Die Verachtung, welche aus dieser Rede sprach, gab dem Mischling seine Selbstbeherrschung wieder. Er trat, die drei Gewehre noch immer in den Händen, einen Schritt zurück und antwortete: »Was bildest du dir ein? Ich soll Angst und

Entsetzen vor euch fühlen? Mir kann weder Winnetou noch Old Shatterhand Furcht einflößen. Und eure Gewehre wollt ihr wiederhaben? Uff! Versucht doch einmal, ob ihr sie bekommt!«

Noch während er diese Worte sprach, wendete er sich zur blitzschnellen Flucht. Er konnte diese nicht zu Pferd ergreifen, weil sein Tier angekoppelt war und es zu viel Zeit erfordert hätte, es loszubinden; er war also gezwungen, dasselbe im Stich zu lassen und zu Fuß zu entweichen; das sah er gar wohl ein. Aber war's schade um das Pferd, wenn es ihm gelang, sich mit den köstlichen Gewehren zu retten?! Er sprang also in raschen, weiten Sätzen eine Strecke am Rand des Hurrikan hin, um dann in das Gewirr desselben einzudringen. Aber er hatte seine Rechnung ohne die Voraussicht seiner beiden Gegner gemacht. Diese waren zu klug und zu erfahren, als daß sie nicht schon im voraus erraten hätten, was er tun werde; er hatte kaum erst den vierten oder fünften Sprung getan, so war er von Old Shatterhand eingeholt, von Winnetou sogar überholt und wurde von beiden gepackt und festgehalten. Der weiße Jäger zog den Revolver, hielt ihm denselben auf die Brust und sagte: »Halt! Du kommst wieder mit zurück und setzt dich nieder. Beim geringsten weiteren Fluchtversuch jage ich dir eine Kugel zwischen die Rippen! Du wärst der richtige Bursche dazu, uns zu entwischen! Lächerlich! Also setze die Beine voran, sonst helfen wir nach!«

Sie brachten ihn wieder zu der Stelle, wo er vorher gesessen hatte und wo seine Flinte noch lag, nahmen ihm ihre Gewehre und sein Messer ab und drückten ihn auf den

Boden nieder. Er bebte vor Wut, sah aber ein, daß jeder Widerstand ihm jetzt nur schaden müsse und daß es am besten sei, sich jetzt zu fügen und auf sich ihm später vielleicht bietende Vorteile zu warten.

Old Shatterhand legte zwei Finger zwischen die Lippen, ließ einen schrillen, weithin hörbaren Pfiff ertönen und setzte sich dann mit Winnetou zu dem Gefangenen. Ohne zunächst ein Wort mit demselben zu sprechen, warteten sie auf die Herbeikunft ihrer Kameraden, denen der Pfiff gegolten hatte. Der Hobble-Frank und Droll wußten von früher her, welche Bedeutung dieses Zeichen Old Shatterhands für sie hatte, und es dauerte auch gar nicht lange, so kamen sie mit den zwei Timpes um den Windbruch herumgeritten. Sie überschauten die Situation mit schnellen Blikken, und während sie ihre Pferde anhielten und abstiegen, sagte Frank: »Potz Sapperlot, hat das eene grandiose Wendung hier genommen! Die Roten sind fort, und dafür hat sich dieser Himbeerfritze bei uns zu Gast geladen! Wo sind sie denn hin, und wer is der sanfte Urian, meine Herren, dem es an Ihrer Seite so außerordentlich gut zu gefallen scheint?«

»Das ist ja der Scout, der die Bewohner von Firwood-Camp den Komantschen an das Messer liefern wollte!« rief Kas aus.

»Der? Hm, den will ich mir doch eenmal aus der nähern sixtinischen Vogelperschpektive betrachten!« Und rund um den Gefangenen herumgehend und ihn musternd, fuhr er fort: »Also das ist der Kerl, der die französischen Karnickel für ostindische Matjesheringe gehalten hat? Bong! Er hat die

Chinesen abschlachten wollen; dafür soll er nu selber zu Wellfleesch und zu Nürnberger Würschteln verarbeitet werden. Setzt euch nieder, ihr Kameraden, und macht die Ohren uff! Herr Shatterhand wird wohl die Freundlichkeit haben, uns zu sagen, wieso, warum, weshalb und ooch noch außerdem.«

Sie ließen sich nieder, und der Genannte erklärte ihnen in kurzen Worten, was hier geschehen und wie der Scout ergriffen worden war.

»Een allerliebster Jüngling is dieser Mensch, das muß man sagen«, meinte dann der Hobble-Frank. »Wenn er so mir nischt, dir nischt die Gewehre erben wollte, so mußte er doch warten, bis die seeligen Besitzer den irdischen Schtoob von ihren jenseitigen Füßen geschüttelt hatten und mit dem persischen Mirza pro defunctis süß hinüberverblichen waren! Ich schlage vor, wir reiben ihm seine Erbanschprüche so mit Senfteig ein, daß er wie jener römische Kaiser schreit: ›Varus, Varus, es schneit aus allen Regionen nieder!‹ Verdient hat ersch ja mehr als genug. Was sagen Sie dazu, Herr Shatterhand?«

Der Gefragte antwortete, ohne über das Zitat des Kleinen eine Miene zu verziehen: »Er wird seiner Strafe nicht entgehen, lieber Frank. Warte es nur ab!«

»Ja, so schprechen Sie schtets! Ihre ganzen Herzvorkammern sind so mit Menschenliebe vollgestopft und vollgepfropft, daß Sie selbst Ihrem ärgsten Tod- und Busenfeind Schinken in Burgunder mit ellenlangen Makkaroninudeln vorsetzen möchten. Aber damit kommt man heutzutage nich mehr weit. Ich will Gerechtigkeit; ich bin der zartbesaitete Engel der Vergeltung; bei mir heeßt's schtets: Wie die Tat, so der Lohn, wie der Milchtopf, so der Deckel, und wie die Dose, so der Schnupftabak. Ich verlange Schtrafe für den Verbrecher, denn es schteht schon seit uralten Zeiten in den Fix- und Wandelschternen een Gesetz geschrieben, welches deutlich sagt: wer nich hören will, der muß fühlen, und wer keen Pianoforte hat, der kann nich schpielen. Howgh! Der Hobble-Frank hat geschprochen!«

Seine Rede wurde trotz der Würde, mit welcher sie vorgebracht worden war, nicht beachtet, sondern Old Shatterhand wendete sich an den Gefangenen: »Gib uns zunächst einmal deinen richtigen Namen an!«

Der Mestize antwortete zornig in dem Englisch, welches diese Leute zu sprechen pflegen: »Bin ich etwa eine Rothaut, Sir, daß Ihr glaubt, mich du nennen zu dürfen?!«

»Deine Haut ist noch viel schlimmer als rot, Bursche! Man weiß ja ganz genau, daß ihr halbblütigen Menschen nur die schlimmen Eigenschaften eurer Eltern erbt, und du bist der beste Beweis dafür, daß dies kein Irrtum ist.«

»Schimpft, wie Ihr wollt, ich bin ja Euer Gefangener und kann mich nicht wehren; aber ich sage Euch das eine: wer mich du nennt, den nenne ich ebenso. Richtet Euch danach!«

»Well! Ich werde mich danach richten und sage dir also auch das eine: wenn ein Lump, wie du bist, es wagen sollte, mich du zu nennen, so lasse ich ihm die Jacke ausziehen und den Rücken so ausgiebig mit dem Lasso bearbeiten, daß er den Unterschied zwischen mir und ihm mit Leichtigkeit erkennen lernt. Richte auch dich danach! Und nun sag deinen wirklichen Namen! Ich bin es nicht gewohnt, zweimal zu fragen.«

Old Shatterhand hätte trotz seiner bekannten Humanität seine Drohung ausgeführt; das schien der Mestize wohl zu fühlen, denn er antwortete, ohne das angekündigte Du zu wagen: »Meinen richtigen Namen habt Ihr gehört. Ich heiße Yato Inda, und meine Mutter gehörte dem Stamm der Pinal-Apatschen an.«

»Das ist Lüge. Du bist Ik Senanda, der Enkel des Schwarzen Mustangs.«

»Beweist es doch!«

»Diese Aufforderung enthält eine Frechheit, durch welche du deine Lage nicht verbesserst.«

»Was Ihr da Frechheit nennt, ist nichts weiter als mein gutes Recht. Warum behandelt Ihr mich als Feind? Ihr seid mir nach den Gesetzen der Savanne Gründe schuldig. Oder ist Old Shatterhand, den man den Gerechtesten unter allen Bleichgesichtern nennt, unter die Räuber und Mörder gegangen?«

Als der brave Kas diese Worte hörte, rief er zornig aus: »Soll ich diesem Halunken eins hinter die Ohren geben? So eine Unverschämtheit ist mir noch nicht vorgekommen. Das ist ja schlimmer als damals bei Timpes Erben!«

Old Shatterhand winkte ihm Schweigen zu und erklärte dem Gefangenen im ruhigsten Ton: »Es hat allerdings jeder Angeklagte seine Rechte, und ich bin am allerwenigsten derjenige, der sie ihm verkürzt. Darum will ich deine Frechheit nicht beachten und dich nur sachgemäß fragen:

Hast du als Wächter des Firwood-Camp es ehrlich mit dessen Bewohnern gemeint?«

»Ja.«

»Warum verkehrtest du da heimlich mit den Komantschen?«

»Beweist mir, das ich dies getan habe!«

»Pshaw! Warum bist du da geflohen, als du bemerktest, daß wir die Spuren des Schwarzen Mustangs richtig lasen?«

»Ich bin nicht geflohen.«

»Was sonst?«

»Mein Ritt war keine Flucht aus Angst vor euch, sondern er wurde in der besten Absicht unternommen.«

»Da bin ich wirklich neugierig, diese gute Absicht kennen zu lernen!«

»Warum sagt sie dir dein Scharfsinn nicht, den man ja an dir rühmt? Ich sah die fremden Spuren grad so, wie ihr sie sahet; ich hörte euern Verdacht. Ihr wart nur die Gäste des Camp und hattet keine Verpflichtungen; ich aber hatte die Bewohner zu beschützen; dazu war ich da, und darum folgte ich augenblicklich dem Verdacht, indem ich fortritt, um die Feinde auszuspähen.«

»Ach, das hast du nicht ganz schlecht gemacht; diese Ausrede ließe sich wirklich hören, wenn ich nicht fragen müßte, warum du ebenso rasch zurückgekehrt bist; um auszukundschaften, was wir im Camp machen würden.«

»Ich bin nicht zurückgekehrt. Wer Euch das weismachte, hat gelogen.«

»So bist du selbst der Lügner.«

»Ich? Wieso?«

»Weil du selbst von dieser deiner Rückkehr gesprochen hast.«

»Wann? Wo?«

»Davon später! Du bist also fortgeritten, um zu erkunden, wo sich die Komantschen befanden. Wie war es möglich, sie in der Finsternis der Nacht zu entdecken?«

»Wer so fragt, der kann kein Westmann sein!«

»Well! Du sprichst in einem sehr stolzen Ton. Wahrscheinlich bist du geschickter, als wir hier alle sind. Ich erkenne diese fast übermenschliche Geschicklichkeit auch an, indem ich vor Bewunderung darüber überfließe, daß du den Feinden bis hierher hast folgen und dann gar mit ihnen sprechen können, ohne daß sie dich getötet oder wenigstens festgenommen haben.«

»Darüber braucht ihr gar nicht so zu staunen, es ist vielmehr sehr leicht zu erklären. Die Komantschen wissen nämlich gar nicht, daß ich mütterlicherseits von ihren Feinden, den Pinal-Apatschen abstamme; ich habe mich auch stets mit ihnen auf scheinbar guten Fuß gestellt; sie halten mich also für ihren Freund und haben mich auch heute ohne alle Feindseligkeit bei sich empfangen.«

»Schön! Wie aber kamen unsere Gewehre in deine Hände?«

Diese Frage brachte den Mestizen sichtlich in Verlegenheit, doch suchte er dies zu verbergen und antwortete schnell: »Grad das ist ein Punkt, der euch von meiner Ehrlichkeit und Freundschaft überzeugen muß. Gestern abend sah ich eure Waffen, die ich noch nicht kannte; heut erblickte ich sie wieder bei den Komantschen, und der

Schwarze Mustang rühmte sich, daß er sie euch gestohlen habe. Um euch zu eurem Eigentum zu verhelfen, stahl ich sie ihm wieder, und er ist von hier fortgeritten, ohne es zu bemerken.«

»Dann muß ich bekennen, daß dies ein Meisterstück von dir ist, welches nachzuahmen wohl keinem andern Menschen gelingen würde. Du scheinst ein Ausbund an Klugheit zu sein, während der Schwarze Mustang, der sich diese Gewehre abnehmen läßt, ohne es zu gewahren, jedenfalls ein Ausbund an Dummheit ist. Du wolltest sie uns also wiederbringen?«

»Ja.«

»Wie willst du es dann aber erklären, daß du mit ihnen zu entfliehen versuchtest, als du uns vorhin hier erblicktest?«

»Das war nur vor Schreck über euer plötzliches Erscheinen, denn ich hatte euch nicht sofort erkannt.«

»Nicht erkannt? Und doch nanntest du unsere Namen!«

Ein Wort hierauf zu sagen, war dem Halbblut freilich ganz unmöglich. Er blickte finster vor sich nieder und rief dann in gut gespieltem Zorn aus: »Fragt nicht nach Dingen, die ihr nicht zu verstehen scheint! Wenn man sich ganz allein und sicher hier in der Wildnis glaubt und plötzlich von Personen überrumpelt wird, von denen man annehmen muß, daß sie sich weit von hier befinden, so ist es doch sehr leicht zu erklären, daß man in der ersten Überraschung anders handelt, als man bei ruhiger Überlegung handeln würde. Wenn ihr das nicht einseht, so ist es für mich unnütz, noch ein Wort zu verlieren!«

»Ja, ich bitte dich allerdings, kein weiteres Wort zu

verlieren, obgleich wir nicht nur dies, sondern noch vieles andere einsehen. Du scheinst anzunehmen, daß wir uns dir sofort nach unserer Ankunft hier gezeigt haben, befindest dich da aber im Irrtum. Wir steckten schon hier, noch ehe du geritten kamst. Wir haben schon vorher den Schwarzen Mustang beobachtet und dann jedes Wort gehört, welches du mit ihm gesprochen hast. Er nannte dich den Sohn seiner Tochter; er übergab dir unsere Gewehre, die du ihm gestohlen haben willst, und als er fort war und wir hinter dir standen, warst du so entzückt darüber, diese Waffen zu besitzen, daß du dir vornahmst, sie ihm, dem Vater deiner Mutter, nicht wiederzugeben; du wolltest dich üben, sogar noch besser zu schießen als ich. Was sagst du dazu, Ik Senanda? Welchen Wert können deine Ausreden nun noch haben? Glaubst du noch immer, uns durch feige Lüge zu täuschen? Denn eine Feigheit, eine ganz verächtliche Feigheit ist es, wenn jemand sich vor Angst nicht getraut, seinen Namen anzugeben. Wir sind gewöhnt, den Mut zu achten. Hättest du offen gesagt, wer du bist, hättest du mutig eingestanden, daß es deine Absicht war, die Bewohner von Firwood-Camp den Komantschen auszuliefern, so wäre das deiner Herkunft vom Schwarzen Mustang würdig gewesen und wir würden dich zwar als unsern Feind, aber als einen stolzen, achtbaren Feind behandeln; dein feiges Leugnen aber kann uns nur mit Verachtung erfüllen. Du gleichst nicht dem starken Büffel, der ein ganzes Rudel von Wölfen offen mit den Hörnern nimmt, sondern dem niederträchtigen Koyoten, der seine Beute nur von hinten überfällt und lieber stinkendes Aas verzehrt, als daß er es wagt, sein räudiges Fell der geringsten Gefahr auszusetzen. Nun sag, gestehst du, daß du Ik Senanda, der Enkel des Schwarzen Mustang bist?«

Es ist sonst nicht die Gepflogenheit eines Westmannes, an unwürdige Subjekte so viel Worte zu verschwenden, aber es lag in der Humanität Old Shatterhands, das Ehrgefühl des Mestizen, wenn er je eine Spur davon besaß, wachzurufen, denn es tut geradezu weh, von einem Menschen zu bemerken, daß er vom Guten gar nichts mehr sein Eigen nennt; dieses Bestreben hatte jedoch nicht den beabsichtigten Erfolg, denn die Feigheit des Scout hielt ihn beim Leugnen fest, er antwortete: »Ich sage es wieder und kann es gar nicht anders sagen: Ich bin nicht Ik Senanda, sondern Yato Inda; ihr habt eure Gewehre wieder und nun verlange ich, sofort von euch freigelassen zu werden!«

»Gemach, gemach, my boy. Da du noch immer leugnest, können wir dich erst recht nicht freigeben, sondern wir werden dich deinem lieben Großvater vor die Augen stellen, um zu erfahren, ob auch er so feig und niederträchtig ist, sein eigenes Fleisch und Blut zu verleugnen.«

Da blitzte das Auge des Mestizen heimtückisch auf, und er fragte: »Ihr wollt mich zum Schwarzen Mustang bringen?«

»Ja.«

»Well! Versucht doch, ob ihr das fertigbringt!«

»Wir bringen es fertig, darauf kannst du dich verlassen! Aber es wird freilich in etwas ganz anderer Weise geschehen, als du es wünschst. Der Kamm scheint dir jetzt plötzlich wieder hoch zu stehen. Verrechne dich nicht! Du hoffst, durch den ›Mustang‹ aus unsern Händen befreit zu werden; dein zärtlicher Grand-father aber wird mit sich selbst genug zu tun haben, denn er wird ebenso sicher unser Gefangener werden, wie du es geworden bist.«

Da beging das Halbblut den Fehler, zornig auszurufen: »Das wird er nicht! Kein Old Shatterhand und kein Winnetou wird es jemals fertig bringen, den Schwarzen Mustang zu ergreifen, dessen Ruhm weit über alle Täler und über alle Berge geht!«

»Ah, jetzt fällst du aus der Rolle! Doch ereifere dich nicht! Wir haben noch ganz andere Kerls ergriffen, als dieser alte Mustang ist, von dem du ganz richtig sagst, daß sein Ruhm über alle Täler und Berge gehe; er scheint aber wie die Luft darüber hinzugehen, denn man bemerkt hier unten nichts davon.«

»Wie könntet ihr ihn fangen? Ihr wißt ja gar nicht, wohin er sich gewendet hat!«

»Ich habe dir ja gesagt, daß wir ihn belauscht haben. Er ist wieder zurück nach Firwood-Camp.«

»Und dorthin wollt ihr ihm folgen?«

»Ja.«

»Ihr sechs Männer? Und habt doch die große Schar der Komantschen gesehen, die er bei sich hat!«

»Pshaw! Wir sind nicht so feig, wie du bist. Und diese Komantschen zu zählen, das fällt uns schon gar nicht ein, denn es ist uns ganz gleichgültig, ob es zehn oder ob es hundert sind.«

»Brüstet euch nicht. Es sind Naiini-Komantschen, also die tapfersten Krieger dieses großen Volkes. Und selbst wenn ihr sie nicht fürchtet und wirklich so wahnsinnig sein wolltet, ihnen nachzureiten, um mit ihnen zu kämpfen, ihr würdet sie doch nicht einholen, denn sie haben einen großen Vorsprung, und ehe ihr es ermöglichen könnt, sie zu erreichen, ist Firwood-Camp ein Raub der Flammen geworden!«

»Schau, jetzt zeigst du so ungefähr dein richtiges Gesicht. Ich will dir auch das meinige zeigen, indem ich dir ganz offen und ehrlich sage, daß wir viel eher in Firwood-Camp sein werden als die Komantschen.«

»Das ist unmöglich!«

»Wir werden dir sehr leicht beweisen, daß es möglich ist.«

»Können eure Pferde fliegen?«

»Ja; wir Weißen haben allerdings Pferde, welche fliegen können.«

Da schlug der Scout ein höhnisches Gelächter auf. Old Shatterhand ließ sich dadurch keineswegs zum Zorn bewegen; er legte ihm nur schwer die Hand auf die Schulter und sagte lächelnd: »Lach jetzt immerhin, Mannikin*; es wird nur zu bald die Zeit kommen, da dir das Lachen ganz vergeht! Zunächst werden wir diesen schönen Ort verlassen, an welchem du auf deinen Großvater warten solltest; du wirst ihn wahrscheinlich schon viel eher wiedersehen. Jetzt binden wir dich auf dein Pferd, und ich rate dir, dich ohne Widerstreben dreinzufügen, denn es gibt für uns der Mittel viele, dich zum Gehorsam zu zwingen!«

Der Mestize besaß gar nicht den Mut, Widerstand zu

* Mannikin: Männchen, Knirps (KM).

leisten. Wenn es für ihn ein Mittel gab, aus der Gefangenschaft zu entkommen, so sah er es nur in der Verschlagenheit, und da er eine ganz ansehnliche Portion von dieser Eigenschaft besaß und dabei überzeugt war, daß die sechs Männer, in deren Händen er sich befand, gegen den Schwarzen Mustang nichts auszurichten vermochten, so hoffte er mit ziemlicher Bestimmtheit, daß seine gegenwärtige Lage von keiner langen Dauer sein werde.

Er war überzeugt, daß man mit ihm der Fährte der Komantschen folgen und also in das mehrfach erwähnte Tal einbiegen werde, und war daher sehr erstaunt, als er nach dem Aufbruch sah, daß Winnetou und Old Shatterhand, welche voranritten, eine beinahe entgegengesetzte Richtung einschlugen, indem sie nicht um den Corner-Top bogen, sondern sich in Richtung Ua-pesch wendeten. Er konnte sich den Grund, einen so bedeutenden Umweg einzuschlagen, gar nicht denken, zumal fast nur im Galopp geritten wurde, was doch auf große Eile schließen ließ. Später freilich sah er das Bahngeleis aus der offenen Prärie herüberkommen; man bog zum Felsental ein, und als die Reiter ihm folgten, begann eine Ahnung in ihm aufzudämmern, welche ihn mit nicht geringer Besorgnis erfüllte. Da er nicht daran dachte, sich zu beherrschen, nahm sein Gesicht einen bedenklichen Ausdruck an. Der Hobble-Frank bemerkte das, weil der Gefangene zwischen ihm und Droll ritt, und sagte in seiner heimatlichen Mundart, von welcher der Scout natürlich kein Wort verstand: »Is das Gesicht, was der Kerl jetzt macht, nicht ein wahres Gaudeamus abbreviatur für uns, lieber Droll? Es gibt mir heemlich solchen Schpaß, daß es mir schwer fällt, mein lautes Lachen leise zu unterdrücken. Du nich ooch?«

»Ja«, antwortete sein altenburgischer Vetter. »Er wird wohl itzt so nach und nach zur Einsicht komme, was für een Pferd unser Old Shatterhand eegentlich gemeent habe wird.«

»Welches Pferd?«

»Na, das Pferd, was fliege kann. Hast's denn nich gehört?«

»Freilich hab' ich's ooch gehört. Es war die Lokomotive gemeent, mit der wir nu bald nach Firwood-Camp fliegen werden. Denkst du ooch, daß wir eher hinkommen als der Schwarze Mustang? Es wäre ganz schauderhaft, wenn es uns nich gelänge, das Camp noch vor den roten Halunken zu erreichen!«

»Ja, denn alle Menschen würden dort verloren sein; aber ich bin fest überzeugt, daß wir noch zur rechten Zeit eintreffe werde. Old Shatterhand und Winnetou habe sich die Zeit ganz gewiß so genau berechnet, daß wir gar keene Sorge nich zu habe brauche. Wir reite doch schon itzt, als ob der Teufel hinter uns her wäre. Ich bin seit langer Zeit nich so gejagt wie heut.«

»Ich ooch nich; aber es gefällt mir sehr. Es is een elegantes Hochgefühl, so off dem mittelsten Rücken unserer Pegasusse über die Räume des irdischen Nordamerika dahinzufliegen. Man fühlt sich schon mehr als een Mensch in vogelartiger Geschtalt, und ich habe zwischen meinen Schulterblättern eene poetische Empfindung, als ob die oberflächliche Haut dort offgeplatzt wäre, um flügelähnlichen Fittichen Platz zu machen, das heeßt, entweder nur zwee Flügel, wie die Vögel haben, oder gar vier Schtück, wie's bei den Tagesschmetterlingen und nächtlichen Zwieselsfaltern gebräuchlich is. So een Ritt wie der jetzige, is geradezu een wahrer Kunst- und Hochgenuß. Aber für dich, du armer Teufel, wird es freilich eene ganz bedeutende heroskopische Anschtrengung sein.«

»Für mich? Warum? Denkste etwa, daß ich nich grad so reite kann wie du?«

»Nee, das denke ich nich; aber es schwebt mir deine Krankheet, deine Insel Ischia vor den unsichtbaren Oogen. Du mußt doch große Schmerzen haben!«

»Oh, nich im geringsten! Die Insel is fort, ohne die geringste Schpur zurückzulasse; ich fühle sie weder hinten im Kreuz noch unten in den Beenen mehr.«

»Das is ja wunderschön! Wenn sie nur nich etwa in eener andern Körpergegend wieder zum Vorschein und zur Auferschtehung kommt! Solche Krankheeten ziehen manchmal so heemtückischer Weise und anonym, was man bei fürschtlichen Personen in Cognaco nennt, im lebendigen Körper herum, und man hat nich eher eene Ahnung von ihrem gegenwärtigen Tatbeschtande, als bis sie ganz plötzlich an eener Schtelle zum Vorschein kommen, wo eegentlich gar keene dazu passende Schtelle mehr vorhanden is.«

»Das gloobe ich nu nich von mir. Ich habe das Gefühl, als ob Winnetou mir fürs ganze Lebe geholfe hätte. Deine Insel denkt nich dran, sich wieder bei mir einzuquartiere. Und das is mir grad recht, denn für solche Schmerze, wie ich ausgeschtande habe, muß ich danke! Überhaupt, die Tante

Droll und krank, das war, solange ich leb, noch gar nich dagewese!«

Der liebenswürdige und komische Altenburger wurde bekanntlich deshalb Tante Droll genannt, weil der Anzug, den er im Westen zu tragen pflegte, mehr dem einer alten Frau als demjenigen eines Mannes glich. Er war an diesen Namen so gewöhnt, daß er ihn selbst in Anwendung brachte, wenn er von sich sprach.

Wie aus dem Gespräch der beiden Vettern zu ersehen, war der Ritt fast ein Parforceritt zu nennen. Man ließ die Pferde nur von Zeit zu Zeit im Schritt gehen, und so wurde der Rückweg in viel kürzerer Zeit zurückgelegt, als man zum Hinweg gebraucht hatte.

Als man die Haltestelle in Rocky-Ground erreichte, war Mr. Swan, der wackere und tatkräftige Engineer, der erste, welcher die Reiter empfing.

»Halloo!« rief er ihnen entgegen. »Schon wieder zurück? Und glücklich gewesen, wie ich sehe? Wie ist es denn gegangen? Habt ihr die Komantschen ge...«

Er hielt mitten in der Rede inne, als er den gefesselten Scout erblickte, fuhr dann aber, sichtlich erfreut, schnell fort: »All devils, das ist ja Mr. Yato Inda, der halbgefärbte Gentleman! Und gebunden? Ist er Euer Gefangener, Sir?«

»Ja«, nickte Old Shatterhand, an den diese Frage gerichtet war. »Habt Ihr vielleicht einen Ort, wo wir ihn unterbringen können, ohne daß er Lust bekommt, spazierenzugehen?«

»Habe einen solchen Ort, einen ganz vortrefflichen, Sir. Wen ich dahin einquartiere, der kann an keinen unerlaubten Ausflug denken. Will Euch die Stelle zeigen.«

Die Stelle, welche er meinte, war ein Brunnen, welcher sich in Arbeit befand. Obgleich schon ziemlich tief; hatte er noch kein Wasser. Als der Mestize hörte, daß er da hinabgelassen werden sollte, erhob er ein großes Lamento, was ihm aber nichts nützte. An den Rand des Brunnens geführt, um gebunden und dann hinabgelassen zu werden, stellte er sich gar zur Wehr. Da meinte der Engineer zu Old Shatterhand: »Sollen wir etwa ein solch gefährliches Geschöpf, wie dieser Kerl ist, mit Sammet und Seide anfassen? Er ist zwar Euer Gefangener; seine Schandtat galt aber uns Leuten von der Eisenbahn. Erlaubt mir, Sir, ihn zu Verstand zu bringen!«

»Macht mit ihm, was Ihr für gut und richtig haltet«, antwortete der Gefragte. »Ich habe ihn Euch übergeben und mag nichts mehr mit ihm zu schaffen haben, denn seine Absichten waren nicht gegen uns, wenigstens nicht ursprünglich, sondern gegen Euch gerichtet. Er gehört also jetzt Euch; nur sorgt dafür, daß es ihm unmöglich ist, uns heute noch Schaden zu machen!«

»Was das betrifft, Mister Shatterhand, so könnt Ihr Euch heilig darauf verlassen, daß er nicht aus diesem Brunnen kommt, als bis ich ausdrücklich die Erlaubnis dazu gebe. Also zieht ihm den Strick unter den Armen hindurch, und dann hinab mit ihm!«

Als hierauf der Scout wieder mit den gebundenen Händen und Füßen um sich stieß, wurde er an eine Eisenbahnschwelle befestigt und dann nicht eher mit derselben in den Brunnen hinabgelassen, als bis er unter einer tüchtigen Tracht von Stockschlägen still geworden war. Der Engineer war weit weniger Philanthrop als Old Shatterhand.

Er hatte übrigens in der Zeit vom Morgen an bis jetzt an alles gedacht. Seine Arbeiter hatten ihre Gewehre nachgesehen; eine Maschine war geheizt worden, und es standen Wagen zur vielleicht notwendigen Fahrt nach Firwood-Camp bereit.

Die sechs Westmänner erhielten, während ihre Pferde abgerieben, gefüttert und getränkt wurden, ein so ausgezeichnetes Mittagsmahl, wie es unter den dortigen Verhältnissen möglich war, und erzählten dabei dem Engineer, was sie seit heute früh erlebt hatten.

»Das ist besser, viel besser gegangen, als ich glaubte«, sagte er dann. »Es freut mich ungeheuer, daß wir diesen halbblütigen Schurken in unsre Hände bekommen haben; er soll nicht so bald wieder Gelegenheit finden, solche Streiche zu planen oder gar auszuführen! Und die Roten sind wirklich zum Camp zurück, um es zu überfallen? Wir werden ihnen dabei behilflich sein. Freue mich riesig darauf, wirklich riesig!«

»Ich habe allerdings auf Euch und Eure Leute gerechnet«, bemerkte Old Shatterhand, »denn auf den dortigen Engineer ist grad so viel wie auf gar niemand zu rechnen.«

»Etwas Richtigeres könnt Ihr gar nicht sagen, Sir. Er ist zwar ein Kollege von mir, und von Kollegen soll man eben kollegialisch sprechen, aber er heißt zufälligerweise Leveret* und ist in Beziehung auf seinen Mut genau das, was sein Name sagt. Von den Chinesen wollen wir gar nicht reden, denn die rennen beim Erscheinen des ersten Indianers in alle

* Leveret: Häschen (KM).

Winde hinaus. Ein solcher Zopfmann spielt, wenn man ihm eine Flinte in die Hand gibt, keine andere Rolle als ein Karpfen, dem man zumutet, eine Luftballonfahrt zu unternehmen. Und was die paar Weißen dort betrifft, so sind sie gar nicht der Rede wert.«

»Das ist freilich schlimm, denn unter solchen Umständen können uns diese Leute nur schaden, aber keinen Nutzen bringen. Am allerbesten wäre es da, wenn wir die Sache auf uns allein nehmen könnten und sie nicht eher etwas zu erfahren brauchten, als bis wir mit den Roten fertig sind.«

»Warum sollte das nicht gehen? Wir werden über neunzig Männer sein, und ich denke, daß wir keinen Grund haben, uns vor den Roten zu fürchten.«

»Einen solchen Grund gibt es freilich nicht; ich möchte sogar behaupten, daß die Sache abzumachen ist, ohne daß von unserer Seite ein Tropfen Blut vergossen wird; aber wie wollen wir neunzig Mann hoch nach Firwood-Camp kommen, ohne daß die Bewohner dieses Ortes etwas davon bemerken? Es müßte Euch erlaubt sein, den Zug schon vor der Station dort halten zu lassen.«

»Das können wir ja. Wer will es mir verwehren?«

»Gut! Aber müßt Ihr den Abgang des Zuges nicht von hier aus nach dort melden?«

»Eigentlich, ja; aber wenn ich es heute einmal unterlasse, wird der Himmel auch nicht gleich einfallen.«

»Ist Euch das Birch-Hole bekannt, wohin der Schwarze Mustang seine Leute führen will?«

»Gerade so bekannt wie meine eigene Tasche, Sir. Es ist eine tiefe Felsenschlucht, welche hinter dem Camp in den

Berg einschneidet. Das Gestein steigt auf allen Seiten fast senkrecht in die Höhe, und es gibt nur den einen, schmalen Eingang, an welchem eine alte, sehr hohe Birke steht, von welcher die Schlucht ihren Namen hat.«

»Hm! Dann ist es nicht sehr pfiffig von dem Schwarzen Mustang, seine Leute gerade dort unterzubringen.«

»Warum? Es gibt kein besseres Versteck für sie, und er ahnt doch nicht, daß wir diese seine Absicht kennen. Mir scheint also, er hat ganz gut gewählt.«

»Mir nicht. Kann man die Seiten der Schlucht erklettern?«

»Bloß an einer Stelle, aber auch nur am Tag. Bei Nacht möchte ich es keinem raten, dem sein ganzer Hals noch einen Vierteldollar wert ist.«

»Gut! Und ist es möglich, von außen her auf die Ränder der Schlucht zu gelangen?«

Da hob der Engineer schnell den Kopf, warf einen forschenden Blick in Old Shatterhands Gesicht und antwortete: »Ah, Sir, ich glaube, den Plan zu erraten, den Ihr hegt!«

»Nun, welchen?«

»Ihr wollt uns auf die Ränder der Schlucht postieren und, wenn die Roten heimlich in dieselbe eingedrungen sind, auch den Eingang besetzen. Wie?«

»Und wenn es so wäre?«

»So hättet Ihr das Beste erdacht, was sich erdenken läßt, denn wenn wir das tun, so stecken die Indsmen im Birch-Hole wie die Frösche in einer Reuse und müssen sich, gerade wie diese, einzeln herauslangen und die Hälse abdrehen lassen, wenn wir wollen.«

»Das habe ich allerdings auch gedacht. Also, können Eure Leute hinauf?«

»Yes und abermals yes. Aber ist Mister Winnetou mit diesem Plan einverstanden?«

Der schweigsame Häuptling der Apatschen hatte bis jetzt kein Wort gesprochen. Er pflegte, wenn das Reden überhaupt nötig war, Old Shatterhand für sich sprechen zu lassen und dann um so kräftiger handelnd einzutreten. Jetzt nun, da er aufgefordert wurde, seine Meinung mitzuteilen, antwortete er: »Old Shatterhand und Winnetou haben stets die gleichen Gedanken. Der Plan meines weißen Bruders ist gut und soll auch ausgeführt werden, wie gesagt worden ist. Howgh!«

»Well«, nickte der Engineer. »Ich bin natürlich voll und ganz damit einverstanden. Wir kommen zeitig genug hin, um noch bei Tag und ehe die Indsmen eintreffen können, auf die Felsen zu steigen. Aber dann, wenn es dunkel geworden ist, müssen wir auch wissen, woran wir sind. Wäre es da nicht gut, für Beleuchtung zu sorgen?«

»Das ist freilich wünschenswert«, antwortete Old Shatterhand.

»Welche Mittel oder Werkzeuge stehen Euch denn zur Verfügung, Mister Swan? Wir müßten sie freilich von hier mitnehmen, denn wir können nichts in Firwood-Camp requirieren, weil man dort nicht wissen soll, was geschieht.«

»Wird alles in schönster Ordnung sein, Mister Shatterhand. Als es galt, die hiesige Strecke schnell fertigzubringen, haben wir häufig des Nachts bei Fackellicht arbeiten müssen, und von daher sind so viele Fackeln übrig, daß wir mehr als genug besitzen. Wir haben auch Petroleumfässer von verschiedener Größe.«

»Fässer zu transportieren würde zu beschwerlich sein, und doch wäre es außerordentlich vorteilhaft für uns, wenn wir gerade am Eingang der Schlucht ein solches Faß in Brand stecken könnten. Über eine solche Flammenfackel könnten sich die Komantschen ganz unmöglich herauswagen.«

»Well, so wird Rat geschafft. Wir haben ja Tragen, Stricke und sonst alles, was dazu gehört, ein oder mehrere Fässer leicht zu transportieren.«

»Gut! Aber bedenkt dabei, daß kein Geräusch verursacht und keine in die Augen fallende Spur hervorgebracht werden darf!«

»Keine Sorge! Ich habe da Männer, auf die ich mich verlassen kann. Wir werden auch schnell eine Anzahl von Zündern anfertigen. Ich bitte Euch, mich selbst als Oberfeuerwerker und Beleuchtungsinspektor anzustellen. Ihr könnt Euch darauf verlassen, daß Ihr mit mir zufrieden sein werdet. Seid Ihr einverstanden?«

»Ja. Macht alles fertig, und sorgt dafür, daß wir zeitig an dem Birch-Hole ankommen. Eingehendere Bestimmungen sind ja erst dann zu treffen, wenn wir das Terrain in Augenschein genommen haben.«

Bei der großen Ein- und Umsicht des Engineers waren die Vorbereitungen schnell getroffen. Die Pferde blieben unter sicherer Aufsicht zurück, und an den Brunnen, in welchem der Scout steckte, wurde auch ein Wächter gestellt. Dann dampfte der vollbesetzte Zug ab, ohne daß dies nach Firwood-Camp telegraphiert worden war. Die Bahnarbeiter beteiligten sich alle mit Freuden an dem Unternehmen, und als der Train an dem vorherbestimmten Punkt ankam und sie dort ausstiegen, gab es keinen, der um den Ausgang des willkommenen Abenteuers oder um sich selbst besorgt gewesen wäre. Die Stelle, von welcher aus der Zug wieder zurückfuhr, lag so weit von dem Camp entfernt, daß man von dort aus nicht bemerkt werden konnte. Die Bahn beschrieb hier eine Kurve um die Höhe, in welche die Birkenschlucht eingeschnitten war; die Männer befanden sich hinter dieser Höhe, während das Camp vor derselben lag, und der Eingang zur Schlucht war an der Seite des Camp. Wenn man von dem Ort aus, an welchem der Zug gehalten hatte, emporstieg, kam man, vom Wald gedeckt, an den Rand der Schlucht hinauf, was gar keine Schwierigkeit bot, weil es jetzt noch hell am Tag war. Schwerer war es, die zwei Petroleumfässer, welche der Engineer mitgenommen hatte, unbemerkt und ohne Spuren zu hinterlassen, zum Schluchteingang zu schaffen und dort so zu verstecken, daß sie später den Späheraugen und auch den Nasen der Indianer entgehen mußten.

Zur Ausführung dieses heimlichen Planes erbot sich Winnetou, welcher, wie alle wußten, derjenige war, der sich am allerbesten dazu eignete, diese Aufgabe zu lösen, von deren Gelingen so viel, vielleicht alles abhing. Old Shatterhand übernahm es, die kampfeslustigen Männer zur Höhe zu geleiten, sie dort aufzustellen und ihnen die notwendigen Verhaltungsmaßregeln zu erteilen.

Oben angekommen, befand man sich unter dicht stehenden Bäumen. Deckung war also mehr als genug vorhanden.

Es erfüllte Old Shatterhand mit Genugtuung zu sehen, wie steil die Felswände in die Schlucht abfielen. Waren die Komantschen einmal da unten und drin, so gab es für sie kein Entkommen. Er verteilte die Leute rund um die vielleicht fünfhundert Schritte lange und durchschnittlich fünfzig Schritte breite Schlucht und gab jeder Gruppe von ihnen diejenigen Weisungen, die ihrer Stellung angemessen waren. Vor allem mahnte er zur größten Ruhe und Vorsicht und machte sie mit den verschiedenen Zeichen und Signalen bekannt, die später in der Nacht notwendig sein könnten und deren Bedeutung sie genau wissen mußten. Dann stieg er vorn, an der zum Camp zu gelegenen Seite hinab, um den Apatschen zu suchen.

Dieser lag, auf ihn wartend, nicht weit vom Eingang hinter einem ziemlich dichtgewachsenen Busch und winkte ihn zu sich heran. »Mein roter Bruder liegt ruhend hier; er scheint also mit seiner Arbeit schon fertig zu sein?« fragte er.

»Winnetou hat seine Arbeit getan«, lautete die Antwort. »Die Männer, welche der Engineer mitnahm, sind starke und anstellige Leute. Die Fässer liegen ganz nahe hier und so gut versteckt, daß mein weißer Bruder sehr scharf blicken müßte, um sie zu finden.«

»Und der Engineer selbst?«

»Er steckt mit den Trägern der Fässer dort unter dem Tannendickicht. Du kannst leicht hin zu ihm, wenn du ihm während meiner Abwesenheit Befehle zu erteilen hast.«

»Während deiner Abwesenheit? Du willst also fort?«

»Mein Bruder wird erraten, wohin!«

»Den Komantschen entgegen, um mir zu melden, wenn sie kommen.«

»Ja. Sie werden sich so leise heranschleichen, daß es gut ist, sie schon vorher beobachtet zu haben.«

»Auch handelt es sich um den Häuptling, welcher gesagt hat, daß er selbst es sein will, der das Camp beschleicht. Seiner müssen wir uns vor allen Dingen bemächtigen.«

»Winnetou hat genug Riemen, ihn zu binden, von Rokky-Ground mitgebracht. Ich will jetzt gehen, denn es wird bald dunkel werden. Old Shatterhand mag an dieser Stelle auf meine Rückkehr warten.«

Er huschte fort und verschwand unter den nächsten Bäumen, ohne im weichen Moos eine Spur seines Fußes zurückzulassen. Old Shatterhand legte sich, von den Zweigen vollständig bedeckt, nieder; er konnte jetzt nichts weiter tun, als ruhig warten.

Es lag tiefe Stille rundumher; nur von dem nicht sehr fernen Camp klang zuweilen irgendein Geräusch herüber. Die Dämmerung brach herein, und Winnetou war noch nicht viel über eine Viertelstunde fort, so gehörte das scharfe, wohlgeübte Auge Old Shatterhands dazu, von dem Ort aus, an dem er lag, den Eingang zu der Schlucht noch zu erkennen. Erst von jetzt an war die Ankunft der Komantschen zu erwarten, denn es mußte als selbstverständlich angenommen werden, daß sie sich hüten würden, ihre Annäherung schon oder noch bei Tageslicht zu bewerkstelligen. Sie hätten sich da der größten Gefahr ausgesetzt, von einem auswärts herumstreifenden Bewohner des Camp gesehen und entdeckt zu werden, wodurch das

Gelingen ihres Unternehmens sehr in Frage gestellt worden wäre.

Es wurde schließlich so dunkel, daß Old Shatterhand nur noch einige Schritte weit sehen konnte. Desto weiter reichte sein Gehör, denn je weniger der eine Sinn beschäftigt ist, desto schärfer empfindet der andere. Da vernahm er etwas wie das Streichen eines langen Halmes über niedrige Gräser. Tausend und abertausend andere Menschen hätten dies nicht gehört; er aber horchte mit doppelter Spannung auf.

»Das kann nur Winnetou sein«, dachte er, und wirklich, da erhob sich vier Schritte von ihm die Gestalt des Apatschen aus dem hohen Moos. Er kam vollends herbei, kroch unter den Busch und sagte leise: »Sie kommen.«

»Weißt du, wo sie die Pferde gelassen haben?«

»Sie haben sie mit.«

»Welch eine Unvorsichtigkeit von ihnen! Sie verdienen Prügel dafür! Die Pferde läßt man doch unter der Aufsicht von Wächtern viel weiter zurück, als die Entfernung von hier nach dem Camp beträgt. Ein einziges Wiehern oder nur Schnauben kann alles verraten.«

»Diese Söhne der Komantschen nennen sich zwar Krieger, sind aber keine.« Obgleich Winnetou diese Worte leise sprach, war ihm doch der Ton der Geringschätzung deutlich anzuhören. »So viele Pferde in eine so kleine und so enge Schlucht zu bringen, darüber würde der jüngste Knabe der Apatschen lachen.«

»Uns kann es nur lieb sein, denn die Pferde werden die Verwirrung, die wir anrichten, verdoppeln. Horch, jetzt schnaubte eines!«

Es näherte sich ein erst unbestimmtes und nach und nach immer deutlicher werdendes Geräusch; es war das dumpfe Stampfen von Hufen im weichen Moos oder Gras. Die Komantschen kamen nach Indianersitte einer hinter dem andern, und jeder führte sein Pferd nach sich am Zügel, wie die beiden Lauscher bemerkten. Am Eingang der Schlucht blieben sie halten. Es schienen einige hineinzugehen, um die Sicherheit derselben zu erkunden. Nicht lange Zeit nachher ließen sich unterdrückte Rufe der Aufforderung hören, worauf sich die Gänsemarschkolonne wieder in Bewegung setzte. Sie drang in die Schlucht ein, wegen der Dunkelheit so langsam, daß es über eine Viertelstunde dauerte, ehe der letzte Mann vorüber war.

Old Shatterhand und Winnetou huschten unter dem Busch hervor und krochen näher zu der Felsenkante, welche die eine Seite des Tores bildete. Sie hatten kaum fünf Minuten dort gelegen, so vernahmen sie Schritte, welche wieder zurückkamen. Es erschienen drei Männer, welche so nahe bei ihnen stehenblieben, daß sie den einen von ihnen genau erkannten; es war Tokvi Kava, der Häuptling, welcher den beiden andern den Befehl erteilte: »Ihr bleibt hier, um die Tür zu dieser Felsenschlucht zu bewachen, und stecht jeden Menschen, der sich naht, augenblicklich mit dem Messer nieder. Unsere Krieger müssen wegen der Pferde mehrere Feuer anzünden, und wenn jemand den Schein derselben auch nur von weitem sähe, wären wir verraten. Die Zeit des Überfalles ist noch nicht gekommen, denn die Bleichgesichter werden noch nicht alle unter dem Dach, wo sie Feuerwasser trinken, beisammen sein, dennoch gehe ich jetzt, ihre Wohnungen zu beschleichen. Achtet nicht darauf, wenn ich lange fortbleibe, denn ich komme erst dann wieder, wenn der Augenblick gekommen ist, an dem sie alle sterben müssen. Hugh!«

Nach diesen Worten entfernte er sich mit langsamen, fast unhörbaren Schritten. Er glaubte nämlich, ganz unbeobachtet zu sein, war aber doch nicht allein, denn ihm folgten Winnetou und Old Shatterhand, möglichst tief gebückt und dabei so leise auftretend, daß er ihre Schritte unmöglich hören konnte.

Dies war nicht etwa leicht. Man konnte höchstens fünf Schritte weit sehen; sie durften ihn gar nicht aus den Augen lassen und hatten sich also so nahe hinter ihm zu halten, daß er jeden andern Belauscher sicherlich gehört haben würde. Blieb er stehen, so hielten auch sie an und duckten sich bis tief auf die Erde nieder; ging er dann wieder weiter, so setzten auch sie ihre Schritte fort. So unhörbar wie sie kann selbst der Panther nicht auftreten, und solche Leichtigkeit und Gewandtheit der Bewegungen hat nur die Schlange aufzuweisen. Und das war notwendig, denn das Rollen eines kleinen Steines oder das Knicken des dünnsten Zweigleins konnte alles verderben.

So ging es fort, bis sie ganz sicher waren, aus der Hörweite der beiden Wächter gekommen zu sein. Dabei hatten sie sich dem Camp bereits so weit genähert, daß sie die Helligkeit, welche aus der offenen Tür des Logier- und Restaurationsgebäudes drang, von weitem sehen konnten. Jetzt war es an der Zeit; noch länger zu warten, hätte unvorsichtig genannt werden müssen.

»Jetzt!« raunte Old Shatterhand dem Apatschen zu.

»Uff!« stimmte dieser ebenso leise bei.

Es folgten zwei weite Sprünge vorwärts, die der Komantsche hören mußte; er drehte sich um, bekam aber in demselben Augenblick schon den bekannten Faustschlag Old Shatterhands an die Schläfe, so daß er wie ein lebloser Klotz steif und schwer zu Boden fiel. Er hatte einen Schrei ausstoßen wollen, brachte es aber nur zu einem kurzen, zwar scharf und rasch verklingenden Hauch, der, wenn er je gehört wurde, viel eher für den Flügelschlag eines schlafmüden Vogels als für den unterdrückten Todesschrei eines Menschen gehalten werden konnte. Zu gleicher Zeit kniete Winnetou auf ihm, um ihm die Beine zusammen- und die Arme auf den Rücken festzubinden. Old Shatterhand riß eine Handvoll Gras ab, schob es dem Bewußtlosen in den Mund, band einen Fetzen, den er ihm vom Jagdrock lang herunterriß, darüber, so daß er später den Grasknebel mit der Zunge nicht aus dem Mund stoßen und dadurch Raum zum Schreien bekommen konnte, und sagte dann: »Den Häuptling haben wir; seine Leute werden wir wohl ebenso leicht bekommen. Tragen wir ihn fort! Du nicht mit, Winnetou; ich nehme ihn allein!«

Er warf sich den langen, knochigen, schweren Mann über die Schulter und schritt mit ihm, gefolgt von dem Apatschen, davon, zur Schlucht zurück.

Natürlich wendeten sie sich nicht direkt dem Eingang derselben zu, sondern sie hielten sich mehr nach links, so daß sie zu dem Tannendickicht kamen, unter welchem der Engineer mit seiner Abteilung lag. Dieser war zwar ein kluger und umsichtiger Herr, aber doch kein Westmann und hätte, als er die beiden Gestalten so unerwartet ganz nahe bei sich auftauchen sah, wahrscheinlich eine Unvorsichtigkeit begangen, wenn ihm nicht Old Shatterhand mit unterdrückter Stimme bedeutet hätte: »Still! Wir sind es. Macht keinen Lärm, Mister Swan!«

»Ah, Ihr! Wen bringt Ihr denn da geschleppt?«

»Den Schwarzen Mustang«, antwortete der Gefragte, indem er seinen Gefangenen von der Schulter herab- und auf den Boden niedergleiten ließ.

»Den Häuptling dieser roten Halunken? Thunderstorm! Das ist so echt Old Shatterhand und Winnetou! Aber er bewegt sich nicht. Ist er etwa tot?«

»Nein. Meine Hand ist ihm etwas unzart an den Kopf geraten, und da hat er das Bewußtsein verloren.«

»Ach, Euer berühmter Hieb, Sir! Was tun wir mit dem Häuptling?«

»Wir legen ihn lang auf die Erde hin und binden ihn da an den Stämmen fest.«

»Aber wenn er erwacht, wird er schreien!«

»Das kann er nicht, denn ich habe ihm einen hübschen Sucking-Bag* zwischen die Zähne gesteckt. Also, bindet ihn recht fest, und gebt gut auf ihn acht! Wir müssen wieder fort.«

»Wohin?«

»Noch zwei Rote holen, welche dort am Eingang Wache halten. Solange die dort sitzen, sind sie uns im Weg.«

---

* Sucking-Bag: Zulp, Saugbeutel (KM).

Er legte sich mit Winnetou auf den Boden nieder und schob sich mit ihm zu der Stelle hin, wo sie vorhin gelegen hatten, als der Schwarze Mustang aus der Schlucht getreten war. Als sie diesen Ort erreichten, sahen sie die Wächter fast zum Greifen nahe vor sich sitzen. Die beiden Komantschen unterhielten sich miteinander über Dinge, welche die Lauscher nicht interessierten; etwas Wichtiges war es jedenfalls nicht. Darum verschwendeten die beiden auch keine Zeit damit, sie zu belauschen, sondern warfen sich sofort über sie her, um sie unschädlich zu machen, was ihnen mit Hilfe der Überraschung sehr leicht gelang. Als sie sie dann dem Engineer brachten, sagte dieser: »Schon fertig mit ihnen? Hört einmal, Mesch'schurs, euch möchte ich nicht als Feinde haben, denn wem ihr nicht geneigt seid, mit dem macht ihr verteufelt wenig Federlesens. Gibt es vielleicht noch mehr Rote, die ihr mir auf diese Weise bringen wollt?«

»Nein«, antwortete Old Shatterhand. »Wir arbeiten von jetzt an nicht mehr so en détail, indem wir Euch nur ein oder zwei Stück bringen, sondern en gros, wie es gut situierten Geschäftsleuten geziemt; das heißt: wir werden die andern gleich auf einmal fangen.«

»Die Zeit dazu ist da?«

»Ja.«

»Gott sei Dank! Ich bin weder Squatter noch Trapper und darum nicht gewöhnt, so lange hier im Grünen zu liegen. Sagt also, was ich zunächst zu tun habe!«

»Laßt eins der Petroleumfässer zum Eingang schaffen und dort anbrennen. Diese Fackel wird die Komantschen so erleuchten, daß sie schnell erkennen werden, wie es mit dem beabsichtigten Überfall steht.«

»Well! Soll gleich geschehen. Wollen nur schnell diese beiden Roten auch anbinden.«

Als dies geschehen war, brachte er mit seinen Leuten das Faß zwischen dem Gebüsch hervorgerollt; es wurde zum Eingang geschafft und angezündet. Natürlich erfolgte eine Explosion, welche den obersten Boden zersprengte; die Dauben aber hielten zusammen, so daß nur ein Teil des Öls auf die Erde floß und, sich dort verbreitend, weiterbrannte. Die Flamme füllte rasch die ganze Öffnung zwischen den Felsen aus und leuchtete nicht nur bis in den hintersten Teil der Schlucht hinein, sondern mußte auch auf der andern Seite hin im Camp gesehen werden, wo jedenfalls auch die Explosion gehört worden war.

Diese war mit einem kanonenschußähnlichen Knall erfolgt und hatte die Komantschen aus ihrer Ruhe und Sicherheit gewaltsam aufgeschreckt. Noch fragten sie sich, was für ein Krach das gewesen sei, als sie gleich darauf die Flamme hoch emporlodern sahen. Die Schlucht wurde tageshell erleuchtet, und die Indsmen befanden sich in der Lage eines im Dunkeln arbeitenden Einbrechers, den plötzlich das Strahlenmeer eines elektrischen Lichtes umflutet. Zunächst waren sie stumm vor Schreck, dann brachen sie in ein Heulen aus, von dem man nicht sagen konnte, ob es ein Kriegs- oder ein Angstgeheul sei. Sie drängten zum Feuer hin, wo der einzige Ausgang aus dem Tal lag; aber schon füllte ihn die Glut von einer Seite bis zur andern. Zugleich krachten Schüsse herein, die zwar, von Old Shatterhand abgefeuert, absichtlich niemand treffen sollten, aber um so deutlicher sagten, daß der einzige Weg zur Flucht nicht nur vom Feuer verwehrt, sondern auch von bewaffneten Feinden besetzt worden sei.

Die Roten wichen also wieder zurück, zum hintern Teil der Schlucht, und richteten ihre Augen zu den Seitenwänden derselben empor, um zu sehen, ob man vielleicht dort hinauf entweichen könne. Da aber bemerkten sie etwas, was ganz und gar nicht geeignet war, sie zu beruhigen und ihren Mut zu erhöhen. Old Shatterhand hatte nämlich den Befehl gegeben, die mitgebrachten Fackeln anzuzünden, sobald man das Petroleumfaß brennen sähe. Dieser Weisung war Folge geleistet worden, und nun sahen die Indianer den Rand der Felsen rundum mit flammenden Lichtern besetzt und hörten drohende Stimmen von oben herunterschallen, welche jedenfalls nicht freundlich gesinnten Menschen angehörten. Eine dieser Stimmen übertönte alle andern: »Hurra, hurra, das Faß da unten brennt! Jetzt is der Oogenblick gekommen, wo der Rummel losgehen kann. Schteckt die Fackeln an, schteckt sie alle an! Helle muß es werden, helle wie zu Pfingsten montags früh halb elfe! Laßt ihnen een Licht offgehen, daß es unter ihren Schkalpen endlich an zu dämmern fängt, daß sie den Herrn Heliogabalus Morpheus Edeward Franke vor sich haben, mit dem sie keene Kirschen essen können. Droll, siehste, wie sie loofen und rennen! Hörschte, wie sie heulen und duten? Droll, Droll, wo biste denn mit deiner Anwesenheet hingekommen? Ich vermisse deine Allgegenwart. Wo schteckste denn eegentlich, heh?«

Da antwortete der Angerufene von der andern Seite

herüber: »Hier bin ich, hier, Vetter Frank! Hier sieht mer alles besser als da drüben. Wennste eenen Überblick haben willst, so komm rasch herüber!«

»Nee, ich bleibe, wo ich bin. Mach nur Radau, tüchtigen Radau, daß die Pferde da unten wild werden und ihren Herren zwischen die Fußzehen schtrampeln. Schießen sollen wir leider nich, aber wirf Schteene nunter, Schteene, das wird die Rothäute rasch mürbe machen!«

Zum Glück für die Komantschen bestand der Boden da oben aus festen Felsplatten. Hätte es Steingrus oder Geröll gegeben, so wäre es ihnen übel ergangen. Dennoch fand sich hie und da ein einzelner Stein, welcher herabgeworfen wurde und nicht ohne Wirkung blieb. Es wurden Menschen und Pferde getroffen; die ersteren heulten vor Schmerz, und die letzteren schlugen mit den Hufen um sich, rissen sich los und galoppierten hin und her, die schon bestehende Verwirrung noch vergrößernd. Kaum waren zwei oder drei Minuten nach der Inbrandsteckung des Fasses vergangen, so waren alle Indianerpferde scheu, und es gab in der Schlucht eine Szene wildester Verwirrung, die gar nicht zu beschreiben ist. Und da kamen nun auch die Bewohner des Camp herbeigerannt, um zu erfahren, auf welche Weise das nächtliche und unbegreifliche Feuer entstanden sei. Einer der ersten von ihnen war Mr. Leveret, der Engineer. Er erblickte zu seinem Erstaunen Old Shatterhand und Winnetou, bei denen nebst andern sein Kollege aus dem Rocky-Ground stand.

»Ihr hier, Mesch'schurs, ihr?« fragte er ganz atemlos. »Und da brennt ein Petroleumfaß? Was hat das zu bedeuten?«

»Das bedeutet, daß wir die Roten räuchern wollen, Mister Leveret«, antwortete Swan.

»Die Roten? Welche Roten, Sir?«

»Die Komantschen, welche Euch überfallen und ermorden wollten.«

»Heavens! Sollte das etwa heute schon geschehen?«

»Natürlich, heute schon. Nun aber stecken sie drin in der Schlucht, deren Ränder von meinen Arbeitern besetzt sind, und hier macht ihnen das Feuer den Ausweg zur Unmöglichkeit.«

»Wie aber sind sie da in die Schlucht geraten, und wie seid Ihr mit Euren Leuten hierhergekommen, Mister Swan?«

»Auf die einfachste Weise von der Welt: Sie sind hergeritten, und wir sind hergefahren, mit einem Zug natürlich, den ich extra dazu rangieren ließ.«

»Und davon – hab ich – kein Wort – kein einziges – Wort gewußt!« stotterte der furchtsame Mann, dessen Schreck nachträglich noch zu wachsen begann. »Warum habt Ihr mir denn nichts gesagt?«

»Weil ich keine Zeit dazu hatte.«

»Ihr konntet mir doch telegraphieren?«

»Das habe ich unterlassen, weil ich glaubte, wir würden Euch gar nicht brauchen, um die Absicht der Komantschen zu vereiteln.«

»Das – das will ich – gelten lassen, Sir! Braucht Ihr etwa jetzt noch unsere Hilfe?«

»Nein, wir danken. Wenn Ihr zusehen wollt, so könnt Ihr bleiben; aber verhaltet Euch hübsch ruhig, und hütet Euch, Verwirrung anzurichten!«

»Das fällt mir gar nicht ein! Wenn es Euch so hübsch gelungen ist, die roten Feinde in diese Falle zu locken, so will ich Euch den Ruhm nicht schmälern, sie auch nun noch gefangen zu nehmen.«

»Oh, was den Ruhm betrifft, so gilt er nicht mir, sondern Winnetou und Old Shatterhand. Wendet Euch also an diese beiden Gentlemen, wenn Euch Eure Kampfbegierde treiben sollte, Eure bewährten Fäuste die Indianer fühlen zu lassen.«

»Danke, Sir, danke wirklich sehr! Ich bin Engineer, aber nicht Westmann und Indianertöter. Warum soll ich Menschen umbringen, und wenn es auch nur Rote sind, die mir bis jetzt noch nichts getan haben! Ich bin noch ganz außer mir vor Schreck.«

»Aber Euch ist dieser Platz hier anvertraut, Mister Leveret; eigentlich müßtet Ihr mit zu den Waffen greifen!«

»Eigentlich, ja! Und ich würde es auch ganz gern tun, wenn es notwendig wäre. Da aber diese berühmten Gentlemen hier sind und Ihr mit Euren Arbeitern auch anwesend seid, kann ich nicht einsehen, warum ich Euch Eure Verdienste partout schmälern soll. Ich werde mit meinen Leuten reden. Wer von ihnen mit den Roten kämpfen will, dem gebe ich gern die Erlaubnis, sich Euch anzuschließen; mich aber bitte ich aus dem Spiel zu lassen!«

»Well, so geht! Eure Leute aber brauchen wir nun auch nicht erst, und mit den chinesischen Zopfträgern dürft Ihr uns schon gar nicht kommen.«

»Schon recht, Sir, schon recht! Werde es ihnen gleich sagen und ihnen streng befehlen, Euch ja nicht zu stören und zu belästigen!«

Er zog sich froh zurück, so leichten Kaufes davongekommen zu sein. Gestern hatte er sich so begeistert über das Heldentum Old Shatterhands und Winnetous gezeigt, man hätte denken sollen, daß das auf einen tatkräftigen, mutigen Charakter schließen lasse, doch zeigte es sich jetzt, daß gerade das Gegenteil der Fall war. Man macht im Leben häufig die Erfahrung, daß die Bewunderer anderer Menschen nicht eine Spur von den Eigenschaften derselben besitzen, sondern sich vielmehr durch die entgegengesetzten auszeichnen. So war es auch hier. Sein Kollege hielt es nicht für der Mühe wert, ihm auch nur einen Blick nachzusenden, und meinte, indem er die Achsel zuckte: »Ganz so, wie ich euch sagte, Mesch'schurs: Er heißt Häschen und ist ein Häschen oder vielmehr ein ganz gewaltiger Hase. Solche Leute hält man in Zeiten der Gefahr am besten so weit wie möglich entfernt von sich. Doch hört, was geht dort los?« – Es entstand nämlich unter den Chinesen eine stürmische Bewegung, deren Zweck und Richtung nicht gleich zu erkennen war. Sie schrien in ihrer Muttersprache wirr durcheinander, schoben sich hin und her und drängten schließlich bergan, um die Höhe zu ersteigen. Dabei rissen sie Knüppel aus den Büschen und hoben Steine auf, sie mit hinaufzunehmen. Es war ein großes Glück für die Indianer, daß Old Shatterhand Chinesisch verstand. Diese Abkommen aus dem Reich der Mitte hatten erfahren, daß sie von den Roten hatten überfallen und skalpiert werden sollen. Bei einem offenen Angriff wären sie gewiß alle wie Spreu auseinandergestoben; hier aber sahen sie ihre Feinde eingeschlossen und unfähig, Gegenwehr zu leisten; das verlieh ihnen einen Mut, von dem sie sonst keine Spur besaßen. Die Feigheit verwandelt sich sehr leicht in Blutdurst, wenn sie sich außer Gefahr befindet, und Gefahr gab es hier nicht im geringsten. Man konnte die Indsmen aus ganz sicherer Entfernung von oben herab durch Würfe töten. Darum drängten die Chinesen in Richtung der Höhe, um sie wie im Sturm zu ersteigen.

»Mein Bruder mag schnell mit mir kommen!« forderte Old Shatterhand den Apatschen auf.

»Diese gelbe Schar wird vor uns zurückweichen, sobald wir ihnen nur in die schiefen Augen sehen«, antwortete Winnetou, welcher die Absicht seines weißen Freundes sofort erkannte.

Sie eilten miteinander an dem Feuer vorbei und schwangen sich von Stein zu Stein so rasch an der steilen Felsenwand empor, daß sie die Chinesen schnell überholten, weil diese einen Umweg über die bequemere Lehne des Berges eingeschlagen hatten. Der Engineer Swan aber war mit seiner ganzen Arbeiterabteilung unten stehengeblieben, folgte ihnen aber mit den Blicken und sagte, sich an seine Leute wendend: »Die Gelben wollen die Roten lynchen, wie es scheint, und die beiden Jäger stellen sich ihnen entgegen, um dies zu verhindern.«

»Die zwei gegen so viele!« meinte einer der Arbeiter. »Die Chinesen sind wenigstens ihrer sechzig!«

»Meint ihr, daß ein Shatterhand oder ein Winnetou es für nötig hielt, diese Burschen zu zählen? Ob es nur einer ist oder ob es sechzig sind, es ist doch ein und dieselbe Feigheit, die vor jedem Mutigen die Flucht ergreift. Paßt auf, jetzt stoßen sie zusammen!«

Das Feuer leuchtete bis zum Bergeshang hinauf, wo die zwei Westmänner jetzt den Chinesen entgegentraten. Unten in der Schlucht und oben auf der Höhe war tiefe Stille eingetreten, denn alle erkannten, um was es sich handelte, und waren auf den Ausgang dieses Intermezzos höchst neugierig.

Man hörte die gebieterische Stimme Old Shatterhands erschallen; die Chinesen hörten nicht auf ihn, sie drängten vorwärts. Seine Stimme erklang abermals mit demselben Mißerfolg. Da zogen er und Winnetou die Revolver aus den Gürteln, das wirkte für kurze Zeit; die Schar der Chinesen kam zum Stehen, aber nicht lange, so drängten die hintersten auf die vordersten ein, welche fortgeschoben wurden. Das war ein kritischer Moment. Wirklich schießen wollten die beiden doch nicht, sie hatten die Waffen gezogen, nur um ihnen zu drohen; aber ihren Befehlen Respekt verschaffen, das mußten sie doch auch, wenn es nicht zu dem beabsichtigten Massaker kommen sollte. Man sah, daß sie die Revolver wieder einsteckten; was sie dann taten, konnte man nicht im einzelnen erkennen, aber man hörte deutlich ihre Stimmen; man hörte ferner die Chinesen schreien, man sah einen dichten Haufen durcheinanderstoßender oder gestoßener Menschen, bemerkte einzelne der vordersten Chinesen durch die Luft fliegen und in den Haufen der Ihrigen fallen; es schoß bald rechts, bald links einer wie eine Bombe aus diesem Haufen heraus und kollerte den Berg hinunter; diesen einzelnen folgten mehrere; schon flogen sie zu zweien und zu dreien bergab, sich aneinander haltend und doch miteinander hinunterreißend, manche wurden wie von einer Feder kerzengerade emporgeschleudert, um dann wieder niederzufallen und weiter fortzukugeln. Das anfängliche Wutgeschrei verwandelte sich nach und nach in ein Klagegeheul; Schmerzensrufe und Jammertöne erschollen, der Haufen wurde kleiner, weil seine Bestandteile noch ohne Aufhören auseinanderflogen und den Hang hinunterrollten, es war, als ob es in seiner Mitte einen unsichtbaren und auch unwiderstehlichen Sprengstoff gebe, dessen chemische Zusammensetzung ganz darauf berechnet sei, mit Chinesenleibern Ball zu spielen; die Zahl der bergab Kugelnden vergrößerte sich um so mehr, je kleiner diejenige der Zurückbleibenden wurde, und endlich nahm der erwähnte Sprengstoff die Gestalt Old Shatterhands und Winnetous an, die nun wieder sichtbar wurden und eine letzte Gewaltanstrengung machten, deren Wirkung zwar für die Betreffenden keine angenehme, dafür aber für die Zuschauer eine desto erfreulichere und ergötzlichere war.

Es schien ganz so, als ob ein riesiger Quirl mitten in die Chinesen geraten sei und sich in verhängnisvoller Tätigkeit befinde, natürlich verhängnisvoll für sie, denn sie wurden in einer Weise bald durch-, bald auseinandergetrieben, daß ihnen Hören und Sehen vergehen mußte; es hatte den Anschein, als ob die Erde unter ihren Füßen nicht mehr haltbar sei, denn es gingen mehr und immer mehr Standpunkte verloren; man sah Beine seitwärts, Beine oben, Köpfe seitwärts, Köpfe unten, bis schließlich alles, aber auch alles ins Gleiten, Rutschen, Wanken, Fallen, Kollern und

Kugeln kam, so daß man ganz der Wahrheit gemäß behaupten und sogar beweisen konnte, daß eine ganze Chinesenlawine talabwärts gehe. Sie fuhr hernieder, erst langsam, dann schneller und immer schneller, und als sie unten angekommen war, gab es ein gewaltiges Wimmern und Klagen im Nanking- und Kantondialekt, und es gerieten und verwickelten sich so viel menschliche Gliedmaßen ineinander, daß es für jeden einzelnen Sohn der Mitte ganz bedeutender Selbstkenntnis und anatomischer Geschicklichkeit bedurfte, um die abseits geratenen Teile seines lieben Ichs wieder zusammenzubringen.

Alles, alles, was einen Zopf trug, war mehr oder weniger schnell und prompt da unten angelangt; oben aber standen noch die beiden, welche den unwiderstehlichen Sprengstoff gebildet hatten, Winnetou und Old Shatterhand. So viel Weiße es hier gab, aus so viel Kehlen wurde ihnen Bravo zugerufen. Dann stiegen sie leicht herab, als ob die Arbeit, die sie bewältigt hatten, gar keine Anstrengung für sie gewesen sei, und als sie unten anlangten, war kein einziger Chinese mehr zu sehen; sie hatten alle Angst bekommen, daß die Quirlerei hier unten fortgesetzt werden könne, und waren fortgelaufen. Die beiden siegreichen Schöpfer der Lawine aber gingen einfach und bescheiden, als ob gar nichts Ungewöhnliches geschehen sei, zu dem Engineer hinüber. Als dieser sie mit einer Lobpreisung empfangen wollte, fiel ihm Old Shatterhand in die Rede: »Diese Gefahr für die Roten ist vorüber, aber es gibt noch eine zweite für sie, die ihnen nicht von den Gelben, sondern von den Weißen droht, welche sich ganz oben auf der Höhe befinden. Sie werfen Steine herab, was wir nicht länger dulden dürfen.«

»Aber, Sir, diese Komantschen sind doch Mörder! Tut es Euch denn weh, wenn den einen oder andern dieser Burschen ein Steinchen trifft?«

»Nein; aber jeder Verbrecher ist, zumal vor seiner Verurteilung, als Mensch zu behandeln. Wer Tiere quält, taugt nichts; wer aber Menschen unnütz weh tut, der ist noch viel weniger wert; das ist so meine Meinung, nach welcher ich zu handeln pflege, und ich denke, daß Ihr diesem Beispiel wenigstens so lange folgt, wie ich hier bei Euch bin. Schickt also zwei Männer hinauf, den einen rechts, den andern links, welche diese Ungebühr abstellen. Es soll sich jeder ruhig verhalten und nicht eher etwas Feindseliges unternehmen, als bis ich das Zeichen dazu gebe!«

»Well! Werden dann aber auch die Roten Ruhe geben?«

»Sie werden sich hüten, vor Tagesanbruch etwas zu unternehmen, zumal sich ihr Häuptling in unserer Gewalt befindet.«

»Das wissen sie noch nicht!«

»Wir binden die beiden gefangenen Posten los und schikken sie zu ihnen in die Schlucht. Es ist auch an der Zeit, nun mit dem Schwarzen Mustang zu sprechen. Laßt ihn und die zwei andern hierherholen, wo es hell ist und wir ihn leichter und auch schärfer beobachten können als dort im Dunkeln.«

»Sollen den Gefangenen die Fesseln ganz abgenommen werden?«

»Nein, jetzt noch nicht, sondern nur von den Bäumen

losbinden mag man sie. Sagt ihnen keinen Namen, und legt sie hier so nieder, daß ihre Gesichter vom Feuer beschienen werden! Ich möchte sie deutlich sehen, wenn sie uns erkennen.«

»Darf ich ihnen antworten, wenn sie mich etwas fragen, zumal dem Häuptling?«

»Ja, aber nur Unwichtiges und Allgemeines. Wir werden uns ein Stück entfernen und dann unbemerkt von hinten herantreten, um zu hören, in welcher Weise er mit Euch spricht und wie er über seine Lage denkt.«

Der Engineer begab sich zum Tannendickicht, und Old Shatterhand ging mit Winnetou eine kleine Strecke fort, um vom Schwarzen Mustang nicht sogleich gesehen zu werden. Es dauerte nicht lange, so wurde dieser zu der angegebenen Stelle gebracht und dort mit den beiden Posten in der vorhin angedeuteten Weise niedergelegt. Sie lagen mit den Köpfen so, daß Winnetou und Old Shatterhand hinter ihnen standen und also von ihnen nicht gesehen werden konnten. Diese beiden näherten sich ihnen langsamen und leisen Schrittes so weit, daß sie deutlich hören konnten, was gesprochen wurde.

Der Engineer stand vor den drei Gefangenen, blickte sie forschend an und sagte nichts. Der Häuptling ärgerte sich über diesen Blick; eigentlich hätte er nach Indianerart auch schweigen sollen, zumal er nicht geringen Stolz besaß und sich für den berühmtesten Krieger der Komantschen hielt; aber die Verachtung, welche aus dem Gesicht des Beamten zu ihm sprach, empörte ihn so sehr, daß er seiner Würde nicht gedachte, sondern ihn zornig anfuhr: »Was schaust du uns so an? Kannst du nicht reden, oder klebt dir aus Angst vor uns der Mund so zusammen, daß du kein Wort über deine Lippen zu bringen vermagst?«

»Angst vor euch?« lachte der Gefragte. »Ihr seht ganz und gar nicht wie Leute aus, vor denen man sich zu fürchten hätte!«

»Deine Rede klingt sehr stolz; aber das Entsetzen würde dich ergreifen, wenn du hörtest, wer ich bin!«

»Bilde dir nichts ein! Magst du sein, wer du willst; du bist ein ganz gemeiner Dieb und Räuber, den wir nachher mit einem recht guten und dauerhaften Strick aufhängen werden.«

»Du weißt nicht, was du redest! Es gibt keinen Menschen, der es wagen würde, nur daran zu denken, mich aufzuhängen.«

»Pshaw! Verbrecher hängt man auf; das ist so bei uns Gebrauch, und du bist ein Verbrecher!«

»Schweig! Ich bin Tokvi Kava, der oberste Häuptling der Naiini-Komantschen.«

»Das ist wohl möglich, kann mir aber nicht imponieren und ändert an der Sache nichts. Wenn du der Oberste dieser Schurken bist, so wird dein Rang zwar gern von uns berücksichtigt werden, doch nur in der Weise, daß wir dich ein Stück höher hängen als deine Leute.«

»Wenn du nicht vor Angst so redest, so ist's der Wahnsinn, der aus dir spricht. Wenn man einen Menschen aufhängen will, so muß man ihn doch erst gefangengenommen haben!«

»Meinst du etwa, daß du nicht unser Gefangener bist?«

»Ich bin es; aber ihr werdet mich sofort wieder freigeben müssen.«

»Sofort? Ah!«

»Ja, sofort, denn ihr könnt keinen Grund angeben, weshalb ihr mich ergriffen und gebunden habt.«

»Du irrst. Wir haben mehr Gründe, als wir eigentlich brauchen.«

»So gebt sie an! Ich werde euch beweisen, daß diese Gründe nichts taugen. Und selbst wenn ihr gute Gründe hättet, müßtet ihr mich gehen lassen; denn wenn ihr dies nicht tätet, so würden meine Krieger mich holen und euch dadurch bestrafen, daß sie Firwood-Camp verbrennen, alle seine Bewohner töten und die Schienen des Feuerrosses aus der Erde reißen. Ich habe Macht über euch alle, und ihr dürft nur dann auf Gnade rechnen, wenn ihr mich sofort losbindet und mir die Freiheit gebt.«

»Willst du, daß ich dich vor diesen deinen zwei Kriegern auslache? Du wagst es, mir zu drohen, obgleich du vor mir liegst wie eine Schlange, welcher die Giftzähne genommen worden sind! Es fällt mir gar nicht ein, dir die Freiheit wiederzugeben. Und selbst wenn ich es wollte, dürfte ich es nicht tun.«

»Warum nicht?«

»Weil es zwei berühmte Krieger gibt, die es nicht zugeben würden.«

»Welche Krieger?«

»Old Shatterhand und Winnetou.«

Da lachte der Häuptling laut und höhnisch auf und sagte: »Jetzt weiß ich es gewiß, daß es doch nur die Angst ist, welche aus dir redet. Du nennst diese Namen, um mir bange zu machen; ich aber weiß, daß sich diese beiden Krieger gar nicht hier befinden.«

»Du weißt nichts!«

»Ich weiß es und werde es dir beweisen. Ja, sie sind gestern abend hier gewesen, aber aus Angst vor mir haben sie das Camp sofort wieder verlassen.«

»Ridiculous*! Wieder aus Angst vor dir! Es gibt keinen Menschen, der imstande wäre, Old Shatterhand und Winnetou Furcht einzujagen.«

»Warum haben sie da das Camp so schnell verlassen?«

»Bist du so fest davon überzeugt, daß sie sich nicht hier befinden?«

»Sie sind nicht hier; ich habe es gesagt, und Tokvi Kava weiß stets ganz genau, was er sagt. Sie hatten Angst vor mir und sind mit dem Wagen des Feuerrosses davongeeilt. Howgh!«

Da ertönte hinter ihm die Stimme Old Shatterhands: »Howgh! Dieses Wort gilt für jeden Krieger als eine Beteuerung, als ein Schwur. Indem Tokvi Kava es ausgesprochen hat, hat er eine Unwahrheit beschworen und wird von nun an unter die Lügner gezählt.«

Während er das sagte, umschritt er die Gefangenen, so daß er nun vor ihnen stand.

»Uff, uff!« rief da der Häuptling erschrocken. »Das ist Old Shatterhand!«

»Ja, das bin ich. Und wer ist der, den du hier neben mir siehst?«

---

* Ridiculous: Lächerlich.

Winnetou war ihm nachgekommen und stellte sich an seine Seite. Als der Komantsche diesen erblickte, entfuhr ihm der Ausruf des vermehrten Schrecks: »Und Winnetou, der Häuptling der Apatschen! Wo kommen diese beiden Männer her?«

Da nickte ihm Old Shatterhand mit seiner freundlichsten Miene zu und antwortete: »Du wirst dich außerordentlich freuen, zu hören, daß wir gerade von daher kommen, woher auch du gekommen bist, nämlich vom Alder-Spring!«

»Ich war nicht am Alder-Spring!«

»Aber ganz in der Nähe desselben, nämlich beim Hurricane am Corner-Top, um uns heute abend am Alder-Spring zu fangen.«

Der Häuptling war über diese Bemerkung so betroffen, daß es ihn Mühe kostete, sich zu beherrschen, und daß eine Weile verging, ehe er die Behauptung hervorbrachte: »Das ist nicht wahr. Ich war nicht am Corner-Top und kenne keine Absicht, Euch zu fangen. Wer kann mir denn beweisen, daß ich eine Feindseligkeit gegen Euch beabsichtigt habe? Es gibt unter den Bleichgesichtern keines, welches so streng auf dem Pfad der Gerechtigkeit wandelt wie Old Shatterhand; ich bin überzeugt, daß er auch gegen mich gerecht sein wird!«

»Du hast das Richtige gesagt. Ich bin stets bestrebt gewesen, gerecht gegen meine weißen und roten Brüder zu sein; aber wehe dir, dreimal wehe dir, wenn es wirklich dein Ernst ist, jetzt nur Gerechtigkeit von mir zu fordern!«

»Ich habe sie gefordert und fordere sie noch jetzt!«

»Tue es nicht! Wenn du nicht verloren sein willst, so verlasse dich lieber auf meine Gnade als auf meine Gerechtigkeit!«

»Auf deine Gnade? Uff! Tokvi Kava hat noch nie um Gnade gebettelt und wird dies auch jetzt nicht tun. Deine Gnade und Barmherzigkeit verachte ich, denn ich habe dir nichts getan und brauche nur ein Zeichen zu geben, so brechen meine Krieger hier aus der Schlucht hervor und zeigen euch den blutigen Weg, der in die ewigen Jagdgründe führt!«

»Armer Narr! Versuche es doch einmal, dieses Zeichen zu geben!«

»Uff! Ich kann nicht, weil mir die Hände gebunden sind.«

»Ah, du kannst nicht! Fast möchte ich dich bedauern. Aber tröste dich! Selbst wenn du dieses Zeichen geben könntest, würde es dir gar nichts nützen. Deine Krieger können nicht kommen, denn sie sind gerade ebenso gefangen, wie du gefangen bist.«

»Uff! Das ist eine Lüge!«

»Lüge? Hüte dich, uns zu beleidigen! Läßt du uns noch einmal dieses oder ein ähnliches Wort hören, so lasse ich dich peitschen, wie du, der berüchtigte Jägerschinder, deine unschuldigen Gefangenen hast peitschen, ja zu Tode peitschen lassen! Old Shatterhand und Winnetou lügen nicht; das merke dir! Wir haben über deine Dummheit lachen müssen, als wir hörten, daß du uns fangen wolltest. Ein noch viel höherer, ja ein geradezu unbegreiflicher Grad von Dummheit aber war es, daß du deine Leute hier in das Birch-Hole führtest, um das Camp überfallen zu lassen. Du hast sie da in eine Falle geführt, die wir nur zuzumachen brauchten, um alle deine Krieger so fest zu haben, wie man Vögel in einem Netz fängt!«

Jetzt begann dem Komantschen endlich so nach und nach die Erkenntnis zu dämmern, daß seine Lage eine viel schlimmere sei, als er bisher angenommen hatte. Zwar gab es eine Stimme in ihm, sich dieser Erkenntnis noch zu verschließen; aber die stolze Sicherheit, mit welcher Old Shatterhand vor ihm stand und zu ihm sprach, ließ keinen Zweifel darüber zu, daß das Spiel, welches die Komantschen so leicht zu gewinnen gehofft hatten, für sie verloren war. Er war gebunden, also vollständig machtlos; er sah das Feuer hoch und breit lodern, welches seinen Leuten den Ausgang aus der Falle verwehrte; aber er kannte den Umstand noch nicht, daß die Höhen der Schlucht rundum besetzt waren, und noch viel weniger wußte er, daß ihm bewiesen werden konnte, welche Absichten er verfolgt hatte, und so hielt er es trotz seiner schlimmen Lage noch immer für möglich, der Strafe entgehen und den, wenn auch vollständig beutelosen Rückzug antreten zu können. Freilich, dumm genannt zu werden, das war für jeden Indianer, um wieviel mehr für ihn, eine Beleidigung, die nur mit Blut abgewaschen werden konnte. Der Grimm, den er darüber empfand, war viel größer als die Sorge, welche ihn zur Vorsicht mahnte, und so knirschte er wütend hervor, indem er an seinen Fesseln zerrte: »Du nennst Tokvi Kava dumm! Wäre ich nicht gebunden, ich würde dich zermalmen wie der Grizzlybär den Koyoten, der ihn ankläfft, mit einem einzigen Schlag seiner Tatze zu Brei zerschlägt!«

»Pshaw! Vergleiche dich ja nicht mit dem grauen Bären! Auch das ist eine Dummheit, wie man sie sich gar nicht lächerlicher denken kann!«

»Schweig! Vergiß ja nicht, mit wem du redest! Ich verlange, freigelassen zu werden! Oder vermagst du die Behauptungen zu beweisen, welche du ausgesprochen hast?«

»Hast du jemals gehört, daß Old Shatterhand etwas behauptet habe, was er nicht beweisen konnte?«

»So sprich!«

»Höre, Halunke, bemühe dich eines andern Tones, wenn du nicht willst, daß dein Rücken sich unter den Hieben krümmt, die ich dir für solche Frechheit geben lasse! Du hast hier keine Befehle zu erteilen. Nicht ich habe mich vor dir, sondern du hast dich vor uns zu verantworten, und wenn du dies nicht höflich tust, so stehen uns genug Mittel zur Verfügung, dich höflich zu machen. Glaube nicht, uns betrügen zu können! Lügen haben keine Wirkung. Übrigens, wenn du dich so stolz den obersten Häuptling der Naiini-Komantschen nennst, so denke ich, daß du auch viel zu stolz sein wirst, die Unwahrheit zu sagen. Ihr seid hierher gekommen, um das Camp zu überfallen?«

»Nein!«

»Du hattest Ik Senanda, deinen Enkel, hierher geschickt, diesen Überfall vorzubereiten?«

»Nein!«

»Du warst gestern abend hier und hast mit ihm gesprochen?«

»Nein!«

Dieses dreimal Nein hatte einen so bestimmten, abweisenden, stolzen Klang, daß der Engineer zornig ausrief: »Diese Unverschämtheit! Er muß uns doch geradezu für dumme Jungens halten! Ich habe große Lust, ihm seine alte Jacke ausziehen zu lassen, damit seine rote Haut Bekanntschaft mit einem guten Stock machen kann!«

Old Shatterhand fuhr, noch immer zu dem Häuptling gewendet, fort: »Ich gebe diesem weißen Gentleman sehr recht. Es ist eine Feigheit sondergleichen, in einer solchen Lage so bestimmt zu leugnen. Ich würde alles gestehen und dadurch selbst den Feind zwingen, mich zu achten.«

»Was Tokvi Kava nicht getan hat, das kann er nicht gestehen«, antwortete der Komantsche.

»So bist du also gestern abend wirklich nicht hier gewesen?«

»Nein!«

»Hast nicht mit zwei Chinesen gesprochen?«

»Nein!«

»Und ihnen unsere drei Gewehre abgenommen?«

»Nein!«

»Auch nicht mit unsern drei Pferden fortgeritten?«

»Nein!«

»Aber leugnen wirst du wohl nicht, deinen Enkel Ik Senanda zu kennen?«

»Den kenne ich.«

»Er hat sich hier Yato Inda genannt.«

»Das ist ganz unmöglich, denn mein Enkel war noch niemals hier.«

»Wo befindet er sich jetzt?«

»Daheim, auf den Weideplätzen unseres Stammes.«

»Du irrst. Du weißt nämlich gar nicht, an welchem Ort er jetzt steckt.«

»Ich weiß es; er ist daheim.«

»Nein. Du hast ihn heute am Vormittag ganz allein am Corner-Top zurückgelassen.«

Der Häuptling schloß für einen Augenblick die Augen, als müsse er einen plötzlichen Schreck verbergen; dann antwortete er höhnisch: »Old Shatterhand scheint träumen zu können, ohne daß er schläft!«

»Pshaw! Du hast ihn dort gelassen, um unsere gestohlenen Gewehre zu bewachen.«

»Uff, uff!« fuhr da der Komantsche trotz seiner Fesseln halb empor.

»Gibst du das zu?«

»Nein!«

»Tokvi Kava, ich verachte dich! Dieses Leugnen beweist uns, daß du keine Spur von Mut und Ehre mehr besitzt. Du bist feiger als ein junger Hund, der vor dem Schatten eines Vogels flieht. Hättest du nur so viel Hirn, wie durch das Zündloch einer Büchse geht, so müßtest du einsehen, daß alles verraten ist, daß wir alles wissen und daß du nur durch die Wahrheit die Spur von Ansehen retten konntest, welches du bei uns noch besaßest. Ich werde dir etwas zeigen, was dir sagen wird, daß euer Ritt zu dem Firwood-Camp nicht nur ein vergeblicher gewesen ist, sondern sogar ein für euch unglückliches Ende nehmen muß. Da, schau her! Das hattest du wohl nicht erwartet?«

Old Shatterhand hatte nämlich, ehe er sich vorhin sehen ließ, seine Gewehre hinter dem Gefangenen niedergelegt, und Winnetou war mit seiner Silberbüchse diesem Beispiel gefolgt. Jetzt holte der erstere diese Waffen von der Stelle, an welcher sie lagen, und zeigte sie dem Häuptling der Komantschen. Dieser vergaß vor Schreck, daß er gefesselt war; er stieß einen Schrei aus und wollte aufspringen.

»Well, das scheint zu helfen!« lachte der Jäger.

»Die – die – die Zauberbüchse – der – Bärentöter und – die – die Silberflinte!« stammelte Tokvi Kava. »Wo – wo – wo ist Ik Senanda, der Sohn meiner Tochter?«

»Er ist unser Gefangener.«

»Ihr – ihr – habt ihn ergriffen?«

»Ja.«

»Am Corner-Top?«

»Ja.«

»Wie – wie – habt ihr ihn dort gefunden? Wie – wie – seid ihr dorthin gekommen?«

»Oh, wir waren schon dort, ehe er kam!«

»Das – das – kann nicht sein! Ihr seid doch mit dem Wagen des Feuerrosses gefahren!«

»Armer Teufel! Du hast wirklich, wirklich gar kein Hirn im Kopf! Und so ein Mensch will mich und Winnetou fangen! Wir fanden gestern deine Spur und wußten natürlich sofort, woran wir waren. Du hattest unsere Pferde gestohlen und den Chinesen unsere Waffen abgenommen; die Pferde kamen wieder; unsere Gewehre mußten wir holen. Und gerade das, was dich so verblüfft macht, das taten wir, um dich zu täuschen und um eher als du zum Alder-Spring zu kommen: Wir fuhren mit der Eisenbahn.«

»Uff – uff –!« entfuhr es dem Komantschen, dessen Augen vor Erstaunen weit offen standen. »Wer hat euch denn gesagt, daß ich zum Alder-Spring wollte?«

»Lächerliche Frage! Wir haben dich verführt, dorthin zu reiten.«

»Ver– führt? Durch – wen?«

»Durch deinen Enkel, den Verräter und Spion. Wir machten ihm weis, daß wir heute abend dort sein wollten, und es geschah ganz so, wie wir gedacht hatten: Er sagte es dir, und du führtest deine Krieger hin, um uns zu fangen. Wir waren aber schon eher dort als du. Wir sahen alles, was ihr tatet, und hörten alles, was gesprochen wurde, denn ich lag mit Winnetou nur vier Schritte weit von dem Baumstamm, an dem du dich ausgestreckt hattest, in dem Dikkicht des Windbruchs.«

»Uff, uff, uff!«

»Ja, uff, uff, uff! Du hast nicht einmal Selbstbeherrschung genug, dein Erstaunen und deinen Schreck zu verbergen! Als ihr dann fortgeritten wart, um wieder zum Firwood-Camp zurückzukehren, nahmen wir deinen Enkel gefangen. Er mußte uns natürlich unsere Gewehre wiedergeben und dann sofort mit uns reiten.«

»Wo befindet er sich jetzt?«

»An einem so hübschen Ort, daß ich es dir gönnen würde, auch dorthin geschafft zu werden.«

»Wo?«

»Das brauchst du jetzt noch nicht zu wissen. Willst du nun noch immer bei deinem unsinnigen Leugnen beharren?«

Der Komantsche blickte still und finster vor sich nieder, bis ihm der scheinbar rettende Gedanke an seine Leute kam. Da sagte er: »Tokvi Kava kennt keine Furcht; er hat nicht aus Angst geleugnet.«

»Du gibst also zu, uns bestohlen zu haben?«

»Ja.«

»Du gestehst, daß du Firwood-Camp überfallen wolltest?«

»Ja.«

»Was hättest du mit den Bewohnern dieses Ortes gemacht?«

»Wir hätten sie getötet und skalpiert.«

»Alle?«

»Alle!«

»Zounds!« rief da der Engineer aus. »Mich auch?«

Für den Komantschen war es jetzt ganz gleich, ob er einen mehr oder einen weniger hatte umbringen wollen; er antwortete in gleichgültig stolzem Ton: »Ich habe dich noch nicht gesehen und weiß nicht, wer du bist, aber hätten wir dich mit ergriffen, so wärest du auch mit skalpiert worden.«

»Danke sehr, danke wirklich herzlich, mein lieber, roter Sir! Für dieses liebenswürdige Geständnis werde ich mich noch ganz besonders bei Euch bedanken. Sagt doch, Mr. Shatterhand, was wir jetzt mit diesem ehrenwerten Gentleman und seinen Leuten tun werden!«

»Wir werden ihm zunächst Gelegenheit geben, seine und die Lage seiner Leute kennenzulernen«, antwortete der Gefragte.

»Auf welche Weise?«

»Wir führen ihn an den Rand der Schlucht hinauf, von wo aus er die Situation überblicken kann.«

»Und dann?«

»Dann wird er, wenn er nicht geradezu irrsinnig ist, seinen Leuten den Befehl erteilen, sich zu ergeben.«

»Hm! Wenn sie nun losbrechen, ehe er ihnen diese Weisung geben kann?«

»Ich werde dafür sorgen, daß sie das nicht tun.«

»In welcher Weise, Sir?«

»Das habe ich Euch bereits gesagt.«

Er wendete sich den beiden gefangenen Posten zu und fragte: »Ist euch die Sprache der Bleichgesichter bekannt?«

Er mußte diese Frage zweimal wiederholen, ehe einer von ihnen antwortete: »Wir haben verstanden, was gesprochen worden ist.«

»Well! Ihr sollt jetzt in die Schlucht gehen, um den Kriegern der Komantschen zu sagen, daß wir ihren Häuptling ergriffen haben, und daß wir sie alle, wenn sie sich wehren, niederschießen werden. Ich führe den Häuptling auf die Höhe, damit er sich überzeugen kann, daß jeder Widerstand euer Verderben herbeiführen muß. Er mag dann entscheiden, was für ihn und euch das beste ist. Mag er sich ergeben wollen oder nicht, ich rate euch, nicht eher an einen etwaigen Widerstand zu denken, als bis ihr erfahren habt, was er tun will.«

»Von wem werden wir das erfahren? Wenn ein Bleichgesicht es uns sagt, werden wir es nicht glauben.«

»Ich werde ihm erlauben, es euch selbst zu sagen. Er mag

von der Höhe herabsprechen, so daß alle seine Krieger es hören können. Seid ihr damit einverstanden?«

»Ja.«

»So werde ich euch jetzt eure Fesseln abnehmen lassen. Aber glaubt ja nicht, daß ihr diese Gelegenheit benutzen könnt, uns zu entspringen. Ich erlaube euch nur, die wenigen Schritte in die Schlucht hinein zu tun, und werde mein Zaubergewehr auf euch gerichtet halten. Wer nur einen einzigen Schritt zur Seite weicht, der bekommt eine Kugel in den Kopf!«

»Wir können doch nicht durch das Feuer gehen!«

»Doch! Die Flamme ist hier an dieser Seite des Einganges nicht so hoch und breit, daß sie euch gefährlich werden könnte; ihr kommt mit einem einzigen Sprung hindurch.«

»Sollen wir zurückkehren und wieder gefesselt werden?«

»Nein, ihr könnt in der Schlucht bleiben. Sagt euren Kriegern, was ihr gehört und gesehen habt! Wenn ihr das tut, werden sie einsehen, daß es für sie gar nichts anderes geben kann, als abzuwarten, wofür ihr Häuptling sich entscheidet.«

Während ihnen die Fesseln abgenommen wurden, stellten Winnetou und Old Shatterhand sich mit angelegten Gewehren so, daß ein Entrinnen gar nicht möglich war. Der eine von ihnen nahm einen Anlauf und sprang an derjenigen Stelle durch das Feuer in die Schlucht, wo es am wenigsten breit war, und der andere folgte ihm sogleich. Hierauf zog Old Shatterhand noch einige Eisenbahner mehr herbei, um den Eingang während seiner Abwesenheit unter scharfer und hinreichender Bewachung zu wissen, und dann wurden dem Häuptling der Komantschen die Füße von den Banden befreit, um ihm zu ermöglichen, mit auf den Berg zu steigen. Die Hände blieben ihm natürlich auf dem Rücken festgebunden; dazu nahmen Winnetou und Old Shatterhand je einen gespannten Revolver in die Hand und drohten, ihn bei dem geringsten Fluchtversuch niederzuschießen. Der Engineer mußte als Anführer der Wachen unten beim Feuer bleiben.

So stiegen Shatterhand und Winnetou mit Tokvi Kava in der Mitte den Berg hinauf. Sie waren überzeugt, daß er ihnen keine Gelegenheit geben werde, ihre Waffen in Anwendung zu bringen. Er hätte durch den Versuch zu entspringen nicht nur sein Leben, sondern auch seine eingeschlossenen Krieger in die größte Gefahr gebracht; das sagte er ihnen zwar nicht, aber doch sich selbst, und folgte also ohne Widerstreben bis hinauf zu einer Stelle, von welcher aus die ganze Schlucht mit einem Blick zu überschauen war. Das war derselbe Ort, an welchem sich der Hobble-Frank befand. Als er die drei Männer kommen sah und Tokvi Kava an seinem Federschmuck erkannte, tat er einen Freudensprung und rief aus: »Hurra, da bringen sie eenen gebracht, der, wenn mich meine angeborene Intelligenz nicht ganz im Schtiche läßt, der Häuptling dieser roten Kriegspfadbrüder is! Habe ich's erraten, Herr Shatterhand?«

»Ja, er ist's«, antwortete der Gefragte.

»Freut mich, freut mich ungeheuer! Denn sobald wir den Hauptgimpel gefangen haben, gehen uns die andern Sperlinge ganz von selber off den Leim. Off welche Weise haben Sie ihn denn bei der Schkalplocke erwischt?«

»Nachgeschlichen und niedergeschlagen, lieber Frank.«

»Nachgeschlichen und niedergeschlagen! Das klingt so eenfach und selbstverschtändlich, als wenn die Köchin im Hotel Bellevue von der Katze sagt: Erst abgeschtochen, dann braungebraten und nachher als Hase offgefressen! Wünsch guten Appetit, meine Herren! Nu soll er wohl die schöne Aussicht hier oben genießen und nachher mit der Drahtseilbahn im Wagen erschter Klasse wieder nunterrutschen?«

»So ähnlich haben wir es allerdings mit ihm vor.«

»Wirklich? Na, verehrtester Herr Shatterhand, da könnten Sie mir bei dieser festlichen Gelegenheet eenen großen Gefallen tun!«

»Welchen?«

»Lassen Sie mich mit nunterfahren! Aber nur als Schaffner, wenn ich bitten darf!«

»Warum das?«

»Weil es mich in allen Gliedern juckt, ihm den Fahrschein zu coupieren.«

»Ohne Coupierzange?« lächelte Old Shatterhand.

»Lassen Sie mich nur machen; ich bring's ooch ohne Zange fertig, nämlich erschter, zweeter, dritter und ooch vierter Klasse. Ich kenne mich da sehr gut aus und mach' das nach der alten, guten Regel:

›Knipps, o knipps in diesen Schein,
Knipps een kleenes Loch hinein!
Knipps in diesen blauen Schein
Een Loch für fünfzehn Pfenn'ge ein!

Knipps in diesen grünen Schein
Een Loch für zwanzig Pfenn'ge ein!
Knipps in diesen roten Schein
Een Loch für dreißig Pfenn'ge ein!
Knipps in diesen gelben Schein
Een Loch für vierzig Pfenn'ge ein!
Knipps, o knipps in jeden Schein,
Knipps een kleenes Loch hinein!‹

und Sie können sich ganz off mich verlassen, wenn ich Ihnen sage, daß ich ihn von hier oben bis hinunter so anhaltend knippsen werde, daß er, wenn er unten angekommen is, von jedermann für een abgeloofenes Rundreesebilletbuch gehalten werden soll! Hoffentlich sind Sie einverschtanden?«

»Nicht ganz. Wenn du so gern knippsen willst, so laß dich, wenn du wieder in der Heimat bist, als Pferdebahnschaffner engagieren; hier aber wird nicht geknippst!«

»So habe ich wieder mal den schönsten Beruf und höchsten Lebenszweck verfehlt! Es is wirklich traurig, wenn es dem irdischen Menschen niemals erlaubt is, seiner in die Schterne geschriebenen Begabung schpärlich nachzuwandeln! Was wollen Sie denn aber mit dem Burschen hier oben machen? Soll er etwa von dieser Tribüne aus für seine Leute eene Rede reden?«

»Vielleicht.«

»Das is gar nich nötig, denn ich bin ganz gern bereit, ihm das Konzept dazu so deutlich off den Rücken zu schreiben, daß sie es alle mit der größten Gemütlichkeit von Anfang bis zum Ende runterlesen können! Ich bin sogar bereit, das in allen möglichen Arten von Schrift zu tun; je größer und je dicker, desto lieber! Da schteht er nu und schtaunt grad wie die Kapelle von Schiller in das Tal von Uhland hinab! Wie mir scheint, kommt ihm unsre schöne Illumination und Gasbeleuchtung sehr bedenklich vor!«

Der kleine Konfusionsrat hatte nicht unrecht. Wenn Tokvi Kava bis jetzt auf die Hilfe der Seinen gerechnet hatte, so mußte er jetzt einsehen, daß diese Rechnung ein ganz anderes als das von ihm gewünschte Fazit ergab. Sie hockten, mit ihren Pferden auf das ärgste eingeengt da unten in der Schlucht, und der einzige Weg zur Freiheit wurde ihnen durch das noch immer hochlodernde Feuer verschlossen. Dieses Feuer konnte bis zum frühen Morgen und noch länger unterhalten werden; das wußte er, denn er hatte gesehen, daß noch ein großes, volles Petroleumfaß unten lag. Und wenn es das nicht gegeben hätte, so war Erdöl genug im Camp vorhanden, und außerdem lieferte der Wald ja so viel Brennmaterial, daß an den Umstand, daß das Feuer werde ausgehen müssen, gar nicht zu denken war.

Und wenn er die Wände der Schlucht betrachtete, so sah er zwar eine Stelle, an welcher man heraufklettern konnte; ja, ein einzelner Mann, für den oben kein Feind stand; aber eine so große Anzahl von Indsmen – an die Pferde dabei gar nicht zu denken! Und oben brannten Feuer und Fackeln, so daß alles tageshell beleuchtet war, und da zählte er eine Menge Bleichgesichter, welche wohlbewaffnet waren und jeden Versuch, die Wand zu ersteigen, mit größter Leichtigkeit zurückweisen konnten. Er sann hin und sann her; er suchte in seinen Gedanken nach irgendeiner Möglichkeit; es gab keine. Freilich dachte er einen Augenblick daran, daß seine Indianer ihre Pferde besteigen und im Galopp den Ausgang durch das Feuer erzwingen könnten; aber er mußte auch diesen Gedanken fallen lassen. Erstens hatte er die Wachen gesehen, welche draußen vor dem Feuer standen, und zweitens konnten alle die Bleichgesichter, welche er hier oben sah, mit ihren Kugeln die ganze Schlucht bis hin zum Feuer bestreichen; es wäre keinem einzigen Roten gelungen, zu entkommen, denn es hätte nur einer einzigen Salve bedurft, um den Ausweg mit den Leichen von Indianern und Pferden zu verstopfen.

Dieses niederdrückende Ergebnis seines Nachdenkens nahm ihn so in Anspruch, daß er nicht daran dachte, seine Züge zu beherrschen, und darum stand ihm die Enttäuschung so deutlich auf dem Gesicht geschrieben, daß zwar Winnetou und Old Shatterhand darüber schwiegen, dafür aber der kleine Hobble-Frank nicht umhin konnte, in ironischer Weise zu bemerken: »Jetzt macht er een Gesicht, grad so wie der Frau von Zappelheimern ihre Gans; als die nämlich fortfliegen wollte, da bemerkte sie, daß sie gar keene wirkliche Gans, sondern een Briefbeschwerer war.«

Frank sah, daß Old Shatterhand ein Lächeln über diesen Vergleich nicht ganz unterdrücken konnte, und fuhr darum fort: »Das is ja leider schtets das Los des Erhabenen, daß es zwar zwee Beene, aber keene Flügel hat. Es geht mir ebenso und dem Häuptling ooch. Er möchte gern een Adler sein und hockt als Ochsenfrosch am Boden. Sein Geist schtrebt zwar nach der jenseitigen Parallele, aber seine körperliche Zusammensetzung wird von der diesseitigen Parallaxe festgehalten und ganz folgerichtig wie een Eiszapfen von der Sonne offgetaut. Er mag's anfangen, wie er will, er kann doch keene Rettung finden. Sein Lebenswandel schteigt abwärts in den Souterrain, und sein zukünftiges Geschick schläft wie der Apollo vom Belvedere im Sauerkraut. Machen wir es kurz mit ihm, Herr Shatterhand! Knipps, o knipps in diesen Schein, knipps een kleenes ...«

»Sei still, Frank, ich bitte dich!« fiel ihm der Genannte in die Rede. »Laß mich mit deiner Coupierzange in Ruhe!«

»So? Also ooch von Ihnen werde ich verkannt! Schtill soll ich sein, während alle meine innern Drahtsaiten klingen! Meine Seele ertönt wie Gustav Memnon seine Wassersäule, und mein Herz hält Zwiegeschpräch mit der übermächtigen Möglichkeet, daß dieser Häuptling der Komantschen off die Idee kommt, sich ...«

Wer weiß, was er wieder für ein Ungetüm der Logik hervorgebracht hätte, wenn er nicht unterbrochen worden wäre.

»Uff, uff!« ließ sich nämlich gerade jetzt der Häuptling hören, und zwar viel lauter, als er es jedenfalls beabsichtigt hatte. Er erwachte aus seinem Brüten wie aus einem Schlaf und fuhr über seinen eigenen Ausruf zusammen. Er hatte ja eigentlich gar nichts sagen wollen.

Winnetou beabsichtigte überhaupt nicht zu sprechen, und Old Shatterhand hatte zunächst schweigen und den Häuptling seinen eigenen Gedanken überlassen wollen; jetzt nun, da dieser sich hatte hören lassen, fragte er ihn: »Nun, hat Tokvi Kava darüber nachgesonnen, ob es für ihn und seine Komantschen einen Weg zur Freiheit gibt?«

»Ja«, antwortete der Indsman.

»Es gibt keinen solchen Weg.«

»Es gibt einen!«

»Ah! Welchen?«

»Deine Gerechtigkeit.«

»Berufe dich ja nicht wieder auf sie!«

»Ich muß dich doch an sie erinnern!«

»Wenn ich nun auf sie höre, bin ich gezwungen, euch zu verurteilen!«

»Nein! Was haben wir getan? Haben wir euer Blut vergossen?«

»Nein; aber ihr wolltet es vergießen.«

»Kann man Blut rächen, welches nicht geflossen ist?«

»Nein; aber habe ich denn davon gesprochen, unvergossenes Blut rächen zu wollen?«

»Du hast es nicht gesagt; aber wenn du zugibst, daß Blut, welches nicht geflossen ist, auch nicht gerächt werden kann, so müßt ihr uns freilassen!«

»Du irrst. Welche Strafe ruht nach dem Gesetz der Savanne auf dem Pferdediebstahl?«

Der Gefragte antwortete nach einigem Zögern: »Der Tod; aber eure Pferde sind wieder zu euch zurückgekehrt!«

»Und welche Strafe ruht auf dem Diebstahl von Waffen?«

»Auch der Tod; aber ihr habt euch eure Gewehre wiedergeholt!«

»Daß wir die Pferde und die Waffen wieder haben, ändert nichts an deiner Schuld. Der Diebstahl wurde nicht nur versucht, sondern wirklich ausgeführt. Dein Leben ist verwirkt!«

»So wollt ihr mich töten?« fuhr der Häuptling zornig auf.

»Wir sind keine Mörder. Wir töten nicht, sondern wir bestrafen, denn du hast Strafe gewollt und verlangt.«

»Uff! Wann hätte ich sie verlangt?«

»Als du Gerechtigkeit fordertest. Auf unsere Gnade und Barmherzigkeit hast du ja ausdrücklich und höhnisch verzichtet.«

Der Komantsche ließ den Kopf wieder sinken und schwieg. Er wußte, daß er nicht umsonst die Milde dieser beiden menschenfreundlichen Männer anrufen würde; aber sein Stolz sträubte sich dagegen, es zu tun. Nach einer Zeit unnützen Nachdenkens fragte er: »Haben wir das Camp überfallen?«

»Nein.«

»So können uns die Bleichgesichter, welche da wohnen, nichts tun!«

»Irre dich nicht!«

»Irre ich mich?«

»Ja.«

»So sag, wieso?«

»Was wirst du tun, wenn der Grizzly auf dich zukommt, um dich zu fressen?«

»Ich werde ihn töten.«

»Das ist ungerecht. Wie darfst du ihn töten, da er dich doch noch nicht gefressen hat!«

»Er würde es aber tun, wenn ich ihm nicht das Leben nähme!«

»Das mußt du abwarten!«

»Uff! Der Bär ist ein Tier, aber nicht ein Mensch!«

»Es ist der Wille des großen Manitu, daß der Bär vom Raub und vom Blut lebe, der Mensch aber nicht; also ist ein Mensch, der Blut vergießen will, viel ärger als ein Raubtier, und es ist ganz nach deinen eigenen Worten, daß man einen Menschen, welcher Blut vergießen will, sofort tötet, ohne etwa abzuwarten, bis er es vergossen hat. Du selbst hast euer eigenes Urteil gesprochen!«

»Uff, uff!«

Nach diesem unwilligen Ausruf des Eingeständnisses trat wieder eine Pause ein. Old Shatterhand hütete sich, sie zu unterbrechen. Der Komantsche mußte selbst wieder beginnen. Dieser ließ eine Weile vergehen, ehe er fragte: »Wo ist Ik Senanda, den du gefangen hast?«

»An einem sichern Ort, wo er auf sein Urteil wartet.«

»Wie wird dieses Urteil lauten?«

»Der Tod.«

»Wie? Ihr wollt auch ihn töten, der sich gar nicht an dem Ritt nach Firwood-Camp beteiligt hat?«

»Ja. Er hat sich mehr als nur beteiligt, denn er ist der Spion, der Verräter, welcher den Überfall vorbereitet hat. Du weißt, daß man Spione henkt und daß es nie vorkommt, daß einer Gnade findet.«

»So werden wir kämpfen!« drohte er.

»Tut es! Schau da hinab! Kann eine einzige von euren Kugeln treffen? Dagegen bedarf es nur eines einzigen Rufes von mir, so krachen all unsere Gewehre. Wenn jedes Bleichgesicht nur zweimal schießt, lebt keine einzige Rothaut mehr. Das weißt du auch, ohne daß ich es dir erst zu sagen brauche.«

»Uff! Seit wann ist Old Shatterhand ein so blutdürstiger Mensch geworden?«

»Seit du Gerechtigkeit von mir gefordert hast; denn die Gerechtigkeit verlangt eher Blut, nichts anderes und geringeres.«

»Man sagt, du seist stolz darauf, ein Christ, ein guter Mensch zu sein?«

»Gut soll jeder Mensch sein; ein Grund zum Stolz aber ist das nicht.«

»Ist es gut, nach Rache zu lechzen?«

»Ich lechze nicht. Versuche nicht, mich mit solchen Worten zu gewinnen. Was hatten euch die Bewohner dieses Camp getan, daß ihr sie morden und skalpieren wolltet? Nichts! Du verlangst, daß euch trotzdem nichts geschehe. Seid ihr etwa ebenso unschuldig, wie sie waren? Euch wird nur die Gerechtigkeit, welche du gefordert hast. Gnade willst du ja nicht!«

Wieder sank der Häuptling ratlos in sich zusammen. Er befand sich in einer für ihn fürchterlichen Lage. Er konnte sich und seine Leute weder mit List noch durch Gewalt retten; das sah er ein; aber durfte er, der stolze Häuptling, der sich für den berühmtesten, tapfersten und gefürchtetsten Komantschen hielt, gerade diese beiden Männer, die als ihre gehaßtesten Gegner galten, um Gnade und Schonung bitten? Alles, alles, was in ihm lebte, sträubte sich dagegen, und doch sah er keine andere Möglichkeit, dem Tod zu entgehen. Er fürchtete den Tod zwar nicht, nämlich den Tod an sich; aber er fürchtete die Todesart, die ihm hier drohte, denn nach seinem Glauben kann die Seele eines Menschen, der durch Hinrichtung stirbt, nicht in die ewigen Jagdgründe gelangen. Dieser Gedanke flößte ihm eine Angst ein, welche er nicht zu überwinden vermochte. Dabei wallte in ihm ein Zorn empor, ein Haß gegen Winnetou und Old Shatterhand, der ihm den heißen Wunsch eingab, leben zu bleiben, um sich an diesen beiden Menschen rächen, aber ganz fürchterlich, ganz entsetzlich rächen zu können. Und dieser Haß, dieser Wunsch war es, welcher ihn veranlaßte, seinen Stolz zu überwinden und etwas zu tun, was er sonst auf keinen Fall getan hätte. Er hob langsam den Kopf und fragte mit unsicherer Stimme: »Was versteht Old Shatterhand unter Gnade?«

»Die Erteilung einer milderen oder gar den Erlaß der ganzen Strafe.«

»Würdet ihr uns die Strafe ganz erlassen?«

»Nein; das ist unmöglich.«

»Aber das Leben könnten wir erhalten?«

»Vielleicht. Winnetou und ich, wir trachten nicht nach eurem Leben. Wir sind Freunde aller weißen und roten Männer und vergießen nur dann das Blut eines Menschen, wenn er selbst uns zwingt, dies zu tun.«

»So würdet ihr uns das Leben schenken?«

»Ja.«

»Uff! Wenn ihr das tut, die ihr die größten, die berühmtesten unter diesen Bleichgesichtern seid, so werden die andern eurem Beispiel folgen müssen!«

»Müssen? Davon kann keine Rede sein. Die andern Bleichgesichter sind freie Männer, gerade wie wir; sie kennen die Gesetze, nach denen im Wilden Westen gerichtet wird, und wir haben ihnen nichts zu befehlen.«

»Du hieltest es aber doch für eine Möglichkeit, daß auch sie unser Leben schonen!«

»Allerdings, Winnetou und ich, wir werden uns Mühe geben, sie dazu zu bewegen. Es wird nicht leicht sein, ihre Rache in Nachsicht zu verwandeln; aber wir hoffen doch, es zu erreichen, wenn du das Deinige nicht versäumst, ihren Zorn zu besänftigen.«

»Was sollen wir tun?«

»Euch ergeben.«

»Ergeben?« fuhr er auf. »Bist du toll!«

»Ist es toll von mir, wenn ich euch retten will? Gut! Ich pflege keine Tollheiten zu begehen; schweigen wir also davon! Ich habe dich hierher geführt, um dir zu beweisen, daß euer Widerstand uns keinen Tropfen Blutes kosten wird, euch aber augenblicklich ins Verderben führt. Diesen Zweck habe ich erreicht. Wenn ich das Zeichen gebe, gehen alle unsere Gewehre los; wir werden euch die Skalpe nehmen, und eure Seelen werden dann in den ewigen Jagdgründen verurteilt sein, als verächtliche Diener und Sklaven unsern Geistern um die Füße zu kriechen. Du hast es nicht anders gewollt. Komm!«

»Wo willst du hin?«

»Wieder hinab.«

»Und was wird dann geschehen?«

»Du wirst, sobald wir hinunterkommen, an einem Baum aufgehängt, und dann geben wir das Zeichen, auf welches der Tod aller deiner Krieger folgt. Also komm!«

Er faßte ihn am Arm, scheinbar um ihn mit sich fortzuziehen; aber Tokvi Kava riß sich los, wich einen Schritt zurück und fragte, indem seine dunkeln Augen förmlich aufglühten: »Du kannst uns nur dadurch retten, daß wir uns ergeben?«

»Ja.«

»Wir dürfen leben bleiben?«

»Ich hoffe es.«

»Und zu unserem Stamm zurückkehren?«

»Wenn euch das Leben geschenkt wird, ja. Du glaubst doch nicht, daß man Lust haben wird, euch hierzubehalten.«

»Und wenn wir frei fortziehen dürfen, fürchtest du da nicht unsere Rache?«

»Pshaw! Wer wird sich vor euch fürchten! Du sprichst von Rache? Wenn wir euch das Leben retten, seid ihr uns da nicht vielmehr Dankbarkeit statt Rache schuldig?«

»Rette uns; dann wirst du sehen, was wir tun!«

»So entschließe dich schnell! Ich gebe dir nur so viel Zeit, wie wir Weißen fünf Minuten nennen; dann muß es entschieden sein.«

»Brauche die Zeit nicht, denn ich sage gleich jetzt, daß wir uns ergeben werden. Wie forderst du, daß wir das tun sollen?«

»Siehst du, daß man da rechts am Felsen heraufsteigen kann?«

»Ja.«

»Der Pfad ist so schmal, daß nicht zwei nebeneinander kommen können. Sag deinen Kriegern, daß einer nach dem andern hier heraufkommen soll, doch ohne Waffen. Sie werden natürlich alle zunächst gefesselt werden, bis wir über sie beraten. Dann soll . . .«

»Gefesselt?« unterbrach ihn der Häuptling, zornig auffahrend.

»Ja. Wenn dir das nicht paßt, so mögen sie sterben. Du bist ja auch gefesselt!«

»Uff! Old Shatterhand ist ein schrecklicher Mensch. Er spricht so sanft und ruhig, aber sein Wille ist ein Stein, der nicht erweicht und sich nicht biegen läßt!«

»Sehr gut, daß du dies einsiehst! Verhalte dich danach! Also, bist du einverstanden, daß sie gefesselt werden?«

Der Gefragte zögerte einige Augenblicke; dann reckte er sich stolz und hoch empor und antwortete, vor Grimm sehr laut, fast schreiend: »Ja!«

»Well! Aber sag ihnen, daß wir jeden, der nicht alles unten ablegt und die geringste Waffe mit heraufbringt, sofort töten werden!«

Man sah es deutlich, daß der Häuptling vor Wut zitterte. Er erkundigte sich noch: »Wenn ich tue, was du willst, wird da der Sohn meiner Tochter auch leben bleiben und die Freiheit erhalten?«

»Ja.«

»Schwöre es mir zu!«

»Old Shatterhand schwört nie. Ich gebe dir mein Wort und werde es halten!«

»Ich glaube es! Du hast den Stämmen der Komantschen schon oft Unheil gebracht, aber gelogen hast du nie.«

»Die Söhne der Komantschen sind an dem Unglück, welches sie mit Winnetou und mit mir hatten, stets selbst schuld gewesen. Wir wollen gern ihre Freunde und Brüder sein; sie aber hassen uns und zwingen uns zur Verteidigung;

wenn sie dabei den kürzeren ziehen, haben sie es sich selbst zuzuschreiben. Liegt nicht auch heute die Schuld an euch allein? Wir hatten euch nichts getan. Warum bestahlst du uns und trachtetest uns nach dem Leben? Und dabei wagt ihr es, uns eure Feinde zu nennen! Pshaw!«

»Schweig jetzt hiervon! Es kommt die Zeit, in welcher wir über diese eure Freundschaft weitersprechen werden! Jetzt gibt es anderes zu tun. Laß mir die Fesseln abnehmen, daß ich hinunter zu meinen Kriegern steigen kann!«

»Ah, du willst selbst hinab?«

»Du hast es gehört.«

»Und ohne Banden?«

»Ja.«

»Warum?«

»Es genügt nicht, daß ich einige Befehle von hier hinabrufe. Wenn sie sich ohne Waffen euch ausliefern sollen, muß ich ihnen meine Gründe sagen.«

»Well«, antwortete Old Shatterhand, indem er ihn lächelnd musterte. »Magst du eine Hinterlist dabei verfolgen, mir gleich. Ich erteile dir die Erlaubnis hinabzusteigen; aber von dem Augenblick an, an welchem du den Grund erreichst, werden die Läufe von neun mal zehn Gewehren auf euch gerichtet sein, und wenn ich nach fünf Minuten rufe, und du kommst nicht als erster wieder herauf, geht jeder dieser Läufe zweimal los. Ich hab's gesagt, und so geschieht's. Jetzt geh!«

Er band ihm selbst die Hände los. Winnetou hatte sich mit keinem Wort an der Unterhandlung beteiligt; jetzt, als der Komantsche Miene machte hinabzusteigen, legte er diesem die Hand an den Arm und sagte: »Was Old Shatterhand gesagt hat, ist wie ein Schwur, den auch ich halten werde. Wenn er dich ruft und du nicht sofort kommst, ist es meine Kugel, die dich trifft! Ich habe es gesagt. Howgh!«

Der Komantsche drehte sich, ohne zu antworten, von ihm ab und begann den Abstieg, der ihn zu den Seinen führte. Während sie seine Schritte beobachteten, wie auch die Augen aller Komantschen von unten herauf an ihm hingen, fragte Old Shatterhand: »Ist mein Bruder Winnetou mit allem, was ich besprochen und bestimmt habe, einverstanden?«

»Mit allem«, nickte der Apatsche. »Mein weißer Bruder hat sehr klug gehandelt. Der Häuptling der Komantschen hat es gar nicht so bemerkt, mit welcher List du ihm die Möglichkeiten und die Waffen, die er noch hätte haben können, aus den Händen gerungen hast.«

»Glaubst du wie ich, daß er wiederkommen wird?«

»Ja. Er wird nicht zögern, denn er glaubt, daß es sonst keinen Weg zur Rettung gibt, und seine Krieger werden ihm gehorchen.«

Als der Komantsche unten angekommen war und die ersten Worte zu seinen Leuten gesprochen hatte, erhob sich ein lautes Geheul. Das war ihre Antwort auf seine Mitteilung, daß sie sich zu ergeben hätten. Um ihn gegen ihren etwaigen Widerspruch zu unterstützen, gab Old Shatterhand mit weithin schallender Stimme einige kurze Befehle. Da kamen alle Weißen, welche sich auf der andern Seite befanden, auf die seinige herüber, um die einzeln heraufkommenden Komantschen dann zu empfangen und gleich zu fesseln, und alle richteten ihre Gewehre nach unten, um auf Old Shatterhands Befehl sofort Feuer zu geben. Auch die unten beim Feuer unter dem Kommando des Engineers befindlichen Weißen richteten ihre Gewehre in die Schlucht hinein. Zu ihnen waren die weißen Arbeiter von Firwood-Camp gestoßen, die sich doch geschämt hatten, ihre Kollegen vom Rocky-Ground die Arbeit allein tun zu lassen. Nur Leveret, ihr Engineer, ließ sich nicht sehen, denn er fühlte sich um so sicherer, je weiter er sich vom Kampfplatz befand. Was die Chinesen betraf, so waren sie zwar auf den Ausgang des Abenteuers unendlich neugierig, aber ihre Haut zu Markt zu tragen, das fiel ihnen gar nicht ein. Sie hatten sich in der Ferne niedergelagert, bereit, beim geringsten Zeichen von Gefahr aufzuspringen und auszureißen, und nicht nur die Komantschen waren es, die ihnen diese Furcht einjagten, sondern sie konnten noch immer den weißen Jäger und den roten Apatschen nicht vergessen, welche nur durch die Kraft ihrer Arme ihren dichten Haufen in eine abwärts rollende Lawine verwandelt hatten.

Tante Droll war auch mit von der andern Seite herübergekommen. Er hatte sich neben seinen Vetter Frank niedergestreckt, hielt wie dieser die Mündung seines Gewehres über den Rand der Schlucht hinab und erkundigte sich: »Hast du, Vetter Frank, alles gehört, was hier gesproche worde is?«

»Wie kannste nur so fehlerhaft und chorographisch fragen!« antwortete der Kleine. »Ich bin doch dabei geschtanden und habe meine Ohren. Warum sollte ich denn da nischt gehört haben?«

»Daßte Ohre hast, das is mer nich ganz unbekannt; aber mancher hat zwee Ohre, ohne daß er höre will, was er höre soll. Is das nich der Häuptling der Komantsche gewese?«

»Ja.«

»Und es is mit ihm verhandelt worde?«

»Ja.«

»Off was hat er sich denn einlasse müsse?«

»Die Komantschen müssen sich ergeben. Sie kommen eenzeln da am Felsen roffgeschtiegen und werden sogleich gefesselt, wenn sie hier oben aus der Beichaise geschtiegen sind.«

»Du, das is wieder mal sehr pfiffig von unserm Old Shatterhand! Hätte se roffschteige könne, wie se wolle, gleich viele so hinter'nander, so hätte das für uns gefährlich werde könne; da se aber so eenzeln und eelitzig komme müsse, könne se uns keen Schade mache. Ich will nur hoffe, daß alles gut vonschtatten geht. Schtricke und Rieme sind genug da, um die Burschen zu fesseln. Es ist doch gleich was andersch, wenn mer in de richtige Gesellschaft kommt! Seit mer gestern Old Shatterhand und Winnetou getroffe habe, werde mer nu wieder was erlebe könne.«

»So? Und mit mir kannste wohl nischt erleben? Höre mal, ich bitte mir diejenige reschpektvolle Hochachtung aus, off welche een Mann von meinen acht Matadoren Anspruch erheben kann! Übrigens haben wir sie nich schon gestern, sondern erscht heute früh getroffen. Wenn dir in deiner Zeitrechnung der falsche Multiplikator abhanden gekommen is, da bilde dir nur ja nich ein, daß ich dir mit meinen altassyrischen Dezimalbrüchen aushelfen werde. Wer da denkt, daß er nischt mit mir erleben kann, der kann gerade sehr viel mit mir erleben. Das merke dir in Zukunft ganz ergebenst! Habe ich dir etwa deshalb geschtattet, als mein Vetter und leibhaftiger Cousin geboren zu werden, daß ich mir die gute Laune durch deine falsche Zeitrechnung verderben lassen soll? Behauptet dieser Mensch, bei mir nischt erleben zu können, und dabei kann er nich eenmal das Addieren vom Zusammenzählen unterscheiden!«

»Na, sei nur gut!« bat Droll. »Ich hab's ja gar nich so gemeent! Wer wird nu gleich bei jedem Wort so wie 'ne Bombe platze!«

»Schweig, alter Generalschtabsgimpel! Wie kannste es nur wagen, mich mit der Bombe in dieselbe Perschpektive zu versammeln!«

»Weilste grad so schnell platzest wie sie.«

»Platzen! Was für een Ausdruck für so eene bedeutende Wissenschaftlichkeet. Weeste denn nich, du Grünschnabel, daß die Bombe nich platzt, sondern exportiert?«

»Du willst wohl sage, explodiert?«

»Explodiert? Wie meenste das, lieber Droll?« fragte Frank in seinem freundlichsten Ton.

Aber wer ihn kannte, der wußte, daß gerade diese scheinbare Freundlichkeit eine sichere Explosion in Aussicht stellte.

»Na«, antwortete Droll unbefangen und noch ganz ahnungslos: »Explodiere is doch, wenn was knalle tut; Export aber wird mit Ausfuhr übersetzt. Nich?«

»Ja, das is sehr richtig, lieber Droll, sehr richtig.«

»Schön! Freut mich sehr, daßte mer recht gegebe hast!«

»Recht gegeben?« brach nun der Kleine zornig los. »Bildest du dir das wirklich ein? Ich und jemandem recht geben, der nich mal so viel Grütze hat, sich in die hochinteressanten Eegenschaften der Haupt- und Vorsilbe ex hineinzudenken! Denkt der Mensch wirklich, daß ich den mineralogischen Unterschied zwischen explodieren und exportieren nich weeß! Ja, das war ganz richtig: explodieren heeßt knallen; also das Sodawasser explodiert, die Peitsche explodiert, und die Maulschelle explodiert, weil es eenen Knall dabei gibt. Und das war ooch richtig, daß Export soviel wie Ausfuhr heeßt. Nu sag eenmal, kommt nich das Dominium Ausfuhr von dem Feminium ausfahren her?«

»Das is mir zu gelehrt, aber es wird schon seine Richtigkeit habe.«

»Und wenn man ausfährt, muß man doch wo rausfahren?«

»Ja freilich.«

»Zum Beischpiel aus der Haut?«

»Aus – der – Haut?« wiederholte Droll ganz verblüfft.

»Natürlich! Oder haste noch nie den Ausdruck gehört, daß jemand aus der Haut gefahren is?«

»Gehört, ja; aber gesehe hab' ich's noch nich.«

»So haste also ooch noch keene Bombe gesehen?«

»Nee.«

»Na, die fährt eben aus der Haut, wenn sie platzt, und weil Ausfuhr so viel wie Export heeßt, so sagen wir Gelehrten, wenn wir unter vier Oogen sind, daß die Bombe exportiert. Hast du das kampiert?«

»Kampiert? Das is ooch wieder so een fremdes Wort.

Nimm mirsch nich übel, lieber Frank; aber soll es nich vielleicht heeßen kapiert? Kampiert heeßt doch Lager mache?«

»Ganz richtig! Und etwas kampieren heeßt, es so fest in den Kopp offnehmen, daß es dort lagern bleibt. Verschtanden?«

Droll kratzte sich hinter dem Ohr und antwortete verlegen: »Hm, ich hab's weder verschtande noch kampiert, du weeßt ja, daßte mer nich mit solche fremde Dinge kommen darfst. Ich schtamme nu eenmal aus dem Altenburgischen und bin nich in Moritzburg gebore.«

»Leider, leider, ja! Die liebe Schöpfung hat uns mit so ganz verschiedenen Geistesgaben ausgeschtattet, und darum is, obgleich du mein wirklicher Vetter bist, unsre Verwandtschaft doch nur eene hinterpommersche Mesalliance zu nennen. Ich bin dir in allen Schtücken über und kann eegentlich gar nich begreifen, wie unsre beederseitigen Eltern off den komischen Gedanken haben kommen können, grad uns zwee beede durch so eene nahe Verwandtschaftlichkeet zu verbinden. Es sollte doch wohl jedem halbwegs gebildeten Menschen freischtehen, sich seine Vettern und Tanten selber auszulesen! Wenn man das dürfte, da wäre es gar nich möglich, daß sich die Natur so viel Mißgriffe in der Vetternschaft zuschulden kommen lassen könnte.«

»So? Da willste also nischt mehr von mir wisse?«

»Sei doch so gut und frag nich so konschterniert und deponiert! Ich habe dich ja gerade deshalb so lieb, weil du dümmer bist als ich. Wo wollte ich denn mit sämtlichen Schtrahlen meiner Weisheet hin, wenn ich niemand hätte, den ich damit erleuchten und obskurieren könnte? Es macht mich doch gerade das so glücklich, daß alle meine Worte wie een Regen sind, der mit seinen Tropfen die geistig Armen erfrischt und die eenzelnen Wissenschaften in das große Meer des philosophischen Oceanos schwemmt. Jene Henne sagte, als sie Eier legte: ›Jedem een Ei, aber dem hochschtudierten Schweppermann drei!‹ Du kannst doch nischt dafür, daß ich dieser Schweppermann bin und zwee Eier mehr bekommen habe als du. Aber habe nur keene Sorge nich! Ich weeß, was ich dir als Cousin und Vetter schuldig bin, und werde dir zuweilen von meinem Überfluß eene Portion Rührei mit Schtaudensalat zukommen lassen. Dein schpezieller Schaden soll es nich grad sein, daß die gütige Natur mich zu ihrem Liebling und Geschwisterkind erkoren hat. Mein Wahlspruch ist ja schtets gewesen: ›Singe, wem Gesang gegeben, in dem deutschen Dichterwald, und wer lebt, laß wieder leben, denn im Winter is es kalt!‹ Aber paß off! Old Shatterhand scheint jetzt rufen zu wollen.«

Die gegebene Frist war vorüber, und der Erwähnte bog sich jetzt über die Felsenkante vor, legte die Hand an den Mund und rief in die Schlucht hinab: »Tokvi Kava, eta haueh!«*

Der Häuptling hörte den Ruf, gab, wie man sah, seinen Leuten noch einen letzten Befehl und wendete sich dann von ihnen, um der Aufforderung Old Shatterhands nachzukommen. Er stieg an derselben Stelle herauf, an welcher er hinabgeklettert war, und während er dies tat, sah man, daß

* Tokvi Kava, eta haueh: Komm herauf, Tokvi Kava (KM).

seine Leute alle ihre Waffen auf einen Haufen zusammenlegten. Er schien ihnen gesagt zu haben, in welchen Intervallen sie ihm folgen sollten, denn sie standen unten bereit, und erst als er oben angekommen war, folgte ihm langsam der nächste. Ob es vom Steigen war oder von der Aufregung, welche ihm der Widerspruch seiner Krieger verursacht hatte, man sah es ihm an, daß sein Puls klopfte, als er, die Hände auf dem Rücken zusammenlegend, mit heiserer Stimme sagte: »Tokvi Kava hat sein Wort gehalten; hier, fesselt mich wieder! Aber nehmt euch in acht, daß wir euch nicht auch einmal Riemen an die Hände legen! Wenn das geschieht, dürft ihr sicher sein, daß ihr unter der Sonne nichts mehr zu suchen habt!«

Er wurde gebunden und ein Stück fortgeführt. Der ihm folgte, wurde auch gefesselt und dann Rücken an Rücken mit ihm zusammengebunden. Indem man die Gefangenen auf diese Weise zu zweien aneinander befestigte, wurde man ihrer doppelt sicher.

Es blieb so, wie man gleich zuerst beobachtet hatte: Es folgte jeder Komantsche dem Vorangestiegenen erst dann, wenn dieser die Höhe erreicht hatte, und so gewann man Zeit, die Taschen jedes einzelnen genau zu durchsuchen und ihn mit einem Kameraden zusammenzubinden. Natürlich hatte Tokvi Kava diese Anordnung mit Absicht getroffen. Weshalb? Um den Feinden die Festnahme seiner Krieger zu erleichtern? Wohl kaum! Oder um sie durch diese Fügsamkeit zu veranlassen, ihm die Freiheit unter annehmbaren Bedingungen zu geben? Vielleicht! Es war auch anzunehmen, daß er es nur getan hatte, um ihnen zu zeigen, daß ihm jetzt außer der erwarteten Freiheit alles andere gleichgültig sei und daß er überzeugt war, daß er denen, die ihm jetzt Gehorsam abzwangen, später alles werde heimzahlen können.

Als endlich alle abgefertigt worden waren, lagen weit über fünfzig zusammengebundene Indianerpaare an der Erde. Tokvi Kava rief Old Shatterhand zu sich und sagte: »Es ist mir schwer geworden, meine Krieger zum Gehorsam zu bewegen. Wirst du dir nun auch Mühe geben, den Bleichgesichtern unser Leben abzuringen?«

»Ich werde sogar mehr halten, als ich dir versprochen habe«, antwortete der Jäger. »Ich sagte dir, daß ich meinen Einfluß geltend machen wolle. Jetzt, da du uns so gehorsam gewesen bist, gebe ich dir das feste Versprechen, daß euch euer Leben und eure Freiheit sicher ist.«

Da stieß der Komantsche ein schrilles Gelächter aus und rief, indem ein Blitz unendlichen Hasses aus seinem Auge über Old Shatterhand hinschoß: »Gehorsam? Ich euch? Ist der Löwe dem Hund oder der Büffel dem Stinktier gehorsam? Was denkst du, wer bist du? Eine eiterige Beule, die ich aus dem Leib der bleichen Rasse herausschneiden werde, um sie in dem einsamsten Winkel der Savanne verfaulen zu lassen! Und was ist Winnetou? Der verachtetste und feigste unter den Apatschen. Ein Gift, welches ich voll Ekel ausspucken und mit dem Fuß in die Erde scharren werde! Hast du im Eis des vergangenen Winters den letzten Rest deines Gehirns erfroren, daß du zu behaupten wagst, der Schwarze Mustang sei dir gehorsam gewesen? Ich schwöre dir beim großen Manitu und bei den Geistern all unserer Häuptlinge, denen wir in die ewigen Jagdgründe folgen werden, daß die Zeit kommen wird, in welcher ihr erfahren werdet, wer zu befehlen und wer zu gehorchen hat! Jetzt aber blase ich dich von mir fort, wie man die Schmeißfliege von dem Fleisch bläst. Geh fort von mir! Es wird mir übel, wenn ich dich nur sehe!«

Die einzige, ruhige Erwiderung Old Shatterhands war die Frage: »Willst du dich vielleicht um das Leben reden? Noch bist du unser Gefangener und nicht frei!«

»Pshaw!« lachte er verächtlich. »Tokvi Kava läßt sich von dir nicht bange machen! Old Shatterhand hat gesagt, daß uns unser Leben und unsere Freiheit sicher sei!«

»Ach! So fest verläßt du dich auf mein Wort? Weißt du, welche Ehre du mir damit erweist? Du hast dich nicht getäuscht. Schütte deinen ganzen Grimm über mich aus, ich halte doch, was ich versprochen habe.«

»Doch nur aus Angst vor uns, aus Angst, denn jeder Tropfen Blutes, den ihr uns nehmen könntet, würde von unserem Stamm von euch gefordert werden, und ihr müßtet am Marterpfahl eines Todes sterben, den noch kein Bleichgesicht gestorben ist. Nur Furcht ist's, pure Furcht, warum ihr es nicht wagt, unsere Haut auch nur zu ritzen!«

»Du darfst uns, ungestraft am Leben, lästern, weil ich dir mein Wort gegeben habe. Weil du weißt, daß Old Shatterhand keine Unwahrheit sagt, bist du überzeugt, frech gegen mich sein zu dürfen. So wie jetzt du, bellt der Hund, dem man die Zähne ausgebrochen hat, daß er nicht beißen kann!«

»Und dieser Hund bist du!« schrie der Komantsche

wütend. »Sieh hier meinen Fuß! Er wird dir bald den Tritt versetzen, der dich vor Schmerz zum Heulen bringt!«

»Du darfst viel, sehr viel wagen, weil du mein Versprechen hast«, mahnte ihn Old Shatterhand ruhig lächelnd. »Doch treib es nicht zu weit! Wenn du dich nicht zu beherrschen weißt, werdet ihr es zu bereuen haben.«

»Zu bereuen? Auch dieses Wort gibt dir die Angst nur ein. Sag, was du willst, ich verlache deine Drohung!«

Da wurde das Gesicht des weißen Jägers ernst, und seine Stimme klang voll und schwer, als er sagte: »Well, ganz wie du willst! Ich werde allerdings halten, was ich versprochen habe, aber kein Wort, keine einzige Silbe mehr. Wie ich das meine, wirst du bald erfahren. Ich hatte mir vorgenommen, noch milder zu verfahren, als ich durch mein Versprechen verpflichtet war; das ist jetzt nun vorbei, und meine Mahnung wird sich bald erfüllen; die Reue wird schnell kommen!«

Da zog der Komantsche den Kopf zwischen die Schultern und schnellte sich trotz der Fesseln ein Stück empor, um Old Shatterhand anzuspucken, was ihm auch gelang. Da ballte Winnetou, der sonst so ruhige, überlegene Mann, den nichts aus der Fassung bringen konnte, die Faust und rief zornig: »Scharlih*, er hat dich mit seinem Geifer besudelt. Wer soll ihn dafür züchtigen, du oder ich?«

»Nicht du, sondern ich, aber anders, als du denkst«, antwortete sein weißer Freund. »Er ist nicht wert, daß ihn deine Hand berührt.«

---

* Scharlih: Karl, der Vorname Old Shatterhands (KM).

Auch andere waren tief empört über die unglaubliche Frechheit des Komantschen, der jetzt, da er seines Lebens sicher war, den nur mit Mühe so lange verschlossenen Grimm hervorbrechen ließ. Eine Menge Stimmen der Weißen ließen sich, schnelle Vergeltung fordernd, hören. Kas, der lange Blonde, ließ seinen kleinen Kopf von einer Seite auf die andere gehen; sein Stumpfnäschen schien noch einmal so groß geworden zu sein; seine sonst so gutmütigen Mausäuglein blitzten, und unternehmend zog er die Schaftstiefel an seinen Storchbeinen empor, wobei er sich mit lauter Stimme erbot: »Mister Shatterhand, das ist zu stark; das könnt Ihr ganz unmöglich dulden! Ich hin bereit, ihm das große Maul zu stopfen.«

»Womit?«

»Mit einem Riemen, den ich ihm um den Hals lege; dann bringen wir ihn hoch, dort an den Baum, der einige so schöne Äste hat, die jedenfalls nur zu dieser Prozedur so hübsch gewachsen sind. Wenn ihm dann der Atem ausgeht, kann ich nichts dafür. Hätte er ihn für was Besseres aufgespart! Wer nicht hören will, der muß fühlen; das ist ein altes, gutes Wort, und das gab es damals schon bei Timpes Erben!«

»Danke! Wenn er geboren worden ist, um aufgehängt zu werden, so wird er schon noch eine dazu passende Schlinge finden, ohne daß gerade wir es sein müssen, die sie ihm um den Hals legen.«

»Was?« rief der Hobble-Frank. »Er soll Sie in dieser Weise beleidigt und mit faulen Erdäpfelschalen beworfen haben, ohne daß er seinen philharmonischen Lohn dafür bekommt? Das kann ich nich dulden, das geht mir gegen den

Schtrich, wie dem Pudel, wenn er von hinten nach vorn gebürschtet wird! Es gibt am südlichen Firmament eene helle Schtelle, von welcher das Gesetz der Wiedervergeltung tief herunterhängt. Viele können die Buchschtaben desselben lesen, viele aber ooch nich. Zu denen, die es lesen können, gehöre natürlich in erschter Linie ich, und so halte ich es für meine größte und inkompetente Pflicht …«

»Hier kann nur von meiner Pflicht die Rede sein, nicht von der deinigen, lieber Frank«, unterbrach Old Shatterhand den Redefluß des kleinen Mannes. »Laß es also mir über, diesem roten Patron auf seine Frechheiten zu antworten!«

»Das tu' ich aber nich; das tu' ich wirklich nich, denn wenn ich Ihnen die Macht und Gewalt des renitenten Oberschtaatsanwaltes überlasse, so weeß ich schon im voraus, daß die Rothaut den delikatesten Milchreis mit Austernsauce anschtatt tüchtige Prügel kriegt.«

»Keine Sorge, Frank! Dieses Mal denke ich nicht daran, Nachsicht zu üben.«

»So? Also werden Sie endlich ooch eemal gescheit? Zwar sehr schpät, aber doch! Dennoch haben Sie ihm wirklich eene Schtrafe zuverdefendiert?«

»Ja.«

»Da bitte ich Sie um die große Diagnose und Gefälligkeet, mich dabei als den erschten Tragödien- und Soubrettensänger mitwirken zu lassen! Die Rolle brauch' ich gar nich erscht auswendig zu lernen, denn ich drehe dem Alten das Inwendige so nach außen, daß wir ihm mit der größten Splendidität und Leichtigkeet alle beeden Seiten ausklopfen und sympathisieren können. Befehlen Sie also gütigst, Herr Inschpektor und Direktor, wenn der Vorhang offschteigen soll! Das verehrte Publikum trampelt schon mit allen Beenen, und das ganze Haus is ausverkooft!«

»Gut, dein Wunsch soll erfüllt werden. Ist dein Bowiemesser noch scharf?«

»Scharf und schpitz wie een gut eingeölter Blitz, Herr Shatterhand.«

»Well! So mögen Kas und Has den Häuptling so fest halten, daß er den Kopf nicht bewegen kann, und du schneidest ihm den ganzen dicken Haarschopf herunter, läßt aber eine Strähne stehen, an die wir diese schönen ostasiatischen Zierden festbinden können.«

Er zog bei diesen Worten die Zöpfe der zwei chinesischen Gewehrdiebe aus der Tasche.

»Hurra, die beeden Kang-Keng-King-Kong-Zöpfe! Die hatte ich beinahe ganz vergessen! Hurra, hurra, ist das een großartiger schtilistischer Gedanke! Ich bin so erfreut und so entzückt, als ob heute mein diatonischer und kynologischer Geburtstag wäre! Dem Manne kann sofort geholfen werden, nämlich von dem Schopf und zu den Zöpfen! Kommen Sie her, Herr Timpe Nummer eens und Timpe Nummer zwee! Ihr Name hat für mich zwar gar keenen schönen Karbol- und Klarinettenklang, aber bei so eener famosen Operation kann er mich doch nich schtören. Passen Sie off, Mesch'schurs und meine Herren, das große Werk kann beginnen. Der Vorhang geht in die Höhe, aber die Haare müssen runter! Ich schpiele den Barbier von Sevilla ohne Borschtenpinsel und Seefenschaum, und der Komantsche wird den ›geschundenen Raubritter‹ geben. Beim erschten Offzug singe ich ihn an: ›Reich mir die Hand, mein Leben!‹, und hierauf trägt er die Gnadenarie aus ›Robert und Bertram‹ vor. Dann beginnt der Chor der Rachebrüder: ›Schab, Hobble, schab, der Schopf der muß herab!‹ Sodann fällt er ein: ›Leise, leise, lieber Frank, sonst wird meine Kopfhaut krank!‹ aus dem Freischütz, wenn ich mich nich irre oder wenn sich Weber nich geirrt hat. Am Schluß des erschten Aktes das Terzett: ›Mond, ich grüß dich tausendmal, der Komantsche is nu kahl!‹ Wenn kurze Zeit schpäter der Vorhang wieder in die Soffitten oder in die Lafetten gezogen wird, schtimme ich mit Harmoniumbegleitung an: ›Weint mit ihm des Schmerzes Träne, fadendünne ist die Strähne!‹ worauf er ganz alleene mit dem Doppelquartett antwortet: ›Weil ich sonsten ohne Hut mich nich sehen lassen kann, lieber Hobble, sei so gut, bind mir die Chinesen dran!‹ Das tu ich natürlich ooch, weil meine Rolle es so mit sich bringt, und wenn es geschehen is, fallen sämtliche Mitschpieler und Zuschauer mit dem ganzen Orchester in den Lobgesang ein: ›Jubelt laut, ihr roten Brüder, denn die Zöpfe bammeln nieder! Euer Häuptling is entzückt, daß sein Schädel wird geschmückt; führt ihn im Triumph nach Haus, die Komödie is nu aus!‹, worauf das Publikum offschteht und der Vorhang aber niedergeht. In dieser Weise denke ich mir das Festprogramm, und nu, meine Herrschaften und übrigen Gentlemen, mag das Schtück beginnen. Wer am besten schpielt, kriegt ooch keene Gage!«

Der kleine, lustige Kerl war ganz begeistert von der Aufgabe, die ihm zugeteilt worden war. Er hatte seinen launigen Vortrag zwar in deutscher Sprache gehalten und konnte also nur von den Deutschen vollständig verstanden werden, doch waren seine Gestikulationen und sein Mienenspiel so bezeichnend gewesen, daß auch die andern Weißen sich denken konnten, was er meinte; die Roten aber hatten keine Ahnung davon.

Der Häuptling allerdings sah die Blicke, welche sich auf ihn richteten; er sah das Bowiemesser in der Hand des Hobble-Frank, und er sah die chinesischen Zöpfe, welche dieser von Old Shatterhand erhalten hatte. Er mußte schließen, daß es mit diesen Gegenständen auf ihn abgesehen sei, aber was man vorhatte, das konnte er sich doch nicht denken. Etwas Gutes war es jedenfalls nicht, das sagte er sich, indem er an die Art und Weise dachte, in welcher er Old Shatterhand beleidigt hatte. Es wurde ihm bange, und diese Bangigkeit steigerte sich, als Kas und Has rechts und links von ihm niederknieten und ihn ganz unheimlich verheißungsvoll mit ihren Blicken maßen.

»Was wollt ihr hier? Was soll mit mir geschehen?« fragte er sie.

An ihrer Stelle antwortete Old Shatterhand: »Du sollst ein Geschenk von mir erhalten, weil du so freundlich und so höflich zu mir gewesen bist.«

»Welches Geschenk?«

»Ihr seid hierher gekommen, um euch die Skalpe der gelben Männer zu holen, habt sie aber leider nicht bekommen können, weil die Chinesen sie selbst behalten wollten. Da du denken kannst, wie sehr ich dir gewogen bin, wirst du einsehen, wie leid es mir tut, daß auch du als Häuptling auf den Besitz eines solchen Skalps verzichten sollst. Mein gutes Herz hat es darum möglich gemacht, dich nicht nur mit einem Zopf, sondern sogar mit diesen zwei Zöpfen überraschen zu können. Ich hoffe, daß du diese Gabe dankbar von mir entgegennimmst!«

Tokvi Kava ließ ein zweifelhaft klingendes »Uff!« hören, da er keine andere Antwort geben konnte, weil er nicht wußte, welche Absicht sich hinter den freundlichen Worten des Sprechers verbarg. Dieser fuhr fort: »Zöpfe gehören natürlich an den Kopf, und so denke ich, daß es dir lieb ist, wenn ich sie da anbinden lasse, wo du sie zum Andenken an mich tragen wirst.«

»Uff, Uff!« antwortete er da, zornig werdend. »Skalpe hängt man nicht an den Kopf, sondern an den Gürtel. Und das sind gar nicht Skalpe, sondern nur Haare der feigen Gelbhäute ohne Haut daran. Der Krieger, welcher solche Haare trüge, würde von den Kindern und von den alten Weibern verlacht und verspottet werden!«

»Du wirst sie aber dennoch tragen, denn ich schenke sie dir und bin gewohnt, daß meine Gaben geachtet werden.«

»Behalte sie; ich mag sie nicht!«

»Ob du sie magst oder nicht, danach frage ich nicht. Sie sind für dich bestimmt, und ich werde sie dir jetzt anheften lassen.«

»Wage es, dies zu tun!« schrie der Rote auf. »Vergiß nicht, daß ich ein Häuptling bin!«

»Pshaw! Du weißt ganz genau, daß auch ich ein Häuptling bin, ein Häuptling der weißen Jäger und zugleich ein Häuptling der Apatschen, die mich mit derselben Macht wie Winnetou bekleidet haben. Und wie hast du vorhin gewagt, mit mir zu sprechen! Meinst du, Wurm, daß ich in dir den Häuptling achten müsse, den du in mir verspottet hast? Du bist seit vorhin in meinen Augen nichts als eine rote Fratze, an welche ich die Zöpfe der Chinesen hängen werde, zur ernst gemeinten Mahnung an deine Krieger, daß ja nicht wieder irgendeiner von ihnen sich erdreiste, zu denken, Winnetou und Old Shatterhand seien Knaben, mit denen man machen könne, was man will!«

Die Augen Tokvi Kavas wurden stier; er biß die Zähne zusammen und zischte zwischen denselben hervor: »Ich warne dich. Wage es ja nicht, den Kopf eines Kriegshäuptlings mit diesem Abfall gelber Hunde zu beleidigen!«

»Du sprichst von einem Wagnis und wagst es doch selbst, mich zu warnen? Ich habe dich vorhin auch gewarnt. Hast du auf mich gehört? Jetzt kommen die Folgen, da du mir nicht glaubtest, daß du deine Beleidigungen bereuen würdest. Du wirst diesen ›Abfall gelber Hunde‹ tragen, und ich will dir das so bequem wie möglich machen. Du bist nicht bloß mit der Skalplocke, sondern mit dem vollen Haar geschmückt; dieses Haar und dazu die Zöpfe, das würde zu viel sein für deinen Kopf; darum werde ich dir jetzt den Schopf abschneiden lassen, um Platz für die Haare der Chinesen zu bekommen.«

Wäre ein Blitzstrahl neben Tokvi Kava in den Boden gefahren, er hätte nicht tödlicher erschrecken können. Seine Augen wollten zwischen den Lidern hervorquellen; seine Züge nahmen den Ausdruck eines wilden Tieres an; er richtete sich trotz der Fesseln halb empor, und mit vor unsagbarem Grimm bebender Stimme schrie er laut auf: »Meinen Schopf willst du abschneiden lassen? Meinen Schopf, die Zierde meines Hauptes, den Ausdruck der Kraft und den Sitz der Adlerfedern, welche meine Würde verkünden und von meinem Ruhm sprechen! Der, der soll abgeschnitten werden?«

»Ja, und zwar sofort.«

»Wage es, wage es doch, wenn du dafür eines Todes sterben willst, welcher so viel Martern hat, wie die Schmerzen von tausend zu Tode gequälten Menschen!«

»Pshaw! Diese deine Drohung macht mich lachen. Sie hält mich keinen Augenblick auf, das zu tun, was ich mir vorgenommen habe. Legt ihn nieder und haltet ihn fest!«

Diese Weisung galt den beiden Timpes, welche ihr sofort folgten. Sie zogen den aufgerichteten Oberkörper des Komantschen auf den Boden nieder und hielten ihn da, ohne sich anstrengen zu müssen. Er leistete in diesem Augenblick keinen Widerstand, er verhielt sich so, wie es der kleine Käfer macht, der sich tot stellt, wenn er angegriffen wird. Er lag lang ausgestreckt, hatte die Augen geschlossen und murmelte halblaut vor sich hin: »Nein, er wird es nicht wagen; er kann es nicht wagen; er darf es nicht tun. Einem Häuptling den Schopf abschneiden, das ist noch nicht geschehen, solange es rote Krieger und solange es weiße Menschen gibt!«

»Wenn es wirklich noch nicht geschehen sein sollte, so wird es jetzt geschehen«, beharrte Old Shatterhand auf seinem Willen. »Fang an, Frank! Wir wollen nicht die Zeit unnütz versäumen.«

»Ganz recht«, antwortete der Kleine, indem er die Zöpfe einstweilen weglegte und mit dem Messer in der Hand zum Häuptling trat. Dieser hörte die Schritte, öffnete die Augen und sah ihn kommen. Nun erkannte er, daß das für unmöglich Gehaltene doch geschehen sollte, und diese Erkenntnis gab ihm Riesenkraft. Er warf, obwohl ihm die Hände auf dem Rücken zusammengebunden waren, mit einer Doppelbewegung seines Oberkörpers die beiden Timpes von sich ab. Sie faßten ihn freilich sofort wieder und strengten alle ihre Kräfte an, ihn niederzuhalten, doch war er ihnen durch die gewaltige Aufregung, in der er sich befand, für den Augenblick so überlegen, daß noch zwei andere Männer auf ihn knien mußten, ehe sein Kopf so festgehalten wurde, daß man das Werk beginnen konnte. Hobble-Frank säbelte emsig drauflos. Kaum hielt der Kleine die erste abgeschnittene Strähne in der Hand, so hörte der Widerstand auf, und der Körper des Komantschen streckte sich wie im Tod. Es kam nach der übermäßigen Anstrengung das Gefühl völliger Ohnmacht über ihn, und er ergab sich in sein Schicksal, ohne sich ein einziges Mal zu regen. Er ließ sogar ohne Widerstreben seinen Kopf, wie der Hobble-Frank es brauchte, bald nach rechts, bald nach links wenden, so daß man, wenn es nicht im Wilden Westen gewesen wäre, hätte glauben können, daß er chloroformiert worden sei. So wurde ihm der ganze, sehr dichte und lange Schopf mit Ausnahme eines dünnen Restes heruntergeschnitten. Als dies geschehen war, hob Frank die beiden Zöpfe in die Höhe und rief: »So, jetzt is die Zobelperücke herunter, und nu kommen die Schmachtlocken dran. Passen Sie off, meine

Herrschaften, wie ich ihn jetzt zum Kurfürschten und abgesetzten Kaiser von China krönen werde! Es gibt in jeder Lebenslage eene gewisse Lage, in welcher der offrecht schtehende Mensch zum Liegen kommt. In dieser Lage befindet sich hier der Häuptling der Komantschen, denn er liegt vor mir, sanft und schtill, wie anderthalb Liter ausgegossene Buttermilch. Er hat unserer zarten Zuschprache Folge geleistet und sich mit erhabener Geduld in sein hohes Schicksal ergeben. Das is een Verdienst von ihm, welches belohnt werden muß, und darum binde ich ihm denn die Krone off sein teures Haupt und frage Sie, Herr Shatterhand, welchen Titel er fortan führen soll, denn mit den chinesischen Schwänzen im Nacken kann er doch nicht mehr Tokvi Kava, der Schwarze Mustang sein!«

Old Shatterhand ging auf diese Frage ein, indem er antwortete: »Du hast recht, lieber Frank: Wir nehmen ihm seinen bisherigen Namen und geben ihm einen andern. Er ist jetzt unter die Chinesen gegangen, welche er gelbe Hunde nannte, und so soll er von jetzt an nicht mehr Tokvi Kava, sondern Mungwi Ekknan Makik heißen.«

Diese drei Worte bedeuten, in das Deutsche übersetzt, soviel wie »Häuptling der gelben Hunde«. Der Hobble-Frank hatte deutsch gesprochen und Old Shatterhand ihm in derselben Sprache geantwortet. Der letztere rief nun laut, damit auch alle andern es verstehen sollten, erst in englischer und dann in der Sprache der Komantschen: »Hört, was geschehen ist! Weil der Häuptling der Komantschen sich seines bisherigen Namens nicht würdig gezeigt hat und vorhin, als wir ihn verhörten, so feig war, seine Absichten zu leugnen, wird er von den weißen Männern aus den Reihen der tapferen und mutigen roten Krieger gestrichen. Er ist unwürdig geworden, seine Medizin weiter zu tragen. Wir nehmen sie ihm und hängen ihm dafür eine andere, nämlich die Haare der ›gelben Hunde‹, an den Kopf, und dieser neuen Medizin zu Ehren soll er von heute an nicht anders als Mungwi Ekknan Makik genannt werden. Old Shatterhand hat gesprochen!«

Es gibt im Leben eines Indianers Vorkommnisse und Gegenstände, welche von außerordentlicher, tief einschneidender Wichtigkeit für ihn sind. Das wichtigste Vorkommnis ist die Namengebung, der wichtigste Gegenstand die Medizin. Bei den Indianern gibt es weder Familien- noch Vornamen; es hat sich jeder seinen Namen zu erwerben, zu verdienen, und das geschieht durch hervorragende Taten oder Eigenschaften. Verliert er diese Eigenschaften, oder gibt er Veranlassung, diese Taten zu vergessen, so nimmt man ihm den betreffenden Namen und er hat, wenn er nicht gar wegen Ehrlosigkeit vom Stamme ausgestoßen wird, sich unter großen Gefahren und Entbehrungen einen neuen zu erwerben. Ein ehrenvoller Name ist also jedem roten Krieger ebensoviel wert wie sein Leben.

Ähnlich ist es mit der Medizin, deren mühevolle Erwerbung überhaupt sehr häufig mit der Namengebung zusammenhängt. Das Wort Medizin hat dabei nicht etwa die Bedeutung, welche die Weißen ihm beilegen. Als die ersten Weißen zu den Indianern kamen, waren die Heilmittel der ersteren den letzteren vollständig unbekannt; die Wirkung derselben war den Roten unerklärlich, sie hielten sie für

Zauberei, für etwas vom guten oder vom bösen Geist Ausgehendes, und gewöhnten sich in der Folge, alles, was ihnen unbegreiflich oder heilig war, alles, was sie mit dem göttlichen Einfluß in Verbindung brachten, Medizin zu nennen.

Die Zeiten sind jetzt ganz andere geworden. Die Horden der wilden Büffel und Mustangs sind verschwunden und mit ihnen die sehnigen, kräftigen und kühnen Gestalten der roten Krieger und weißen Westmänner. Leute wie Old Firehand, Old Surehand, Sam Hawkens und viele andere, deren Ruhm in aller Munde lebte, sind fast zur Sage geworden, und wenn man erfährt, daß Old Shatterhand noch zu den Lebenden gehört, so fühlt man, falls man ihn nicht selbst gesehen hat, sich geneigt, auch dies für eine Mythe zu halten. Aber damals, als die Savannen und Felsenberge, die tief eingeschnittenen Cañons und Schluchten des Wilden Westens noch die Schauplätze von Heldentaten waren, welche man getrost mit den Taten der homerischen Helden vergleichen kann, damals, als es überhaupt noch einen »Wilden Westen« gab, damals war der Indianer noch nicht der gott- und menschverlassene, heruntergekommene oder vielmehr heruntergedrückte Mensch, der er jetzt geworden ist; damals kannte er hohe Pflichten, damals wußte er, was Ehre ist, damals gab es für ihn noch Ideale, noch Begriffe, die ihm viel, viel höher standen als sein irdisches Wohlergehen, und er besaß einen sichtbaren Gegenstand, an welchen er diese Begriffe und dieses Streben nach Idealen knüpfte. Dieser Gegenstand war »die Medizin«.

Was man demnach unter der »Medizin« eines Indianers

zu verstehen hat, wird jedem klar sein; es erklären sich daraus auch die Voraussetzungen und Zeremonien, unter denen sie zu erlangen war, und die hohe Wichtigkeit, die sie für das ganze Leben hatte. Medizin konnte jeder Gegenstand sein; aber so verschieden die tausendfältigen Medizinen der Krieger auch eines Stammes waren, ihre Bedeutung war doch nur eine, eine einzige: Sie war das Symbol alles Erhabenen, alles Heiligen; an ihrem Besitz hing der gute Name, die Ehre, die ganze Zukunft, ja, die Seligkeit des Besitzers, und wehe dem, der sie durch Unachtsamkeit verlor oder dem sie gar durch einen siegreichen Feind entrissen wurde! Er war geschändet, unter Umständen für sein ganzes Leben, wenigstens aber so lange, bis er sich eine andere, eine neue errungen oder die entrissene wieder zurückerobert hatte. Ohne Medizin war er ein im Stamm ganz unmöglich gewordener Mann; sogar seine Verwandten mieden ihn, und er mußte die Glieder seiner Familie fliehen, denn jeder, der mit ihm in Berührung kam oder gar mit ihm verkehrte, wurde dadurch ebenso ehrlos wie er selbst.

Man kann also denken, welche Strafe, welch ein ungeheurer Verlust es für den Schwarzen Mustang war, wenn ihm seine Medizin genommen wurde! Die Schande, welche er dadurch erlitt, wurde überdies durch den Umstand nicht nur verdoppelt, sondern geradezu verhundertfacht, daß er an Stelle der Medizin die Zöpfe der Chinesen erhalten sollte. Es war dies nicht nur dasselbe, sondern noch viel, viel schlimmer, als wenn zum Beispiel bei uns einem hohen Offizier, einem General, die Epauletten heruntergerissen und an deren Stelle Hasenohren oder Hundeschwänze angeheftet würden. Dieser Offizier würde nur für die Zeit dieses Lebens blamiert sein, während der Schwarze Mustang das Recht verlor, in die ewigen Jagdgründe einzugehen. Darum wurde, als Old Shatterhand seine Verkündigung ausgesprochen hatte, keine Antwort gehört, sondern es herrschte die tiefe Stille gespanntester Erwartung, ob er wirklich Ernst machen und dem Häuptling die Medizin nehmen werde. Aller Augen richteten sich auf ihn.

Er winkte dem Hobble-Frank zu, die Zöpfe an die stehengebliebene Strähne zu befestigen, und trat, als dies geschehen war, zu dem Häuptling heran, dessen Medizinbeutel ihm an einer um den Hals geschlungenen Schnur auf der Brust hing. Er schnitt die Schnur entzwei und band sich selbst die Medizin um den Hals, indem er so laut, daß alle es hören konnten, sagte: »So, indem ich diesen Beutel mir um den Hals hänge, ist Tokvi Kava, der Häuptling der Komantschen, aufgehängt worden und hat nicht nur sein Leben, sondern auch seine Seele verloren, denn hier zu meinen Füßen liegt nicht mehr der Schwarze Mustang, sondern Mungwi Ekknan Makik, der gelbe Hund mit den zwei Chinesenzöpfen. Ihr habt es alle gesehen und gehört. Howgh!«

Was nun folgte, spottet jeder Beschreibung. Die Weißen erhoben ein Jubelgeschrei, welches gar nicht enden wollte; die Roten aber brüllten und heulten in Tönen, welche unbegreiflich waren, weil menschliche Kehlen derselben eigentlich gar nicht fähig waren. Sie zerrten und rissen an ihren Banden, sie schnellten sich empor, um sie zu zersprengen, sie wälzten sich hin und her, obgleich sie zu zweien zusammengebunden waren. Dazu brachen sie gegen ihre Sieger in Verwünschungen und Flüche aus, welche das Schlimmste und Fürchterlichste enthielten, was man einem Feind antun kann. Old Shatterhand und Winnetou wurden in Ausdrücken beleidigt und verhöhnt, welche von ihnen, obgleich sie ja schon oft mit Feinden zu tun gehabt hatten, noch nie gehört worden waren. Die Weißen hatten vollauf zu tun, die trotz ihrer Fesseln wie Fische hin und her schnellenden Indianer am Boden festzuhalten. Der Schwarze Mustang gebärdete sich geradezu wie ein Tobsüchtiger. Seine körperliche und geistige Ermattung hatte sich in das gerade Gegenteil verwandelt. Er schien die Kräfte von zehn Menschen in sich zu vereinigen, denn fast so viele Bahnarbeiter gehörten dazu, ihn festzuhalten, er schien den Geifer von hundert Schlangen zu besitzen, denn die giftigen Beschimpfungen, welche er gegen die beiden Genannten ausspritzte, wollten gar kein Ende nehmen; sie waren so arg, daß sie selbst dem sonst so kalten und unberührbaren Winnetou zuviel wurden. Er befahl den beiden Timpes, dem Widerwärtigen einen Knebel in den Mund zu stecken, und sie führten diese Weisung auf der Stelle aus. Als dann den Roten nach und nach der Atem auszugehen anfing, sagte der Apatsche mit einer Stimme, die an jedes Ohr drang, obgleich sie nicht erhoben war: »Winnetou hat geglaubt, daß die Söhne der Komantschen auch Menschen seien; ihr Toben und Zischen aber hat ihm bewiesen, daß er sich im Irrtum befand. Er wollte sie als gefangene Krieger behandeln, welche gegen die Bleichgesichter zogen, weil es ihnen befohlen worden war; nun sie aber den Saft giftiger Kröten gegen ihn ausspritzten, wird er sie als Kröten behandeln und dafür sorgen, daß ihnen dieser Saft genommen wird, damit sie sich keinem Mann wieder nähern, um ihn anzuspritzen; sie werden bald erfahren, in welcher Weise dies geschehen wird. Schleift sie den Berg hinab und schafft sie in die Schlucht, wo wir sie noch sicherer haben als hier! Dort soll beraten werden, was mit ihnen zu geschehen hat.«

Als das der Schwarze Mustang hörte, schrie er: »Ihr habt nichts zu beraten! Old Shatterhand hat uns das Leben versprochen!«

»Das Leben!« antwortete Winnetou in seinem verächtlichsten Ton. »Wenn dem Häuptling der Apatschen geschehen wäre, was dir geschehen ist, so möchte er gar nicht mehr leben; er würde sich sein eigenes Messer in das Herz stoßen. Du aber wimmerst um Fortdauer deiner Schande, und sie sei dir gewährt!«

»Hund!« brüllte der Komantsche laut auf. »Ich wimmere nicht. Ich will nur leben, um mich an euch rächen zu können, wie sich noch nie ein roter Krieger gerächt hat!«

»Pshaw! Tu es! Wie sehr wir deinen Zorn verachten und wie wenig wir deine Rache fürchten, zeigen wir euch dadurch, daß wir euch das Leben schenken.«

Er wandte sich mit einer so demütigenden Kopfbewegung, wie sie nur ihm eigen war, ab und ergriff die Hand Old Shatterhands, um mit ihm den Abhang hinabzusteigen. Beide waren zu stolz, einen Blick zurückzuwenden, um zu sehen, in welcher Weise Winnetous Befehl, die Gefangenen hinabzuschleifen, ausgeführt wurde.

Es läßt sich denken, daß dies nicht in der zartesten Weise

geschah, obgleich man sich hütete, sie dabei zu verletzen, weil man wohl wußte, daß dies nicht in der Absicht des Apatschen lag. Unten wurde das Feuer auf einer Seite so eingedämmt, daß zwischen ihm und dem Felsen Raum blieb, die Gefangenen hindurchzuschaffen; diese wurden paarweise nebeneinander niedergelegt, und dann wollten sich die Bahnarbeiter über die Waffen derselben hermachen. Old Shatterhand aber wehrte ab, indem er ihnen befahl: »Halt! Es bleibt jetzt noch alles liegen. Noch wißt ihr nicht, was über diese Sachen beschlossen wird!«

Sie gehorchten. Es waren wohl viele unter ihnen, die sich nicht gewöhnt hatten, ihren Gelüsten eines andern wegen Zügel anzulegen; aber Männern wie Winnetou und Old Shatterhand gegenüber getrauten sie sich doch nicht, widerspenstig zu sein.

Eigentlich waren es vier Personen, welche über das Schicksal der Komantschen zu entscheiden hatten, nämlich die beiden soeben Genannten und die beiden Engineers von Rocky-Ground und Firwood-Camp; aber da der letztere seine Haut in Sicherheit gebracht und dafür gesorgt hatte, daß er nicht wieder zu sehen gewesen war, verstand es sich ganz von selbst, daß er ausgeschlossen wurde. Also setzten sich die drei zusammen nieder, um sich zu besprechen. Swan, der Engineer, hatte niemals einer solchen Beratung beigewohnt. Er legte sich die Frage gar nicht vor, wem die Ehre, das Wort zuerst zu ergreifen, zu überlassen war; sein gar schnelles Naturell ließ ihn nicht darauf warten, welcher von den beiden andern beginnen werde, sondern er fing, kaum daß er sich niedergesetzt hatte, im Ton seiner vollsten

Überzeugung an: »Es ist doch ganz selbstverständlich ein Faktum, daß diese Burschen sterben müssen, und da schlage ich, weil Pulver und Blei doch Geld kosten und Riemen hier umsonst zu haben sind, vor, daß wir sie alle hübsch nebeneinander an die Bäume hängen. Ich bin überzeugt, Mesch'schurs, daß ihr ganz derselben Meinung seid.«

Über das ernste Gesicht des Apatschen glitt ein leises Lächeln, doch antwortete er nicht, weil er gewohnt war, bei solchen Gelegenheiten Old Shatterhand das Wort zu lassen. Dieser nickte, auch lächelnd, dem Engineer zu und sagte: »Well, Sir! Es freut mich sehr, daß Ihr uns so richtig taxiert habt. Wir sind natürlich auch vollständig überzeugt, daß sie sterben müssen, weil wir Menschen nun ...«

»Schön, schön!« unterbrach ihn der Beamte. »Erschießen würde für solche Halunken ja auch viel zu ehrenvoll sein; also hängen, hängen, das ist es, was ich ...«

Der Beamte hielt mitten in der Rede inne, weil er von einer so gebieterischen Handbewegung Old Shatterhands unterbrochen wurde, daß ihm das Wort im Mund stecken blieb. Doch seiner Würde als Beisitzer des Präriegerichts sich bewußt, fragte er gleich darauf: »Was ist's? Warum unterbrecht Ihr mich?«

»Um Euch überhaupt zu zeigen, wie es ist, wenn man unterbrochen wird.«

»Wieso?«

»Ihr seid mir vorhin in die Rede gefallen. Ein Savannengericht ist eine ernste Sache, Sir. Da platzt man nicht so schnell mit einer Meinung heraus, ohne vorher diejenigen zu fragen, welche den Westen besser kennen und deren

Ansichten also wohl von größerer Richtigkeit sein dürften.«

»Well! Aber Ihr habt doch gesagt, daß Ihr auch meint, die Gefangenen müßten sterben! Nicht?«

»Ja. Doch wenn Ihr mich hättet ausreden lassen, wäre Euch mein Grund nicht entgangen, warum sie sterben müssen. Ich wollte nämlich sagen: Wir sind natürlich auch vollständig überzeugt, daß sie sterben müssen, weil wir Menschen nun einmal alle sterblich sind.«

»Ah, bloß deshalb?«

»Ja.«

»Also sie sollen sterben, weil sie überhaupt sterblich sind, und nicht, weil sie uns an das Leben wollten?«

»Ganz richtig!«

»Hm! Wie meint Ihr das, Mister Shatterhand?«

»Sie müssen sterben, früher oder später, weil sie eben sterbliche Menschen sind; wir haben aber kein Recht, ihren Tod herbeizuführen. Oder noch besser gesagt: Ihr habt dieses Recht nicht.«

»Wieso?«

»Haben sie Euch etwas getan, was nach den Gesetzen der Prärie mit dem Tode bestraft wird?«

»Das – hm – das allerdings nicht«, antwortete er gedehnt.

»So habt Ihr also auch kein Recht, vom Aufhängen zu sprechen, Mister Swan. Wir, nämlich Winnetou und ich, könnten Tokvi Kava töten, weil er uns die Pferde und die Gewehre gestohlen hat; wir haben ihm aber trotzdem versprochen, daß weder er noch einer von seinen Leuten getötet werden soll.«

»Habt Ihr dieses Versprechen nicht etwas vorschnell gegeben, Sir?«

»Ich frage dagegen: Habt Ihr jemals gehört, daß Winnetou und Old Shatterhand vorschnell, also voreilig, gehandelt haben?«

»Nein, ich bitte um Verzeihung!«

»Also! Wir haben gar nicht nötig, eine lange Beratung zu halten, denn bei uns beiden steht es schon fest, was mit den Komantschen geschehen soll, und ich denke, daß Euch das, was wir für richtig halten, auch annehmbar erscheinen wird.«

»So laßt hören, Mister Shatterhand!«

»Also, an das Leben würde es ihnen nicht gehen, selbst wenn wir Grund hätten, sie mit dem Tode zu bestrafen; wir sind doch Christen und also keine Massenmörder!«

»Well! Einverstanden! Also weiter!«

»Strafe haben sie natürlich verdient, weil sie das Camp überfallen wollten. Die beste und gerechteste Strafe ist stets diejenige, welche es dem Verbrecher unmöglich macht, seine Tat zu wiederholen. Wir müssen also den Komantschen die Gelegenheit oder die Macht nehmen, so bald wieder an einen Überfall zu denken. Dies geschieht dadurch, daß sie den beabsichtigten Einbruch in das Camp mit ihren Waffen und Pferden bezahlen müssen.«

»Egad! Das ist nicht übel; das leuchtet mir ein! Wer aber soll diese Sachen bekommen?«

»Ihr und Eure Arbeiter. Ich betrachte das als Straf- und Gerichtskosten, welche als Belohnung für euren Beistand unter euch verteilt werden.«

»Sehr gut! Und die Leute von Firwood-Camp?«

»Von denen bekommen nur diejenigen etwas, die sich uns schließlich noch angeschlossen haben.«

»Das sind so wenige, daß wir das, was sie bekommen, gern abgeben können. Und weiter?«

»Wir haben dem Schwarzen Mustang die Medizin genommen, weil er so dummfrech oder frechdumm war, uns zu beleidigen, obgleich er sich in unserer Gewalt befand; das Ehrgefühl seiner Leute sollte geschont werden. Aber weil sie seinem Beispiel gefolgt sind und uns dann in eben derselben Weise verhöhnt haben, sollen sie auch dieselbe Strafe erleiden: wir nehmen ihnen die Medizinen.«

»Ganz recht, Sir! Was diese Roten als Medizin bezeichnen, ist doch nur ein Firlefanz, über den man lachen muß.«

»Da irrt Ihr Euch sehr. Es handelt sich hier nicht um Firlefanzereien, sondern um religiöse Überzeugungen, um die heiligsten und tiefsten Gefühle, welche in ihren Herzen wohnen. Ihr versteht das nicht. Wenn wir ihnen die Medizinen nehmen, rauben wir ihnen nicht bloß ihre kostbarsten irdischen Güter, sondern nach ihrer Ansicht auch beinahe die Möglichkeit, selig zu werden.«

»Pshaw! Ewige Jagdgründe! Lächerlich!«

»Das ist keineswegs lächerlich. Wir Christen sprechen vom Himmel, Mohammed redet von sieben Himmeln, die Brahmanen haben ihr Nirwana, die Lappländer ihre ewigen Renntierwiesen, die Eskimos ihre himmlischen Seehund- und Walfischseen und die Indianer ihre ewigen Jagdgründe. Wie das Stammeln des Kindes den Eltern heilig ist, so wird auch unserem Herrgott das Stammeln eines Menschen, der noch nicht gelernt hat, wie ein Christ zu sprechen und zu beten, wohlgefällig sein. Es ist eine fürchterliche Strafe, welche wir den Komantschen zugedacht haben, und ich würde sie ihnen nicht diktieren, wenn wir nicht in dieser Weise von ihnen verhöhnt worden wären und wenn nicht Winnetou, der selbst ein roter Mann ist, sie ihnen vorhin angedroht hätte, als er sagte, daß er ihnen ihr Gift nehmen werde. Es handelt sich hierbei auch um das erzieherische Motiv und um das Nützlichkeitsprinzip. Sie sollen erkennen, daß mit der Größe des Fehlers auch die Strenge der Strafe steigt und daß man Männer, wie wir sind, nicht ungeahndet in dieser Weise beleidigen darf. Was hier geschieht, wird sich schnell bei allen Roten herumsprechen und uns bei ihnen in Achtung bringen. Ist Winnetou mit mir einverstanden?«

»Mein weißer Bruder hat mir aus der Seele gesprochen«, antwortete der Apatsche. »Was er tut, ist ganz dasselbe, als ob ich es selbst bestimmt hätte. Wir nehmen ihnen die Medizinen.«

»Aber sie werden sich fürchterlich rächen! Oder nicht?« fragte der Engineer.

»Natürlich werden sie an Rache denken, aber nicht an Euch, sondern an uns«, antwortete Old Shatterhand. »Gerade dadurch, daß wir ihnen die Medizinen nehmen, lenken wir ihre Rache von euch weg auf uns. Sie müssen diese Gegend schimpflich verlassen, zu Fuß; sie müssen sich während der Rückkehr zu ihren Weidegründen höchst armselig behelfen, weil sie keine Waffen haben; sie können nicht jagen, sondern höchstens Schlingen legen; sie werden sich meist von Wurzeln, Beeren und wilden Früchten zu ernähren haben; das hält sie lange unterwegs. Und wenn sie heimkommen, werden sie von den Ihrigen gemieden, weil sie keine Medizinen haben. Um wieder als Krieger zu gelten und geachtet zu werden, müssen sie sich neue Medizinen verschaffen, was jahrelang dauern kann. Hierher, zum Schauplatz ihres beispiellosen Verlustes, kommen sie also nicht so bald zurück. Dafür aber wehe, dreifach wehe mir und Winnetou, wenn wir jemals das Unglück haben sollten, ihnen in die Hände zu fallen!«

»Habt ihr denn keine Angst?«

»Angst? Fällt uns gar nicht ein! Wenn man sich im Wilden Westen vor allem, was geschehen kann, ängstigen wollte, käme man aus der Angst gar nicht heraus und würde vor lauter Furcht und Sorge unfähig, auch nur eine Woche länger hierzubleiben. Also wir sind einverstanden. Habt Ihr, Mr. Swan, unserem Beschluß noch irgend etwas beizufügen?«

»Werde mich wohl hüten!« lachte dieser. »Ihr habt mir vorhin die Lust, An- und Absichten zu haben, ganz gehörig versalzen. Was aber soll mit dem Scout geschehen, der bei uns im Brunnen steckt? Glaubt auch der an Medizinen?«

»Nein. Haut ihn tüchtig durch und laßt ihn dann laufen!«

»Soll besorgt werden, Sir, ganz gehörig besorgt! Meine Leute werden sich über die Beute freuen, die sie bekommen. Die Pferde brauchen sie wohl kaum; aber wenn wir sie mit der Bahn einige Stationen zurücktransportieren, können wir sie verkaufen und ganz hübsche Preise erzielen.«

»Da muß ich bemerken, daß wir, nämlich ich und meine

Gefährten, von der Beute nichts beanspruchen als nur zwei Pferde, welche ich für Frank und Droll aussuchen werde, weil diese beiden schlecht beritten sind.«

»Well! Sucht die besten aus! Sie sind Euch wohl zu gönnen, denn daß wir die Roten so hübsch festgenommen haben, ist doch nicht unser, sondern nur Euer Verdienst. Ich nehme an, daß die Beratung nun zu Ende ist.«

»Ja. Ich will dem Häuptling das Resultat derselben mitteilen. Wir werden fürchterliche Wutausbrüche zu hören bekommen, machen uns aber nichts daraus.«

Er stand auf und begab sich mit Winnetou und dem Engineer zu der Stelle, wo Tokvi Kava lag, zu dessen beiden Seiten sich Frank und Droll niedergesetzt hatten, um ihn im Auge zu haben. Der neugierige Hobble wartete nicht, bis er etwas zu hören bekam, sondern fragte: »Die Herren Schtadträte kommen vom Rathaus, also is die Plenar- und Kommissionssitzung zu Ende. Was hat denn nu der Reichstag«, dabei deutete er auf Winnetou und Old Shatterhand, »und das Unterhaus«, dabei deutete er auf den Engineer, »für eenen juristisch-aeronautischen Beschluß gefaßt?«

»Wirst es gleich hören«, antwortete Old Shatterhand kurz. Und sich an den Häuptling wendend, fuhr er fort, indem er ihm nicht seinen bisherigen, sondern den neuen, verächtlichen Namen gab: »Mungwi Ekknan Makik mag hören, was über ihn und seine Komantschen beschlossen worden ist!«

Der Häuptling wendete den Kopf zur Seite und schloß die Augen, um zu sagen, daß alles, was er hören werde, ihm ebenso lächerlich wie gleichgültig sei. Old Shatterhand beachtete das natürlich nicht und verkündete laut, um von allen Roten gehört zu werden: »Die Söhne der Komantschen haben den Tod verdient, weil sie die Leute von Firwood-Camp ermorden und skalpieren wollten; aber wir haben ihnen ihr Leben versprochen und werden unser Wort halten.«

Da warf schon jetzt der Häuptling die geheuchelte Gleichgültigkeit von sich und rief: »Uff, uff! So nimm uns die Fesseln ab, und gib uns frei, damit wir fortreiten können!«

»Wer kein Pferd hat, kann nicht reiten«, lautete die ebenso ruhige wie einfache Entgegnung.

»Wir haben welche!« antwortete der Häuptling halb selbstbewußt und halb unsicher.

»Ihr habt keine mehr, denn eure Pferde und auch alle eure Waffen werden uns gehören.«

»Unsere Pferde und Waffen?« schrie der Rote. »Du willst uns bestehlen?«

»Schweig!« donnerte ihn da der Jäger an. »Ihr seid Raubmörder, und wir haben euch besiegt. Trotzdem wollte ich nicht streng mit euch verfahren; aber ihr habt uns, trotz meiner Warnung, wiederholt verhöhnt und beleidigt; du glaubtest nicht, daß darauf die Strafe folgen werde, und höhntest weiter. Willst du nun, da sie da ist, mich einen Dieb nennen, du, der von jetzt an nicht anders als Mungwi Ekknan Makik heißen wird!«

»Hund!« brüllte der Indianer. »Sprich diesen Namen nicht mehr aus!«

»Pshaw! Ich spreche ihn aus, und Tausende werden dich

so nennen. Und wenn ich noch so ein Wort wie Hund aus deinem Munde höre, so lasse ich dich blutig peitschen. Die Medizin hast du schon verloren, so ist dir nur noch die Peitsche nötig, um den verächtlichsten aller Würmer aus dir zu machen.«

»Ich werde mich rächen, fürchterlich rächen!«

»Wie denn? Sprich deinen Stamm um Hilfe an! Du darfst dich dort gar nicht sehen lassen!«

»Ich habe hier Boten genug, welche hingehen können, um den ganzen Stamm gegen euch aufzubieten!«

»Es wird keiner von ihnen sich dorthin nähern dürfen, wo ehrliche Krieger sich befinden, denn wir werden auch ihnen allen die Medizinen nehmen.«

Der Häuptling öffnete zwar den Mund, um zu antworten, aber das, was er hörte, war für ihn so ungeheuerlich, daß er kein Wort hervorbrachte. Old Shatterhand fuhr fort: »Sie hätten sich entfernen dürfen, ohne ihre Heiligtümer zu verlieren; aber da sie so toll gewesen sind, unsern Zorn herauszufordern, werden wir sie dadurch bestrafen, daß wir ihnen die Medizinen nehmen und dort in das Feuer werfen. Wenn dann der Tag angebrochen ist, könnt ihr gehen. Das Leben, welches ich euch versprochen habe, nehmt ihr mit; alles andere aber laßt ihr hier, auch eure ehrlichen Namen und die Achtung und Ehrfurcht, welche euch nun selbst eure kleinen Kinder und alten Weiber verweigern werden. Ich habe gesprochen. Howgh!«

Hierauf folgte nun, gerade so wie auf dem Berg, ein unbeschreiblicher Wutausbruch, der sich noch bedeutend steigerte, als den Roten ihre Medizinen wirklich abgenommen und sodann in das Feuer geworfen wurden. Diese Art der Vernichtung war eine kluge Berechnung von Old Shatterhand. Wenn nämlich der Indianer um seine Medizin kommt, so tut er alles, um sie wieder zu erhalten, ehe er sich um eine neue bemüht. Hätten die Bahnarbeiter die Medizinen behalten, so wären die Komantschen auf alle Fälle heimlich hier in dieser Gegend geblieben, um sich unter Mord und Totschlag wieder in den Besitz derselben zu setzen! Bei der völligen Vernichtung derselben aber hatte dieses Bleiben keinen Zweck. So gingen die Beutel alle in den Flammen auf, und es blieb nur einer übrig, derjenige des Häuptlings, welchen Old Shatterhand als Andenken für sich behielt, obgleich er wußte, daß der Schwarze Mustang alles daran setzen werde, wieder in den Besitz desselben zu gelangen.

Welche Mühe die Weißen dabei hatten, die Roten gehörig im Zaum zu halten, und welche Zornesausbrüche sie dabei anhören mußten, das läßt sich denken. Endlich war dies vorüber, und nun suchte Old Shatterhand die zwei besten Pferde für Hobble-Frank und Droll aus. Als er dabei einmal an dem Häuptling vorüberkam, fauchte ihn dieser grimmig wie eine Wildkatze an: »Wie würdest du lachen, wenn ich auf meinem ›schwarzen Mustang‹ hierhergekommen wäre? Obgleich deine Hand nicht wert ist, nur seinen Geifer zu berühren, wäre er doch dein Eigentum geworden. So aber mußt du auf das beste Pferd, welches es von einem Ende bis zum andern gibt, verzichten. Ich verlache dich!«

»Und ich lache noch mehr über dich«, antwortete der weiße Jäger. »Du hast ja deutlich gesagt, was dein Rappe wert ist. Ein Pferd, welches geifert, taugt nichts. Und wenn es mir geschenkt werden sollte, ich würde es nicht nehmen; es wäre das vielmehr eine Beleidigung für mich, die ich nicht verzeihen könnte. Du magst also deinen Tschatlo behalten!«

Der Komantsche hatte Old Shatterhand ärgern und seinen Neid erwecken wollen. Nun mußte er, anstatt dieses zu erreichen, eine solche Antwort hören. Tschatlo heißt Frosch. Welche Beleidigung, seinen berühmten Mustang einen Frosch zu nennen! Gerade ebenso grimmig wie da, als ihm seine Medizin genommen worden war, fuhr er auf: »Du selbst hast Geifer im Mund! Der böse Manitu hat dich nur gemacht und gesandt, um alles zu verschimpfen und in Unrat zu verwandeln. Meinst du, daß dein Hengst und der Rappe Winnetous berühmt seien? Sie sind gegen meinen Mustang wie zwei Finger eines Grabindianers, der nur von Kammas, Schmutz und Wurzeln lebt, gegen die siegreiche Lanze eines Komantschenkriegers!«

Old Shatterhand verzichtete auf eine abermalige Entgegnung und entfernte sich. Hierauf wurden erst die Pferde und dann auch die Indianerwaffen nach dem Los verteilt, damit keiner sagen könne, er sei übervorteilt worden. Während dies geschah, saß Hobble-Frank mit Droll und den beiden Timpes beisammen; sie hatten von der Verteilung nichts mehr zu erwarten und unterhielten sich über das Geschehene, teils über ihre ferneren Pläne. Da Old Shatterhand und Winnetou mit den Timpes reiten wollten und Droll und Frank also auch von dieser Partie waren, erging sich der letztere ganz selbstverständlich in Versicherung der großen Taten, die er im Interesse von Kas und Has ausführen wollte.

»Ich bin Heliogabalus Morpheus Edeward Franke«, sagte er, »und ihr werdet mich kennenlernen. Meine Wohnung am Schtrande der Elbe derheeme heeßt Villa Bärenfett, denn es is keen eenziger Bär in ganz Amerika dick und fett geworden, ohne daß ich ihm nich mit meiner Büchse den Totenschein ausgeschtellt habe. Alle diese Bären sind mit Leichenwagen Nummer eens so nach und nach in meinem Magen begraben worden, und ...«

»Mit Haut und Haar?« unterbrach ihn Kas.

»Schprechen Sie doch nich solche Unsinnigkeeten, Sie ausgewanderter Baron Timpe von Timpelsdorf. Mutet mir der Mensch zu, die Bären mit den Fellen gefressen zu haben! Denken Sie etwa, daß mein Magen een Kürschnerladen is oder een Magazin für Reisepelze, Pelzschtiefeln, Boas und Bisamkragen? Mich machen Sie nich blau; das merken Sie sich. Haben Sie denn eegentlich schon eenen Bären gesehen?«

»Natürlich!«

»Ja, natürlich! Nämlich in dem ABC-Buch und in der Bilderfibel. Ich aber habe sie geschossen!«

»Auch in der Fibel?«

»Schweigen Sie gehorsamst still, wenn Leute schprechen, deren Worte Sie mit ehrfurchtsvoller Andacht anzuhören und zu bewundern haben! Sie sind gar nich mal über Ihre Fibel hinausgekommen, ich aber bin schon x-mal in Amerika gewesen.«

»Ich doch auch!«

»Wenn denn, he?«

»Jetzt; ich sitze doch hier bei Ihnen!«

»Sie? Bei mir? Hm, ja, es is wahr; jetzt sehe ich Sie erscht! Ich habe nich die geringste Ahnung gehabt, daß Sie sich hier bei mir befinden. Daraus können Sie ganz deutlich erkennen, daß Sie mir Wurscht und Schnuppe sind – die reenste Luft mitsamt Ihrer Fibel! Aber weil das liebenswürdige Schicksal Ihnen so gnädig gewesen is, Sie in meinem Vaterland, also als meinen Landsmann, geboren werden zu lassen, fühle ich een königlich sächsisches Rühren in meinem edlen Herzen und will mich in Freundlichkeet und mütterlicher Geduld Ihrer Person annehmen. Ohne meine gütige Mitwirkung werden Sie Ihre Erbschaft nie bekommen; darauf können Sie sich so sicher verlassen, wie dreimal sechs gerade soviel is wie neunmal sieben mal pi – ah, wissen Sie überhaupt, was pi is?«

»Nein.«

»Sehen Sie, da haben Sie wieder Ihre geistige Zwerghaftigkeet, wie sie klar zutage tritt! Pi is die Vor- und Einleitungssilbe zu allem, was geschossen, geblasen oder mit den Fingern geschpielt wird. Geschossen wird mit der Pistole; geblasen wird mit dem Pistong, und geschpielt wird off dem Pianino. Geschtehen Sie ein, daß alle diese Worte een pi vorne haben? Also, ich werde mich Ihrer Persönlichkeit und Ihrer Erbschaft annehmen, grad so, wie sich der eene Zwilling – das bin ich – des andern Drillings – das sind Sie – anzunehmen hat. Verhalten Sie sich entsprechend der Vorschriften, die mir angeboren sind, da werden Sie es zu etwas bringen und als een geachteter Mensch und angesehener

Timpe in Ihre Heimat zurückkehren können. Verkennen Sie aber mich und die schönen Gaben, welche das ›Mädchen aus der Fremde‹ bringt, so können Sie nur gleich wieder einpacken, denn da gibt es keenen eenzigen Menschen off dem Jahrmarkt, der Ihnen Ihren Pfefferkuchen abkoofen wird. Es is ja möglich, daß Sie zu Ihrem Glück nach Amerika gekommen sind, aber sicher und gewiß nur in dem eenzigen Falle, daß Sie Ihr Haupt unter meiner Würde beugen, welche schon seit langen Jahrhunderten und durch alle möglichen Generationen off mich und meine Intelligenz vererbt worden is.«

Seine Rede wäre sehr wahrscheinlich in dieser Weise fortgesetzt worden, wenn nicht Winnetou, der in der Nähe stand, jetzt plötzlich mit einer schnellen Bewegung seine Silberbüchse nach oben angelegt und abgedrückt hätte. Der Schuß krachte. Old Shatterhand war noch mit der Verlosung der Waffen beschäftigt. Er drehte sich rasch um, sah den Apatschen mit dem Gewehr stehen und fragte, den Blick sofort auch nach oben richtend: »Warum hast du geschossen?«

»Es sah jemand von der Felsenkante herab«, antwortete Winnetou.

»Hast du getroffen?«

»Nein, der Kopf verschwand, als ich den Finger anlegte.«

»Hast du ihn deutlich gesehen?«

»Ja.«

»Was hast du sonst noch bemerkt?«

»Es war kein weißer Mann.«

»Also ein Indianer?«

»Winnetou weiß es nicht genau. Der Kopf war nur so lange zu sehen, als ich meine Büchse heben konnte; dann verschwand er wieder.«

»Hm! Es ist niemand mehr oben, der zu uns gehört. Mein roter Bruder mag mit mir hinaufgehen. Der Mann, der es gewesen ist, wird zwar nicht warten, bis wir hinaufkommen, aber es ist doch geraten, einige Posten aufzustellen, denn man kann mit größter Leichtigkeit von da oben aus einen von uns niederschießen.«

Sie stiegen hinauf und nahmen die beiden Timpes mit, um ihnen Posten anzuweisen. Als sie dann nach einiger Zeit wieder herunterkamen und Frank sie fragte, erfuhr er, daß sie niemand gefunden hatten. Oben war es jetzt dunkel, und nach Spuren zu suchen hätte, selbst wenn es hell gewesen wäre, doch zu nichts geführt, weil die Eisenbahner alles niedergetreten hatten und also, wenigstens in der Nähe der Schlucht, eine Einzelfährte nicht unterschieden werden konnte. Das war gegen Morgen, und bald darauf begann der Tag zu grauen. Man konnte nicht die Absicht haben, sich lange und unnütz mit den Indianern zu befassen; so ganz in der Nähe des Camp wollte man ihnen die Freiheit denn doch nicht geben; sie waren zwar nun waffenlos, aber bei ihrer großen Zahl und bei der Feigheit der Bewohner dieses Ortes konnten sie, wenn sie einen Massenangriff versuchten, ihnen doch gefährlich werden. Darum wurde beschlossen, sie eine tüchtige Strecke in die Prärie hinauszutransportieren und dann nach und nach in einzelnen Abteilungen freizugeben. Dort war das Terrain offen, und man konnte sie weit sehen und beobachten. Sie mußten sogar annehmen, daß man ihnen heimlich folgen werde, und so stand zu erwarten, daß ihnen schon die Vorsicht verbieten werde, aus Rachsucht zum Camp zurückzukehren.

Während also Swan, der Engineer, sich zum Camp begab, um nach Rocky-Ground zu telegraphieren, daß man den Zug wieder senden solle, gaben Winnetou und Old Shatterhand den Eisenbahnern die Anweisungen, welche für diese nötig waren, die Gefangenen fortzuschaffen. Man band die Indianer auseinander und gab ihnen die Füße frei, sorgte aber dafür, daß ihnen die Hände um so fester auf dem Rücken gefesselt waren, worauf jeder an den Bügel eines Pferdes gebunden wurde; dann stiegen die Bahnarbeiter auf und ritten mit ihren Gefangenen davon. Die andern, nämlich Old Shatterhand und seine Gefährten, gaben ihnen eine halbe Stunde lang das Geleit, bis sie den Wald hinter sich hatten, und kehrten dann zurück, um den Zug zu erwarten.

Jetzt endlich kam Leveret, der Engineer, wieder zum Vorschein. Als er erfuhr, wie die Komantschen bestraft worden waren, erklärte er es für eine Dummheit, daß sie nicht aufgehängt worden waren, und für eine Ungerechtigkeit, daß man nicht einen Teil der Beute auch für ihn bestimmt hatte; aber Swan, sein mutigerer Kollege, gab ihm eine so deutliche und kräftige Antwort, wie sie ihm gebührte, und so trollte er sich wieder von dannen, ohne Ruhm oder Beute mitzunehmen.

Als später der Zug kam, wurde eingestiegen. Natürlich nahm man auch die beiden Pferde mit, welche jetzt dem Hobble-Frank und Droll gehörten, die ganz und gar nicht unglücklich darüber waren, daß sie auf eine solche Weise

Besitzer von zwei so guten Tieren hatten werden dürfen; bessere konnte es für sie ja gar nicht geben!

Es war nur noch die Bestrafung des Mestizen zu erwarten. In Beziehung hierauf wendete sich, während der Zug dahinrollte, der Hobble-Frank an Old Shatterhand: »Jetzt habe ich eene Bitte, die Sie mir beileibe ja nich abschlagen dürfen.«

»Welche?«

»Sagten Sie nich, daß dieser Ik Senanda, der sich Yato Inda nannte, Haue bekommen und nachher freigelassen werden soll?«

»Ja.«

»Hören Sie, das is doch eegentlich gar keene hinreichende Schtrafe für so eenen erbärmlichen Tellurius! Prügel kriegt mal jeder Schuljunge, ohne daß er een Mestize is; Prügel haben hoffentlich ooch Sie von Ihrem Vater gekriegt, obgleich Sie damals nich die Absicht hatten, den Komantschen so een Schock Chinesen auszuliefern, und ich, so großartig und diminuendo ich schon damals mit meinen Naturgaben veranlagt und ausgezeichnet war, so habe ich doch wirklich ooch die heraldische Erfahrung machen müssen, daß es sorgsame Väter und sogar freundliche Mütter gibt, welche die Rute da abschneiden, wo sie angewachsen is, und damit unverantwortlicherweise dorthin hauen, wo sie ihr Lebtage gar nich anwachsen kann; von dieser Wahrheet bin ich sehr häufig höchst schmerzlich in meinem Innern und off meinem Äußern berührt worden, obwohl es mir niemals in den Sinn gekommen is, mich off Firwood-Camp als Scout und Verräter engagieren zu lassen. Also, was ich sagen wollte, dem besten Menschen bleibt es nich erschpart, mit dem birkenen Hans aus Schlesien Bekanntschaft zu machen, und da soll dieser Halunke, der eene ganz andre Schtrafe verdient hat, ooch noch wie een ungekochtes Ei behandelt werden und nischt andres als nur eene Tracht Prügel kriegen? Ich bitte Sie, verehrtester Herr Shatterhand, wenn Sie nur halbwegs noch een bißchen Sinn für Gerechtigkeit und Reorganisation im Herzen haben, da müssen Sie einsehen, daß das viel zuwenig is. Ich gebe mir darum die herablassende Ehre, Ihnen eenen Vorschlag zu machen, welcher mir tief im Gemüt liegt und den ich loslassen muß, wenn mein gefühlvolles Herz nich dran erschticken und zu Grunde gehen soll wie een Kanarienvogel, der mit Paprika und Zwiebelsamen gefüttert wird.«

Alle, außer Winnetou, lachten über die Art und Weise, in welcher der Kleine sich auszudrücken beliebte, und Old Shatterhand fragte: »Welchen Vorschlag willst du hören lassen?«

»Das können Sie sich eegentlich selber denken, zumal ich weeß, daß Ihre Kenntnisse ooch nich ganz von Pappe sind. Jeder schtudierte Jurisprudente und Schtaatsanwalt kennt außer den Paragraphen über die Milderungsgründe ooch den über die sogenannten Verdickungsgründe. Man kann nämlich, zumal bei dem Prügeln, die Schtrafe dünner und ooch dicker offtragen; ich schtimme hier nich für das Dünne, sondern für das Dicke.«

»Du meinst also einen stärkeren Stock?«

»Das meene ich weniger. Ich kann aus meiner eegenen Erfahrung und Sensitivität bezeugen, daß een dünner Hans aus Schlesien viel weher tut als een dicker, weil er nämlich besser schwippt, wissen Sie, meine Herren, een dicker wirkt bekanntlich nur off diejenige Höhenlage, welche man Epidermis nennt, een dünner aber geht durch und durch, so ähnlich, wie das Licht beim Photographieren durch die ganze Linie geht und dann das schönste Bild zuschtande bringt. Nee, ich meene vielmehr etwas andres. Zur Prügelschtrafe muß noch eene andre kommen, oder wir geben ihr eene Dauer und Konschtabilität, welche dem Verbrechen angemessen is. Der Kerl schteckt doch im Brunnen. Wir gießen so viel Wasser hinein, daß es ihm bis an die Lippen geht und er nur immer nach Luft zu schnappen hat. Das is doch wenigstens eene ehrliche Todesangst, obgleich er nich dran schterben wird. Wenn er die so eenige Schtunden ausgeschtanden hat und durch und durch naß geworden is, dann ziehen wir ihn heraus und halten mit den Hieben nich eher, aber ja nich eher off, als bis er wieder trocken is. Off diese Weise erkältet er sich nich und hat ooch schpäter keenen Grund, uns vorzuwerfen, daß wir das, was sein Vater früher an ihm versäumt hat, nich tüchtig nachgeholt haben. Verdient hat er das mehr als genug; quod erat demimonschtrum!«

Als hierauf wieder alle lachten, fragte er, schnell zornig werdend: »Was gibt's denn da zu lachen? Ich habe im heiligen Eifer für die Dezimalwaage der Gerechtigkeet geschprochen; das is doch nischt so Lustiges! Das Schtrafgesetzbuch is nur für ehrliche Leute geschrieben, die es ernsthaft nehmen und es sich zum Beischpiel und Exempel dienen lassen. Wenn Ihnen aber meine offrichtig gemeente

Schtrafprozeßordnung nur Schpaß anstatt der beabsichtigten Abschreckung bereitet, so wasche ich, wie der Rigi sagte, meine Hände in Unschuld mit Karbol- und Mandelseefe und denke, daß ...«

Er hielt inne, denn es brach jetzt ein solches Gelächter aus, daß er seine eigenen Worte nicht mehr hören konnte. Er wartete, darüber ergrimmt, bis es sich gelegt hatte, und rief dann aus: »Nee, so eene Zucht und Pudelschererei hat man noch nich erlebt! Das wird ja mit der heutigen Menschheet immer schlimmer! Sagen Sie mir doch nur eenen eenzigen Grund, warum ich bei aller meiner schtaatlichen Würde dazu verurteelt bin, so een höllisches Hohngelächter anhören und erdulden zu müssen. Habe ich denn irgendeenen technischen Vorzug an mir, über den Sie sich so lustig machen können?«

Droll kannte ihn sehr genau; er wußte, daß eine Explosion im Anzug war, und antwortete also nicht. Auch Kas und Has waren durch Schaden vorsichtig genug geworden, um zu schweigen; darum übernahm es Old Shatterhand, an den er sich nicht in der Weise wie an andere wagte, ihm die Antwort zu geben: »Wir lachen nicht über dich, sondern über den Rigi, lieber Frank.«

»Über den Rigi? Wieso?«

»Ich wasche meine Hände in Unschuld, das hat Pilatus gesagt.«

»Nein, der Rigi hat's gesagt!«

»Oh, bitte! Es hat niemals ein Mensch den Namen Rigi geführt, sondern so heißt ein Berg am Vierwaldstättersee; ein anderer, nicht weit von ihm an demselben See gelegener

Berg wird der Pilatus genannt; das hast du gehört oder gelesen; das schwebt dir vor, und so wurde die Verwechslung des Landpflegers Pilatus mit dem Berge Rigi möglich.«

»So – also so!« dehnte der Kleine, indem seine Augen funkelten. Er getraute sich aber nicht loszubrechen, weil Old Shatterhand es war, der es sagte. »Also eene Verwechslung soll es sein? Wissen Sie das genau?«

»Ja.«

»Sind Sie denn schon mal dort gewesen an diesem See?«

»Ja, und auch auf beiden Bergen, gestiegen und gefahren. Es führen Zahnradbahnen hinauf.«

»Ach so, Zahnradbahnen! Das muß ooch een schöner Landpfleger von Palästina sein, der sich mit Zahnrädern im Gesicht herumkratzen läßt! Ihr Wort in allen Ehren, Herr Shatterhand, aber da muß ich erscht selber mal hin und mir die Geschichte richtig bevierwaldschtättern, ehe ich es glaube, daß man sich off solchen Bahnen in Unschuld waschen kann! Bis dahin aber nehme ich meinen Vetoantrag zurück und setze mich dort hinten in die Ecke. Mit Leuten, die mich und meine Metropolitarität bezweifeln, werde ich in Zukunft etwas vorsichtiger sein. Es is nich jeder Mensch dazu geschaffen, seine Lustschpiele in Trauerschpiele verwandelt und aus den herrlichsten Gedanken und Okulationen seines Herzens saure Gurken und gebackene Pflaumen gemacht zu sehen. Wem das Edle nich mehr imprimiert, der is ooch für das Ordinäre ganz total verloren. Ich habe geschprochen. Howgh!«

Er schob sich in die hinterste Ecke des Wagens, um zürnend, wie einst Achilleus, der den Feinden furchtbare

Peleione, dort denen zu schmollen, die nicht hoch oder tief genug gebildet waren, seine Überlegenheit ohne alle Widerrede anzuerkennen. Old Shatterhand, dessen Gutmütigkeit nicht die geringste seiner Eigenschaften war, konnte die Betrübnis des Kleinen, obgleich sie eigentlich komisch war, nicht lange mit ansehen und fragte nach einer Weile: »Hast du deinen Vorschlag ganz aufgegeben, lieber Frank?«

Der Moritzburger warf ihm einen noch halb zornigen, halb aber schon versöhnlichen Blick zu und antwortete: »Haben Sie nur keene Sorge! Ich werde gar niemals wieder eenen Vorschlag machen!«

»Das sollte mir leid tun. Du weißt doch, daß ich viel auf deine Ansichten gebe.«

Da nahm die Freundlichkeit im Auge des Hobble noch mehr zu, und es klang unter einem erlösenden Seufzer: »Das sagen Sie doch jedenfalls nur deshalb, um mich wieder gut zu machen; im Grunde und aus der Perschpektive betrachtet, is es aber doch ganz andersch. Sie wissen, daß Sie meine Brust mit unversöhnlichem Zorn erfüllt haben, und wollen nun een Weiermüller-Universalpflaster off meine Entrüstung legen; das kostet nich viel, in jeder Drogenhandlung nur zehn Pfennige für die Schachtel. Spitzbuben, wie der Mestize eener is, möchten Sie das Gesicht mit seidenen Handschuhen schtreicheln, aber mich, der ich doch Ihr größter Freund und Gönner bin, versenken Sie bei jeder passenden Gelegenheet in die tiefste Betrübnis und Konzentration. Wer so zart besaitet is, wie ich es bin, dem darf man nich mit eenem Violonbaß-Fidelbogen kommen, sondern der muß sanft angeklimpert werden wie zum Beischpiel eene

Gitarre oder eene Aprikosen-Mandoline. Jedermann sollte bedenken, daß es Menschen gibt, deren Herz sehr leicht gebrochen werden kann, und es gibt zwar Porzellan- und Eisenkitt, aber daß man ooch Herzenskitt zu koofen kriegt, um die Schprünge der geschwollenen Mandeln wieder off das richtige Gleis zu bringen, davon habe ich noch nischt gehört.«

Die andern hatten wieder mit ihrer Lachlust zu kämpfen; Old Shatterhand zeigte sein ernsthaftestes Gesicht, indem er fragte: »Rechnest du auch mich zu diesen Menschen?«

»Wer sich getroffen fühlt, der braucht nich erscht zu fragen. Und ob ich rechne? Ich rechne gar nich mehr, fällt mir nich ein! Wem gleich zwee Vierwaldstätter Zahnradbahnen um den Kopp geworfen werden, der hat keene Lust zum Rechnen mehr. Und wem man gar zumutet, den Landpfleger Rigi oben off dem Pilatus zu suchen und ihm dort die Hände mit Unschuld zu waschen, mit dem is es erscht recht ganz aus. Ich bleibe also hier in meiner Ecke und laß mich von keenem Mississippi und Amazonenschtrom herausschwemmen. Ein gebildeter Mensch, der Charakter hat, der soll ooch welchen haben!«

»Das ist sehr richtig! Und weil du nicht nur überhaupt Charakter, sondern sogar einen sehr guten hast, so denke ich, daß du nicht lange mehr dort hinten sitzen bleiben wirst.«

Durch dieses Lob geschmeichelt, rückte der Kleine schon ein wenig näher und sagte, viel freundlicher als vorher: »Is das Ihre sukzessive Überzeugung wirklich, verehrtester Herr Shatterhand? Sollte mich freuen, wirklich freuen, wenn es so wäre. Ich sage Ihnen, es würde nicht nur für die andern, sondern ooch für Sie sehr gut sein, wenn Sie erkennen und einsehen lernen, daß ich nich so ganz ohne bin.«

»Das sehe ich nicht nur ein, sondern ich weiß es schon seit langer Zeit!«

»So?« flötete der Kleine, indem er wieder näherrückte. »Am Ende is es doch vielleicht nur een anonymer Irrtum, wenn ich denke, daß ich ooch von Ihnen verkannt werde. Da will ich es doch noch eenmal versuchen, ob in Ihrem Verhalten die von mir gewünschte Besserung zu schpüren is!«

Er rückte abermals näher, so daß er nur noch einen Schritt von Old Shatterhand zu sitzen kam, und fuhr dann eifrig und ganz freundlich fort: »Also, was meinen Vorschlag betrifft, wie soll es da werden? Sind Sie geneigt, ihn mir in der gewünschten Kongestion zu erfüllen?«

»Ja, lieber Frank.«

Da gab sich der vollständig versöhnte Hobble einen solchen Ruck, daß er eng an Old Shatterhand zu sitzen kam, und rief, indem sein Gesicht vor Freude und Genugtuung strahlte, aus: »So is es recht; so wollte ich es haben! Es is doch keen Bär een solcher Tolpatsch, daß er nich wenigstens eenmal etwas Gescheites tut! Ich kann Ihnen jetzt das Zeugnisduplikat geben, daß Ihre Ehre vollschtändig wiederhergeschtellt is. Also es bleibt bei dem, was ich vorgeschlagen habe?«

»Wahrscheinlich. Natürlich kommt es dabei mit darauf an, wie er sich gegen uns verhält!«

»Ganz richtig! Und weil ich weeß, daß sein Verhalten nich

mehr als alles zu wünschen übriglassen wird, so wollen wir diesen ärgerlichen Vierwaldschtättersee in der tiefsten Tiefe unsrer Herzen begraben und off die Zahnradbahnen unsre gegenseitige Verzeihung und Versöhnung schütten. Es soll nischt mehr geben, was unsre Geister und Gemüter trennt, und wenn Ihre Worte ja eenmal von eenem unverschtändigen Menschen angezweifelt oder gar verlacht werden sollten, wie es vorhin in diesem Wagen geschehen is, so wenden Sie sich nur getrost an mich! Ich bin der Mann, der es verschteht, Ihnen diejenige Achtung zu verschaffen, off welche Sie als mein treuer Freund und Gefährte Anschpruch und Konterdampf erheben können!«

Es war bei der Urkomik seines Verhaltens und seiner Worte beinahe rührend zu beobachten, welche Mühe sich die andern gaben, den Ernst zu behaupten, welcher unbedingt nötig war, wenn ein Rückfall in seinen Zorn verhütet werden sollte. Sie brachten es auch glücklich fertig, und so verlief die weitere Fahrt, ohne daß er wieder Veranlassung fand, sich über die Fehler und geistigen Gebrechen der Menschheit insgesamt und im einzelnen auszusprechen. Rocky-Ground wurde in bester Stimmung erreicht, und wenn es irgendeine Schwierigkeit gab, war es nur die, die beiden Indianerpferde unverletzt aus dem Wagen zu schaffen. Sie waren diese Art des Transportes nicht gewöhnt, und es hatte in Firwood-Camp einen großen Aufwand von Mühe gemacht, sie hineinzubringen.

Die Leute, welche man hier zurückgelassen hatte, waren dabei behilflich, ohne zunächst eine Meldung zu machen, und erst als die Pferde glücklich auf dem Erdboden gelandet waren und der Engineer nun die Frage aussprach, ob sich etwas Ungewöhnliches ereignet habe, antwortete einer, indem er sich verlegen in den Haaren kraulte: »Well! Da Ihr danach fragt, Sir, so muß ich nun wohl heraus damit: Es ist ein Pferd gestohlen worden.«

»Welches?« wurde da sofort von sechs Personen fast unisono gefragt.

Es versteht sich ganz von selbst, daß seine Meldung Schreck hervorbrachte. Da die Eisenbahner keine Pferde besessen hatten, konnte das betreffende nur eines der den sechs Jägern gehörenden sein. Wie schlimm, wenn es einer der beiden Rappenhengste war, welche Winnetou und Old Shatterhand gehörten! Es gab einen Augenblick der größten Spannung, bis er antwortete: »Es war ein Schimmel, Mesch'schurs.«

Man konnte jetzt einen mehrfachen Hauch der Erleichterung hören, und Frank erkundigte sich, natürlich in englischer Sprache: »Meint Ihr den Schimmel, der den schwarzen Flecken rechts am Hals hat?«

»Yes, Sir!«

»Gott sei Dank!« rief er aus, jetzt nun in deutscher Sprache. »Vetter Droll, das is dein Stolperfritze, dem du die Insel Ischia zu verdanken hattest. Der mag immerhin geschtohlen sein. Du hast ja een hundertmal besseres dafür!«

»Nur langsam mit dem Urteil, Frank!« mahnte da Old Shatterhand. »Es handelt sich hier weniger um das Pferd als um den Dieb. Ich möchte ahnen, wer es ist. War es etwa der gefangene Mischling, den wir in den Brunnen hineingesteckt haben?«

»Ja, Sir«, antwortete der Mann verlegen, an den diese Frage gerichtet war.

»Wie kommt der aus dem Brunnen heraus? Das kann nur die Folge einer ungeheuren Nachlässigkeit von euch sein!«

»Die ich streng bestrafen werde!« fügte der Engineer hinzu. »Ich hatte doch einen Wächter an den Brunnen gestellt! Wo ist dieser? Er steht nicht mehr dort, und ich sehe ihn auch sonst nirgends.«

»Er hat sich aus Angst einstweilen aus dem Staub gemacht, bis, wie er sagte, die erste Hitze bei Euch vorüber sei, Mister Engineer.«

»Da kann er lange warten. Ich lasse ihn, wenn er wiederkommt, prügeln, daß er daran denken wird! Nun ist der Scout über alle Berge und wir haben das Nachsehen! Hoffentlich ist er noch nicht sehr weit, und wir können ihn noch einholen. Macht Euch schnell fertig, und ...«

»Gemach, Sir, gemach!« unterbrach ihn Old Shatterhand. »Überstürzung kann hier zu gar nichts führen. Wenn meine Ahnung mich nicht trügt, so ist er jetzt schon so weit fort, daß alle Verfolgung Eurerseits vergeblich ist. Ich denke, er ist von hier zum Firwood-Camp geritten.«

»Uns gerade in die Hände? Unmöglich! Er müßte nicht bei Sinnen gewesen sein!«

»Pshaw! Er wußte die Komantschen in Gefahr und ritt hin, sie heimlich zu warnen, ist aber glücklicherweise zu spät gekommen. Er war es jedenfalls, der von oben herunterblickte und nach dem Winnetou geschossen hat, ohne ihn zu treffen.«

»So ist's«, stimmte der Häuptling der Apatschen bei. »Es war nur ein Moment, daß ich ihn erblickte; ich hob zwar schnell das Gewehr, aber er sah ebenso rasch, daß ich es auf ihn richtete, und gerade als ich abdrückte, zog er den Kopf zurück, sonst hätte ich ihn getroffen.«

»Ja, deine Kugel ist sicher und verfehlt nie ihr Ziel; aber ein einziger Augenblick ist eine gar zu kurze Zeit für einen Schuß, der treffen soll. Ich denke übrigens, daß dieser Bursche uns schon wieder vor die Läufe kommen wird. Lassen wir ihn einstweilen fort sein! Er wird beobachtet haben, daß seine Komantschen freigelassen wurden, und ihnen nachreiten, um sich mit ihnen zu vereinigen. Wenn mir daran läge, ihn zu fangen, wollte ich ihn sehr bald haben; aber wir hatten uns ja doch vorgenommen, ihm die Freiheit zu geben, und so mag er sie auch ohne vorherige Prügel genießen.«

»Aber es tut doch meinem Herzen wehe«, bemerkte Frank, »daß wir ihn nicht einweichen und dann ausklopfen konnten!«

»Er wird später zu dieser Klopferei zu finden sein; tröste also dein betrübtes Herz, lieber Frank! Jetzt verlangt es mich vor allen Dingen zu erfahren, wie es ihm möglich gewesen ist, aus dem Brunnen zu entkommen und dann gar auch das Pferd zu stehlen. Hoffentlich seid Ihr imstande, es uns zu erzählen, Mann!«

Der Eisenbahner fuhr unter dem scharfen, strengen Blikke Old Shatterhands zusammen, als ob er sich in sich selbst verbergen wollte, doch antwortete er: »Ich bin nicht schuld daran, Sir; das könnt Ihr mir getrost glauben. Der Clifton war's, der den Brunnen bewachen sollte und sich von den Chinesen übertölpeln ließ.«

»Chinesen? Sind Chinesen dagewesen?«

»Yes, Mister Shatterhand, zwei Stück waren es, zwei ganze Stück.«

»Ah, das sind höchstwahrscheinlich unsere Gewehrdiebe gewesen. Hatten sie ihre Zöpfe hinten herunterhängen?«

»Habe keinen Zopf zu sehen bekommen; dafür aber hatten sie Geld, schöne Dollars, Halb- und Vierteldollars. Damit gingen sie in den Room zum Keeper* und ließen sich geben, was ihr Herz begehrte oder was vorhanden war.«

»Und Ihr seid natürlich so freundlich und so vorsichtig gewesen, tüchtig mit ihnen zu zechen, nicht?«

»Ich nicht, aber der Clifton, Sir. Ihr müßt nämlich wissen, daß er sie gut kannte, denn er hat in Firwood-Camp gearbeitet, ehe er hier von Mister Swan engagiert wurde. Es wird am besten sein, wenn ich Euch alles so der Reihe nach erzähle, wie es geschehen ist.«

»Ja, tut das! Ich bin sehr gespannt darauf, ob Ihr etwas zur Entschuldigung dafür vorbringen könnt, daß Ihr nicht besser an Eure Pflichten gedacht habt. Also sagt der Wahrheit gemäß, wie es gekommen ist!«

»Ich kann es nicht anders erzählen, als wie es geschehen ist, Sir.

Es war gegen Abend und wollte gerade dunkel werden. Wir hatten unsere Arbeit getan und machten Feierabend, da kamen die Chinesen, die der Teufel reiten möge, daß sie uns

---

* Keeper: Restaurateur (KM).

diesen Streich gespielt haben. Clifton saß als Wächter am Brunnen und hatte das Ende des Strickes, an welchem der Mischling unten angebunden war, um den nächsten Baum geschlungen. Sie sahen ihn, und weil sie ihn von Firwood-Camp her gut kannten, gingen sie zu ihm hin, um ihn zu begrüßen. Wir andern folgten ihnen, denn wir waren doch neugierig, was die Chinesen hier bei uns in Rocky-Ground wollten. Wir erfuhren, daß sie des geringen Lohnes und der schlechten Behandlung wegen ihre Stellung in Firwood-Camp aufgegeben hätten und sich nun eine neue suchen wollten.«

»Und das habt ihr geglaubt?« fragte Old Shatterhand.

»Wir hatten keinen Grund, anzunehmen, daß es eine Lüge sei.«

»Ihr hattet Grund! Sie waren doch die Vormänner der chinesischen Arbeiter; das habt ihr gewußt!«

»Ja.«

»Nun, als Vormänner standen sie natürlich besser als die andern und hatten also gar keine Veranlassung, so plötzlich aus der Arbeit zu gehen, zumal des geringen Lohnes wegen. Und sodann hättet Ihr Euch sagen müssen, daß, wenn sie wirklich ihre Entlassung selbst genommen hätten, die andern Chinesen, welche jedenfalls nicht so viel verdienten und unter der schlechten Behandlung gewiß noch mehr als ihre Vormänner zu leiden hätten, jedenfalls nicht geblieben, sondern mit ihnen aus der Arbeit gelaufen wären.«

»Das ist richtig, Sir; aber es hat keiner von uns daran gedacht.«

»Damit stellt ihr euch kein gutes Zeugnis aus!«

»Mag sein! Wir sind einfache Werkleute und haben nicht studiert. Von uns kann man nicht verlangen, daß wir uns jeden Kniff und Pfiff so schnell zurechtlegen, daß wir augenblicklich hinter die Gründe kommen. Clifton sagte ihnen, daß sie wahrscheinlich hier bei uns Stellung bekommen könnten; aber sie wollten nicht hierbleiben, sondern mit dem nächsten zurückfahrenden Bauzug ein gutes Stück weiter in den Osten hinein.«

»Das glaube ich sehr gern, sie haben ihre Zöpfe verloren, sind also geschändet und müssen sich in eine Gegend wenden, wo keine Chinesen sind. Weiter!«

»Sie blieben natürlich da, um den Bauzug zu erwarten, und gingen zum Trinkraum, wo sie sich beim Keeper zwei Schlafstellen ausmachten. Sie hatten, wie ich schon sagte, Geld mit und ließen sich nicht lumpen. Wir mußten mit ihnen trinken; da kamen wir ins Sprechen und erzählten ihnen, daß Ihr hier gewesen und dann fortgefahren wäret, um Firwood-Camp gegen die Komantschen zu schützen. Sie horchten nicht wenig auf; aber, Sir, von Euch und Winnetou schienen sie nichts wissen zu wollen; das hörten wir aus verschiedenen Äußerungen, die sie taten.« »Da glaube ich wohl. Sie haben uns bestohlen und ihre Strafe dafür bekommen; deshalb sind sie ja fort vom Camp. Ich durchschaue sie. Sie haben gehört, daß wir beide es waren, die den Mestizen gefangen nahmen; da ist ihnen der Gedanke gekommen, sich dadurch an uns zu rächen, daß sie ihn befreien.«

»Möglich, daß sie diesen Streich nicht uns, sondern euch haben spielen wollen. Vielleicht ist es noch dazu auch aus einer Art von Freundschaft geschehen, denn sie schienen in

Firwood-Camp mit ihm auf gutem Fuß gestanden zu haben. Kurz und gut, sie trugen auch Clifton Schnaps hinaus, eine tüchtige Flasche voll und dann noch eine. Später suchten sie ihn noch einmal auf, und es dauerte eine geraume Weile, ehe sie wieder hereinkamen. Da setzten sie sich, was uns später aufgefallen ist, nicht wieder auf ihre früheren Plätze, sondern so, daß wir, um Raum zu gewinnen, die Tür zumachen mußten und nicht mehr hinaussehen konnten, wo die Pferde standen. Nach einiger Zeit hörten wir ein auffälliges Wiehern, Schnauben und Stampfen. Es mußte mit den Pferden etwas los sein, und wir gingen hinaus, obgleich die Chinesen uns davon abhalten wollten. Da waren die beiden schwarzen Hengste losgebunden, und es fehlte der Schimmel mit dem schwarzen Fleck am Hals. Losgerissen hatte er sich nicht, das sahen wir; er war also nicht selbst entwischt, sondern fortgeführt worden. Aber von wem? Wir waren ja alle beisammen, außer Clifton, welcher beim Brunnen wachte. Wir gingen zu ihm, ohne auf die Chinesen zu achten; da lag er total betrunken und fast besinnungslos am Boden und bei ihm der Strick, an dem der Mestize gehangen hatte; wir sahen auch die Riemen da liegen, mit denen ihm die Hände und die Füße zusammengebunden gewesen waren. Natürlich erschraken wir gewaltig und suchten von Clifton zu erfahren, was geschehen war; aber wir konnten nichts aus ihm herausbringen, da er nur unverständliches Zeug lallte. Um ganz sicher zu gehen und uns zu überzeugen, wurde ich an dem Strick in den Brunnen hinabgelassen, und da fand ich es freilich ganz so, wie ich es befürchtet hatte: Der Mestize war fort.«

»Dachte es mir!« sagte Old Shatterhand. »Die Chinesen haben ihn, als Clifton vollständig betrunken war, herausgezogen und von den Fesseln befreit. Dann sind sie wieder in den Trinkraum gegangen und haben schlauerweise dafür gesorgt, daß die Tür zugemacht werden mußte, damit der Mestize sich eins von den Pferden stehlen könne. Gab es dort Licht?«

»Ja, es brannte eine Laterne bei den Tieren.«

»Da hat er natürlich sehen können, welche Pferde die besten waren, und sich, wie sein Großvater, an unsere Rappen gemacht, ist aber dabei auch nicht glücklicher gewesen als dieser; sie haben sich zwar losbinden lassen, sich aber dann gewehrt, und dadurch ist ein Lärm entstanden, der ihn zur höchsten Eile getrieben hat, wenn er sich nicht wollte erwischen lassen. Er hat also dann dasjenige Pferd genommen, welches ihm am bequemsten stand, und das ist der Schimmel gewesen.«

»Das ist richtig, Sir; denn dieses Pferd stand der Tür am nächsten.«

»So hat er gerade das schlechteste erwischt; aber er ist jedenfalls ein guter Reiter und kennt die Gegend zwischen hier und Firwood-Camp genau, sonst hätte er sich ja nicht als Scout engagieren lassen können. Dadurch ist es ihm möglich geworden, trotz der Dunkelheit zum Birch-Hole zu entkommen, freilich viel zu spät für die Absichten, welche er dabei verfolgte. Was sagten dann nachher die Chinesen zu seiner Flucht?«

»Nichts sagten sie, oder, um mich anders auszudrücken, was sie zu einander gesagt haben, die Halunken, das konnten wir nicht hören, denn als wir uns von der Flucht des Gefangenen überzeugt hatten und uns nach ihnen umsahen, waren sie fort.«

»Wohin?« fragte der Engineer.

»Das konnten wir nicht wissen, denn es war ja finstre Nacht.«

»Alle Wetter! Ob man nicht vielleicht ihre Spuren finden kann? Wir müssen versuchen, diese Schurken einzufangen!«

»Laßt sie laufen, Mister Swan!« riet ihm Old Shatterhand. »Sie sind der Mühe gar nicht wert, die wir uns geben müßten, wenn wir sie fassen wollten. Unser Werk ist ja über alles Erwarten gut gelungen; wir haben Firwood-Camp errettet, ohne daß nur einem von uns dabei die Haut geritzt worden ist; alles andere, und zumal die Personen der beiden Chinesen, ist von so geringer Bedeutung, daß es lächerlich wäre, unsere Zeit dadurch zu versäumen, daß wir ihnen nachlaufen.«

»Hm! Es juckt mich zwar in allen zehn Fingern nach ihnen, aber ich sehe ein, daß Ihr nicht unrecht habt, Mister Shatterhand. Mögen sie also laufen! Aber diesen Clifton werde ich mir vornehmen. Wo ist er denn hin? Wißt Ihr das?«

»Nein«, antwortete der Eisenbahner. »Als er einige Stunden geschlafen hatte und auf einmal aufwachte, sagten wir ihm, wie er sich von den Chinesen hatte übertölpeln lassen. Da wich der Rausch von ihm, und er wurde vor Schreck sofort nüchtern. Natürlich schimpfte er auf sie, was er nur schimpfen konnte, aber dadurch brachte er weder sie noch den Mestizen zurück; da trat die Angst bei ihm ein. Er sagte, daß er sich nicht eher wieder sehen lassen wolle, als bis bei Euch der erste Zorn vorüber sei, band seine Siebensachen zusammen und ging fort.«

»Ihr hättet ihn nicht gehen lassen sollen!«

»Mit welchem Recht hätten wir ihn festhalten können, Sir? Etwa Gewalt anwenden? Er war ja kein Verbrecher, und wir sind keine Polizisten.«

»Ganz richtig!« stimmte Old Shatterhand ihm bei. »Höchstwahrscheinlich wird auch er nicht wiederkommen, und es hat auch keiner von uns allen einen Grund, sich nach ihm zu sehnen. Und wenn er je zurückkehren sollte, so gebt ihm einen tüchtigen Verweis, Mister Swan, und laßt es dabei bewenden! Jetzt wollen wir hineingehen, um zunächst nach unsern Pferden zu sehen; dann essen wir und schlafen tüchtig aus, weil wir die ganze Nacht durchwachen mußten. Morgen früh werden wir Euch lebewohl sagen.«

»Schon?« fragte der Engineer. »Ihr könnt Euch doch wohl denken, daß ich Euch gern länger, viel länger hier bei uns haben möchte!«

»Davon sind wir überzeugt. Wir werden Euch stets in gutem Andenken behalten, Sir; für jetzt aber gibt es nichts, was uns hier halten könnte, und wenn wir auch nicht mit der Zeit zu geizen brauchen, so ist es doch nie unsere Art und Weise gewesen, an einem Ort länger zu verweilen, als es nötig ist.«

»Da stimme ich bei«, nickte Kas. »Wir müssen nach Santa Fé hinauf. Unser Vetter Nahum Samuel Timpe, den wir dort zwingen wollen, uns die Erbschaft, um welche er uns betrogen hat, herauszugeben, scheint kein Mann zu sein, der längere Zeit an einem Ort bleibt; das böse Gewissen treibt ihn hin und her, und wenn wir an andern Orten unnütz unsere Zeit verschwenden, so müssen wir gewärtig sein, daß er schon wieder fort ist, wenn wir hinkommen. Ist das nicht auch deine Meinung, Cousin?«

»Natürlich ist es sie«, antwortete Has auf die an ihn gerichtete Frage. »Je eher wir zu unserem Geld kommen, desto besser ist's für uns. Glücklicherweise haben Mister Shatterhand und Winnetou sich unser und unserer Sache angenommen; das macht mir mehr Hoffnung, als ich vorher hatte, sie glücklich zu Ende zu bringen.«

Während die beiden Timpes dies zueinander sagten, standen Frank und Droll noch bei ihnen. Die andern waren inzwischen in das Gebäude getreten. Dieser Umstand nämlich, daß Winnetou und Old Shatterhand seine Worte nicht hören konnten, veranlaßte den Hobble, der Ansicht, welche Has soeben ausgesprochen hatte, eine seiner berühmten Bemerkungen folgen zu lassen. Er sagte nämlich, und zwar in deutscher Sprache, weil ihn nur Deutsche hörten: »Ich weeß gar nich, warum Sie nur immer von andern Leuten reden! Die Familie Timpe scheint an einer großartig-interimistischen Erbkrankheit zu leiden, die gar nich kuriert werden kann, nämlich an eener kolossalen Eenseitigkeet, die geradezu ihresgleichen sucht!«

»Wieso Einseitigkeit?« fragte Kas.

»Ich meene die Seite, welche schtets off Old Shatterhand und Winnetou gerichtet is. Sie haben nur immer davon zu reden, daß Sie von diesen beeden Herren in hervorragendster und penetrantester Weise unterschtützt zu werden hoffen. Ich gebe zwar ooch ganz gerne zu, daß Sie mit dieser Ansicht keene Mücken fangen und nich in die Käse fliegen werden, aber ich will Sie dennoch eenmal ersuchen, sich doch ergebenst ooch off die andre Seite zu wenden, nämlich off die Seite, wo ich schtehe und wo ich zu finden bin, ich, der allgemein verehrte Hobble-Frank aus Moritzburg! Sagen Sie mal, trauen Sie mir denn ganz und gar nischt zu?«

»O doch, Mister Frank«, antwortete Has.

»Das scheint mir aber gar nich so, ganz untertänigster Herr Hasael Benjamin Timpe! Ich habe mich schon gestern von oben herunter aus der Höhe herabgelassen und Ihnen, weil Sie ohne meine Hilfe nischt fertigbringen können, versichert, daß ich mich Ihrer annehmen und erbarmen will, wie sich een kinderloser Waisenvater der Eltern seiner Pfleglinge annimmt; ich habe Ihnen ferner gesagt, daß ich Sie wie off Adlersflügeln und Schwalbenschwänzen Ihrem Ziel entgegentragen werde; ich habe Ihnen endlich überzeugend und naturgetreu bewiesen, daß mir Ihre Erbschaft höher schteht als meine eegenen und persönlichen Chronometer, und nu muß ich, schon nach so wenigen Schtunden, plötzlich mit anhören, daß Sie alle Ihre Hoffnungen und Gestikulationen immer wieder off andre Leute und Persönlichkeeten setzen! Wenn Sie in dieser Weise fortfahren, mich und mein Profil geringzuschätzen, so wird mir trotz meiner angeschtammten Geduld und Langmütigkeet schließlich doch nischt andres übrigbleiben, als mich Ihnen angelegentlich zu empfehlen und mich mit meiner Krause- und Pfefferminze an sachverschtändigere Leute und einsichtsvollere Potentaten zu wenden!«

Die beiden Vettern hatten soviel Gewalt über sich, nicht zu lachen; sie zeigten die ernstesten Gesichter, und Kas antwortete, indem er dem Kleinen die Hand beruhigend auf die Schulter legte: »Aber, bester Herr Franke, Sie ereifern sich da ganz unnötigerweise. Wir kennen Sie ja und wissen also ganz genau, wie groß die Vorteile sind, welche wir von Ihrer Hilfe zu erwarten haben.«

»So? Das wissen Sie also? Warum schprechen Sie denn da immer von Old Shatterhand und Winnetou, aber nich von mir?«

»Weil man über das, was man für selbstverständlich hält, nicht viel zu reden pflegt. Und Ihre Vorzüge sind doch alle so unendlich selbstverständlich! Nicht?«

Da begann das Gesicht des Hobble vor Wonne zu strahlen; er machte eine so majestätische Handbewegung, wie sie nur ihm möglich war, und sagte: »O bitte, bitte, Herr Timpe! Sie tun mir zuviel Ehre an! Meine schprichwörtliche Bescheidenheit kann nur mit Widerschtreben von diesem wohlverdienten Lob Besitz ergreifen. Wenn Sie in Ihrer Anerkennung fortfahren wollen, so widerschtrebt es meiner bekannten Verschwiegenheet, Ihnen die Gelegenheit dazu abzuschneiden. Also schprechen Sie weiter, immer weiter! Reden Sie, wie Ihnen der Schnabel gewachsen is! Man handelt schtets vernünftig, wenn man die hohen Eigenschaften edlerer Menschen anerkennt; wenn Sie also einsehen, daß ich Ihnen über bin, so ehren Sie sich damit nur selber, und ich werde mich bewogen fühlen, meine Fittiche mit liebevoller Nachsicht um Sie herumzuschlagen. Es is heute in Ihrem Leben und in Ihrem Schicksal een großer

Wende- und Kontrapunkt eingetreten. Sie glichen den Schafen, die keenen Hirten haben; Sie liefen nur immer so gerade in die Nacht hinein, ohne eenen Halbmond oder Schtern zu haben, der Ihren Gebirgspfad erleuchtete und Ihre Schritte empor zur Milchschtraße lenkte. Nun Sie sich aber unter meinen Schutz und Schirm begeben haben, wird sich das Glück vorn an Ihre Füße und hinten an Ihre Absätze heften; es kann keene Gefahr mehr geben, die ich nich für Sie besiegen werde, und die Erbschaft, nach welcher Sie ohne mich bisher vergeblich mit aller Sehnsucht dekliniert und refusiert haben, wird Ihnen nun unter meinem Beischtande wie eene gebratene Taube in den Mund fliegen. Das, was ich Ihnen jetzt gesagt habe, is een Wort, off welches Sie sich verlassen können, wie ich mich off mich selber, und so fordere ich Sie hiermit off, mir mit der Offrichtigkeet eenes verantwortlichen Ministeriums zu erklären, ob Sie damit einverschtanden sind, daß ich der Schtrahl des Neumondes bin, der von heute an alle Ihre Schritte lenken soll!«

»Ja, wir sind einverstanden«, antwortete Kas.

»Gut, so schließe ich hiermit unsern Drei- und Freundschaftsbund. Hängen Sie sich an meine Arme, denn Sie sind meine Küchlein, und ich bin die Henne! Folgen Sie mir schpäter durchs ganze Leben und jetzt in das Speisezimmer hinein, denn ich vermute, daß das Essen schon losgegangen is. Also kommen Sie, Herr Timpe Hasael und Herr Timpe Kasimir!«

Er, der Kleine, stellte sich zwischen sie, und sie, die zwei Meter langen Menschen, mußten bei ihm einhängen und sich von ihm zur Restauration führen lassen, was einen überaus komischen Anblick bot.

Die Bonanza of Hoaka

Da, wo die Sierra Moro mit den Ausläufern des Ratongebirges einen beinahe rechten Winkel bildet, lagen zwei Indianer an dem Wasser eines Baches. Der eine von ihnen war seinem Aussehen nach gewiß über sechzig Jahre alt und hatte, als ob da etwas zu verbergen sei, einen Lederfetzen um den Kopf gewickelt. Sein eingefallenes Gesicht zeigte den Ausdruck ungewöhnlicher Verbissenheit; neben ihm lag eine Flinte. Der andere war nicht so alt, hatte sein spärliches, aber langes Haar in einen Schopf gewunden und trug den Stempel der List und Verschlagenheit in seinen ebenfalls eingefallenen Zügen. In dem breiten Riemen, der einen Gürtel bildete, steckte ein Messer. Diese beiden Rothäute hatten sonderbarerweise keine Waffen außer der Flinte des Alten und dem Messer des Jüngeren. Ihr Aussehen war dasjenige von Leuten, welche längere Zeit ungewöhnliche Entbehrungen, vielleicht gar Hunger und Durst erlitten haben und dabei keine Gelegenheit fanden, die Defekte ihrer Kleidung auszubessern, denn ihre Anzüge waren zerrissen und die Mokassins hingen beinahe in Fetzen an ihren Füßen.

Das Gras war, soweit man auf- und abwärts sehen konnte, an beiden Seiten des Baches niedergetreten, und kräftigere

Lagerspuren zeigten, daß die Roten sich hie und da niedergelegt hatten, um mit den Händen in das Wasser zu langen. Die weggeworfenen Schalen eines wilden Kürbisses verrieten, in welcher Weise sie gezwungen gewesen waren, ihren Hunger zu stillen. Wenn ein Indianer wilden Kürbis verzehrt, grün, so wie er ihn am Wasser findet, so muß es schlimm, sehr schlimm mit ihm stehen!

Der Alte legte sich wieder nieder und sah, den Kopf nicht ganz vorschiebend, in das Wasser. Das dauerte eine ganze Weile; dann richtete er sich wieder auf und sagte: »Uff! Fische sind da, aber mit den Händen kann man sie nicht greifen, und wir haben keinen Haken, um Angeln zu machen. Mein Magen schmerzt; er wird krank von dem halben Kürbis, den ich habe schlingen müssen!«

»Und ich könnte ein ganzes Büffelkalb aufessen, wenn ich es hätte«, murrte der andere.

»Der große Geist hat uns ganz verlassen!« knirschte der Alte. »Tokvi Kava, der große Häuptling der Komantschen, muß Hunger leiden! Niemand wird es glauben wollen!«

»Wer trägt daran die Schuld? Winnetou und Old Shatterhand, denen ich das nie und nimmer vergessen werde!«

Der Alte war also der Schwarze Mustang, und der Indianer, welcher bei ihm saß, einer seiner Unglücksgefährten. Es war ein diabolischer, unbeschreiblich häßlicher Ausdruck, der über das Gesicht des Häuptlings ging, als er hierauf antwortete: »Er muß uns in die Hände fallen, denn wir wissen, wohin er will, und werden ihm den Weg verlegen, diesem weißen Schakal, der sich Old Shatterhand nennt und der noch mehr Schuld an unserem Unglück trägt als Winnetou, der Schakal der Apatschen. Wehe ihnen, wenn wir sie dann haben!«

»Hältst du es wirklich für so gewiß, daß wir sie fangen werden?«

»Ja.«

»Du wirst mir erlauben müssen, daran zu zweifeln.«

»Warum?«

»Wir mußten gehen; sie aber besitzen schnelle Pferde.«

»Aber unser Weg führte so gerade über die Berge wie ein ausgespannter Lasso, während sie ihrer Pferde wegen viele Bogen reiten und lange Umwege machen müssen. Der Schwarze Mustang kennt alle Berge und Täler dieser Gegend; er hat genau den Weg berechnet, den er mit seinen Komantschen machen mußte und auch den, auf welchem die Feinde kommen werden. Wir haben einen Vorsprung vor ihnen, und wenn Ik Senanda zurückkehrt und alles mitbringt, was wir brauchen, müssen der Apatsche und die fünf weißen Koyoten, auf welche wir warten, in unsere Hände fallen.«

»Ob er alles bringen wird?«

»Ja.«

»Pferde, Pulver, Blei, Flinten, Messer, Kleider und Fleisch?«

»Er wird!«

»Wenn sie im Lager erfahren, was geschehen ist, werden sie ihm nicht nur nichts mehr geben, sondern uns ausstoßen.«

»Uff! Glaubst du, daß er so dumm sein wird, etwas zu sagen? Obgleich dies gar nicht nötig war, habe ich es ihm verboten, etwas zu erzählen. Er weiß, wo wir in diesen Tagen lagern, und da er gestern nicht eingetroffen ist, muß er heute kommen.«

»Der große Geist gebe, daß er kommt und Fleisch mitbringt! Ik Senanda hat uns seine Flinte und sein Messer zurückgelassen, die einzigen Waffen, welche wir haben, über hundert Krieger, welche essen wollen!«

»Darf ein Krieger über Hunger klagen?« verwies ihm der Häuptling seine Worte.

»Niemand hört es als nur du, und du hungerst auch. Ich fürchte keinen roten oder weißen Feind, keinen wilden Büffel und keinen Bär, aber der Hunger ist ein Feind, der im Leib steckt; mit ihm kann man nicht kämpfen; gegen ihn hilft weder List noch Tapferkeit, er raubt dem Mutigsten das Leben, ohne daß man es ihm verhindern kann. Darum ist es keine Schande, von ihm zu sprechen und über ihn zu klagen.«

»Du hast recht«, stimmte der Häuptling bei. »Er wohnt auch in meinem Leib und zerfrißt mir die Eingeweide. Du sagtest, daß du dich vor keinem Feinde fürchtest; auch ich habe bis vor kurzem jeden Gegner besiegt, da aber kam ein Feind, der mich überwand, und darum müssen wir Hunger leiden.«

»Wer ist es?«

»Er wohnt, wie der Hunger, auch in meinem Innern; es ist der Zorn, den ich gegen Old Shatterhand hegte und nicht besiegen konnte.«

»Uff, uff!« stimmte der andere bei. Er fügte kein Wort hinzu, aber in dem Ton, in welchem er diesen Ausruf zweimal hören ließ, lag alles, was er sagen wollte.

»Ja, dieser Zorn war der Feind, der mich überwand«, fuhr der Häuptling fort. Bei dem ungeheuern Stolz, den er sonst besaß, war es nur dem Hunger möglich, ihn zu dieser Selbstanklage zu bringen. »Hätte ich Old Shatterhand nicht verhöhnt, hätte ich geschwiegen und still die spätere Rache erwartet, so hätte uns dieses Bleichgesicht die Pferde und die Waffen und auch die Medizinen gelassen; wir hätten heimlich in der Nähe von Firwood-Camp bleiben, auf die Feinde warten können, sie befänden sich jetzt schon in unsern Händen!«

»Da hast du die Wahrheit gesagt. So aber sitzen wir hier und hungern. Wir sind aus dem Lager gegangen, um Fleisch zu holen, haben aber nichts geschossen oder gefangen und nur einen Kürbis gefunden, den wir gegessen haben. Wenn die andern im Schlingenlegen auch so unglücklich gewesen sind wie wir, so wird uns der Hunger bald verzehren. Wieviel Pulver hast du noch?«

»Für höchstens zehn Schüsse.«

»So mag Ik Senanda ja heute kommen, sonst sterben wir an dem Feind, der in unserem Innern wohnt, denn es ist – uff!«

Er unterbrach sich selbst und ließ diesen Aufruf nicht laut, sondern mit unterdrückter Stimme hören.

»Was ist's?« fragte Tokvi Kava.

»Schau dorthin!« antwortete sein Gefährte mit dem Ausdruck der Freude im Gesicht und indem er bachaufwärts deutete.

Der Häuptling wendete den Blick in die angedeutete Richtung und machte sofort auch ein anderes, froheres Gesicht.

»Büffel!« flüsterte er.

»Ja, sechs Stück! Ein Bulle, drei Kühe und zwei Kälber!«

»Wir bekommen Fleisch!«

Bei diesen Worten griff er zum Gewehr; aber seine Hand zitterte, entweder vor Kraftlosigkeit oder vor Aufregung.

»Du zitterst!« warnte ihn der andere. »Wenn dein Schuß nicht sicher ist, geht uns das Fleisch verloren!«

»Schweig! Es war der Hunger; aber ich werde sicher treffen!«

»Die Büffel gehen dem Wasser nach; sie werden hierherkommen, denn sie bringen den Wind.«

»Ja, die Luft kommt mit ihnen, und wir brauchen also nur hier hinter dem Busch liegenzubleiben.«

Sie duckten sich nieder und beobachteten mit fast fieberhafter Spannung die Tiere, welche in gar nicht langsamem Tempo näher kamen, denn sie schienen sich auf der Wanderung zu befinden und bogen die Köpfe nur zuweilen nieder, um ein Maul voll Gras zu nehmen.

Der Bulle war ein altes, mächtiges und sehr häßliches, weil fast haarloses Tier. Sein hartes, zähes Fleisch konnte kaum genossen werden, und doch mußte gerade er geschossen werden, denn hätte Tokvi Kava nach der Güte des Fleisches sich richten und eine Kuh schießen wollen, so wären er und sein Gefährte von dem rachsüchtigen und wütenden Büffel auf die Hörner genommen und zerstoßen und zertreten worden. Das Gewehr hatte allerdings zwei Läufe, aber es war ein Schrotlauf dabei.

Die Tiere kamen nahe am Wasser herunter, der Bulle voran, die Kühe mit den Kälbern hinterher. Sie waren noch hundert, dann fünfzig, endlich nur noch dreißig Schritte entfernt, ohne etwas zu merken. Die Kühe verließen sich auf ihren Führer, und dieser schien die Empfindlichkeit der Nase verloren zu haben.

Tokvi Kava legte an; er zitterte jetzt nicht mehr, schoß aber noch nicht, denn er hatte den Büffel gerade von vorn und wollte lieber eine Wendung desselben abwarten. Der Indianer und jeder erfahrene Jäger nämlich gibt dem Büffel die Kugel am liebsten von der Seite her unterhalb der Schulter in das Herz, weil ihr Weg da nur durch Fleischteile geht. Sie kamen gar noch zehn Schritte näher; da aber schien die eine Kuh Verdacht zu fassen; sie blieb stehen und sog die Luft so laut ein, daß der Bulle es hörte. Er drehte sich halb nach ihr um und bot dem Häuptling also die Seite und die beschriebene Stelle, auf welche es dieser abgesehen hatte. Der Schuß krachte sofort. Der Büffel bekam einen sichtbaren Ruck durch den ganzen Körper, dann stand er still und bewegungslos, bis er den Kopf tiefer und tiefer senkte; nun lief ein konvulsivisches Zittern über ihn hin und hierauf brach er zusammen, ohne einen einzigen Laut von sich gegeben zu haben. Er war in das Herz getroffen worden.

Der Häuptling hatte, sobald der Schuß losgegangen war, in größter Eile wieder geladen. Die Kühe wendeten sich, als sie den Knall hörten, zur Flucht; die eine rannte, gefolgt von ihrem Kalb, fort; das andere Kalb aber blieb ahnungslos stehen und trottete dann sogar neugierig zu dem toten Büffel hin. Bald aber kehrte seine Mutter, von der Liebe getrieben, die selbst ein Tier besitzt, wieder um, und stieß es mit der Nase von dem Bullen fort, erhielt aber in diesem Augenblick den zweiten Schuß des Häuptlings, und zwar auch in das Herz, so daß sie nach einigen Sekunden zusammenbrach.

Nun sprangen die beiden Indianer, laute Jubelrufe ausstoßend, auf und zu ihrer Beute hin. Das Kalb machte einige lächerliche Sätze hin und her und wurde dann mit dem Kolben niedergeschlagen.

»Uff, uff, uff!« rief der Häuptling aus. »Mein roter Bruder sieht, daß ich nicht gezittert habe. Beide Kugeln sitzen im Herzen, und nun haben wir Fleisch für alle unsere Männer!«

»Ja, das Fleisch der Kuh ist gut«, meinte der andere.

»Man kann auch das Fleisch eines Bullen essen, wenn man sonst nichts anderes hat!«

»Brechen wir die Tiere jetzt gleich auf?«

»Nein, denn diese Arbeit dauert für zwei Männer zu lang. Wir holen einige Krieger oder alle herbei.«

»Ist es nicht besser, daß nur einer von uns geht und der andere hier bleibt, um das Fleisch zu bewachen?«

»Ja. Ich werde gehen, und mein Bruder mag bleiben.«

»So mag Tokvi Kava mir sein Gewehr geben!«

»Das brauche ich selbst.«

»Für mich ist es notwendiger als für dich!«

»Es befinden sich in dieser Gegend keine Feinde, gegen welche du kämpfen müßtest.«

»Gerade darum braucht auch Tokvi Kava die Flinte nicht; der Geruch des Fleisches aber zieht Geier und Koyoten an, deren ich mich erwehren muß.«

»Da hat mein Bruder recht; er mag also das Gewehr hier behalten.«

Er gab es ihm und die Munition und entfernte sich dann, nachdem er noch einen hungrigen, lüsternen Blick auf die drei Tiere geworfen hatte, von denen der Büffel allein weit über zweitausend Pfund wiegen mochte. Wer es nicht selbst gesehen hat, der glaubt es gar nicht, welche ungeheure Menge Fleisch so ein ausgewachsener Bison aufweist!

Sein Weg führte ihn am Bach abwärts. Er ging rasch und ohne jede Vorsicht in Anwendung zu bringen, welche im Wilden Westen fast zu jeder Zeit erforderlich ist. Tokvi Kava mußte also fest überzeugt sein, daß sich kein feindliches menschliches Wesen in der Nähe befand.

Er war mit dem Gefährten im Tal aufwärts gegangen und kehrte nun abwärts zum Lager zurück, welches sich im Ausgang des Tales befand. Er hatte ungefähr zwei englische Meilen zurückzulegen, und so dauerte es ziemlich lange, ehe er es erreichte.

Da lagen dieselben Komantschen, welche Firwood-Camp in so schimpflicher Weise hatten verlassen müssen und ebenso abgerissen und ausgehungert aussahen wie er selbst. So viele ihrer da waren, von doppelt so vielen Augen wurde er mit verlangenden Blicken empfangen; sie hatten alle, alle Hunger. Er bemerkte auch diejenigen, welche vorhin fortgegangen waren, um nach den Schlingen zu sehen, in denen man irgendein Wild zu fangen beabsichtigte. Er brauchte gar nicht nach dem Ergebnis zu fragen, denn er sah, daß sie nichts mitgebracht hatten. Dagegen war der Umstand, daß er allein und ohne das Gewehr kam, für sie ein Zeichen, daß er, wenn nicht ein Unglück geschehen war, bei dem er den Gefährten und die Flinte verloren hatte, eine gute Jagd gehabt haben mußte. Sie sprangen also auf, und er hatte, ganz der indianischen Zurückhaltung entgegen, die begierige Frage zu hören: »Hat Tokvi Kava etwas geschossen? Hat er Fleisch gemacht?«

»Ja«, antwortete er. »Der Hunger hat ein Ende. Ich habe einen Büffel und eine Kuh erlegt und ein Kalb dazu.«

Da wurden hundert Freudenrufe laut, und es gab eine Aufregung, welche die Roten so ganz in Anspruch nahm, daß sie den Reiter, welcher sich dem Lager von der andern Seite näherte, nicht eher sahen, als bis er sie fast erreicht hatte. Es war Ik Senanda, der Enkel des Häuptlings, welcher zu den Weidegründen der Komantschen geschickt worden war, um für die Befriedigung der vorhin aufgezählten Bedürfnisse zu sorgen, ohne aber dort ein Wort darüber verlauten zu lassen, daß der Ritt zu dem Firwood-Camp ein so klägliches und entehrendes Ende gefunden hatte.

Diese Sendung des Mestizen war der einzige Ausweg für den Häuptling gewesen, den er einschlagen konnte, den Seinen die erlittene Schande einigermaßen verbergen und sich als Anführer behaupten zu können. In seiner jetzigen Verfassung durfte er sich dort keineswegs sehen lassen; hatte er aber wieder Pferde und Waffen, so konnte er Winnetou und Old Shatterhand samt ihren Begleitern gefangennehmen, was ihm eine große Ehre eintrug; unternahm er dann noch schnell einen glücklichen Zug gegen irgendwelche Feinde, mochten das nun Weiße oder die nächstlagernden Apatschen sein, um sich deren Skalpe und Medizinen zu holen, so konnte die fürchterliche Schlappe, welche er erlitten hatte, vergessen werden und alle seine jetzigen Sorgen und Befürchtungen waren gehoben. Es kam also alles auf den Erfolg an, welchen die Sendung seines Enkels hatte, und es läßt sich also denken, mit welcher Sehnsucht und Spannung er der Rückkehr desselben entgegensah.

Diese Spannung sollte nun jetzt gehoben werden; aber sie wurde das auf eine Weise, die für ihn so schlimm war, daß er es immer von sich gewiesen hatte, an ihre Möglichkeit zu denken. Falls es Ik Senanda gelang, seinen Auftrag mit Erfolg auszuführen, mußte er mit über hundert Pferden und Gewehren kommen und auch Kleidung und Munition für alle mitbringen; in diesem Fall hätte ihn natürlich eine Anzahl anderer Komantschen hierher zu begleiten gehabt, weil ein einzelner hundert Pferde nicht zu transportieren vermag. Nun aber kam er allein, ganz allein, und führte nur ein einziges Packpferd neben sich am Zügel.

Als das Tokvi Kava sah, entfärbte er sich so, daß seine rote, verwitterte Haut grau wie Löschpapier wurde, und die andern Komantschen vergaßen alle Freude über die erlegten Büffel und sagten kein Wort, den Ankömmling zu empfangen. Als dieser vom Pferd gestiegen war und sich dem Häuptling näherte, ging dieser eine Strecke fort, um sich bei einem Busch niederzusetzen, so entfernt von seinen Leuten, daß diese nicht hören konnten, was für eine Botschaft ihm gebracht wurde.

Ik Senanda ging ihm nach, setzte sich bei ihm nieder und wartete dann, bis er angesprochen wurde. Der Häuptling sah ihm mit einem eigentümlichen, leeren Blick ins Gesicht und fragte dann mit hohler, vor Enttäuschung rauh klingender Stimme: »Wo sind die Pferde?«

»Man gab mir keine«, lautete die Antwort.

»Wo sind die hundert Gewehre und Messer?«

»Ich erhielt sie nicht.«

»Was bringst du mit?«

»Nur ein paar Gewehre, einige Messer, Pulver und Blei und einen neuen Anzug für dich.«

»Weiter nichts?«

»Nichts!«

»So hast du dich ja anders verhalten, als ich dir befohlen habe?«

»Ich habe ganz und genau nach den Anweisungen gehandelt, welche ich von dir erhielt!«

»Du hast verraten, was in Firwood-Camp geschehen ist!«

»Ich habe nichts verraten!«

»Man hat aber meine Befehle nicht befolgt, und das kann nur den Grund haben, daß man dort unsere Schande kennt!«

»Man kennt sie.«

»So mußt du davon gesprochen haben, denn wir sind direkt von Firwood-Camp gekommen, und es kann vor dir kein Mensch bei den Komantschen eingetroffen sein und es ihnen mitgeteilt haben!«

»Und dennoch wußten sie schon alles, als ich kam.«

»Von wem? Wenn ich erfahre, wer es gewesen ist, werde ich ihm die Kopfhaut bei lebendigem Leib vom Schädel ziehen!«

Seine Fäuste ballten sich, und seine Augen blitzten vor Zorn.

»Du wirst diese Kopfhaut nicht bekommen«, antwortete sein Enkel. »Das Feuerroß rannte hundertmal schneller, als wir gelaufen sind, und hat die Botschaft überall hingetragen.«

»Kommt das Feuerroß etwa auch zu den Naiini-Komantschen?«

»Nein, aber es läuft nicht weit von ihnen vorüber und hält dort einigemal an Orten an, welche von den Bleichgesichtern Station genannt werden. Auf einer solchen Station sind einige von unsern Kriegern gewesen und haben alles erfahren.«

»Uff! Das Feuerwasser und das Feuerroß, beide hat der böse Geist ins Land der roten Männer gesandt, um sie zu verderben. Man wird sehr bald von einem großen Wasser* bis zum andern wissen, daß man mir den Schopf und die Medizin genommen hat, und so wird mein Name, welcher der berühmteste war, von jetzt an sein wie der Hauch, welcher von einem Aas aufsteigt, von dem kein Geier fressen will. Aber ich werde mich rächen, rächen an allen, die mich zum Aas gemacht haben!«

»Du bist berühmt und wirst berühmt bleiben«, tröstete ihn sein Enkel. »Wir werden Winnetou und Old Shatterhand fangen und dann die Apatschen überfallen; sie müssen uns ihre Häute und Medizinen geben, und wenn ihr wieder Medizinen habt, so dürft ihr zu den Jagdgründen des Stammes zurückkehren!«

»Uff! Jetzt dürfen wir das nicht?«

---

* Großes Wasser: Meer (KM).

»Nein.«

»Es ist also Beratung darüber abgehalten worden?«

»Ja, eine Beratung aller alten Krieger und weisen Männer.«

»Die haben uns ausgestoßen?«

»Ja.«

»Uff, uff!«

Er legte die Hand an die Augen und blieb eine lange Zeit so sitzen; dann ließ er sie wieder sinken und sagte: »Ich bin reich. Warum hast du mir weiter nichts gebracht als ein Kleid?«

»Ich durfte nicht.«

»Ich bin ohne Pferd und besitze doch viele Pferde. Wurde es dir auch verboten, eines für mich mitzunehmen?«

»Ja.«

Da richteten sich seine Augen mit angstvollem Ausdruck auf das Gesicht seines Enkels, und er fragte, vor Angst fast stotternd, was er für eine Antwort erhalten werde: »Aber mein schwarzer Mustang, mein Hengst, der für mich mehr bedeutet als das Leben, will man auch ihn mir vorenthalten?«

»Auch ihn.«

Da sprang er auf; die Wut trieb ihn in die Höhe; er wollte seinem Grimm in Worten Luft machen; Ik Senanda aber hob warnend den Finger und sagte in beruhigendem Ton: »Tokvi Kava ist ein großer Häuptling; er weiß, daß ein Krieger sich beherrschen muß; sollen die Leute, welche dort sitzen und alle auf uns sehen, denken, daß er es verlernt habe, der Herr seiner Gedanken und Gefühle zu sein?«

Da setzte sich der Alte wieder nieder, doch dauerte es einige Zeit, bis er äußerlich ruhig schien und zustimmend erwiderte: »Der Sohn meiner Tochter hat recht. Ich will jetzt nicht an den Schmerz denken, den man mir bereitet, aber dann, wenn ich dahin zurückgekehrt bin, wohin ich jetzt nicht kommen darf, werde ich es allen denen gedenken, die ihn mir bereitet haben. Hast du außer dem, was ich jetzt von dir hörte, vielleicht eine Botschaft an mich auszurichten?«

»Nein.«

»Uff! Es nannten sich so viele alte Krieger meine Freunde, und ich habe sie wirklich für Freunde gehalten. Läßt auch keiner von ihnen mir etwas durch dich sagen?«

»Keiner!«

»So sollen sie alle erfahren, wie Tokvi Kava solche falsche Freundschaft vergilt. Du bist mein Enkel und noch jung; aber du hast Mut und besitzt ebenso viel List wie ich. Wenn du zu mir sprechen willst, so sprich! Hast du mir einen Vorschlag zu machen?«

»Nein. Du bist derjenige, der zu befehlen hat, und ich gehorche. Was du sagst, ist gut, und was du beschließt, wird von uns ausgeführt werden.«

Der Mestize sagte das im Ton aufrichtigster Ergebenheit und senkte dabei den Kopf als Zeichen, daß er sich ihm mit seinem ganzen Denken und Tun zu eigen gebe, doch hätte ein so scharfer und unparteiischer Beobachter wie zum Beispiel Winnetou oder Old Shatterhand sehr wahrscheinlich die zwar leichten, aber doch verräterischen Falten bemerkt, welche sich dabei um seine Mundwinkel legten. Er war, wie die Mischlinge fast alle, kein vertrauenswürdiger Mensch, und wenn es sich um seinen Vorteil handelte, galt ihm sein Großvater auch nicht viel mehr als jede andere Person. Dieser aber hielt ihn, die nahe Verwandtschaft ganz abgerechnet, für seinen besten Freund und schenkte ihm sein vollständiges Vertrauen. Auch jetzt lächelte er ihm voll Liebe zu, soweit bei ihm nämlich von Liebe die Rede sein konnte, und sagte: »Ich weiß, daß du für mich dein Leben hingeben würdest und daß du jetzt bei unserem Stamm alles getan hast, meine Ausstoßung zu verhindern. Daß dir dies nicht gelungen ist, liegt nicht in deiner Schuld. Komm, laß uns nun wieder zu den andern gehen, welche erfahren müssen, was der Stamm beschlossen hat!«

Er ahnte nicht, daß Ik Senanda nicht nur gar nichts für ihn, aber desto mehr gegen ihn getan und gesprochen hatte, denn es war sein größter Wunsch, selbst Häuptling der Naiini zu werden. Sie kehrten also von dem Platz, an welchem sie miteinander gesprochen hatten, zu ihren Leuten zurück, welche zwar schon aus dem Verhalten des Schwarzen Mustangs und seines Enkels erraten hatten, was für eine Botschaft er erhalten hatte. Da er sie ihnen nun mitteilte, wurden sie durch die Nachricht in die tiefste Niedergeschlagenheit versetzt, denn sie hatten ebenso wie er gehofft, daß der Heimritt Ik Senandas ihnen das Gegenteil von dem, was er ihnen jetzt brachte, bringen werde. Obgleich ihnen, wie man sich vulgär auszudrücken pflegt, nun aller Appetit vergangen war, fühlten sie jetzt ihre schlimme Lage und mit ihr den Hunger noch deutlicher als vorher, und so war ihnen der Befehl des Häuptlings, aufzubrechen und talaufwärts bis dahin zu ziehen, wo die von ihm erlegte Jagdbeute lag, sehr willkommen.

Ehe sie dahin aufbrachen, wurden die wenigen Gewehre, welche Ik Senanda mitgebracht hatte, an die besten Schützen, die auch die dazugehörende Munition erhielten, verteilt, so daß es nun unter ihnen wenigstens einige gab, die in Beziehung auf Verpflegung und Verteidigung mehr leisten konnten, als mit bloßen Händen möglich war.

Da der Enkel des Häuptlings auch so viel Messer wie Gewehre mitgebracht hatte, ging, als man bei den Büffeln angekommen war, das Zerlegen derselben schnell vonstatten, und dann, als mehrere Feuer brannten und jeder sein Fleischstück an demselben briet, wäre es für jeden ihnen nicht ganz feindlich gesinnten Menschen ein Genuß gewesen, sie, wie der für diese Art von Essen gebräuchliche Ausdruck lautet, einhauen zu sehen.

Aber der Häuptling ließ ihnen nicht etwa Zeit, sich dann, als sie vollständig gesättigt waren, in Ruhe nur mit der Verdauung zu beschäftigen, sondern es wurde das übriggebliebene Fleisch unter sie verteilt und dann sofort aufgebrochen, um nun erst recht nichts zu versäumen, sich an Old Shatterhand und seinen Begleitern zu rächen und dadurch die verlorene Ehre wenigstens zu einem Teil wieder herzustellen; der andere Teil hatte dann darin zu bestehen, daß sie sich neue Medizinen errangen.

Man wanderte also wieder am Bach abwärts bis an den Lagerplatz, um dann längs der Ausläufer der Sierra Moro südwärts zu ziehen.

Wandern und ziehen, also laufen, sind Ausdrücke, deren

sich der Komantsche, den man außerhalb seiner Lagerplätze nur zu Pferde sieht, stets bloß mit Verachtung bedient. Wer nicht reiten kann, sondern laufen muß, der steht tief, sehr tief unter dem Punkt, bei welchem seiner Ansicht nach erst der Mensch beginnt. Und nun waren sie selbst dazu verurteilt, sich der Füße zu bedienen, wozu man sie doch erhalten hatte, nämlich zum Gehen. Ik Senanda war der einzige von ihnen, welcher ein Pferd besaß, aber auch er ritt nicht, und das hatte einen guten Grund. Er hatte bei den Naiini den stolpernden Schimmel gegen ein besseres Tier umgetauscht, doch war dieses jetzt durch den schnellen Ritt ermüdet und mußte für später geschont werden, weil man kein anderes hatte, wenn es einen wichtigen und anstrengenden Reiterdienst galt.

Es war am Nachmittag, als der Zug über eine grasige Ebene marschierte, wo die Komantschen auf eine Fährte trafen, welche auf eine nicht geringe Anzahl von Reitern schließen ließ; es mußten gewiß über zwanzig, und zwar Weiße gewesen sein, weil ihre Pferde alle beschlagen waren, und ihre Richtung war dieselbe, welche auch die Roten innehatten. Aus der Beschaffenheit der Spuren war zu ersehen, daß diese Reiter vor kaum einer Stunde hier vorübergekommen waren. Die Komantschen waren über diese Spur nicht wenig erfreut, denn sie dachten da gleich an einen Überfall und also an die Gelegenheit, in den Besitz von Pferden und Waffen zu kommen, und machten sich also sehr eifrig an die Verfolgung derselben.

Die Spur, die erst längere Zeit parallel mit den Bergen lief, näherte sich denselben später und führte dann gegen Abend zwischen sie hinein. Als Tokvi Kava dies bemerkte, sagte er zu seinem Enkel: »Diese Bleichgesichter sind keine unerfahrenen Leute, denn sie wenden sich, da es bald dunkel wird, zu den Höhen, um nicht auf der offenen Ebene, wo ihre Feuer weit zu sehen wären, übernachten zu müssen. Es wird uns also wohl nicht sehr leicht werden, sie zu überrumpeln, zumal wir so wenig Waffen haben.«

»Pshaw! Unsere Zahl ist über dreimal so groß als die ihrige, und was nicht mit Gewalt zu machen ist, werden wir durch List erreichen.«

»List ist zu allen Zeiten und für uns jetzt noch mehr wert als sonst, viel besser als Gewalt. Unsere Krieger haben durch Hunger ihre Kräfte verloren, das mußt du bedenken. Wir müssen vor allen Dingen das Lager dieser Bleichgesichter beschleichen, ehe wir bestimmen können, was wir tun.«

Die Berge hatten Wald, welcher zahlreiches Gebüsch in die Ebene vorschob. Als die Komantschen dieses Gebüsch erreichten, suchten sie sich einen zum Lagern geeigneten Platz in demselben, und als sie einen gefunden hatten, ging der Häuptling mit Ik Senanda fort, um die Weißen aufzuspüren. Die Dämmerung brach schon herein, und so durften sie annehmen, daß sie nicht weit zu gehen haben würden.

Diese Annahme stellte sich als sehr richtig heraus, denn sie waren unter Anwendung der größten Vorsicht kaum eine Viertelstunde vorwärts geschlichen, so spürten sie den Geruch von Rauch in ihren Nasen.

»Wir sind ihnen nahe«, flüsterte der Alte seinem Enkel zu. »Nun müssen wir aber warten, bis es ganz dunkel ist.«

Als die Dämmerung in die Nacht übergegangen war, schlichen sie weiter. Sie hörten bald ein kleines Wasser murmeln, und dann leuchtete ihnen zwischen den Bäumen der Schein eines Feuers entgegen, um welches die Weißen einen Kreis gebildet hatten. In ihrer Nähe gab es einen grasigen Fleck, auf welchem sich die Pferde befanden. Dieser wurde, obgleich man sich kaum erst gelagert hatte, von zwei Männern bewacht, welche ihre Gewehre schußbereit hielten. Das war ein sicheres Zeichen, daß es die Komantschen nicht mit Neulingen oder unvorsichtigen Leuten zu tun hatten.

Für geübte Indianer war es gar nicht schwer, ganz nahe an die Weißen heranzukommen, weil die starken Baumstämme prächtige Deckung boten. Die beiden Kundschafter krochen so weit hin, wie es mit ihrer eigenen Sicherheit zu vereinbaren war, und konnten dann, jeder hinter einem Baum steckend, nicht nur die Weißen aus der Nähe deutlich sehen, sondern sogar alles hören, was gesprochen wurde.

Ein alter, verwetterter Bursche mit schneeweißem Haar und langem, hellgrauem Vollbart schien der Anführer der Bleichgesichter zu sein; er war eine höchst charakteristische Gestalt mit scharf markierten Gesichtszügen und hatte jedenfalls schon manches Abenteuer glücklich überstanden. Seine scharfen Augen zeigten trotz seines Alters eine jugendliche Lebhaftigkeit, und wenn er sprach, geschah dies so bestimmt und überlegt, als ob er stets gewohnt gewesen sei zu befehlen. Er wurde von seinen Gefährten, wie die beiden Roten hörten, sonderbarerweise »Majestät« genannt.

Die andern waren fast ohne Ausnahme alle Männer, denen man, sobald man sie nur ansah, zutrauen konnte, die für den Westen nötige Erfahrung zu besitzen. Der Jüngste unter ihnen war ein schmal gebauter, aber außerordentlich in die Länge gedehnter blonder Lockenkopf, welcher das Enfant gâté* der Gesellschaft zu sein schien und sich in heiteren Redewendungen gefiel; er wurde Hum, einigemal auch langer Hum genannt. Eben als die Kundschafter ihre Lauscherplätze eingenommen hatten, hörten sie ihn fragen: »Ihr scheint Euch hier sehr sicher zu fühlen, Majestät, denn Ihr stellt keine Posten aus. Ich glaube, hier grenzt das Gebiet der Komantschen. Wünscht Ihr, von diesen ehrenwerten Gentlemen um Thron und Leben gebracht zu werden?«

»Mein Thron ist hier der Platz, auf dem ich sitze, und ich möchte wohl den Roten sehen, der es fertigbrächte, ihn unter mir hinwegzuziehen! Ich befinde mich ja in der Gesellschaft von gerade dreißig Untertanen, von denen jeder ein Held und Ritter Bayard ist. Von wegen der Komantschen aber habt Ihr recht, lieber Hum. Ich wollte euch nur Zeit zum Essen lassen; dann werden wir, wie gewöhnlich, Wachen ausstellen: sieben Stunden schlafen und stündlich abwechseln, gibt vier Posten; das ist genug, wenn sie nicht stehenbleiben, sondern die ihnen überwiesenen Viertelkreise immerfort abschreiten. So werden wir es halten, bis wir uns in den San Juan-Mountains befinden.«

»Wo wir Millionäre aus uns machen!« fügte Hum hinzu, indem er lustig lachte.

---

* Enfant gâté: Verwöhntes Kind (KM).

»Ich denke allerdings, daß wir, obgleich Ihr jetzt darüber lacht, dies tun werden.«

»Da mir die Erbschaft meines reichen Onkels zu Wasser geworden ist, habe ich ganz und gar nichts dagegen, daß Ihr mir erlaubt, den noch reicheren Staat Colorado mit zu beerben.«

»Well! Da Ihr wieder einmal davon sprecht, was hatte es denn eigentlich für eine Bewandtnis mit diesem Onkel? Hat er Euch enterbt? Das wäre ihm, da Ihr ein so wackerer Bursche seid, nicht in das Grab hinunter zu verzeihen!«

»Enterbt hat er mich nicht und aber doch ums Erbe gebracht. Er galt für reich, denn er verstand es, sich den Anschein dazu zu geben; mein Vater aber, obgleich ein tüchtiger Geschäftsmann, brachte es zu nichts, warum, das werdet Ihr gleich hören. Als er starb, hinterließ er mir außer Schulden nicht einen baren Cent; der Onkel, welcher keine Kinder hatte, und den ich bat, mir auf die Beine zu helfen, vertröstete mich darauf, daß ich sein Universalerbe sei. Ich plagte mich noch einige Jahre weiter, bis er auch starb; da hinterließ er mir außer seinem vollständig leeren Geldkasten sein Kassenbuch; ich steckte meine Nase hinein und bekam den Schnupfen, und zwar was für einen! Der liebe Onkel war nämlich so pfiffig gewesen, meinen gutmütigen Vater für sich arbeiten zu lassen, ohne ihm durch lange Jahre hindurch auch nur einen Dollar auszuzahlen. Mein Vater hatte geglaubt, daß sein Geld bei dem Bruder sicher stehe, und dann, als er kurz vor seinem Tod alles erfuhr, wollte er den Onkel nicht dadurch blamieren, daß er mir dessen Schlechtigkeit enthüllte. So konnte ich also den letzteren nicht beerben und bin auch um das Geld gekommen, welches ich geerbt hätte, wenn der Vater weniger vertrauensselig gewesen wäre.«

»Schöner Onkel, das! Wie hieß er denn?«

»Geht mich nichts an, kenne den Namen nicht!«

»Was? Ihr kennt ihn nicht? Es ist ja doch auch der Eurige!«

»Allerdings.«

»Na also! Ihr werdet doch Euern eigenen Namen nicht vergessen haben! Wir nennen Euch den langen Hum. Was Hum bedeuten soll, habt Ihr uns nicht gesagt, und Euern Familiennamen verschweigt Ihr ganz und gar. Warum?«

»Warum? Darum! Weil ich ein heiterer Boy bin und mich nicht gern ärgere; über meinen Namen aber würde ich mich ärgern, so oft ich ihn zu hören bekäme.«

»Aus welchem Grunde?«

»Weil er geradezu lächerlich klingt, zumal für ein amerikanisches Ohr.«

»Hm! Wenn Ihr so ein ausgeprägtes Schönheitsgefühl für hübsch klingende Worte besitzt, so können wir freilich nichts dagegen haben, aber was die in das Wasser gefallene Erbschaft betrifft, so könnt Ihr Euch trösten, denn Ihr werdet droben in den San-Juan-Bergen von Colorado mehr als hundertfachen Ersatz dafür finden!«

»Wenn auch nicht gerade hundertfachen, aber etwas werden wir doch finden, Majestät, denn Ihr seid nicht der Mann, ehrliche Leute an der Nase so weit hinauf in die Rocky-Mountains zu führen.«

»Nein, so ein Mensch bin ich wirklich nicht. Ich habe den Situationsplan der Mine hier in meiner Tasche: sie wird uns reich machen, sehr reich, wenn auch nicht ganz so reich, wie wir sein würden, wenn wir das Glück hätten, hier in der Sierra Moro die geradezu großartige Bonanza of Hoaka zu entdecken.«

»Habe schon oft von ihr gehört. Ein sonderbarer Name! Bonanza ist spanisch, of ist englisch und Hoaka scheint indianisch zu sein. Nicht?«

»Ja.«

»Was bedeutet dieses Wort?«

»Das kann ich nicht sagen, denn ich habe noch keinen Menschen, auch keinen Indianer, gefunden, der es wußte und es übersetzen konnte. Aber die Bonanza ist Wirklichkeit, unwiderlegliche Wirklichkeit, und es hat schon Hunderte von Gambusinos* gegeben, die sie gesucht haben. Einige von ihnen sind ihr so nahe gewesen, daß sie große Goldklumpen gefunden haben, aber noch keinem ist es gelungen, den eigentlichen Platz, wo solche Klumpen massenhaft liegen, zu entdecken. Wir befinden uns gerade jetzt in der betreffenden Gegend, und wenn wir morgen weiterreiten, werden wir die Punkte berühren, wo die erwähnten Funde gemacht worden sind. Es ist sogar möglich, daß wir jetzt ganz nahe bei der berühmten Bonanza lagern. Denkt euch nur, wenn wir sie durch einen glücklichen Zufall fänden!«

Durch diese Worte wurden alle Anwesenden elektrisiert; sie ließen sich in den verschiedensten Interjektionen hören, und Hum meinte lustig: »Ich werde beim Einschlafen an

---

* Gambusino: Goldsucher (KM).

sie denken; vielleicht träumt mir dann von ihr, und ich zeige euch den Weg. Da könnten wir wohl auf unsere Minen droben in Colorado verzichten? Was meint ihr dazu, Mesch'schurs?«

»Natürlich könnten wir das«, antwortete Majestät. »Fände ich diese Bonanza of Hoaka, ich würde mich keinen Augenblick bedenken, den Situationsplan hier aus meiner Tasche zu verschenken. Ist es nicht geradezu unbegreiflich, daß es Menschen gibt, welche die Bonanza kennen und sie doch nicht ausbeuten?«

»Wer ist das? Gibt es welche? Ist dieses wahr?« wurde rundum gefragt.

»Ja, es ist wahr; es gibt Indianer, welche den Ort kennen, ihn aber aus Haß gegen die Weißen Geheimnis bleiben lassen; nur wenn sie einmal etwas von den Bleichgesichtern kaufen und bezahlen müssen, gehen sie hin, um sich eine Handvoll kleine Nuggets zu holen; die großen Stücke aber lassen sie liegen. Man ist gerade hier in dieser Gegend auf solche stockdumme und hirnverbrannte Menschen gestoßen. Ich sprach kürzlich in Albuquerke mit einem Pater, dem ein Roter im Estrecho de cuarzo* begegnet ist. Der Indianer hatte Hunger, und der Pater gab ihm Brot und Fleisch. Da zog der Rote einen Lederbeutel aus der Tasche und gab ihm ein Stück reines Naturgold, also ein Nugget, welches wenigstens fünfzig Gramm gewogen hat, und der Beutel ist ganz voll solcher Stücke gewesen, die einen ganz immensen Wert ausmachten. Was sagt ihr dazu?«

---

* Estrecho de cuarzo: Quarzenge (KM).

Er bekam nur Antworten der Bewunderung zu hören, und einer, der am praktischsten dachte, erkundigte sich: »Hat denn der Pater nicht gefragt?«

»Natürlich hat er gefragt; er erhielt aber selbstverständlich keine Auskunft, sondern nur den kurzen Bescheid: ›Ich habe es mir aus der Bonanza of Hoaka geholt, lebt wohl!‹ Mit diesen Worten hat sich der Pater abspeisen lassen, und der Bursche ist darauf rasch davongegangen.«

»Da hätte der Pater ihn festhalten und zwingen sollen zu gestehen, wo die Bonanza liegt!«

»Ein Pater, also ein Geistlicher? Das darf er nicht, das würde gegen Amt und Lehre sein!«

»Was schert mich Amt und Lehre! Wenn ich einen solchen Roten träfe, ich würde ihn erstechen, wenn er es mir nicht sagte. Ja, ich würde mir kein Gewissen daraus machen!«

»Erstechen würde ich ihn nicht sofort, denn man muß nicht gleich ein Mörder sein, und wenn er dann tot ist, kann er erst recht keine Auskunft geben. Nein, ich würde es anders machen. Es gibt viel bessere und ganz sichere Mittel, so einen verschwiegenen Indsman zum Sprechen zu bringen. Leider aber werden wir keine Gelegenheit finden, sie in Anwendung zu bringen!«

»Wo liegt denn dieser Estrecho de cuarzo? Wißt Ihr es, Majestät? Und wie heißt die Übersetzung von diesem Namen?«

»Er ist spanisch und heißt soviel wie Enge des Quarzes, also Quarzenge, und ich kenne den Ort, denn ich will Euch aufrichtig sagen, daß ich auch zu denen gehöre, die vergeblich die Bonanza of Hoaka gesucht haben. Ich bin sogar in dem Estrecho gewesen, habe aber nichts entdeckt, obgleich ich hätte darauf schwören mögen, daß ich da dem Fund nahe sei. Denkt Euch nur auch den Namen! Quarz! Das ist doch gerade das Gestein, welches dem Gold als Hülle dient. Und Enge! Dieses Wort sagt ja ganz deutlich, wie die Bonanza entstanden ist! Es gab in der Enge früher einen Wasserfall, der die Körner und Klumpen aus dem Gestein wusch und in ein Loch zusammenspülte. Da liegen sie nun, im Wert von vielen, vielen Millionen, und man braucht nur hineinzugreifen und sie herauszunehmen, wenn man weiß, wo das Loch ist. Es ist ein Gedanke, der einen geradezu verrückt machen könnte! Und wenn es euch Spaß macht, kann ich euch morgen diesen Estrecho de cuarzo zeigen, denn der Weg führt uns nahe daran vorüber.«

Auch diese Worte brachten eine Aufregung hervor, die sich gar nicht legen wollte. Der Anführer konnte ihr nur dadurch ein Ende machen, daß er in befehlender Weise sagte: »Laßt es jetzt gut sein, Señors! Ihr habt gegessen, und es müssen nun die vier Posten ausgestellt werden, denn es fällt mir gar nicht ein, den Komantschen weiter zu trauen, als ich sie mit meinen Augen erreichen kann. Ihr redet so laut, daß man es eine ganze Meile weit hören kann! Wenn ihr nicht Ruhe gebt und still seid, bekommt ihr morgen den Estrecho nicht zu sehen, darauf gebe ich euch mein Wort, und ihr wißt, daß ich mein Wort stets zu halten pflege!«

»Well, Ihr sollt Ruhe haben, Majestät«, antwortete Hum in der ihm eigenen lachenden Weise. »Haltet also die

Mäuler, Gentlemen, Señors und Mesch'schurs! Ihr habt gehört, daß ich schlafen und von der Bonanza träumen will! Wer mich im Schlaf und im Traum stört, darf sich morgen keinen Goldklumpen holen. Also gute Nacht, Majestät, gute Nacht!«

Er schob sich den Sattel als Kopfkissen zurecht, streckte sich aus, legte das geladene Gewehr griffbereit neben sich und schloß die Augen.

»Komm!« flüsterte der Schwarze Mustang seinem Enkel zu. Sie huschten vorsichtig fort, und es war die höchste Zeit, daß sie dies taten, denn die vier Posten entfernten sich vom Feuer, und einer von ihnen kam kaum eine halbe Minute nach ihrer Entfernung da vorbei, wo sie gesteckt hatten. Wären sie noch da gewesen, so hätte er sie unbedingt sehen müssen.

Als sie den Lagerplatz der Weißen weit genug hinter sich hatten, blieb der Schwarze Mustang stehen und fragte seinen Begleiter: »Hast du alles verstanden?«

»Alles«, antwortete er.

»Ich nicht jedes Wort, aber den Sinn ihrer Reden weiß ich ganz genau. Wir werden morgen die Skalpe, die Pferde, die Waffen dieser Bleichgesichter bekommen und dazu alles, was sie sonst noch bei sich haben. Uff!«

Er sagte das so bestimmt, als ob er seiner Sache ganz und gar sicher sei. Ik Senanda war weniger überzeugt; er warnte: »Du wirst gesehen und gehört haben, daß diese Bleichgesichter keine Greenhorns sind, die sich leicht überlisten lassen!«

»Ich überliste sie doch!«

»Ich halte es für besser, sie heute noch zu überfallen.«

»Du redest wie ein junger Krieger, ich aber wie ein Weiser, der gelernt hat, alles genau abzuwägen. Es gehen vier Wachen unaufhörlich rund um den Lagerplatz, sie würden unser Kommen bemerken. Sodann schlafen diese Männer mit den Gewehren in der Hand; sie würden alle, sobald ein Posten ruft, kampfbereit aufspringen und viele von uns niederschießen; ich aber will unsere Krieger schonen, damit mir nicht noch weitere Vorwürfe werden, wenn ich zu unserem Stamm zurückkehre; es soll das Blut keines einzigen Komantschen hier vergossen werden.«

»So bin ich begierig, zu erfahren, wie du dies anfangen willst!«

»Du hast gehört, was sie von der Bonanza sprachen?«

»Ja.«

»Ich kenne diese Bonanza nicht, und es hat mir noch nie jemand ihren Namen genannt, aber ich weiß, wo sich unser Schapo-Gaska* befindet.«

»Uff!« entfuhr es da dem Mestizen. »Was meinst du mit diesem Versteck?«

»Ahnst du es nicht?«

»Nein.«

»Du kennst es ebenso wie ich. Wenn du jetzt aufbrichst, um hinzureiten, kannst du schon morgen früh beim Estrecho de cuarzo sein. Ich werde mit unsern Kriegern auch die ganze Nacht gehen, um zu derselben Zeit dort einzutreffen.«

»Willst du dort sein, wenn die Bleichgesichter kommen?«

---

* Schapo-Gaska: Versteck des Goldes (KM).

»Noch viel eher, schon am Morgen oder Vormittag, während sie erst gegen Abend kommen können. Paß auf, was ich dir sage! Du holst aus unserem Schapo-Gasko so viel Nuggets, wie dazu nötig sind, kommst zum Estrecho und läßt dich dort, nachdem wir dir das Pferd abgenommen haben, von den Bleichgesichtern finden. Sie müssen das Gold sehen und werden dich nach der Bonanza fragen; nach langem Weigern führst du sie in den Estrecho, wo wir sie so einschließen werden, daß sie sich gar nicht wehren und auch nicht entfliehen können.«

»Uff!« sagte da Ik Senanda, indem er kaum ein Lächeln unterdrücken konnte. »Das hast du von Old Shatterhand gelernt!«

»Ein kluger Krieger wird sogar von seinem größten Feind lernen! Wir machen viel Holz zum Brennen bereit; sobald die Bleichgesichter sich im Estrecho befinden, verstopfen wir mit dem Holz seinen Eingang und brennen es an. Dann sind sie genau so gefangen, wie wir es im Birch-Hole waren, und müssen sich uns ganz in derselben Weise gefangen geben.«

Ik Senanda sagte nichts, er dachte nach.

»Hältst du diesen Plan für schlecht?« fragte da sein Großvater.

»Nein, denn was von Old Shatterhand erdacht wurde, ist niemals zu tadeln; aber es gibt etwas dabei, was mir nicht gefällt.«

»Was?«

»Die Weißen werden mich töten.«

»Nein.«

»Ganz gewiß!«

»Nein! Meinst du, daß ich den Sohn meiner Tochter einer Gefahr überliefere, die ihm das Leben kostet?«

»Ich meine, daß du zwar nicht den Willen dazu hast, daß es aber dazu kommen wird. Sobald diese Leute sehen, daß sie überlistet worden sind, werden sie mich natürlich für einen Verräter halten und sich an mir rächen.«

»Sie werden sich nicht rächen können, weil du dich nicht in ihren Händen befinden, sondern ihnen entwichen sein wirst, ehe sie zu der Erkenntnis kommen, daß sie gefangen sind.«

»Kann ich ihnen denn entfliehen, wenn ich gefesselt bin?«

»Denkst du denn, daß sie dich fesseln werden?«

»Ja. Ich muß mich doch scheinbar zwingen lassen, ihnen die Bonanza zu verraten; sie müssen also annehmen, daß ich es nicht gutwillig tue, und werden sich also meiner Person versichern.«

»Aber nicht dadurch, daß sie dich binden. Du bist zu Fuß, während sie Pferde haben. Sie werden denken, daß sie dich, falls du fliehen wolltest, nach wenigen Schritten einholen würden, und dir also keine Banden anlegen. Sobald sie sich im Estrecho befinden, beobachtest du den Eingang zu demselben und kommst augenblicklich zu uns gerannt, wenn du bemerkst, daß wir mit dem Brennholz erschienen sind.«

»Wenn ich aber doch gefesselt werde? Was tue ich dann, um ihrer Rache zu entgehen?«

»Nichts. Dieser Fall ist unmöglich, wenn er aber doch

eintreten sollte, so hast du dich ruhig zu verhalten und dich nur auf mich zu verlassen.«

Der Mestize schien nur halb beruhigt zu sein; sein Großvater gab sich Mühe, sein Bedenken zu zerstreuen, und dies gelang ihm schließlich auch, besonders durch die Bemerkung: »Und wenn sie dich gefangennehmen und binden würden, und wenn es dir nicht gelänge, ihnen zu entfliehen, so habe ich doch mit ihnen gerade so zu verhandeln, wie Old Shatterhand im Birch-Hole mit mir verhandelt hat, und meine erste Bedingung, sie zu schonen, würde natürlich die sein, daß sie dich ausliefern müßten.«

»Schonen? Ich denke, du willst ihnen das Leben nehmen?«

»Das werde ich auch; aber solchen Feinden darf ich gegen deine Freiheit Gnade versprechen, ohne daß es unbedingt nötig ist, mein Wort zu halten. Sind die Bleichgesichter jemals wahr und aufrichtig gegen uns gewesen?«

»Nein.«

»Bist du nun einverstanden?«

»Ja. Ich werde tun, was du von mir verlangst, denn du kannst den Sohn deiner Tochter nicht verlassen, und alle Krieger der Komantschen werden meinen Mut preisen, daß ich meine Freiheit und mein Leben gewagt habe, um dir diese weißen Männer in die Hände zu liefern.«

»So komm!«

Sie kehrten nun zu dem Platz zurück, wo die Komantschen auf sie warteten. Dort angekommen, teilte der Schwarze Mustang ihnen in kurzen Worten mit, was sie gesehen und gehört hatten und was infolgedessen von ihm beschlossen worden war. Die Roten durften nun nicht ausruhen und schlafen, sie hatten vielmehr einen anstrengenden Nachtmarsch vor sich, aber trotzdem nahmen sie die Rede des Häuptlings mit Jubel auf, der allerdings nicht in laute Ausrufe ausartete. Sie bekamen da Gelegenheit, Pferde, Waffen und über dreißig Skalpe zu erbeuten, wodurch wenigstens eine Anzahl von ihnen ihre Ehre teilweise wiederherzustellen vermochte. Sie brachen schon nach wenigen Minuten zum Estrecho de cuarzo auf, während der Mestize zum Schapo-Gaska seines Großvaters ritt.

Ihr Weg war deshalb beschwerlich, weil sie einen großen Teil desselben bei Nacht zurücklegen mußten und sie gezwungen waren, Gegenden zu durchwandern, die ihrem Marsch Schwierigkeiten boten, denn die bessere und bequemere Route durften sie nicht einschlagen, da dieselbe höchstwahrscheinlich von den Weißen benutzt wurde, welche dann möglicherweise die Spuren der Komantschen entdecken konnten.

Diese letzteren marschierten also unverdrossen die ganze Nacht über Berge und durch unbequeme Täler und Schluchten. Als es Tag wurde, machten sie einen kurzen Halt, um sich zu verschnaufen und ein Stück kaltes Büffelfleisch zu verzehren. Dann ging es wieder weiter, und zwar mit solchem Eifer, daß sie um die Mitte des Vormittags in der Nähe des Estrecho anlangten.

Die Gegend, in welcher dieser lag, war eine für ihre Zwecke sehr günstige. Es gab da einen schmalen, dicht bewaldeten Höhenzug, welcher sich von West nach Ost erstreckte. Kurz vor dem Ende desselben lag ein tiefer, von

Nord nach Süd verlaufender Einschnitt, welcher durch die langsam fortfressende Tätigkeit des Wassers, aber auch durch einen plötzlichen Ausbruch vulkanischer Gewalten entstanden sein konnte und den letzten, steil und wirr abfallenden Teil der Höhe von ihr trennte. Der genannte schmale Bergzug bildete also eine in die Ebene verlaufende Zunge, von welcher die äußerste Spitze abgeschnitten worden war. Die Zunge war, wie bereits erwähnt, dicht bewaldet, die abgeschnittene Spitze aber, jedenfalls aus ganz natürlichen Gründen, vollständig kahl. Sie bestand aus hartem Quarzfelsen, in dessen kompakte Masse eine stellenweise kaum zehn Schritt breite Rinne ziemlich tief hineinführte, um plötzlich vor einer senkrecht aufsteigenden Felswand zu enden. Auch die Seiten dieser Rinne stiegen so glatt und steil empor, daß es keine einzige Stelle gab, welche erklettert werden konnte. Es war, als ob die Natur hier mit einer riesigen Steinsäge gearbeitet habe, um den menschlichen Fuß auch nicht den kleinsten Anhalt finden zu lassen. Es gab auch keinen Baum, keinen Strauch, überhaupt keine Pflanze, welche für ihre Wurzeln hier Platz und Nahrung gefunden hatte.

Dieser Einschnitt war der Estrecho de cuarzo, von welchem »Majestät« gemeint hatte, daß er von einem früher hier arbeitenden Wasserfall gebildet sein müsse.

Die Komantschen zogen sich nach ihrer Ankunft in den Wald hinein, ohne sich dem Eingang zum Estrecho zu nähern; das taten sie, um die Entstehung von Spuren zu vermeiden. Nur ihr Häuptling ging zu der Enge, um sich zu überzeugen, daß er sich mit seinen Leuten ganz allein in dieser Gegend befand. Als er mit einem befriedigenden Resultat zu ihnen zurückkehrte, waren sie schon fleißig damit beschäftigt, für die später beabsichtigten Feuer dürres Holz zu sammeln und zu großen, aber leicht tragbaren Bündeln zu vereinigen.

Nicht viel später sahen sie den Mestizen über die Ebene geritten kommen. Er konnte nicht genau wissen, wo sie sich befanden, und wurde also herbeigeholt. Als er sein fast zum Zusammenbrechen ermüdetes Pferd, welches er vor den Weißen nicht sehen lassen durfte, übergeben hatte, zeigte er dem Schwarzen Mustang die mitgebrachten Nuggets, bekam von diesem noch einige eingehendere Verhaltungsmaßregeln und entfernte sich dann, um seine nicht ganz ungefährliche Rolle zu spielen. Die Zurückbleibenden hatten bei ihrer großen Anzahl bald mehr Holz zusammen, als für ihre Zwecke nötig war, und konnten sich nun von der anstrengenden Wanderung, die sie hinter sich hatten, ausruhen. Sie sahen der Ankunft der Weißen mit begieriger Spannung entgegen.

Diese, welche nicht ahnten, daß eine große Gefahr ihrer im Estrecho wartete, hatten, da sie nichts zum zeitigen Aufbruch drängte, bis in den Morgen hinein geschlafen und dann ihren Lagerplatz verlassen, ohne eine Spur der beiden Feinde zu bemerken, von denen sie beschlichen und belauscht worden waren. Sie ritten bis Mittag, wo sie, weil es sehr heiß geworden war, ihren Pferden und auch sich selbst eine Stunde Ruhe gönnten; dann ging es weiter, bis sie vielleicht noch drei englische Meilen von dem Estrecho entfernt waren. Ihr Weg führte sie jetzt in eine Talsenkung hinab, in welcher sie einen einzelnen Baum stehen sahen. Der Anführer, welcher mit Hum, seinem Liebling, voranritt, deutete dorthin und sagte: »Seht ihr den Baum da unten? Ich kenne ihn; er ist mein Merkzeichen, welchem ich entnehme, daß wir, wenn wir so langsam wie jetzt weiterreiten, in einer Stunde beim Estrecho ankommen werden.«

Die Männer richteten infolge dieser Worte ihre Blicke auf den Baum, und einer von ihnen, welcher sehr scharfe Augen hatte, meinte: »Ich sehe außer dem Baum noch etwas, Majestät. Wenn ich mich nicht irre, liegt ein Tier darunter. Es kann auch ein Mensch sein.«

»Hm! Ein einzelner Mensch hier, in dieser entlegenen und doch so gefährlichen Gegend? Sollte es etwa gar ein Gambusino sein, der von der Bonanza gehört hat und hier nach Gold sucht? Den wollen wir uns ja scharf betrachten!«

Schon nach kurzer Zeit sahen sie, daß es allerdings kein Tier, sondern ein Mensch war, welcher lang ausgestreckt unter dem Baum lag und zu schlafen schien. Um ihn zu überraschen, stieg der Anführer mit noch einigen seiner Begleiter vom Pferd und ging mit ihnen leise voran, während die andern langsam nachgeritten kamen.

Der Mann unter dem Baum mußte fest schlafen, denn er hörte die sich Nähernden nicht, die ihn sogleich umringten, als sie den Baum erreichten. Ein Stück Leder, das er wie einen Beutel zusammengefaltet hatte, steckte in seinem Gürtel, aber nicht ganz; der obere Teil desselben blickte daraus hervor; er war ein wenig auseinander gegangen und ließ die Augen der Weißen auf ein mehr als haselnußgroßes Stück gediegenen Goldes fallen.

»Tempestad*!« entfuhr es den Lippen des Anführers. »Der Mann hat Nuggets! Er ist ein Halbfarbiger, wahrscheinlich ein Mestize. Nuggets! Hier in der Nähe des Estrecho! Sollte ...?! Dem müssen wir sofort auf die Zähne fühlen!«

Jetzt kamen die Männer zu Pferd heran. Das Hufgetrappel weckte den Schläfer. Er schlug die Augen auf, sah die Weißen und sprang ganz erschrocken in die Höhe. Wie unwillkürlich fuhr er mit der Hand zum Gürtel; er fühlte, daß der Beutel sich ein Stück hervorgeschoben hatte, und stopfte ihn so ängstlich schnell und hastig zurück, daß man Verdacht fassen mußte, auch wenn man das Gold nicht gesehen hatte. Es war natürlich kein anderer als Ik Senanda, welcher seine Rolle ausgezeichnet spielte. Er hatte hier auf die Weißen gewartet, sie schon von weitem kommen sehen und sich nur so gestellt, als ob er eingeschlafen sei. Der Beutel war mit Absicht von ihm in eine Lage gebracht worden, daß er aufklaffte. Die Aufmerksamkeit der Bleichgesichter sollte ja gleich auf den Umstand gerichtet werden, daß er Gold besaß. Sie gingen auch schnell und ohne alles Mißtrauen in das ihnen vorgehaltene Netz; ihr Führer fragte in strengem Ton: »Darf man vielleicht fragen, wer Ihr seid, halbroter Boy?«

»Ich heiße Yato Inda«, antwortete der Gefragte. Er gab sich also den vertrauenerweckenden Namen, den er sich schon im Firwood-Camp beigelegt hatte.

»Yato Inda? Das heißt guter Mann, wenn ich mich nicht irre. Wer war Euer Vater?«

---

* Tempestad: Alle Wetter (KM).

»Ein weißer Jäger.«

»Und Eure Mutter?«

»Eine Tochter der Apatschen.«

»Da stimmt der Name. Zu welchem Zweck treibt Ihr Euch denn hier in dieser Gegend herum, die den Komantschen gehört und wo es gar keine Apatschen gibt?«

»Mein Stamm will mich nicht mehr dulden.«

»Weshalb?«

»Weil ich ein Freund der Bleichgesichter bin.«

»Hm! Ihr seid also ein Ausgestoßener? Auch das stimmt, denn Ihr habt nur ein Messer; man hat Euch also das Gewehr genommen.«

»Yato Inda wird zu den Bleichgesichtern gehen und sich dort ein Gewehr kaufen.«

»So! Daß die Roten Euch ausgestoßen haben, ist ein Umstand, der Euch uns empfiehlt; aber wenn Ihr Euch ein Gewehr kaufen wollt, müßt Ihr doch Geld haben?«

»Yato Inda braucht kein Geld.«

»Nicht? Glaubt Ihr, daß man Euch ein Gewehr schenken wird?«

»Nein. Die Bleichgesichter verschenken nichts; aber sie sind auch zufrieden, wenn sie für Gewehre und Feuerwasser nicht rundes Geld, sondern goldene Nuggets bekommen.«

»Ah, Feuerwasser! Du scheinst das wohl sehr gern zu trinken?«

»Sehr!« antwortete der Mestize in dem aufrichtigsten und unbefangensten Tone, den es geben kann.

»So habt Ihr also zwar kein rundes Geld, aber dafür goldene Nuggets?«

»Yato Inda hat keine, aber er wird so lange suchen, bis er welche findet.«

»Das klingt doch gerade, als ob Ihr die berühmte Bonanza of Hoaka suchtet!«

Majestät glaubte, das sehr pfiffig gesagt zu haben; der noch schlauere Mestize ließ ihn bei dieser Meinung und erwiderte, indem er ein dummstolzes Gesicht dabei zeigte: »Hat mein weißer Bruder auch von dieser Bonanza gehört? Er scheint sie für eine Lüge, für eine Erfindung zu halten?«

»Das tue ich allerdings, denn so viel Gold, wie da beisammenliegen soll, kann es gar nicht auf einer Stelle geben.«

»Uff!« rief der Mestize noch viel selbstbewußter aus. »Es ist keine Unwahrheit. Diese Bonanza ist wirklich vorhanden.«

»Wirklich? Kennt Ihr sie etwa?«

»Ich weiß, wo sie ist, und – uff, uff!« verbesserte er sich in erschrockenem Ton, »ich weiß, daß sie vorhanden ist.«

Man kann sich denken, wie groß die Spannung war, mit welcher die Weißen dieses Examen verfolgten, und wie sehr ihr Anführer innerlich triumphierte, als der Mestize sich in dieser Weise verplapperte. Dieser trat rasch einen Schritt näher an das Halbblut heran und sagte: »Du hast dich versprochen; du hast mehr gesagt, als du wolltest. Du weißt nicht nur, daß es eine Bonanza of Hoaka gibt, sondern du weißt auch, wo sie liegt!«

Er nannte den Mestizen jetzt du, um ihn einzuschüchtern, und das schien ihm auch zu gelingen, denn der

Genannte stotterte, als ob er sich in größter Verlegenheit befände: »Ich – ich – weiß – weiß das nicht, denn ich – darf es nicht sa...«

»Sagen, du darfst es nicht sagen! Jetzt ist es heraus; jetzt habe ich dich, Bursche!«

»Nein – nein – nein! Ich – ich weiß es nicht!«

»Schweig! Du weißt es! Wo liegt die Bonanza? Wirst du es gestehen? Wirst du die Wahrheit sagen?«

»Ich – ich kann nichts gestehen, denn – denn ich weiß es nicht!«

»So! Schurke, der du bist, ich werde dir beweisen, daß du uns belügst. Paß auf!«

Er fuhr ihm mit einem schnellen Griff zum Gürtel und riß den Beutel heraus. Da dieser nicht zusammengenäht war, sondern nur aus einem zusammengefalteten Leder bestand, ging er dabei auseinander, und mehr als eine Handvoll Nuggets, die er enthielt, fielen auf die Erde nieder. Der Mestize stieß einen Schrei des Entsetzens aus und bückte sich schnell nieder, um die auf dem Boden zerstreuten Goldkörner eiligst zusammenzulesen; aber die Weißen waren noch rascher als er; die von ihnen nächststehenden warfen sich nieder und rissen die Nuggets an sich, ehe er eines davon zu erlangen vermochte. Die »Majestät« packte ihn mit beiden Händen am Arm, riß ihn empor und donnerte ihn an: »Siehst du jetzt, Halunke, daß du überführt worden bist? Wo hast du diese Nuggets her?«

Der Mestize öffnete den Mund, antwortete aber nicht; er tat, als ob er vor Schreck kein Wort hervorbringen könne, und stotterte erst dann, als die Frage einige Male wiederholt worden war: »Diese – diese Nuggets habe – habe ich gefunden.«

»Natürlich! Das wissen wir auch! Aber wo?«

»Dort – dort – da – gestern – da fand ich den Beutel im Wald.«

»Im Wald? Den Beutel? Infamer Lügner! So einen Beutel voller Nuggets wirft niemand im Wald weg. Du hast das Gold aus der Bonanza und wirst uns sofort sagen, wo sie liegt!«

»Das – das – kann ich nicht sagen!«

»So! Aber ich werde dir gleich beweisen, daß du es sagen kannst! Ich gebe dir eine einzige Minute Zeit. Wenn wir dann noch keine Antwort haben, bekommst du so viel Kugeln in den Leib, wie wir hier Flinten haben! Also entscheide dich!«

Die Weißen richteten all ihre Gewehre auf ihn; da rief er in vortrefflich gespieltem Schreck: »Schießt nicht; schießt nicht! Ihr habt ja gehört, daß ich ein Freund der Bleichgesichter bin! Ich habe deshalb ohne Gewehr und Pferd den Stamm verlassen müssen; soll ich deshalb nun auch noch getötet werden?«

»Nicht deshalb, sondern deines Leugnens wegen. Wenn du wirklich ein Freund der Weißen bist, so beweise das durch deine Aufrichtigkeit!«

»Ich darf nicht! Es ist den roten Männern streng verboten, die Bonanza zu verraten.«

»Du bist kein Indianer, sondern ein Halbblut, also ist es dir nicht untersagt. Und wenn ich ein Indsman wäre und würde von meinem Stamm ausgestoßen, so würde ich mich auf alle Weise zu rächen suchen. Dazu hast du jetzt die allerbeste Gelegenheit, indem du uns sagst, wo die Bonanza of Hoaka liegt.«

»Rache? Ah – ah – uff! Rache!« rief er, als ob er jetzt im Begriff stünde, sich eines Besseren zu besinnen.

»Ja, Rache, Rache für die großartige Beleidigung, die man dir angetan hat!«

Der Mestize stand noch unentschlossen da; seine Miene sagte deutlich, daß er mit sich kämpfte, und als die Weißen alle ermunternd auf ihn einsprachen, sagte er in schon bereitwilligerem Ton: »Wenn ich – auch wollte – ich kann – kann es doch nicht sagen!«

»Warum nicht?«

»Weil – weil – weil ich eben ausgestoßen worden bin. Ich darf nie zu meinem Stamm zurückkehren; ich muß zu den Bleichgesichtern gehen und bei ihnen wohnen und leben; dazu brauche ich aber Gold, viel Gold, weil man den Weißen alles bezahlen muß. Das aber würdet Ihr mir nehmen, wenn ich Euch verriete, wo die Bonanza liegt!«

»Welch eine Dummheit! Wie groß, wie riesengroß sie ist, das wirst du sogleich erfahren. Wieviel Gold wird wohl in der Bonanza zu finden sein?«

»Uff!« rief er, wie unbedacht triumphierend. »So viel, daß fünfzig Pferde es nicht forttragen könnten.«

»Ist es die Möglichkeit!« schrie Majestät da förmlich auf. »Ist das wahr? Ist's wirklich wahr?«

»Ja. Ich habe es liegen sehen.«

»Wann?«

»Schon oft, und heute vormittag zum letztenmal.«

»Hört ihr es, ihr Männer? Habt ihr's gehört? Nehmt euch um Gottes willen zusammen, daß euch nicht der Verstand überschnappt! So eine Masse, so eine ungeheure Masse von Gold! Das reicht ja zu, um die ganzen Vereinigten Staaten zu kaufen! Und da denkt dieser dumme Mensch, daß er alles allein nur für sich braucht, um eine Flinte und Feuerwasser bezahlen zu können! Mensch, ich sage dir, wenn du nur so viel Gold hast, wie du mit deinen Händen zu tragen vermagst, kannst du dir die größten Wünsche erfüllen und Feuerwasser trinken, solange du lebst! Aber du sollst gar nicht so wenig davon bekommen. Wenn du uns die Bonanza zeigst, so werden wir teilen; du bekommst die eine Hälfte, und wir nehmen die andere; dann kannst du alle deine Apatschen auslachen und herrlicher leben als der Präsident, den ihr den weißen Vater nennt!«

»Herrlicher – als der – als der weiße Vater? Ist das wahr?« fragte er so freudetrunken, als ob er sich das Leben des Präsidenten noch tausendmal wonniger vorstellte als das Leben in den ewigen Jagdgründen.

»Ja, ja! Ich gebe dir hiermit den heiligsten Schwur darauf. Du wirst dann alles, alles bekommen, was dein Herz begehrt.«

»Auch Feuerwasser, so viel ich nur trinken will?«

»Mehr, viel mehr Feuerwasser, als selbst der Mississippi fassen könnte! Nur sage schnell, schnell, wo sich die Bonanza befindet!«

Sein Gesicht war verklärter und immer verklärter geworden; es war klar, daß er jetzt ganz nahe daran stand, das kostbare Geheimnis zu verraten, doch sprach er noch einen letzten Gedanken aus: »Ihr seid über dreißig Krieger, und ich bin allein und ohne Waffen. Wenn ich euch die Bonanza zeige, werdet ihr alles für euch nehmen und mich fortjagen, so daß ich gar nichts bekomme!«

»Das ist Unsinn, hundertfacher, ja tausendfältiger Unsinn! Wir sind ehrliche Leute und geben dir die Hälfte. Ich habe es gesagt und werde mein Wort halten! Sagst du es uns aber nicht, so wirst du ohne Gnade und Barmherzigkeit erschossen, und zwar sofort, auf der Stelle, hier auf demselben Platz, wo du stehst. Also wähle, wähle rasch! Entweder den Tod oder so viel Feuerwasser, wie du in deinem ganzen Leben trinken kannst!«

Die Majestät war unbeschreiblich aufgeregt, und die andern Weißen waren es nicht minder. Über fünfzig Pferdelasten gediegenes Gold! Das war ja kaum auszudenken! Ihre gierigen Blicke sogen sich jetzt förmlich an die Lippen des Halbblutes fest. Bei diesem schien die abermalige Androhung des Todes ebensosehr den Ausschlag zu geben wie die Hoffnung auf einen ganzen Mississippi voll Feuerwasser. Er antwortete zum Entzücken all der einunddreißig Männer: »Yato Inda will euch sein Vertrauen schenken, er will glauben, daß er sich die Hälfte des Goldes nehmen darf, und wird euch darum zeigen, wo die Bonanza of Hoaka liegt.«

Da brach ein allgemeiner Jubel aus, ein Jubel, wie ihn der Westmann mit dem Wort shout zu bezeichnen pflegt. Selbst Majestät focht mit den Armen wie mit Windmühlenflügeln in der Luft herum und tat einen Freudensprung nach dem andern, trotz seines Alters, seines grauen Barts und seines schneeweißen Haupthaars. Nur ein einziger besaß Gewalt genug über sich, seine Aufregung einigermaßen zu beherrschen, nämlich der lange Hum, dessen Gesicht zwar auch vor Freude strahlte, der aber so laut in den Lärm der andern hineinrief, daß ihn alle hörten: »Mylords und Gentlemen, Señores und Mesch'schurs! Es steht uns eine ungeheure Freude bevor, aber unsere Rechtlichkeit soll nicht geringer, soll nicht kleiner sein. Wir haben diesem Mann die Hälfte des Goldes versprochen, und ich denke, daß wir ihm dieses Versprechen halten werden! Ehrlos der, welcher nicht dieser meiner Meinung ist!«

»Ja, ja; ja, ja!« lachte die Majestät, und »ja, ja; ja, ja!« lachten auch die andern.

Dieses Lachen sagte mehr als deutlich, daß das Wort »ehrlos« sie gar nicht abhalten werde, doch das zu tun, was sie sich im stillen vorgenommen hatten. Der Mestize tat, als ob ihm dieses Lachen gar nicht auffällig sei und ihn noch viel weniger in seinem Vertrauen erschüttern könne; er erklärte vielmehr: »Wenn ich euch jetzt zu der Bonanza führen soll, braucht ihr gar nicht weit mit mir zu reiten.«

»Nicht weit?« fragte die Majestät. »Dachte es mir! Die Bonanza liegt im Estrecho, nicht wahr?«

»Ja.«

»So würden wir sie nun finden, auch ohne daß du sie uns zeigst!«

»Nein«, antwortete er jetzt in zuversichtlichem Ton. »Ihr könntet trotzdem viele, viele Jahre danach suchen und würdet sie doch nicht finden.«

»So komm und geh voran! Aber versuche ja nicht, dich

aus dem Staub zu machen! Du würdest sofort von einunddreißig Kugeln durchlöchert werden!«

Er tat, als ob er diese Drohung gar nicht gehört hätte, und machte sich, indem er voran schritt, ohne Weigern auf den Weg; er wußte ja, daß sie ihrem sichern Untergang entgegengingen. Die Ausführung seines Planes war ihm viel, viel leichter gelungen, als er es sich vorgestellt hatte.

Es versteht sich ganz von selbst, daß die betörten und vertrauensseligen Weißen jetzt von weiter nichts, als nur von der Bonanza sprachen. Hum war still, er ritt ganz hinterher und ging mit sich zu Rate, wie er es wohl anzufangen habe, seine Gefährten zu einem ehrlichen Verhalten zu bewegen. Nach einiger Zeit gesellte sich die Majestät zu ihm, um ihn lachenden Mundes zu fragen: »Das, was Ihr vorhin von der Rechtlichkeit sagtet, ist doch wohl nur ein Scherz von Euch gewesen? Nicht?«

»Nein, Sir. Dieser Mann liefert uns ohne alle Gegenleistung die Hälfte seiner Schätze aus; da würden wir ja die armseligsten Schurken sein, wenn wir ihm das gegebene Versprechen nicht hielten.«

»Also war es Eure wirkliche und ernste Meinung? Pshaw! Ich bin niemals unehrenhaft gewesen, werde es auch nie sein; aber jedermann weiß, daß man den Indianern kein Versprechen zu halten braucht.«

»Das ist so schändlich gedacht, Sir, daß ich – hm! Überdies ist dieser Yato Inda kein Indsman; sein Vater war ein Weißer!«

»Das ist ja erst recht ein Grund, sich nichts, gar nichts aus ihm zu machen, denn diese Mischlinge sind noch viel schlimmer, verräterischer und treuloser als die reinblütigen Indianer. Er mag uns die Bonanza zeigen, und dann kann er gehen, wohin es ihm beliebt.«

»Ohne seine Hälfte!«

»Natürlich ohne sie! Ihm so eine schauderhafte Menge Gold zu lassen, das würde ja der reine Wahnsinn von uns sein!«

»Wahnsinn oder nicht, ich gebe es nicht zu, daß er betrogen wird!«

»Laßt Euch nicht auslachen! Was wollt Ihr gegen unser Vorhaben, gegen unsere dreißig Stimmen machen? Ihr könnt doch nichts, gar nichts gegen uns ausrichten!«

»O doch!«

»Was denn? Was habt Ihr vor?« klang es jetzt in scharfem Ton.

»Was ich tun oder lassen werde, das wird sich ganz nach Eurer Ehrlichkeit richten.«

»Soll das etwa eine Drohung sein, Sir?«

»Wenn Ihr nicht rechtlich mit dem Mestizen verfahrt, ja, dann ist es eine Drohung!«

Winnetou nannte das Gold deadly-dust*, weil er es schon in zahlreichen Fällen erfahren hatte, welches Unglück das schnell und leicht erworbene Metall den »glücklichen« Findern gebracht hatte. Auch hier, wo man die Bonanza noch gar nicht zu Gesicht bekommen hatte, zeigten sich schon die Folgen der Gier nach dem Besitz. Der Anführer, dessen Liebling Hum bisher immer gewesen war, warf alle

---

* Deadly-dust: Tödlicher Staub (KM).

Freundschaft hinter sich und drohte, indem sein Gesicht den Ausdruck unerbittlicher Feindschaft annahm: »Wagt es ja nicht etwa, den Mestizen zu warnen oder sonst etwas gegen das, was wir zu tun willens sind, vorzunehmen! Wenn es sich um die Bonanza of Hoaka handelt, verstehe ich keine Spur von Spaß, und die andern denken da gerade so wie ich. Ich will Euch warnen und Euch sagen: Eine Kugel würde Euch sicher sein!«

Nach dieser Drohung, die er im vollsten Ernst meinte, trieb er sein Pferd an, um wieder bei dem Halbblut an der Spitze des Zuges zu reiten, und Hum blieb als letzter zurück, ja, er verlangsamte die Schritte seines Pferdes noch mehr, denn die nahe vor ihm reitenden Gefährten hatten sein Gespräch mit dem Anführer gehört und wendeten sich zu ihm zurück, um ihn mit nicht weniger schweren Drohungen zu bedenken.

Er nahm sich in seinem rechtlichen Sinn trotzdem vor, keine Gefahr zu scheuen, um dem Mestizen zu dem Seinigen zu verhelfen; nur mußte er, um dies zu tun, warten, bis der Schatz gehoben war. Bis dahin hatte es keine Eile, und so kam es, daß er, der sich beleidigt und in seiner Ehrlichkeit gekränkt fühlte, immer weiter zurückblieb, bis er die Gefährten aus den Augen verlor. Er hatte nicht etwa weniger Verlangen nach dem vielen Gold als sie, aber der Ärger über den Betrug, den sie ausführen wollten, ließ ihn zögern, ihnen in gleicher Eile zum Estrecho zu folgen.

So kam es, daß er die Felsen, welche die Bonanza bergen sollten, später zu Gesicht bekam als sie. Als sein Auge darauf fiel, stutzte er und hielt sein Pferd an; einen Augenblick später sprang er sogar aus dem Sattel, um nicht so leicht bemerkt zu werden, denn er sah dort beim Estrecho Gestalten hin und her laufen, welche er unmöglich für seine Kameraden halten konnte. Gleich darauf zuckte eine helle Flamme empor, und es drang ein vielstimmiges Geheul zu ihm herüber, welches ihm bewies, daß er Indianer vor sich hatte.

Er erschrak, allerdings nicht wegen sich selbst. Zum Glück brach eben jetzt die Dämmerung herein, welche die Roten hinderte, ihn zu sehen, und überdies waren diese so mit dem Estrecho beschäftigt, daß sie gar keine Aufmerksamkeit mehr für die Richtung hatten, in welcher er sich von ihnen aus befand. Sie glaubten, alle Weißen in der Falle zu haben, und Ik Senanda war auch dieser Meinung, denn er hatte, an der Spitze des Zuges marschierend, fast gar nicht rückwärts geblickt und also nicht bemerkt, daß der lange Hum zurückgeblieben war.

Dieser fragte sich natürlich, was er unter den obwaltenden Umständen zu tun habe, und kam auf den ganz richtigen Gedanken, daß er, um seinen Gefährten nützlich sein zu können, vor allen Dingen sich selbst schonen müsse. Er hatte zu erfahren, in welcher Lage sie sich befanden und in welcher Weise er ihnen nützlich sein könne, mußte sich aber sehr hüten, dabei von den Indianern bemerkt zu werden. Darum wartete er, bis es vollständig dunkel geworden war, und ritt dann weiter, aber nicht etwa geradewegs auf das jetzt noch deutlicher als vorher sichtbare Feuer zu, sondern er hielt sich mehr nach links, nach Osten, um sich in sicherer Entfernung von dem Tatort hinter irgendeinem Felsen seines Pferdes zu entledigen und dann vorsichtig anzuschleichen.

Die Flamme brannte an der westlichen Seite der Felsenspitze; er ritt der östlichen zu und fand dort einen verborgenen Winkel, in welchem er sein Pferd anpflockte, und zwar in einer solchen Entfernung von den Roten, daß er bei gutem Schritt eine Viertelstunde zu gehen hatte, um in ihre Nähe zu kommen.

Er brauchte aber längere Zeit, weil er sich mit Vorsicht bewegen mußte. In westlicher Richtung hinhuschend, gelangte er endlich an die Bodenvertiefung, welche die Spitze des Estrecho von dem Haupthöhenzug abschnitt. Er legte sich nieder und kroch bis an die Ecke, von welcher aus er linker Hand von sich das Feuer in einer Entfernung von vielleicht zweihundert Schritten brennen sah. Es loderte so hoch und breit empor, daß sein Schein bis an die Ecke drang und sie fast tageshell erleuchtete. Weiter durfte er sich unmöglich vorwagen, denn er sah eine ganz Anzahl von Roten, welche unaufhörlich beschäftigt waren, neue Holzbündel in die Flammen zu werfen; es wäre gar nicht anders möglich gewesen, als daß sie ihn gesehen hätten.

Das waren aber nicht die einzigen Indianer, die er sah. Die Helligkeit stieg auch an den Felsen empor, und als er seine Augen dorthin richtete, erblickte er noch viele andere Indsmen, welche aus irgendeinem ihm noch unbekannten Grund da hinaufkletterten und sich auf der Höhe zu verteilen schienen. Was wollten sie dort? Das fragte er sich lange vergeblich, bis er eine Stimme herunterschallen hörte. Der Wortwahl und dem Ausdruck nach mußte der Sprechende ein Roter sein, denn er bediente sich jenes Gemisches von Englisch und Indianisch, in welchem nur die Indianer sich auszudrücken pflegen. Man konnte zwar nicht jedes einzelne Wort verstehen, aber doch den Sinn der Rede verfolgen, und dieser lautete, kurz zusammengefaßt: »Laßt all eure Waffen von euch, und zieht euch in den Hintergrund des Estrecho zurück! Wer einen Schuß tut oder sich sonst gegen uns wehrt, der muß am Marterpfahl sterben; wer sich aber ohne Widerstand ergibt, dem werden wir die Freiheit und das Leben schenken!«

»Ah, jetzt weiß ich es!« dachte Hum. »Die Weißen sind von Indianern bei der Bonanza eingeschlossen worden. Bonanza? Hm! Da geht mir nicht nur ein einziges tallow-candle*, sondern gleich ein ganzer soap-boiler** auf! Es gibt gar keine Bonanza hier, sondern dieser infame Mestize hat für diese Roten den Spion gemacht und uns mit seinen Nuggets nur deshalb betört, um uns alle ihnen in die Hände zu treiben. Wie gut ist's, daß ich ein ehrlicher Mensch bin, denn wenn ich das nicht wäre, so säße ich jetzt ebenso tief in der Skalpiertinte wie sie! Sie müssen heraus, unbedingt heraus, und das kann nur durch mich geschehen! Aber wie? Sie sind nur dreißig, während es mir scheint, daß die Indsmen dreimal soviel zählen.«

Er sann eine Weile über eine mögliche Weise nach, seinen Gefährten Hilfe zu bringen, und sagte sich dann: »Es ist schwer, ungeheuer schwer, wenn nicht ganz und gar unmög-

---

* Tallow-candle: Taglicht (KM).

** Soap-boiler: Seifensieder (KM).

lich, in diesem Fall irgend etwas zu unternehmen, aber ich bin ganz gern bereit, mein Leben daran zu wagen. Hin zum Feuer kann ich nicht, und hier an den Felsen hinauf kann ich auch nicht, weil es dort oben fast ebenso hell wie hier unten ist. Und doch muß ich hinauf, um zu sehen, wie die Ziege im Sodawasser schwimmt. Hm, was hier an der nördlichen Seite unmöglich ist, bringe ich vielleicht an der südlichen fertig. Ich werde es probieren, denn probieren ist besser als lamentieren. Also fort von hier!«

Er kehrte um und eilte am Felsen hin zurück, um die Spitze desselben zu umbiegen und so zur andern Seite zu kommen. Er hatte aber kaum hundert Schritte zurückgelegt, als plötzlich eine kleine, schmächtige Gestalt vor ihm auftauchte und ihn, überraschenderweise in deutscher Sprache, die ihm ganz geläufig war, anrief: »Halt, geliebter Unbekannter! Mit wem loofen Sie denn so um die Wette? Lassen Sie Ihre Beene gefälligst schtehen bleiben, sonst schieße ich Sie oogenblicklich hier mit meiner Flinte durch und durch!«

Es war ein Weißer, der zu ihm sprach, noch dazu ein Deutscher, also jedenfalls keine feindliche Person; aber Hum war in der Weise von dem Gedanken eingenommen, sehr rasch zur andern Seite des Estrecho zu kommen, daß er weder daran dachte, wie seltsam und unerklärlich diese plötzliche Begegnung war, noch sich die Zeit nahm, der Aufforderung Folge zu leisten und stehenzubleiben. Er antwortete nur hastig, auch in deutscher Sprache: »Lassen Sie mich! Ich habe keine Sekunde zu versäumen!«

Indem er hierauf weitereilte, hörte er dieselbe Stimme

hinter sich: »Der hat das Loofen ooch von keener Gartenschnecke gelernt! Na, weit kommt er nich; ich seh den Hieb schon sitzen!«

Hum wußte nicht, was das bedeuten sollte, erfuhr es aber nach wenigen Augenblicken, denn noch waren diese Worte kaum verklungen, so richtete sich eine zweite Gestalt vor ihm empor, hielt ihn mit einer Hand im Lauf auf und schlug ihm die andere Faust so an den Kopf, daß er lautlos zusammenbrach. Er befand sich nun, wenigstens für den Augenblick, in einer nicht bessern Lage als seine Gefährten, die er hatte retten wollen, obgleich sie sich ihm in der letzten Stunde nicht mehr so freundschaftlich wie vorher gezeigt hatten.

Sie waren, wie schon erwähnt, ihm vorausgeritten und unter der Führung des Mestizen an den hohen Quarzfelsen gekommen, in welchen der Estrecho de cuarzo schmal und tief einschnitt. Sie folgten ihm auch ohne Besinnen und mit vollem Vertrauen hinein und schöpften auch dann noch keinen Verdacht, als er stehenblieb und, sie an sich vorüberweisend, sagte: »Wenn die Bleichgesichter alle herein sind, mögen sie absteigen und ihren Pferden die Beine zusammenhobbeln. Ich werde bis dahin die verborgene Mine schnell öffnen, um ihnen die Bonanza dann gleich zeigen zu können.«

Er kniete dabei an der Felswand nieder und begann, in dem dort am Boden angesammelten Steingrus zu wühlen, als ob er da den Eingang zur Bonanza freilegen wolle. Sie ritten auch bis zum letzten Mann an ihm vorüber, und nur Majestät, der aus dem Sattel gestiegen war, blieb bei ihm stehen und fragte begierig: »Hier also liegt das Gold so massenhaft vergraben?«

»Ja«, nickte der Mischling.

»So will ich dir helfen, damit es schneller geht!«

»Das Loch ist hier so eng, daß nur ein einzelner Mann graben kann.«

Er beabsichtigte, den Anführer zu beschäftigen, um dessen Aufmerksamkeit von sich abzulenken, und dieser ging in seiner Ungeduld auch ahnungslos auf diesen Gedanken ein, indem er ihm gebot: »So tritt zur Seite! Ich will es selber machen.«

Er kauerte sich nieder und begann mit den Händen das Geröll so eifrig zu entfernen, daß er gar nicht daran dachte, auf den Mestizen achtzugeben. Dieser sah ihm nur eine ganz kurze Zeit zu, nicht einmal eine Minute lang, trat dann einige Schritte zurück, überzeugte sich mit einem schnellen Blick, daß keiner von den Weißen, die alle noch mit ihren Pferden beschäftigt waren, zu ihm sah, und huschte dann mit lautlosen Schritten zum Eingang zurück, wo die schnell herbeigeeilten Komantschen sich schon bemühten, ihre Holzbündel aufzuhäufen, und der Häuptling schon sein Punks* handhabte, um Feuer zu machen.

»Uff!« sagte Tokvi Kava in befriedigtem Ton. »Sie sind in die Falle gegangen, und ich bin sehr zufrieden mit dir!«

»Uff!« antwortete Ik Senanda. »Die Gefahr ist glücklich an mir vorübergegangen!«

»Das habe ich dir vorhergesagt. Der Zunder glimmt

---

* Punks: Präriefeuerzeug (KM).

schon. Nun werden wir die Bleichgesichter sehr bald heulen hören!«

Die Dämmerung senkte sich nieder, und hier in der Felsenenge war es noch dunkler als draußen im Freien. Majestät scharrte in den Steinen, als ob sein Leben davon abhängig sei. Dabei sagte er zu dem vermeintlich noch neben ihm stehenden Mestizen: »Es ist so finster hier, daß man fast gar nichts sehen kann. Wir werden einige Feuer anbrennen; Holz gibt's ja da draußen im Wald genug.«

Als keine Antwort erfolgte, wendete er den Kopf bemerkte aber den nicht, an welchen diese Worte gerichtet waren. Selbst jetzt schöpfte er noch nicht Verdacht, sondern er richtete sich nur auf, um den Namen Yato Inda einige Male laut zu rufen. Erst als hierauf keine Antwort erfolgte, wurde er besorgt und fragte seine Leute nach dem Mestizen. Keiner konnte Auskunft erteilen. Weiter als bis zu der Stelle, wo er in den Steinen gewühlt hatte, war er nicht in die Enge eingedrungen, und da er sich dort nicht mehr befand, konnte er nur in Richtung Ausgang gesucht werden. Nun endlich zeigte sich der Verdacht, und zwar ebenso stark wie plötzlich.

»Zounds!« rief der Anführer. »Der Mestize wird uns doch nicht entwichen sein!«

Er bekam keine Antwort, aber alle hatten ganz denselben Gedanken.

»Wir müssen rasch hinaus!« fuhr er fort. »Da draußen ist es heller als hier. Vielleicht sehen wir ihn noch laufen!«

Er wendete sich dem Eingang zu, und die andern wollten ihm folgen, doch blieben alle schon nach wenigen Schritten erschrocken stehen, denn sie sahen in diesem Augenblick da vorn eine Flamme aufgehen, welche sich in einigen Sekunden so vergrößerte und verbreiterte, daß sie den schmalen Ausgang vollständig ausfüllte und unpassierbar machte.

»Himmel, was ist das!« schrie er auf. »Ist das dieser Mestize gewesen? Wer hat ...«

Er sprach die angefangene Frage gar nicht aus; sie wurde ihm auch ohnedies beantwortet, denn draußen erhob sich hinter dem Feuer das Kriegsgeheul der Komantschen, daß es schien, als ob zu beiden Seiten die Felsen zitterten. Die Weißen standen sprachlos vor Entsetzen; es war ihnen sofort klar, in welcher Lage sie sich befanden. Die Majestät faßte sich zuerst, aber nur zu einem Fluch: »Alle Wetter! Wir sind eingeschlossen! Dieses Halbblut hat uns an die Indianer verraten. Es sind Komantschen; ich erkenne sie an ihrem Geheul. Hier an den Wänden kann keine Eichkatze hinauf, viel weniger noch ein Mensch; wir müssen es doch da vorn mit dem Feuer versuchen. Steigt auf die Pferde und nehmt die Gewehre zur Hand! Wir können vielleicht durch die Flammen setzen, ehe sie noch größer werden. Der rascheste Entschluß ist hier jedenfalls der beste. Jenseits des Feuers geben wir den roten Teufeln unsere Kugeln.«

»Wie viele sind ihrer denn?« fragte einer.

»Das weiß ich natürlich nicht; aber in einer solchen Lage darf man die Feinde nicht zählen. Wir müssen hinaus, und wenn es ihrer tausend sind. Nehmt euch nur in acht, daß das bißchen Pulver, welches ihr habt, nicht explodiert. Ein schneller Sprung muß jeden durch die Flamme tragen. Also vorwärts jetzt, my boys!«

Die Weißen hatten alle ihre Pferde schnell wieder losgehobbelt und sich in den Sattel geschwungen. Majestät voran, ritten sie, ihre Gewehre schußbereit haltend, dem Ausgang zu. Dies hätte im Galopp geschehen sollen, wenn jeder mit einem einzigen Satz durchs Feuer kommen sollte, aber das war leider wegen der Enge und wegen einer plötzlichen scharfen, wenn auch ganz kurzen Wendung, welche der Estrecho machte, nicht möglich. Als Majestät diese Biegung hinter sich hatte, sah er das Feuer ganz nahe vor sich, ein Umstand, den er nicht in Berechnung gezogen hatte. Die Distanz war nun zu kurz, um einen Anlauf zu nehmen; dazu scheute sein Pferd und weigerte sich, weiterzugehen. Und als er versuchte, es durch Schläge vorwärtszubringen, hörte er eine laute, befehlende Stimme, welche ihm von jenseits des Feuers zurief: »Halt! Die Bleichgesichter mögen ja nicht weiterreiten! Ich bin Tokvi Kava, der Häuptling der Komantschen, und habe sechsmal fünfzig Krieger bei mir. Ihr könntet, wenn ihr so toll wäret, es zu tun, nur einzeln durch das Feuer reiten und würdet ebenso einzeln von uns niedergeschossen werden!«

»Tokvi Kava, der Jägerschinder!« rief Majestät aus, indem er sich zurück an seine Leute wendete. »Habt ihr gehört, was er sagte? Der Mensch hat recht: Wir sind vollständig eingeschlossen und können nicht hinaus. Er wird unsere Skalpe wollen, und wir können von größtem Glück sagen, wenn er sich so weit bereden läßt, daß wir mit dem nackten Leben davonkommen!«

Als ob der Schwarze Mustang diese Worte gehört hätte, war seine Stimme jetzt wieder zu vernehmen: »Wenn die

Bleichgesichter sich wehren, sind sie verloren. Ich werde ihnen aber das Leben schenken, wenn sie sich uns ergeben.«

Da die hintersten der Weißen dieses Versprechen nicht verstanden hatten, teilte Majestät es ihnen mit. Es wurde eine kurze Beratung gehalten, deren Ergebnis war, daß mit den Roten verhandelt und durch List so viel wie möglich Zugeständnisse von ihnen erlangt werden sollten. Darum rief jetzt Majestät dem Häuptling zu: »Was habt ihr gegen uns, daß ihr uns als Feinde behandelt? Wir haben euch doch nichts getan!«

»Alle Bleichgesichter sind unsere Feinde«, erhielt er zur Antwort. »Es gibt für euch keinen einzigen Weg zur Flucht, und ihr könnt euer Leben nur dadurch retten, daß ihr euch uns ohne alle Gegenwehr ausliefert. Werft die Waffen weg!«

»Behold! So weit sind wir noch lange nicht! Es ist ja wahr, daß ihr uns eingeschlossen habt; aber versucht es doch einmal, uns hier herauszuholen! Gerade unsere Gewehre werden euch da beweisen, daß es ein Unsinn ist, uns als wehrlose Gefangene zu betrachten.«

»Uff! Sieh dich in deinem Gefängnis doch erst einmal ordentlich um. Droben auf den Felsenkanten stehen über hundert Krieger der Komantschen, welche bereit sind, auf einen Wink von mir ihre Kugeln auf euch herabzusenden.«

»Fatale Lage!« knirschte da die Majestät, freilich nicht so laut, daß die Indianer es hören konnten. »Wenn es so ist, so putzen sie uns von da oben aus weg, ohne daß wir ihnen auch nur einen von unsern Zähnen zeigen können. Es bleibt uns wahrhaftig nichts anderes übrig, als durch eine schlaue Verhandlung mit dem Schwarzen Mustang für uns so viel wie möglich herauszuschlagen. Wollen doch einmal hören, was er uns für Bedingungen stellt!«

Und sich wieder zum Feuer wendend, rief er laut: »Deine Leute mögen da oben stehen, solange sie wollen; wir fürchten uns nicht. Aber ich habe gehört, daß Tokvi Kava ein tapferer und gerechter Häuptling ist, der niemals Feindschaft hegt gegen Menschen, welche ihn nicht beleidigt oder gar geschädigt haben. Darum bin ich überzeugt, daß du die jetzige Feindseligkeit sofort einstellen wirst, wenn du hörst, wer wir sind, und daß wir in dieser Gegend nichts suchen, sondern sie nur rasch durchreiten wollen. Ich bin also bereit, mit dir zu sprechen.«

»So komm heraus!«

»Der stolze Häuptling der Komantschen kann nicht im Ernst verlangen, daß ich zu ihm gehe. Wir sind nur dreißig Mann, während er, wie er selber sagt, dreihundert Krieger bei sich hat. Ich würde alles auf das Spiel setzen, wenn ich mich von hier entfernte, während er hingegen gar nichts wagt, wenn er zu uns herein in den Estrecho kommt.«

»Ich bin Häuptling und habe es nicht nötig, einem Bleichgesicht nachzulaufen«, antwortete der Schwarze Mustang stolz.

»Well! Aber, wenn du nicht kommst, würde es scheinen, als ob du dich fürchtest, und wir würden annehmen, daß du lange nicht so viel Krieger bei dir hast, wie du sagtest. Wenn du also wirklich ein tapferer und mutiger Mann bist und wirklich unter dem Schutz von sechs mal fünfzig Komantschen stehst, darfst du nicht verlangen, daß ich die wenigen Leute verlasse, welche bei mir sind.«

Tokvi Kava mußte einsehen, daß der Weiße recht hatte; er war überdies vollständig überzeugt, daß die Weißen sich ganz in seiner Gewalt befanden und ihm nicht das Geringste anhaben konnten; darum antwortete er: »Wie darfst du es wagen, an meinem Mut zu zweifeln! Ich werde dir beweisen, daß ich euch als Hunde betrachte, welche nicht beißen können, weil ihnen die Mäuler zugebunden sind. Aber die Bleichgesichter haben doppelte Zungen, und in ihren Herzen wohnt der Verrat; sie werden sich meiner Person bemächtigen wollen, wenn ich zu ihnen komme.«

»Nein. Bei uns ist der Unterhändler stets unantastbar. Du wirst also bei uns ganz ebenso sicher sein wie in der Mitte deiner Krieger.«

»Ich kann also zurückkehren, sobald es mir beliebt?«

»Ja.«

»Auch wenn ich nicht mit dir einig werde?«

»Auch dann.«

»Ihr werdet mich nicht festzuhalten suchen?«

»Nein.«

»Sprichst du die Wahrheit?«

»Ja. Ich versichere dir, daß ich keine Hintergedanken habe.«

»Wir glauben an den großen Geist, den ihr Gott nennt; was ihr bei ihm schwört, müßt ihr halten. Versprich mir also bei eurem Gott, daß ihr, wenn ich gehen will, mich nicht anrühren werdet!«

»Ich schwöre und verspreche es dir.«

»So werde ich kommen.«

Es dauerte eine kleine Weile, bis das brennende Holz ein

wenig beiseite geschoben wurde, so daß zwischen der Flamme und dem Felsen eine Lücke entstand, welche der Häuptling durchsprang. Dann kam er hoch erhobenen Hauptes und stolzen Schrittes zu den Weißen, deren Anführer gegenüber er sich niedersetzte. Majestät wußte, daß nach der Ansicht der Indianer der Sieger das Gespräch zu beginnen habe; darum schwieg er und wartete, bis der »Mustang« nach längerer Zeit die Verhandlung durch die Frage einleitete: »Die Bleichgesichter haben eingesehen, daß es von ihnen Wahnsinn wäre, sich gegen uns zu wehren?«

»Nein«, antwortete der Weiße. »Das haben wir noch nicht eingesehen.«

»So seid ihr alle ohne Hirn geboren worden! Kein Mensch kann diese Felsen erklettern, und kein Pferd oder Reiter wird durch die Glut des Feuers kommen. Von da oben sehen zweihundert Augen herab und hundert Gewehre sind bereit, euch in kurzer Zeit zu vernichten, welche ihr Bleichgesichter eine Minute nennt.«

»Pshaw! Diese Gewehre fürchten wir nicht. Es gibt hier im Estrecho überhängende Stellen genug, welche uns Schutz vor euern Kugeln bieten.«

»Wie lange wird dieser Schutz währen!« meinte der Schwarze Mustang verächtlich. »Es ist gar nicht nötig, daß wir Kugeln an euch verschwenden. Wir haben draußen Wasser und Wild, soviel wir wollen, ihr aber nicht; wir brauchen also nur zu warten, bis ihr vom Hunger und vom Durst hinausgetrieben werdet.«

»Das kann lange dauern!«

»Uff! Je länger es dauert, desto mehr wird unsere Nachsicht schwinden, die wir jetzt noch mit euch haben wollen. Dann dürft ihr auf kein Erbarmen rechnen. Wenn ihr euch aber jetzt ergebt, werdet ihr erfahren, daß noch Gnade in unsern Herzen lebt.«

»Gnade? Was haben wir verbrochen, daß du von Gnade sprichst? Beweise einem meiner Leute eine einzige, wenn auch noch so kleine Tat, die er gegen euch begangen hat; dann will ich zugeben, daß du von Gnade reden darfst!«

»Pshaw! Tokvi Kava, der berühmte Häuptling der Komantschen, hat nichts zu beweisen. Wir haben das Beil des Krieges gegen alle Bleichgesichter ausgegraben und müßten also eigentlich alle, die in unsere Hände fallen, am Marterpfahl sterben lassen. Es ist also ein großes Erbarmen von uns, wenn wir euer Leben nicht verlangen, sondern es euch schenken wollen. Dieses Erbarmen währt aber nur ganz kurze Zeit; es wird verschwunden sein, wenn ich von hier weggegangen und zu meinen Kriegern zurückgekehrt bin. Entschließe dich also schnell! Die Söhne der Komantschen wünschen euer Blut; jetzt werden sie mir gehorchen; sobald sie aber hören, daß meine gütige Rede nicht in eure Ohren gedrungen ist, kann ich sie nicht länger abhalten, euch die Skalpe zu nehmen!«

Er sagte das in so bestimmtem Ton, daß seine Worte die beabsichtigte Wirkung nicht verfehlten. Majestät sprach, um sich zu vergewissern, die Frage aus: »Du verlangst also, daß wir uns euch ergeben, und versprichst, falls wir dies tun, unser Leben zu schonen. Hoffentlich ist mit dem Leben auch unsere Freiheit gemeint?«

»Wir schenken euch das Leben, und ihr könnt gehen,

wohin ihr wollt«, versprach der Häuptling, obgleich er gar nicht daran dachte, dieses Versprechen zu halten.

»So sag, was du unter der Forderung verstehst, daß wir uns ergeben sollen!«

»Ihr liefert uns alle eure Waffen ab.«

»Die Pferde etwa auch?«

»Nein. Die Krieger der Komantschen sind so reich an guten Pferden, daß sie die schlechten, die ihr habt, mit Verachtung von sich weisen.«

»Und unser übriges Eigentum?«

»Pshaw! Alles, was ihr besitzt, ist für uns so wertlos wie die dürren Grashalme, welche der Wind von dannen trägt. Wir wollen eure Waffen, weiter nichts!«

»Aber dann können wir nicht jagen, um uns zu erhalten, und sind ganz wehrlos gegen Feinde, falls uns solche begegnen!«

»Ihr behaltet ja eure Pferde, und das nächste Fort der Bleichgesichter liegt nicht weit von hier. Ihr könnt es schnell erreichen und dann dort alles, was ihr braucht, bekommen. Jetzt habe ich alles gesagt, was ich zu sagen hatte, um euch das Leben zu erhalten. Ich darf meine Krieger nicht länger warten lassen und werde mich entfernen. Sag also schnell, was du beschlossen hast und zu tun gedenkst!«

Er stand auf und wendete sich ab, als ob er gehen wolle. Das machte die erfahrene und sonst so bedachtsame Majestät ängstlich und die andern Weißen ebenso. Der Schwarze Mustang wurde aufgefordert, noch einige Augenblicke zu bleiben; der Anführer sammelte die Stimmen seiner Leute, und es ergab sich, daß sie alle ohne Ausnahme in ihrer gegenwärtigen Lage es für geraten hielten, ihr Leben und ihre Freiheit höher anzuschlagen als den Besitz ihrer Gewehre, welche sie allerdings, wie der Häuptling gesagt hatte, schon im nächsten Fort durch andere ersetzen konnten. Sie glaubten seinen Versicherungen und dachten gar nicht daran, daß er auch nur den Gedanken hegen könne, sie ihrer Waffen nur zu berauben, um sie dann ganz ohne Gefahr hinmorden zu können. Als ihm ihr Entschluß mitgeteilt wurde, blitzte es in seinen Augen auf; er sagte aber in freundlichem Ton: »Die Bleichgesichter haben sehr klug gewählt; sie mögen ihre Gewehre, Pistolen, Revolver und Messer samt dem Pulver und den Patronen dort in der Nähe des Feuers niederlegen. Wenn wir dann das Feuer kleiner gemacht und diese Sachen geholt haben, werden wir fortreiten, und ihr könnt bleiben oder auch fortgehen, ganz wie es euch gefällt.«

Er war überzeugt, nun gewonnenes Spiel zu haben, und triumphierte in seinem Innern. Ebenso überzeugt waren die Weißen, das Beste erwählt zu haben, und sie wären unbedingt und rettungslos verloren gewesen, wenn nicht gerade jetzt etwas passiert wäre, wodurch der hinterlistige Plan des Komantschen zuschanden gemacht wurde. Sie hörten nämlich das Geräusch eines herabstürzenden Gegenstandes beinahe gerade über sich, und fast in demselben Augenblick schlug ein menschlicher Körper in ihrer unmittelbaren Nähe auf den Felsenboden nieder. Das Feuer leuchtete bis an die betreffende Stelle, und so sah man, daß es ein Indianer war.

»Uff, uff!« rief der Häuptling erschrocken. »Dieser unvorsichtige Mann hat sich zu weit über die Kante des Estrecho gebeugt und ist herabgestürzt! Sein Körper muß ...«

Er sprach nicht weiter, denn es krachte neben ihm ein zweiter Indianer zu Boden, dem gleich darauf ein dritter nachfolgte. Die Weißen wichen erschrocken zurück; der Schwarze Mustang aber blieb in höchster Bestürzung stehen; er konnte sich den tödlichen Absturz dieser drei Roten nicht erklären, bis er auf den Gedanken kam: »Drei sind es, gleich drei! Einer hat das Gleichgewicht verloren und hat die andern beiden, die ihn halten wollten, mit herabgerissen. Wer von da oben herabstürzt, muß tot sein; es kann kein Leben mehr in ihm sein!«

Er bückte sich nieder, um die Verunglückten zu betrachten. Die Weißen traten wieder hinzu und drängten sich zusammen, um dasselbe zu tun. Da rief hinter ihnen eine kräftige, sonore Stimme: »Macht Platz, Mesch'schurs, macht Platz! Ich habe die drei herabgeworfen, um den vierten, nämlich den Häuptling, zu bekommen!«

Zwei kräftige Arme brachen sich Bahn durch die eng zusammenstehenden Männer, welche den neuen Ankömmling mit dem höchsten Erstaunen betrachteten. Wo kam er her? Durch das Feuer nicht, und am Felsen herunter wohl auch nicht. Konnte er fliegen? Er war ganz in Leder gekleidet, trug einen sehr breitrandigen Hut auf dem Kopf und lange Stiefel an den Beinen, während zwei Gewehre über dem Rücken hingen.

Der Häuptling hatte die Worte des Fremden auch gehört und fuhr beim Klang dieser Stimme ganz erschrocken aus seiner niedergebückten Haltung auf. Er sah ihn vor sich, wich einen Schritt zurück und rief in einem Ton, als ob er ein Gespenst vor sich sehe: »Old Shatterhand! Uff – uff – uff! Es – ist – wirklich – Old Shatterhand!«

»Ja, ich bin es«, antwortete dieser. »Wie es scheint, komme ich gerade zur richtigen Zeit, um einen deiner neuen Schurkenstreiche zu verhüten.«

Der Schwarze Mustang war so bestürzt, daß er sich vor Angst nicht schnell genug fassen konnte; er stotterte: »Das – das ist – unmöglich! Old Shatterhand – mußte doch auf – auf einem andern – andern Weg nach – nach Santa Fé! ...«

»Pshaw!« unterbrach ihn der so plötzlich und auf so unbegreifliche Weise erschienene Jäger lachend. »Zerbrich dir nicht den Kopf, alter Raubgeselle! Es ist mir natürlich nicht eingefallen, so zu reiten, wie du es wünschtest. Und wenn du nicht willst, daß ich dich immer wieder störe, so dürft ihr nicht Spuren hinterlassen, in deren Stapfen man Fischzüchtereien anlegen könnte. Ah, warte, Bursche! Darauf bin ich vorbereitet, aber mir entkommst du nicht!«

Der Häuptling hatte jedoch seine Selbstbeherrschung wiedererlangt und tat einige Sprünge, um in der Richtung des Feuers zu entfliehen; aber Old Shatterhand war noch rascher hinter ihm her, faßte ihn im Genick, riß ihn nieder und gab ihm zwei so kräftige Faustschläge an den Kopf, daß der Fluchtbereite besinnungslos hinkollerte. Dann wendete er sich an die noch immer in ihrem Erstaunen verharrenden Weißen: »Good evening, Gentlemen! Hoffentlich nehmt ihr es nicht übel, daß ich in die freundschaftliche Unterhaltung zwischen euch und diesem Häuptling der Komantschen so ohne alle Erlaubnis hineingeflogen bin?«

»Übelnehmen?« antwortete der Anführer. »Fällt uns nicht im Traum ein! Ich bin noch ganz starr vor Staunen, Sir. Aber es ist richtig, Ihr seid Old Shatterhand, richtig und wirklich Old Shatterhand!«

»Es scheint also, daß Ihr mich kennt?«

»Yes! Habe Euch vor zwei Jahren da oben in Spotted Tail Agency gesehen, wo ein Häuptling der Crows glaubte, er könne besser reiten als Ihr; er verlor natürlich die Wette und mußte fünfzig Biberfelle zahlen, die er aber am andern Tag von Euch zurückgeschenkt bekam. Er war dann natürlich Eures Lobes voll.«

»Mit der Wette, das stimmt, und auch die Zeit ist richtig; ich erinnere mich aber nicht, Euch dort gesehen zu haben.«

»Das läßt sich denken, Sir. So ein kleiner Westskipper, wie ich bin, hat nicht das Zeug dazu, die Augen eines Old Shatterhand oder Winnetou auf sich zu ziehen.«

»Pshaw! Jeder Mensch hat seinen Wert. Darf ich Euren Namen hören?«

»Mein Name ist Euch jedenfalls ganz unbekannt; er kommt mir selbst so selten zu Ohren, daß ich ihn beinahe vergessen habe. Man pflegt mich Majestät zu nennen.«

»Ah, Majestät! Wenn Ihr das seid, so habe ich von Euch gehört. Ihr sollt ein ganz sattelfester und fährtengerechter Westmann sein, und so wundert es mich um so mehr, daß Ihr Euch von dem Schwarzen Mustang und seinem Enkel so ahnungslos habt hinters Licht führen lassen.«

»Von seinem Enkel?«

»Ja.«

»Kenne ich gar nicht!«

»Ihr kennt ihn nur zu gut. Der Mestize, der Euch hierhergeführt hat, ist der Sohn eines Weißen, dessen Squaw die Tochter des Schwarzen Mustang war.«

»Haevens! Da beginne ich allerdings die Sache zu begreifen. Aber, Sir, woher wißt Ihr, daß uns dieser Halunke hierhergeführt hat?«

»Seine Fährte und Eure Spuren haben es mir gesagt. Ihr seid von ihm und dem Häuptling an Eurem Lagerplatz belauscht worden.«

»Wirklich? Ist es so, ist es so! Und wir dummen Menschen haben das nicht bemerkt! Wir waren eben dabei, den Komantschen unsere Waffen auszuliefern.«

»Die Waffen? Welche großartige Torheit von Euch!«

»Gar keine Torheit von uns, Sir! Wir waren dazu gezwungen, wenn wir unser Leben retten wollten.«

»Euer Leben dadurch retten? Wieso?«

»Wir sollten eigentlich getötet werden; aber der Häuptling versprach uns gegen Auslieferung der Waffen nicht nur das Leben, sondern auch die Freiheit.«

»Und das habt Ihr ihm geglaubt?«

»Natürlich!«

»Natürlich, sagt Ihr? Hört, die Sache ist nicht so ganz natürlich, wie Ihr anzunehmen scheint. Er hat nicht die Absicht gehabt, sein Versprechen zu erfüllen, sondern Euch nur waffenlos machen wollen, um Euch dann in aller Gemächlichkeit töten zu können.«

»Tempestad! Das glaubt Ihr?«

»Ich glaube es nicht nur, sondern ich bin überzeugt davon. Mir scheint, daß Ihr die Hauptsache gar nicht wißt.

Wieviel Komantschen glaubt Ihr wohl, hier gegen Euch zu haben?«

»Dreihundert.«

»Es sind nur hundert, und diesen haben wir die Waffen, die Pferde und die Medizinen abgenommen. Infolgedessen wurden sie aus dem Stamm gestoßen und ziehen nun herum, sich Waffen und Skalpe zu holen. Beides wollten sie Euch nehmen und Eure Pferde dazu. Diese hundert Mann haben kaum ein halbes Dutzend Flinten und Messer bei sich; Pferde haben sie gar nur zwei.«

»Alle Teufel! Da hätten wir sie ja in Grund und Boden schießen können!«

»Allerdings. Das könnt Ihr übrigens noch tun.«

»Das dürfen wir nicht. Wir haben Frieden versprochen und ferner, daß wir den Häuptling nicht anrühren werden.«

»Pshaw! Haltet Euer Wort; ich will nichts dagegen haben, obgleich er Euch das seinige gewiß nicht gehalten hätte. Aber ich habe ihm nichts versprochen und darf ihn also anrühren; ich habe das schon zur Genüge getan, wie Ihr seht. Er wird bald wieder zu Bewußtsein kommen, darum wollen wir ihn jetzt fesseln, damit er dann keine Dummheiten machen kann.«

»Was werdet Ihr nachher mit ihm tun, Sir?«

»Hm! Mir speziell hat er jetzt nichts getan, und auch Euch ist noch nichts geschehen; sein Leben gehört also weder Euch noch mir; wir müssen ihn also laufen lassen; aber ohne ein Andenken sollte das nicht geschehen.«

»Well! Er soll eines bekommen, an das er denken wird; nur werden wir ihn vorher ins Gebet nehmen. Ein Verhör muß nach dem Gesetz der Savanne auf alle Fälle stattfinden. Aber, Mister Shatterhand, ich bin noch immer nicht aus dem Staunen heraus, Euch hier zu sehen. Wie seid Ihr denn hierhergekommen?«

»Auf die einfachste Weise von der Welt. Wie wir mit dem Schwarzen Mustang zusammengetroffen sind, werdet Ihr noch erfahren; daß wir den Komantschen dabei die Waffen, die Pferde und die Medizinen abgenommen haben, wißt Ihr schon. Sie hatten erfahren, daß wir nach Santa Fé wollten; darum stand zu erwarten, daß sie uns auf diesem Weg auflauern würden, um sich zu rächen; mithin schauten wir fleißig nach ihrer Fährte aus.«

»Die konntet Ihr doch nicht sehen!«

»Warum nicht?«

»Weil sie nicht vor, sondern hinter Euch waren, denn Ihr hattet Pferde, sie aber besaßen keine mehr.«

»Ihr rechnet falsch. Gerade weil sie keine Pferde hatten, konnten sie direkt über die Berge wandern, während wir zu Umwegen gezwungen waren; so kamen sie uns voraus. Wir fanden ihre Spuren an einem Wasser, wo sie einen Bisonstier, zwei Kühe und zwei Kälber erlegt hatten, und folgten ihnen. Heute früh erreichten wir ihren gestrigen Lagerplatz und sahen da auch den Eurigen und daß Ihr beschlichen worden wart. Natürlich folgten wir ihnen wieder und kamen gerade hier an, als das Feuer angebrannt wurde, welches Euch den Ausgang aus dem Estrecho verwehren sollte. Wir teilten uns, um die Bande zu umzingeln ...«

»Hallao! So habt Ihr wohl eine Gesellschaft von sehr vielen Köpfen bei Euch?«

»Nein. Wird sind nur sechs Mann.«

»Sechs Mann? Wenn Ihr nicht Old Shatterhand hießet, so würde ich Euch für verrückt halten. Sechs Mann wollen hundert Komantschen umzingeln!«

»Warum nicht? Diese hundert Mann haben fast gar keine Waffen, während ich allein in meinem Bärentöter, dem Henrystutzen und den beiden Revolvern neununddreißig Kugeln habe. Und sodann ist einer bei uns, der mehr wert ist als hundert Komantschen.«

»Wer ist das?«

»Winnetou.«

»Was? Der Häuptling der Apatschen ist auch da? Gott sei Dank! Da haben wir nichts, aber auch gar nichts mehr zu fürchten! Ohne Euch wären wir verloren gewesen; Ihr habt uns das Leben gerettet. Das werden wir Euch nie, nie vergessen, Sir!«

»Ist nicht der Rede wert! Also wir teilten uns, die Komantschen zu umzingeln. Dabei wurde ein Gefährte von Euch von mir niedergeschlagen, er nennt sich Hum und war vor Eifer, Euch zu retten, so unvorsichtig, uns keine Auskunft geben zu wollen, weshalb ich ihn als Feind behandeln mußte.«

»Der gute Mensch! Wir haben ihn schlecht behandelt, und dafür wollte er uns retten! Er ist klüger als wir gewesen und auch besser!«

»Das ist freilich wahr. Ich habe ihn auch schnell wieder freigegeben. Dann schlichen wir uns auf den Felsen, um in den Estrecho hinabsehen zu können. Droben hatten sich Komantschen aufgestellt, die Euch aber nicht schaden konnten, weil sie keine Waffen hatten. Gegen das Feuer blickend, sah ich Euch in Unterhandlung mit dem Häuptling und bemerkte auch einen Felsenvorsprung, den ich benutzen konnte, zu Euch herabzukommen. Wir banden drei Lassos zusammen, welche bis zu diesem Vorsprung reichten. Eben als ich hinabgelassen werden sollte, kamen drei Komantschen, welche sich gerade da aufstellen wollten, wo wir standen. Ein Ruf von ihnen hätte uns verraten; ich töte höchst ungern einen Menschen, hier aber gab es keine Wahl; die Burschen bekamen meine Faust und stürzten da zu Euch herab; dann folgte ich an den Lassos bis zu dem Vorsprung nach, wo ich die Riemen wieder befestigen und mich vollends herablassen konnte. So bin ich zu Euch gekommen. Ihr seid gerettet, denn meine Gefährten stehen draußen hinter und vor den Komantschen; sie befinden sich im Dunkeln, während die Roten vom Feuer beschienen sind. Ich brauche nur das verabredete Zeichen zu geben, so krachen ihre Schüsse. Ach, seht, der Häuptling regt sich! Er wird gleich wieder zu sich kommen, und dann werden wir hören, wie er über seine gegenwärtige Lage denkt.«

Der Häuptling wachte auf und wurde von Old Shatterhand ins Verhör genommen. Er gestand nicht zu, den Weißen nach dem Leben getrachtet zu haben, und da ihm nichts bewiesen werden konnte, durfte er auch nicht am Leben gestraft werden. Als er hörte, daß Winnetou mit noch fünf Mann, denn Hum war auch dabei, bereit zum Angriff draußen stand, bekam er Angst und versprach, mit seinen Komantschen augenblicklich fortzuziehen, wenn man nicht auf sie schießen wolle. Dies wurde zugestanden. Majestät aber hatte sich vorgenommen, ihm einen Denkzettel mitzugeben, und war der Meinung, daß auch der verräterische Mestize einen verdient habe. Der Häuptling wurde also angewiesen, seinen Enkel zu rufen, angeblich, damit dieser als Zeuge am Abschluß des Übereinkommens teilnehme. Er ahnte den eigentlichen Grund nicht und rief den Mestizen, der auch wirklich so schamlos war, dieser Aufforderung Folge zu leisten. Er wurde sofort gefesselt wie Tokvi Kava, und dann bekamen beide das ihnen zudiktierte Andenken, welches in soviel Hieben bestand, daß sie dann, als sie losgelassen wurden, mit nur sehr langsamen Schritten zu ihren Komantschen zurückkehren konnten. Wenn man bedenkt, wie fürchterlich es für einen roten Krieger ist, geprügelt zu werden, so kann man sich denken, mit was für glühenden Rachegedanken sie sich aus dem Estrecho entfernten. Schon kurze Zeit später überzeugten sich die Weißen, daß die Indianer in einer langgezogenen Einzellinie sich von dannen machten.

Nun schürten die ersteren das von den letzteren angezündete Feuer fort, an dem sie sich niedersetzten, um das Ereignis dieses Tages gründlich durchzusprechen. Als Majestät dabei die Bonanza of Hoaka erwähnte, fragte ihn Old Shatterhand: »So war es also nicht auf den Estrecho, sondern auf diese Bonanza abgesehen?«

»Yes, Sir. Die Bonanza sollte eben hier in dem Estrecho zu finden sein.«

»So!« lächelte der Jäger. »Kennt Ihr die Bedeutung dieses Namens?«

»Nein. Es gibt überhaupt keinen Menschen, der das weiß.«

»Es gibt doch welche. Winnetou weiß es, und auch ich kann es Euch sagen.«

»So wißt Ihr etwa gar, wo die Bonanza liegt?« fragte er schnell und eifrig.

»Ja.«

»So sagt rasch, wo, wo?«

»Sehr gern! Hoaka ist ein Wort aus der Acoma-Sprache und bedeutet soviel wie Himmel. Bonanza of Hoaka heißt also Bonanza des Himmels. Während die golddurstigen Bleichgesichter hier überall herumstöberten, um das gleißende Metall zu finden, und dabei meist zugrunde gingen, predigten die alten Padres von den wahren Schätzen, die nur im Himmel zu suchen sind. Dadurch hat sich der Ausdruck Bonanza of Hoaka herausgebildet; er lebt in der Sage; er spukt in den Köpfen der Diggers und Gambusinos, und er hat sogar, wie ich höre, Besitz von Euren Köpfen ergriffen, Mesch'schurs.«

»So, also so ist die Sache!« meinte Majestät höchst enttäuscht. »Also einer Illusion, einer alten Sage wegen haben wir uns dem Martertod nahe gebracht! Da wollte ich doch, wir hätten diesen beiden Schurken, die sich das zunutze gemacht haben, jedem fünfzig mehr aufgezählt, als sie vorhin erhalten haben!«

»Tröstet Euch! Sie haben genug bekommen und werden es lange fühlen und gewiß niemals vergessen. Niemand würde sich so freuen wie Mister Swan, der Engineer von Rocky-Ground, wenn er hörte, daß der Mestize und sogar auch der Häuptling die Strafe wohl gezählt erhalten haben, die er dem Mischling dort zugedacht hatte.«

»Das is freilich wahr, daß der große Freede haben würde«, stimmte der Hobble-Frank bei, die Gelegenheit ergreifend, das Gespräch mit seinem Senf zu würzen. »Ich schtimme zwar eegentlich nich für die Prügelschtrafe, denn erschtens berührt sie denjenigen, der een sanftes Gemüt besitzt, nich angenehm, und zweetens verletzt sie nich nur die Schtelle, off welche sie offgetragen und zentralisiert wird, sondern sie tötet ooch das Ehrgefühl derjenigen Persönlichkeeten, die gar keen Ehrgefühl mehr besitzen, und schtört die Säfte des Körpers und des Geistes aus ihrer tiefsten Bedürfnislosigkeit und Ruhe auf. Aber es gibt gewisse Subjektivitäten, die ohne Prügel nicht gut leben können. Also ich schtimme eegentlich nich dafür, aber ich reiße mir ooch den Kopp nich runter, wenn sie mal in Anwendung kommen; nur darf's bei mir nich selber sein, denn was dem eenen recht is, das kann sich der andre ooch ganz billig koofen, und es gibt grade bei der Prügelschtrafe Oogenblicke, wo mir selbst das Teuerste zu billig und das Billigste zu teuer ist; quod erat Dämon schratus!«

Der lange Hum kannte den Kleinen und seine Eigentümlichkeiten noch nicht; er hielt es darum für angezeigt, den kuriosen Fehler des Hobble zu verbessern, und sagte also: »Verzeiht, Mr. Frank! Es heißt nicht Dämon stratus, sondern demonstrandum.«

Da blitzte ihn der Moritzburger mit zornigen Augen an und antwortete mit fauchender Stimme: »So? So? I, was Sie da nich sagen! Heernse, mein Gutester, wissen Sie vielleicht, wie ich heeße?«

»Ja. Sie haben es mir doch gesagt, Ihr Name ist Franke.«

»Franke? Bloß Franke? Nur Franke? Da muß ich Ihnen doch den Schtaar mal schtechen! Ich bin nämlich geboren und getooft als Heliogabalus Morpheus Edeward Franke, Präriejäger aus Moritzburg. Verschtanden? Wer so eenen großartigen Namen trägt, wie der meinige is, der is gegen jeden Hefenpilz geschwefelt. Nun sagen Sie mir doch eenmal den Ihrigen!«

»Ich heiße Hum.«

»Hum? Hum! Das is ja gar keen Name. Sie müssen doch noch anders heeßen!«

»Allerdings.«

»Na, wie denn da?«

»Ich spreche nicht gern von meinem Namen.«

»Warum?«

»Weil er, offen gestanden, mein Schönheitsgefühl beleidigt.«

»Ach, sehen Sie doch mal an! Da also schtecken die Borschdorfer Äpfel im Gänsebraten! Sie haben eenen Namen, der das Schönheitsgefühl assimiliert! Und da wagen Sie es, eenen Heliogabalus Morpheus Edeward verbessern zu wollen? Ich bin wahrhaftig im Schtande und gebe Ihnen Ihr ganzes Schulgeld zurück! Ihr Name scheint ja noch viel schrecklicher zu klingen als die Schtandesamtsnotiz von David Makkabäus Timpe!«

Beim Klange dieses Namens horchte der lange Hum auf und fragte rasch: »Timpe? Wie kommen Sie zu diesem Namen?«

»Ich? Ich komme gar nich dazu; er is nich meine. Ich

wollte mich ooch bedanken! Wenn ich Timpe hieße, so schpräng ich da ins Meer, wo das Wasser am dicksten is!«

»Aber Sie haben vielleicht jemand gekannt, der Timpe hieß?«

»Ja; ich habe allerdings zwee solche bedauernswerte Personen gekannt; ich kenne sie sogar noch.«

»Drüben in Ihrem Vaterland?«

»Nee. Durch den Namen Timpe wäre mir ja das ganze deutsche Vaterland verleidet und kalfatert worden. Nee, hier in Amerika habe ich sie kennen gelernt.«

»Wo?«

»In Rocky-Ground.«

»Wohnen sie etwa dort?«

»Nee, sie wohnen jetzt hier am Estrecho de Cuarzo, und wenn Sie sie sehen wollen, so is es gar nich notwendig, daß Sie Ihr Fernrohr aus der Säbelscheide ziehen, wenn Sie nämlich eens haben sollten. Sie brauchen sich nur die beeden Jünglinge anzusehen, da den kastanienbraunen Has und dort den semmelblonden Kas; die sind schon seit langer Zeit ganz hoffnungslos mit dem unheilvollen Namen Timpe behaftet.«

»Wirklich? Sie, Sie heißen Timpe?« fragte Hum, indem er sich an die beiden Vettern wendete.

»Ja«, antwortete Kas. »Ich heiße Kasimir Obadja Timpe, und dort mein Vetter nennt sich Hasael Benjamin Timpe.«

»Wo sind Sie geboren?«

»In Plauen im sächsischen Voigtland. Sie scheinen sich für unsern Namen zu interessieren?«

»Allerdings.«

»Weshalb? Haben Sie etwa jemand gekannt, der auch so heißt wie wir?«

»Ja.«

»Wo? Bitte, sagen Sie es uns? Es ist uns das nämlich von großer Wichtigkeit.«

»Gern, sehr gern! Aber sagen Sie mir vorher, aus welchem Grund Sie Ihr schönes Sachsen verließen?«

»Wir haben nicht nötig, es zu verschweigen. Wir suchen hier nach einer Erbschaft, um welche wir betrogen worden sind.«

»Betrogen? Wieso? Von wem?«

Es war Hum anzusehen, daß der Gegenstand dieses Gespräches seine ganze Aufmerksamkeit in Anspruch nahm. Kas antwortete: »Ein Vetter ist uns damit durchgebrannt. Er hieß Nahum Samuel Timpe und soll jetzt in Santa Fé stecken. Darum sind wir jetzt in diese Stadt unterwegs, um den Betrüger zu entlarven.«

»All devils! Von wem soll diese Erbschaft stammen?«

»Von unserem Oheim Joseph Habakuk Timpe, welcher kinderlos in Fayette gestorben ist.«

»Meine Herren, das ist mir wirklich sehr, sehr interessant. Sagen Sie mir nur noch, woher Sie wissen, daß dieser Onkel ein Vermögen hinterlassen hat!«

»Von meinen Vettern Petrus Micha Timpe und Markus Absalom Timpe in Plauen, welche gerade hunderttausend Taler erhalten haben.«

»Und da sind Sie herüber, um sich auch Ihren Teil zu holen?«

»Ja. Erst habe ich wiederholt geschrieben, ohne aber

Antwort zu erhalten, und so machte ich mich auf, den Betrüger zu fassen, der mit der Summe durchgebrannt ist.«

Da ließ Hum ein schallendes Gelächter hören und rief in verschiedenen Pausen dazwischen: »Und deshalb wollen Sie nach Santa Fé? Das ist gar nicht notwendig. Sie können ihn hier fangen, hier am Estrecho, wo Sie sitzen!«

»Was? Wie? Sie scherzen! Sie machen sich lustig über uns!« sagten Kas und Has schnell durcheinander.

»Es ist mein völliger Ernst, obgleich ich lache. Merken Sie denn noch immer nichts? Sie haben Ihre Vornamen Kasimir und Hasael in Kas und Has abgekürzt; ich sprach von meinem nicht schön klingenden Namen und werde Hum genannt. Das ist die Abkürzung von Nahum. Mein Name ist nämlich Nahum Samuel Timpe, und ich bin der betrügerische Vetter, den Sie suchen. Nun greifen Sie rasch zu!«

Has und Kas waren zunächst sprachlos vor Erstaunen; der stets redefertige Hobble-Frank aber rief begeistert aus: »Jetzt is uns der richtige Kriminal-Timpe in das Garn geloofen! Wenn er nicht sofort das Geld berappt, hängen wir ihn off wie eene Fledermaus, nämlich mit dem Koppe abwärts zum Innern der Mutter Erde gerichtet. Es is doch wahr! Der Hochmut kommt schtets vor dem Fall. Jetzt wird er von der Polizei in sein eegenes Demonschtrandum eingeschponnen!«

Nun sprangen Kas und Has auf, um mit Fragen, Vorwürfen und Drohungen auf Hum einzustürmen. Dieser hörte aber gar nicht darauf, sondern zog ein sorgfältig verwahrtes Papierpaket aus der Tasche, entnahm demselben einen Brief und reichte ihnen den letzteren, dabei immer lachend, mit den Worten: »Diese jetzt wertlosen Papiere, die mich viel

Geld gekostet haben, sind die ganze Hinterlassenschaft des Joseph Habakuk. Sie sollen sie alle sehen und prüfen; jetzt aber lesen Sie zunächst einmal dieses Schreiben, welches der verwüstliche Erblasser damals aus Plauen erhalten hat! Es kam kurz vor seinem Tod an, und ich habe es geerbt. Es ist das einzige Erbstück, welches ich nicht mit meinem Vermögen zu bezahlen gehabt habe. Sie können es behalten.«

Die beiden fielen begierig über den Brief her; sie lasen ihn zu gleicher Zeit; aber je weiter sie darin kamen, desto länger wurden ihre Gesichter, und als sie fertig waren, ließen sie ihn fallen und sahen Hum aus tief enttäuschten Gesichtern an.

»Nun, bin ich ein Betrüger?« fragte Hum. »Der Oheim hat mich selbst um mein ganzes Erbe betrogen, und Ihre Vettern haben sich einen Spaß mit Ihnen gemacht, weil die Timpes in Plauen mit den Timpes in Hof verfeindet waren. Die in Plauen hatten das Glück, hunderttausend Taler in der Lotterie zu gewinnen, und machten ihren Verwandten in Hof weis, sie hätten diese Summe von Onkel Joseph Habakuk geerbt. Sie schrieben dem Onkel kurz vor seinem Tod diesen Brief, in dem sie sich über Euch lustig machten, und so spaßhaft diese Sache ist, es tut mir doch herzlich leid, daß sie so weit getrieben wurde, bis sie uns hier im Wilden Westen zusammenführte. Wenn Ihr mich nun noch arretieren wollt, so stehe ich Euch gern zur Verfügung!«

Obgleich der Brief den unumstößlichen Beweis der Unschuld Nahums führte, bedurfte es doch einer ganzen Weile, bis Kas und Has sich in die neue Anschauung der Sache fanden. Es wurde ihnen nicht leicht, auf die Hoffnung, doch noch zu ihrem Erbe zu gelangen, nun gänzlich zu verzichten. Da stand er endlich auf, streckte ihnen beide Hände entgegen und sagte: »Laßt es Euch doch nicht grämen! Ihr bekommt nur ein eingebildetes Vermögen nicht; ich aber habe durch Joseph Habakuk ein wirkliches Vermögen verloren, welches mein Vater mir hinterlassen hätte, wenn er nicht von seinem Bruder betrogen worden wäre. Habe ich mich dreinfinden müssen, so wird es wohl auch Euch möglich sein, einer Hoffnung zu entsagen; die überhaupt ja doch ganz unbegründet war. Ihr habt dafür anstatt eines betrügerischen Verwandten einen ehrlichen Vetter gefunden, der sich riesig darüber freut, mit Euch hier zusammengetroffen zu sein, und gern bereit ist, alles Heil und Unheil des Lebens mit Euch zu teilen. Und das ist, denke ich, doch wohl auch etwas wert!«

Das griff dem kleinen Hobble tief in die Seele. Er, der soeben noch davon gesprochen hatte, daß Hum verkehrt aufgehängt werden solle, rief jetzt begeistert aus: »Was schtehen Sie denn da wie zwee gebackene Pflaumen vor der Küchentür! Dieser liebe und vortreffliche Hum hat mir ganz aus der Leber und aus der Milz geschprochen. Es gibt nischt Besseres in der Welt als ein Vetter, den man hochachten und konjugieren kann; ich habe diese Erfahrung hier an meinem Vetter Droll gemacht. So eene Verwandtschaft des Leibes und des Geistes is köstlicher als Levkojen und Narzissen; sie schtählt die Nerven und schtärkt die Knochen des blutsverwandten Seelenadels. Schperren Sie sich also nich so lange gegen den glücklichen Konsumverein der Freundschaftlichkeet, sondern schlingen Sie die Hände kräftig ineinander, und lassen Sie mich den erschten Schritt der Versöhnung tun, indem ich Ihnen aus Wieland Fridolins Gang nach der Bürgschaft zurufe:

›Ich sei, gewährt mir die Bitte,
In eurem Bunde der Vierte!‹«

Die Verwechslung, deren Frank sich schuldig machte, erregte allgemeine Heiterkeit. Kas und Has mußten in das Lachen der andern einstimmen und griffen endlich nach Hums Händen, wobei der erstere sagte: »Du hast recht, Vetter; es gibt für uns keinen Grund, dir länger zu zürnen, und das Geld hätte uns ja vielleicht auch nicht glücklich gemacht. Wir stehen ja hier an der Bonanza of Hoaka, aus deren Namen wir lernen sollen, daß es andere Schätze gibt, nach denen man zu trachten hat. Wir wollen fortan gut zusammenhalten, so gut, daß man, um eine treue Freundschaft zu bezeichnen, einst sagen wird: Gerade wie bei Timpes Erben!«

»Ja, wie bei Timpes Erben!« stimmte der Hobble bei. »Ich habe zwar diesem Namen bis jetzt keinen infulsorischen Beigeschmack abgewinnen können, aber was kein Verschtand der Verschtändigen sieht, das merkt der Rheumatiker, wenn es zieht. So sage ich denn meiner bisherigen Abneigung Lebewohl, und da Sie sich durch lauter abgekürzte Namen auszeichnen, so werde ich, als vierter im Bunde, diesem Beispiel folgen und ooch zwee Silben schtreichen. Sagen Sie also in Zukunft nur Heliogabalus Morpheus Edeward zu mir; das Franke können Sie weglassen; der Erdkreis wees es dennoch ganz genau, daß man den weltberühmten Frank darunter zu verschtehen hat. Ich habe gesprochen. Howgh!«

Nachwort

Ein Grundanliegen des Schriftstellers Karl May war es, »Lehrer seiner Leser« zu sein, gleichgültig, ob es sich dabei um jugendliches oder erwachsenes Publikum handelte. Er war bestrebt, Wissen unterschiedlichster Art so in seine Werke einzubauen, daß sie nicht belehrend wirkten, daß aber trotzdem ein Maximum an Kenntnissen transferiert wurde. Dies gelang ihm mit einer didaktischen Virtuosität, die in der exotischen Abenteuerliteratur bis heute kaum Nachfolger gefunden hat. Auch heute heben sich die geographisch-völkerkundlichen Kenntnisse von Karl-May-Lesern deutlich von denen der »restlichen Menschheit« ab.

Besondere Sorgfalt verwandte May auf diesen Aspekt in seinen für die Jugend bestimmten Werken, zu denen auch »Der Schwarze Mustang« gehört, seine achte und letzte große Jugenderzählung für die Zeitschrift »Der Gute Kamerad«. Sie erschien in Fortsetzungen in den Nummern 1 bis 28 des 11. Jahrganges 1896/97. Am 1. November 1899 kam die Buchausgabe heraus, die Union Deutsche Verlagsgesellschaft wählte sie für den Band 1 ihrer neuen »Kamerad-Bibliothek« aus. Im Vorwort der vorliegenden Ausgabe wird auf die Gründe eingegangen, warum May, entgegen seiner sonstigen Gewohnheit, das Manuskript nicht in einem Guß verfaßte, sondern fast zwei Jahre lang dazu benötigte. Der zeitliche Druck dürfte auch der Grund dafür gewesen sein, daß er einmal mehr ein Sujet aufgriff, das in seinem Werk eine überraschend große Rolle spielt: Die Eisenbahn. Die Handlungszeit seiner Wildwest-Erzählungen liegt ja gerade in den Jahrzehnten zwischen 1860 und 1890, die in Nordamerika als »Railroad Period« bezeichnet wird.

Bereits in »Old Firehand« (1875) wird ein Indianerüberfall auf die 1869 fertiggestellte transkontinentale Eisenbahn geschildert, den May später in »Winnetou II« übernahm. Ein sehr ähnlicher Überfall findet sich 1878 in »Auf der See gefangen« (»Winnetou und der Detektiv«). Weitere Überfälle werden in »Deadly Dust« (1880) – später zum ersten Teil von »Winnetou III« umgearbeitet – und in der Erzählung »Im Wilden Westen Nordamerikas« (1883) geschildert, die später zum zweiten Teil von »Winnetou III« wurde. Einmal sind es Oglala-Sioux, dann die in Wirklichkeit harmlosen und friedlichen Ponca, die May zu den blutdürstigen Verwandten der Sioux umwandelt – auch Lehrer machen Fehler –, dann wieder Eisenbahntramps oder »Railtroublers«, die die Gleise aufreißen, um die Züge zum Entgleisen zu bringen und sie dann leichter ausrauben zu können. In »Winnetou I« ist der junge Old Shatterhand Mitglied eines Vermessungstrupps und trifft bei den Arbeiten erstmals mit Intschu-tschuna, dem Apatschenhäuptling, und dessen Sohn Winnetou zusammen. Im »Schatz im Silbersee« ist es der Bahnbau selbst, der im Mittelpunkt der Episode am Eagle-Tail steht; ähnlich verhält es sich mit dem »Schwarzen Mustang«.

Die Wurzel für das ungewöhnliche Interesse Mays an diesem technischen Thema war einerseits das Bestreben, über diese verkehrstechnische Innovation ersten Ranges seine Leser zu informieren, andererseits aber auch persönliches Erleben. In Mays Jugend wurde in der Nähe seines Heimatstädtchens Ernstthal die Bahnlinie von Chemnitz nach Aue gebaut, ein Ereignis, das gerade für die Jugendlichen dieser Gegend von starker Faszination war.

Die fast unberührte Wildnis, die Welt der Trapper und Indianer und die Technik in Form des Eisenbahnbaus – allein dadurch entstand bereits ein Spannungsfeld, das sich erzählerisch nutzen ließ. Diesmal sind es die Komantschen, von denen Gefahr für den Bautrupp ausgeht, der teilweise aus Chinesen besteht. Die geographischen Hinweise sind spärlich: Von Santa Fé ist die Rede, von der Sierra Moro und dem Ratongebirge. Es muß sich also wohl um den Bau der »Atchison, Topeka und Santa Fé Railway« handeln, im Nordosten von New Mexico. Dazu paßt auch die Nähe der Komantschen, die hauptsächlich im Nordwesten von Texas ihre Jagdgründe hatten. Im Falle der Eisenbahnsiedlungen Sheridan und Eagle-Tail im »Schatz im Silbersee« war man lange Zeit der Ansicht, Karl May hätte diese Namen erfunden – bis zum 100jährigen Bestehen des Staates Kansas ein historischer Atlas mit sämtlichen, jemals gedruckten Karten herauskam, und eine von ihnen enthielt tatsächlich jene beiden Orte. Vielleicht sind auch Firwood-Camp und Rocky-Ground reale Orte?

Der Einsatz chinesischer Bahnarbeiter ist historisch richtig. Erstmals hatte die Bauleitung der »Central Pacific Railway« diese Idee, weil weiße Arbeitskräfte knapp waren. Viele zogen es vor, als Goldsucher oder Minenarbeiter ihr Geld zu verdienen. Anfangs wurden die Chinesen von den weißen Bahnarbeitern verspottet, doch dieser Spott wich bald dem Staunen und dem Konkurrenzneid. Die Chinesen erwiesen sich schnell als geschickter, genügsamer und friedlicher als etwa die trink- und rauflustigen Iren, die das Hauptkontingent der Arbeiter stellten. Gerade in den gebirgigen Gegenden, etwa bei der Überquerung der Rocky Mountains, vollbrachten die Chinesen tollkühne Leistungen: In Weidekörben über dem Abgrund pendelnd, schlugen sie Löcher in die Felswände, brachten Sprengladungen an und ließen sich eilig wieder hochziehen, ehe es krachte. Da man teilweise nicht mit Schießpulver, sondern mit Nitroglyzerin sprengte, gab es viele Unfälle und Tote, speziell unter den Chinesen. In der Endphase des Baues der »Central Pacific Railway« stellten die Chinesen sogar einen bemerkenswerten Rekord auf: In Zusammenarbeit mit irischen Arbeitern, die die Schienen herbeischaffen mußten, legten sie in zwölf Stunden zehn Meilen (sechzehn Kilometer) Gleise.

Der gelegentlich erhobene Vorwurf, May habe im »Schwarzen Mustang« generelle Rassenvorurteile gegen Chinesen zum Ausdruck gebracht, ist nicht haltbar: May stützt sich auf zeitgenössische Berichte und verwendet die darin enthaltenen Informationen. Analoges gilt für seine Einstellung gegenüber Indianern und Mestizen. Daß Sioux und Komantschen in seinen Wildwest-Erzählungen meist die

Rolle der Bösewichter spielen, bedeutet natürlich keineswegs, daß er gegen diese grundsätzlich ablehnend eingestellt gewesen wäre. Quanah Parker beispielsweise, einer der bedeutendsten Komantschenhäuptlinge der zweiten Hälfte des neunzehnten Jahrhunderts, war mischblütig. Ihm hat May bewußt oder unbewußt in seinem Apanatschka, dem Bruder Old Surehands, ein Denkmal gesetzt. Daß im »Schwarzen Mustang« der Scout Yato Inda alias Ik Senanda eine negative Rolle einnimmt, ist weder ein Vorurteil gegen Scouts noch gegen Mischlinge. Allerdings berichten Reisende immer wieder von Mischlingen mit schlechtem Charakter, was unterschiedlichste Gründe haben konnte.

Für die indianischen Namen bediente sich May, wie auch in den meisten seiner anderen Nordamerika-Erzählungen, des 1876 erschienenen Werkes von Albert S. Gatschet »Zwölf Sprachen aus dem Südwesten Nordamerikas«. »Tokvi kava« stammt aus der Utah-Sprache, die mit der Sprache der Komantschen identisch ist, Ik Senanda indes stammt aus der Tonkawa-Sprache und wurde von May wohl nach dem Klang ausgewählt. Die analogen Wörter aus der Utah- bzw. Komantschen-Sprache hätten »Kats-angva-tovavh« gelautet.

Auch »Kita homascha« stammt nicht aus der Utah-Sprache, sondern aus der Tonkawa- und der Moqui-Sprache. »Zwei Federn« in der nach Karl Mays Technik zusammengebauten Form als Utah-Wortgebilde hätte »Vayinne vsevh« heißen müssen, was natürlich bei weitem nicht so klangvoll gewesen wäre.

Das Motiv von den legendären weißen und schwarzen Mustangs fand Karl May in den Reisebeschreibungen Washington Irvings »Eine Reise auf den Prairien« (Frankfurt am Main 1835) und Josias Greggs »Wanderungen durch die Prairien und das nördliche Mexiko« (Stuttgart 1847). Bei Irving heißt es über den schwarzen Mustang:

> »Gleich merkwürdige Nachrichten gab es von einem schwarzen Hengst, der in den Prärien von Texas, an den Ufern des Brazos weidete. Vier Jahre war er allen Verfolgungen entgangen. Sein Ruf erscholl weit und breit; hohe Summen, bis zu tausend Dollars, wurden geboten; die kühnsten und besten Reiter strebten unablässig, ihn einzufangen, aber vergeblich.«

Gregg schreibt hingegen über den weißen Mustang:

> »Die Schönheit der Mustangs ist sprichwörtlich. Einer besonders ist bei den Jägern berühmt und man erzählt von ihm wunderbare Geschichten. Man schildert ihn als einen Hengst von mittlerer Größe und vollkommen ebenmäßigem Bau, milchweiß, nur mit schwarzen Ohren, ein natürlicher ›Paßgänger‹ und so flink, daß er, wie man sagt, jedes Pferd weit hinter sich zurück ließ, womit man ihn zu verfolgen suchte, ohne seinen Schritt zu ändern. Aus der Schwierigkeit jedoch, die es kostet, den Wohnplatz dieses Helden-Pferdes zu bestimmen, schließe ich, daß die Geschichte einigermaßen fabelhaft sei.«

Der Ire Thomas Mayne Reid, eines der wichtigsten literarischen Vorbilder Karl Mays, hat das Motiv der Jagd nach dem weißen Mustang in seinem Roman »Der Kriegspfad« verarbeitet.

Auch der »Schwarze Mustang« enthält, wie die meisten Werke Mays, autobiographische Spiegelungen: Neben dem Idealbild des Old Shatterhand steht der Hobble-Frank als Verkörperung des realen Karl May, schwatzhaft, großspurig, nicht sehr fundiert gebildet und manchmal etwas voreilig. Sein Hinken symbolisiert einen »Fehltritt« aus früheren Zeiten. Hobble-Frank ist auch der »Lehrer« seiner jugendlichen Leser, der durch sein halbkluges, originelles Geplauder zahllose Denkanstöße gibt, wie man heute sagen würde.

Die Zeit der Niederschrift dieser Erzählung waren die Jahre, in denen May – halb zog es ihn, halb sank er hin – seine Shatterhand-Legende aufbaute. Immer mehr verschmolzen Realität und Phantasie zu einer Traumwelt. Den Stoff für diese Träume lieferte er mit seinen Erzählungen selbst, die Requisiten und Kulissen beschaffte er mit erstaunlicher Konsequenz: Anfang 1896 bezog er seine »Villa Shatterhand«, die er Ende 1895 gekauft hatte. Etwa zur gleichen Zeit erteilte er dem jungen Dresdener Büchsenmacher Max Fuchs den Auftrag, zwei der berühmtesten Gewehre des literarischen Wilden Westen, die Silberbüchse Winnetous und den Bärentöter Old Shatterhands, zu bauen. Er wählte den Berufsanfänger deshalb, weil ihm nichts daran lag, daß diese Aktion publik wurde. Im März 1896 war die Silberbüchse fertig, im April der Bärentöter. Mit dem reichlich bemessenen Honorar für diesen verschwiegenen Auftrag konnte sich der dreiundzwanzigjährige Fuchs selbständig machen. Den Henrystutzen, eine originale Winchester Rifle, besorgte Fuchs aus der Schweiz, allerdings erst im Jahr 1902. Es ist sicher kein Zufall, daß im »Schwarzen Mustang« der Diebstahl der berühmten Gewehre als Motiv auftaucht, gerade als er sich mit dem Gedanken, sie nachbauen zu lassen, beschäftigte.

Im Garten der »Villa Shatterhand« wurden Partys gefeiert, bei denen Karl May als Kara Ben Nemsi oder Old Shatterhand, seine Frau Emma als Western Lady auftraten. Der Linzer Fotograf Adolf Nunwarz fertigte im Auftrag Mays über hundert Aufnahmen mit dem Bestsellerautor im Old-Shatterhand- oder Kara-Ben-Nemsi-Kostüm an, die käuflich zu erwerben waren. Im »Deutschen Hausschatz« erschien die humorvoll-selbstgefällige autobiographische Skizze »Freuden und Leiden eines Vielgelesenen«, illustriert mit einigen der genannten Fotos. Er unternahm ausgedehnte Reisen durch Deutschland und Österreich, hielt Vorträge, gab Empfänge und zeigte seinen staunenden Verehrern eine Narbe an seinem Hals, die angeblich von Winnetous Messerstich beim nächtlichen Zweikampf (vgl. »Winnetou I«) herrührte. Der Höhepunkt der Old-Shatterhand-Legende war erreicht. Das einstige »unwürdige Glied des Lehrerstandes« griff nach den Sternen – und übersah die Stolpersteine, die auf seinem Weg lagen.

S. C. A.

Karl May

in der nymphenburger

Band 1
Winnetou und der Scout
464 Seiten
ISBN 3-485-00724-2

Band 2
Winnetou und der Detektiv
432 Seiten
ISBN 3-485-00738-2

Band 3
Kara Ben Nemsi und die
Rose von Kairwan
416 Seiten
ISBN 3-485-00740-4

Band 4
Old Shatterhand und
Häuptling Schwarzer Mustang
432 Seiten
ISBN 3-485-00742-0

Band 5
Hadschi Halef Omar und der
Frauenräuber von Serdascht
432 Seiten
ISBN 3-485-00743-9

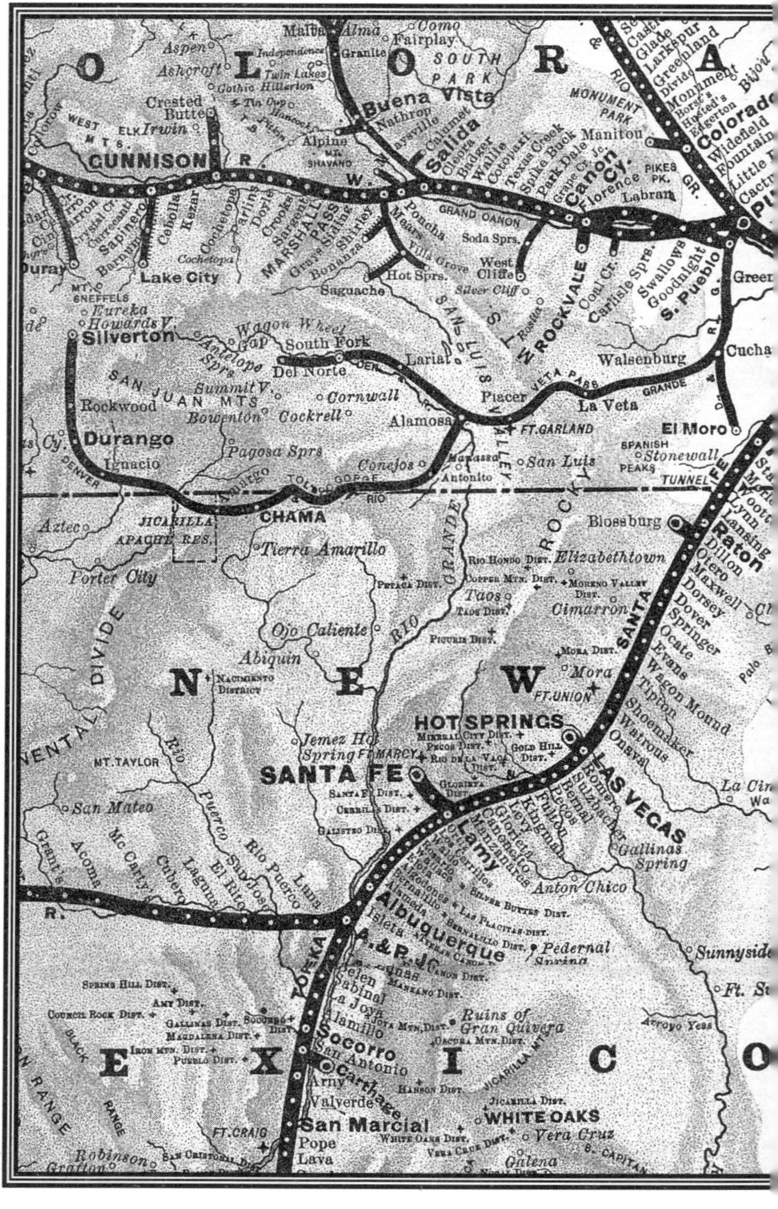

COLORADO
Aspen
Ashcroft
Independence
Twin Lakes
Gothic
Hillerton
Crested Butte
Tin Cup
Hancock
Irwin
WEST ELK MTS.
GUNNISON
Malta
Alma
Como
Fairplay
Granite
SOUTH PARK
Buena Vista
Nathrop
Alpine
MT. SHAVANO
Calumet
Salida
Cleora
Badger
Wellsville
Cotopaxi
Texas Creek
Spike Buck
Park Dale
Canon Cy.
Florence
MONUMENT PARK
Manitou
PIKES PK.
Labran
Colorado
Widefield
Fountain
Glade
Larkspur
Greenland
Divide
Monument
Husted's
Edgerton
Bijou
Cimarron
Crystal Cr.
Sapinero
Barnum
Cebolla
Kezar
Cochetope
Doyle
Crooks
Sargent
MARSHALL PASS
Shirley
Poncha
Mears
Villa Grove
Bonanza
Hot Sprs.
Saguache
GRAND CANON
Soda Sprs.
West Cliffe
Silver Cliff
Ouray
Lake City
MT. SNEFFELS
Eureka
Howards V.
Silverton
Wagon Wheel Gap
South Fork
Del Norte
Antelope Sprs.
SAN JUAN MTS
Summit V.
Cornwall
Cockrell
Bowenton
Rockwood
Durango
Ignacio
Pagosa Sprs
Conejos
Manassa
Antonito
Alamosa
Lariat
Placer
VETA PASS
La Veta
Walsenburg
Cuchara
El Moro
FT. GARLAND
San Luis
SAN LUIS VALLEY
ROCKVALE
Coal Cr.
Carlisle Sprs.
Swallows
Goodnight
S. Pueblo
SPANISH PEAKS
Stonewall
TUNNEL
Amargo
CHAMA
Aztec
JICARILLA APACHE RES.
Porter City
Tierra Amarillo
Ojo Caliente
Abiquin
CONTINENTAL DIVIDE
NEW MEXICO
NACIMIENTO DISTRICT
MT. TAYLOR
San Mateo
Grant's
Acoma
Mc Carty's
Cubero
Laguna
El Rito
Rio Puerco
Blossburg
Raton
Dillon
Otero
Maxwell
Dorsey
Springer
Dover
Ocate
Evans
Wagon Mound
Tipton
Shoemaker
Watrous
Onava
RIO GRANDE
Rio Hondo Dist.
Elizabethtown
Petaca Dist.
Copper Mtn. Dist.
Moreno Valley Dist.
Taos
Taos Dist.
Cimarron
Picuris Dist.
Mora Dist.
Mora
FT. UNION
HOT SPRINGS
Jemez Hot Spring
FT. MARCY
Gold Hill Dist.
SANTA FE
Santa Fe Dist.
Cerrillos Dist.
Galisteo Dist.
LAS VEGAS
Romero
Sulzbacher
Bernal
Pecos
Fulton
Kingman
Levy
Glorieta
Canoncito
Lamy
Manzanares
Los Cerrillos
Waldo
Gallinas Spring
Anton Chico
Silver Buttes Dist.
Las Placitas Dist.
Albuquerque
Bernalillo
Alameda
Algodones
Isleta
A.&P.JC.
Pedernal Spring
La Cinta
Sunnyside
Ft. Sumner
Arroyo Yess
Belen
Sabinal
La Joya
Alamillo
Socorro
San Antonio
Carthage
Arny
Valverde
San Marcial
Pope
Lava
Spring Hill Dist.
Amy Dist.
Council Rock Dist.
Gallinas Dist.
Magdalena Dist.
Iron Mtn. Dist.
Pueblo Dist.
BLACK RANGE
FT. CRAIG
Robinson
Grafton
San Cristobal Dist.
Ruins of Gran Quivera
Oscura Mtn. Dist.
Hanson Dist.
JICARILLA MTS.
Jicarilla Dist.
WHITE OAKS
White Oaks Dist.
Vera Cruz Dist.
Vera Cruz
Galena
S. CAPITAN
TOPEKA
SANTA FE
DENVER & RIO GRANDE